LES ENFANTS PERDUS DE ST. MARGARET

Emily Gunnis

LES ENFANTS PERDUS DE ST. MARGARET

TRADUIT DE L'ANGLAIS (ROYAUME-UNI) PAR PAUL BENITA

PRÉLUDES

Titre original :

THE GIRL IN THE LETTER
Publié par Headline Review,
une division de Headline Publishing Group, Londres, 2018.

Couverture : © Sally Mundy / Arcangel.

Préludes est un département de la Librairie Générale Française.

ISBN : 978-2-253-04043-9

Pour Maman

Je regrette nos conversations, nos promenades,
ton amour de la vie. Mais tu as toujours dit,
ne pleure pas, prends des notes.
Alors, je promets d'essayer…

Ma chandelle brûle par les deux bouts.
Elle ne passera pas la nuit,
Mais, ah, mes ennemis, oh, mes amis…
Que sa lumière est belle !

Edna ST. VINCENT MILLAY, *First Fig*

Prologue

Vendredi 13 février 1959

Ma chère Elvira,

Je ne sais par où commencer.

Tu n'es qu'une petite fille et il est si difficile d'expliquer avec des mots que tu puisses comprendre pourquoi j'ai choisi de renoncer à cette vie et donc de te quitter toi aussi. Tu es comme mon enfant, celle que je n'ai pas perdue, et c'est terrible de savoir que mon acte s'ajoutera à l'océan de douleurs et de chagrin dans lequel tu as passé les huit longues années de ta courte vie.

Ivy s'arrêta. Sa main tremblait trop pour continuer à écrire. Elle regarda autour d'elle la grande buanderie où elle s'était cachée. Du plafond pendaient d'immenses étendoirs surchargés de draps et de serviettes méticuleusement lavés par les mains enflées et rougies des filles enceintes de St. Margaret. Une fois repassé, le linge serait ensuite expédié dans l'insouciant monde extérieur. Elle baissa à nouveau les yeux sur la feuille de papier froissé à même le sol devant elle.

Sans toi, Elvira, cela fait bien longtemps que j'aurais abandonné le combat et quitté ce monde. Depuis qu'ils m'ont arraché Rose, vivre ne m'apporte aucune joie. Une mère ne peut oublier son bébé, pas plus qu'un bébé ne peut oublier sa mère. Et je sais avec une certitude absolue que si ta maman était encore en vie, elle penserait à toi chaque minute de chaque jour.

Une fois que tu te seras échappée de cet endroit – et tu le feras, ma chérie –, il faudra que tu la recherches. Dans les couchers de soleil, dans les fleurs, dans tout ce qui te fera sourire avec ce merveilleux sourire qui est le tien. Car elle est dans l'air que tu respires, elle emplit tes poumons, elle donne à ton corps ce dont il a besoin pour survivre, pour que tu sois forte et que tu vives chaque instant pleinement. Tu as été aimée, Elvi, chaque minute de chaque jour quand tu grandissais dans le ventre de ta maman. Sache-le et garde à jamais cette certitude en toi.

Elle se raidit et se figea en entendant des pas claquer au-dessus d'elle. Comme enchaînée aux battements de son cœur, sa respiration s'accéléra et, sous sa grande robe brune, elle sentit la sueur perler brusquement par tous les pores de son corps. Sachant qu'elle n'avait plus guère de temps avant le retour de sœur Angelica, elle referma la seule fenêtre qu'elle pouvait ouvrir quand elle n'était pas surveillée, et revint à sa lettre. Le beau visage d'Elvira surgit dans son esprit. Elle refoula ses larmes, l'imaginant en train de la lire, écarquillant ses grands yeux bruns, ses doigts pâles tremblant à mesure que le sens de ces mots s'imposait à elle.

Tu auras la clé que je joins à cette lettre. C'est la clé des tunnels et de ta liberté. Je ferai de mon mieux pour distraire sœur Faith, mais il faudra quand même te dépêcher. Dès que l'alarme retentira dans la maison, sœur Faith quittera la salle de repassage. C'est à ce moment-là que tu devras partir. Sans la moindre hésitation. Ouvre la porte, tu sais laquelle, descends les marches et tourne à droite. Le tunnel te conduira au milieu du cimetière. Cours jusqu'à la remise sans te retourner.

Elle souligna les mots avec une telle force que la pointe du crayon déchira le papier.

Je suis désolée de ne t'avoir rien dit, mais je craignais que cela ne te fasse trop peur ou que les sœurs ne devinent quelque chose. Quand je suis venue te voir hier soir, je croyais qu'elles avaient enfin accepté de me laisser rentrer chez moi, mais c'est faux, elles me réservent un sort encore plus affreux. Je vais donc quitter St. Margaret d'un battement d'ailes, ce qui te donnera une chance de t'enfuir. Il faudra que tu restes cachée jusqu'à dimanche matin, c'est-à-dire après-demain. Avec le froid qu'il fait, essaie de voler une couverture. Et surtout que personne ne te voie.

Ivy se mordit la lèvre jusqu'à ce que le goût métallique du sang emplisse sa bouche. Le souvenir de son intrusion dans le bureau de mère Carlin ce matin était encore vif. Elle était parvenue à s'y introduire à l'insu des religieuses. Elle avait bien trouvé le dossier de son bébé, mais avait eu le choc de découvrir que nulle part il n'était fait mention de ce qu'était devenue Rose. Au lieu de cela, la chemise cartonnée contenait six lettres. L'une à un hôpital psychiatrique de la région, le mot « COPIE » tamponné dans un coin, recommandant son admission immédiate ; et les cinq autres, qu'elle avait elle-même écrites, où elle suppliait Alistair de venir les chercher, leur bébé et elle, à St. Margaret. Un élastique les enserrait et chacune d'entre elles portait la mention *Retour à l'envoyeur,* rédigée par la main d'Alistair.

Sachant que ce serait la dernière fois, elle avait gagné la minuscule fenêtre de cette pièce où elle avait enduré tant de souffrances dans l'espoir de voir le soleil se lever, mais il était encore trop tôt. L'aube était noire. Elle avait alors glissé les lettres d'Alistair dans une enveloppe trouvée sur le bureau de mère Carlin et avait griffonné l'adresse de sa mère avant de la cacher au milieu de la pile du courrier à envoyer. Elle était remontée à l'étage sans un bruit.

Sans le moindre espoir de liberté, ou de retrouver Rose, je n'ai plus la force de continuer. Mais toi, Elvira, tu peux y arriver. J'ai lu dans ton dossier que tu as une sœur jumelle. Elle s'appelle Kitty et ne doit même pas se douter de ton existence. Ton nom de famille est Cannon. Ils habitent Preston et doivent donc aller à l'église tous les dimanches. Attends dans la remise jusqu'à ce que tu entendes sonner les cloches. Dès que les gens du village commenceront à arriver, va te cacher dans le cimetière et attends de voir ta sœur. Tu la reconnaîtras facilement, même si elle sera sans doute habillée d'une façon très différente. Essaie d'attirer son attention sans que personne te voie. Elle t'aidera.

N'aie pas peur de t'évader et de connaître une vie où l'espoir existe. Cherche-le bien en toutes choses, Elvira, et sois bonne.

Je t'aime et je serai à jamais là pour t'aider et te tenir la main. Maintenant, fuis, ma chérie. FUIS !

Ivy qui t'aime.

Elle sursauta quand la serrure de la salle de séchage où Elvira et elle avaient passé tant d'heures ensemble cliqueta. Sœur Angelica surgit. Elle toisa Ivy avec fureur, ses yeux gris louchant derrière ses lunettes à monture métallique juchées sur son gros nez. Ivy se redressa aussitôt, la lettre déjà cachée dans la poche de sa robe. Elle baissa les yeux pour ne pas croiser le regard de la nonne.

— Tu n'as pas encore terminé ? aboya sœur Angelica.

— Si, ma sœur, dit Ivy. Mais sœur Faith a dit que je pouvais avoir du TCP[1].

Elle serrait ses mains tremblantes dans ses poches.

— Pour quoi faire ?

— Certains des enfants ont des ulcères à la bouche et ils ont du mal à manger.

— Cela ne te regarde pas, répliqua la religieuse avec colère. Ces enfants ont déjà de la chance d'avoir un toit sur leur tête.

1. Tenocyclidine : calmant, anesthésique. *(Toutes les notes sont du traducteur.)*

Ivy songea aux rangées d'enfants attachés dans leurs lits au grenier, à tous ces bébés couchés dans leurs berceaux, le regard vide, ayant depuis longtemps renoncé à pleurer.

— Si je vais chercher du TCP, continua sœur Angelica, il faudra que j'aille jusqu'à la réserve alors que le plateau-repas de mère Carlin est prêt à lui être monté. Tu ne crois pas que j'ai déjà assez à faire ?

Ivy hésita.

— J'essaie juste d'aider un peu, ma sœur. N'est-ce pas ce que l'on doit faire ?

La fureur de sœur Angelica parut décupler. Les poils accrochés à sa verrue au menton frémissaient.

— Là où tu vas, tu n'auras plus à aider qui que ce soit.

Là-dessus, elle tourna les talons. Dans une poussée d'adrénaline, Ivy se jeta sur elle, la saisissant par son habit et tirant de toutes ses forces. Sœur Angelica poussa un cri, perdit l'équilibre et tomba violemment. Aussitôt, Ivy la chevaucha, la bâillonnant d'une main tandis que de l'autre elle tirait sur les clés accrochées à sa ceinture jusqu'à ce qu'enfin elle les libère. Au moment où elle se relevait, la sœur ouvrit la bouche pour hurler, mais elle la gifla brutalement. La surprise et la douleur la réduisirent au silence.

Haletante, le cœur battant si fort qu'il semblait près d'exploser, Ivy courut jusqu'à la porte et la claqua derrière elle. Ses mains tremblaient tellement qu'elle eut du mal à trouver la bonne clé, mais elle parvint à l'insérer dans la serrure au moment où sœur Angelica saisissait la poignée de l'autre côté. Elle la tourna juste à temps.

Elle resta un moment adossée au battant, essayant de reprendre son souffle. Puis elle sépara la grande clé en cuivre dont Elvira aurait besoin pour gagner les tunnels et l'enveloppa avec sa lettre. Elle ouvrit la grosse trappe en métal du vide-linge, embrassa la feuille de papier avant de l'envoyer en bas à Elvira, pressant le bouton pour lui signaler que quelque chose arrivait. Elle imagina la petite fille attendant patiemment le linge à repasser comme elle le faisait à la fin de chaque journée. Une vague d'émotions déferla en elle et elle sentit ses jambes mollir.

Sœur Angelica s'était mise à hurler et à cogner comme une folle sur le battant. Après un dernier regard vers le fond du couloir qui menait à la salle de repassage et à Elvira, Ivy se rua dans la direction opposée vers le grand hall d'entrée. Elle passa devant la lourde porte en chêne. Elle en avait la clé maintenant, mais, si elle sortait par là, elle n'arriverait qu'à un mur de briques surmonté de barbelés qu'elle n'avait ni la force ni le courage d'escalader.

Des souvenirs de son arrivée tant de mois auparavant affluèrent. Elle se revit avec son gros ventre, actionnant la grande cloche à l'entrée, traînant péniblement sa lourde valise derrière sœur Mary Francis dans l'allée, hésitant avant de franchir le seuil de St. Margaret pour la première fois… Elle se précipita dans l'escalier qui grinçait, gravissant les marches deux par deux jusqu'à l'étage tout en s'imaginant crier à la gamine qu'elle avait été de fuir sans demander son reste.

Dans le couloir, elle crut percevoir un murmure de voix qui montait vers elle. Elle accéléra encore, fonçant vers la porte du dortoir. Une étrange quiétude régnait dans la maison : toutes les filles étaient en train de déjeuner, mangeant dans un silence absolu, tout bavardage étant interdit. Seuls quelques pleurs de bébés dans la nursery venaient s'épuiser contre les murs glacés. Bientôt, mère Carlin découvrirait son absence et donnerait l'alerte.

Dans le dortoir, elle fila entre les rangées de lits. Une sirène stridente explosa. Elle arriva à la fenêtre au moment où sœur Faith apparaissait sur le seuil. Malgré sa peur, Ivy sourit. Si sœur Faith était là, cela signifiait qu'elle n'était pas avec Elvira. Elle entendait mère Carlin crier dans l'escalier.

— Arrêtez-la, ma sœur, vite !

Ivy ouvrit la fenêtre grâce à l'une des clés de sœur Angelica. Elle baissa les yeux vers le sol si lointain et elle imagina Elvira en train de fuir dans les tunnels pour disparaître dans la nuit. Au moment où sœur Faith allait l'atteindre, elle déploya les bras et sauta.

1

Samedi 4 février 2017

— C'est fait ?

Sam tira le frein à main de sa vieille Vauxhall Nova, regrettant que ce ne soit pas le levier d'une guillotine réservée à son rédacteur en chef.

— Non. Je viens d'arriver. J'ai dû faire la route depuis le Kent, vous vous rappelez ?

— Qui d'autre est là ? aboya Murray dans le téléphone.

Elle se tordit le cou pour voir les têtes habituelles bravant le crachin devant une rangée de cottages alignés derrière des jardins impeccables.

— Hum, Jonesey, King… et Jim qui est à la porte en ce moment. Pourquoi je suis là si Jim est déjà sur l'affaire ?

Le vieux routier de la Southern News Agency, l'un des piliers de l'agence de presse, était en train d'essayer de coincer son pied en travers de la porte.

— Il va s'imaginer que je marche sur ses plates-bandes, reprit-elle.

— J'ai pensé qu'une touche féminine serait peut-être utile, répondit Murray.

Sam consulta sa montre. Il était seize heures, ce qui signifiait que la presse nationale n'allait pas tarder à boucler, et elle imaginait la scène au bureau en ce moment même. Murray sur son portable, criant des ordres à tout le monde tout en admirant son reflet dans un des cadres célébrant les scoops décrochés par Southern News ; Koop martelant son clavier, la tignasse en bataille, encerclé de tasses de café froid et de sandwichs rances tandis que Jen mâchait ses Nicorette tout en passant des appels frénétiques à des contacts improbables pour essayer de compléter son article. Dès qu'il en aurait fini avec elle, Murray appellerait aussitôt le *Mirror*, le *Sun* ou un autre tabloïd quelconque, mentant comme un arracheur de dents, leur racontant qu'ils étaient sur le coup et qu'il fallait retarder l'édition.

— Je ne sais pas, fit-elle, dubitative, en lançant un coup d'œil dans le rétroviseur vers le bouquet de fleurs destiné à Nana posé sur le siège arrière.

Cela faisait une heure qu'elle aurait dû être chez sa grand-mère pour prendre le relais avec Emma et préparer le repas d'anniversaire qu'elle lui avait promis.

— Rien à foutre de vos états d'âme. La crème de la boîte s'est déjà barrée pour la remise des prix de la Presse ce soir. Vous êtes la seule dispo.

— Ravie d'apprendre que je suis une roue de secours, marmonna Sam.

— Rappelez-moi dès que vous avez quelque chose.

Murray raccrocha sans attendre sa réponse qu'elle lui donna néanmoins :

— Branleur.

Elle jeta son vieux téléphone sur le siège à côté d'elle. Compte tenu de son salaire de misère, les heures qu'elle avait déjà effectuées aujourd'hui confinaient à de l'esclavage, et voilà qu'on lui demandait de s'occuper d'un accident assez tragique pour intéresser les grands quotidiens nationaux.

Les doigts sur les paupières, elle se massa les yeux. Avant de devenir mère, elle croyait connaître la fatigue. Les gens mentaient à propos des jeunes parents, de ce « bonheur à nul autre pareil » et de ces bébés qui faisaient leurs nuits dès la sixième semaine, ce qui à l'évidence était le pire de tous les bobards. Bon, d'accord, parfois il fallait attendre qu'ils soient sevrés ou alors qu'ils aient un an. Emma en avait quatre maintenant, et cela tenait du miracle quand elle dormait une nuit entière. Autrefois, Samantha se plaignait de la fatigue quand elle avait dormi six heures au lieu de huit et se traînait hors du lit avec une gueule en bois massif chopée en boîte de nuit. Maintenant, à l'âge respectable de vingt-cinq ans, elle se sentait vieille et moche, mais surtout vieille. Les quatre années accumulées de privation de sommeil avaient endolori chaque muscle de son corps et, surtout, altéré son cerveau, l'abêtissant au point que certains jours elle était incapable d'émettre une phrase cohérente. Quand Ben acceptait encore de s'occuper d'Emma, elle pouvait au moins dormir jusqu'à sept heures. Mais, à présent qu'il avait réduit sa garde à deux jours par semaine, sous prétexte qu'il avait besoin de temps pour chercher du boulot, elle devait se lever à six heures pour amener sa fille à la crèche.

Elle soupira en voyant un Jim dégoûté revenir sur l'allée de pierres inégales pour se joindre à la confrérie de journalistes tassés sous des parapluies. Elle connaissait son travail, savait que s'il était un mal nécessaire, le porte-à-porte n'en demeurait pas moins l'obligation la plus pénible de leur métier. Même si elle aimait chacun des gars, ou presque, en train de faire le pied de grue au bout de l'allée de cette pauvre femme, ils lui donnaient l'impression, maintenant comme chaque fois, de vautours planant autour de leur proie.

Elle sortit sa trousse de maquillage, ajusta le rétro et évalua les dégâts sur son visage, ce qui pouvait être encore sauvé. Il lui faudrait des pelles de fond de teint pour combler la crevasse qui était apparue entre ses sourcils. Avant de s'y attaquer, elle ferma les yeux, et aussitôt la dispute avec Ben resurgit. C'était toujours tendu quand elle venait récupérer Emma, même s'ils évitaient tous les deux de s'engueuler devant leur fille. Hier soir, ça s'était mal passé. Une fois de plus. Ça avait été assez moche, elle le savait, mais comme d'habitude elle avait déjà oublié les insultes qu'ils avaient échangées, se rappelant juste qu'ils s'étaient mis à crier si fort qu'Emma avait pleuré. Sam s'en voulait d'entraîner leur fille dans leurs querelles et elle en voulait à Ben qui n'essayait même pas de cacher son mépris pour elle.

Effarée par ses cheveux encore plus hirsutes et frisés qu'à l'ordinaire, elle chercha des pinces dans son sac. Entre la préparation du petit déjeuner et les allers-retours jusqu'à la chambre d'Emma pour veiller à ce qu'elle soit prête à l'heure, elle n'avait pas eu beaucoup de temps pour se préparer. En général, elle se contentait de tirer son épaisse tignasse rousse en arrière pour se dégager le visage, et les cinq minutes de libres qu'elle avait eues avaient été consacrées à une attaque en règle contre ses boucles récalcitrantes à coups de sèche-cheveux. Les talons hauts faisaient partie de son uniforme et, avec son salaire, eBay était son meilleur ami. Inutile d'espérer se balader dans ce monde d'hommes sans des Dior ou des Louboutin pour la propulser. Ce qui provoquait immanquablement les ricanements de la meute de ses collègues quand elle devait crapahuter dans des champs boueux ou des parkings couverts de flaques d'eau.

— Salut, Sam ! lança Fred qui venait de la repérer.

Aussitôt, il s'écarta du groupe et trébucha dans sa hâte à la rejoindre.

Gêné, il émit un rire bizarre, repoussa une longue mèche en arrière et adopta le regard transi qu'il lui réservait chaque fois qu'il la voyait.

— Salut toi-même. Depuis quand t'es là ?

Sam inclina l'autre siège pour récupérer son imperméable, son sac et les fleurs pour Nana sur la banquette arrière.

— Pas longtemps. C'est ma journée off. Je faisais de la varappe dans Tunbridge Wells. J'arrive à peine.

Avec sa parka en toile huilée, on aurait dit qu'il revenait d'une chasse aux faisans, pensa Sam en enfilant son long imper noir.

— Murray t'a appelé pendant ta journée de congé ? Il est gonflé, dit-elle en vérifiant encore une fois son téléphone.

— Ouais, j'étais un peu crevé. Cette paroi m'a rendu malade, dit Fred en souriant.

— Tu es malade ? Oh, merde…

Elle s'écarta légèrement.

— Non, non. Malade, c'était au sens de j'ai adoré, fit-il aussitôt, gêné.

— Quand on a une gamine de quatre ans à la maison, on n'a aucune envie de choper la moindre saloperie. Ils sont là depuis longtemps ?

Ils approchaient de la meute.

— Des heures. C'est une coriace. Ils ont tous essayé, même le *Guardian* et *The Independent*. Pour rien. Même toi, Samantha, tu n'arriveras pas à la faire craquer, dit Fred de ce ton distingué qui lui valait d'éternels sarcasmes de la part des troufions de Southern News.

Sam lui rendit son sourire. Fred n'avait que deux ans de moins qu'elle, mais, jeune diplômé encore habité d'idéaux héroïques et libre de tout engagement, matrimonial ou autre, il semblait appartenir à une génération différente. Il était évident qu'il avait un immense béguin pour elle. En dépit du fait qu'il était grand, mignon et souvent amusant, qu'il semblait pourvu d'une infinie collection de chaussures en daim – bleues, de préférence – et de lunettes bizarres, elle avait du mal à prendre au sérieux un type obsédé par l'escalade et qui, pour ce qu'elle en savait, passait tous ses week-ends accroché à un énorme caillou avant de se saouler avec ses potes. Elle ne voyait vraiment pas non plus en quoi elle pouvait l'intéresser : une déjà vieille, morne et éreintée, dont le plus grand fantasme dans une chambre à coucher consistait à jouir enfin de huit heures de sommeil d'affilée.

— Je ne comprends pas pourquoi Murray t'a envoyée, lui balança Jim alors qu'ils rejoignaient le groupe.

Sam sourit poliment au vieux briscard de l'agence qui ne faisait pas grand-chose pour dissimuler le fait que, selon lui, elle serait beaucoup plus utile à préparer le thé pour les vrais journalistes.

— Moi non plus, Jim ! Je suis présentable ? demanda-t-elle à Fred.

Celui-ci rougit carrément.

— Oui, absolument. Fais gaffe à la vieille sorcière d'à côté, ajouta-t-il très vite, préférant visiblement changer de sujet. J'ai bien cru qu'elle allait nous attaquer à coups de déambulateur.

Tous les regards suivirent Sam quand elle s'engagea dans l'allée, serrant son bouquet sur sa poitrine telle une jeune épouse terrifiée. En arrivant devant la porte, elle aperçut une vieille dame à la fenêtre de la maison voisine. Rideaux ouverts, celle-ci l'observait intensément. Fred avait raison, on aurait dit une sorcière, avec ses yeux écarquillés, ses longs cheveux gris tombant sur ses épaules et ses doigts osseux crispés sur le rideau comme des serres. Sam respira un bon coup et sonna.

Deux longues minutes s'écoulèrent avant que Jane Connors ne vienne ouvrir, le visage livide.

— Je suis vraiment navrée de vous importuner dans un moment aussi difficile, commença Sam en la regardant droit dans ses yeux rougis. Je m'appelle Samantha, je représente Southern News. Nous voulions vous adresser nos sincères condoléances...

— Vous ne pouvez pas nous laisser tranquilles ? la coupa la femme. Comme si ce n'était pas déjà assez dur. Pourquoi ne vous en allez-vous pas ?

— Je suis désolée pour cette perte immense, madame Connors.

— Vous n'êtes pas désolée ! Si vous étiez désolée, vous ne vous comporteriez pas ainsi... au pire moment de notre vie.

Sa voix tremblait.

— Nous voulons simplement qu'on nous laisse tranquilles. Vous devriez avoir honte de vous.

Sam attendit que les bons mots lui viennent avant de secouer la tête. Cette femme avait raison. Elle devrait avoir honte et elle avait honte.

— Madame Connors, je déteste cette partie de mon travail. J'aurais préféré ne pas devoir venir ici. Mais l'expérience m'a appris que, parfois, les gens souhaitaient rendre hommage à leurs proches. Ils voudraient trouver quelqu'un qui serait en mesure de transmettre l'histoire de leur vie au monde extérieur. Dans votre cas, vous pourriez expliquer le courage dont a fait preuve votre père en essayant de sauver votre fils.

Des larmes jaillirent des yeux de la femme. Elle se rapprocha de la porte pour la fermer.

— Ne parlez pas d'eux comme si vous les connaissiez. Vous ne savez rien d'eux.

— Vous avez raison, mais malheureusement c'est mon travail de chercher à savoir. Tous ces journalistes qui sont là, moi y compris, ont des patrons impitoyables qui ne nous laisseront pas rentrer chez nous, vers nos familles, avant que vous n'ayez parlé à l'un d'entre nous.

— Et si je refuse ?

Visiblement effrayée, Mme Connors jeta un coup d'œil par-dessus l'épaule de Sam en direction des autres reporters.

— Ils parleront à d'autres membres de votre famille, à des commerçants, ou bien écriront des articles à partir de faits peut-être inexacts livrés par des voisins sans doute bien intentionnés, mais mal informés.

Sam observa une petite pause avant d'enchaîner :

— Ces articles donneront aux lecteurs une impression durable que vous pourriez trouver encore plus dérangeante dans les années à venir.

La femme contemplait le sol à présent, les épaules voûtées. Elle était brisée. Sam se haïssait.

— Voilà pour vous, dit-elle en laissant les fleurs sur le pas de la porte. À vrai dire, elles étaient pour ma grand-mère – c'est son anniversaire aujourd'hui –, mais elle aurait voulu que vous les ayez. Je vous en prie, acceptez mes excuses les plus sincères pour cette intrusion. La Nova blanche là-bas est ma voiture et voici ma carte. Je vais attendre une demi-heure et puis je m'en irai. Je ne vous dérangerai plus.

Elle commença à reculer vers l'allée de pierres disjointes en espérant qu'elle ne trébucherait pas sur ses hauts talons devant toute la meute.

— Est-ce que je pourrai lire votre article avant publication ?

La voix de Mme Connors était à peine audible.

Sam se retourna.

— Absolument. Vous en lirez chaque mot avant que je l'envoie.

Elle sourit gentiment à la femme qui fixait le mouchoir trempé dans sa main.

Sam remarqua que l'acariâtre voisine se tenait maintenant sur le pas de sa porte, la fixant toujours avec un air aussi halluciné. Elle devait avoir au moins quatre-vingt-dix ans. Qu'est-ce que cela faisait d'être aussi âgée, d'avoir vécu aussi longtemps ? Elle était presque complètement repliée sur son déambulateur, une énorme tache de vieillesse noircissant une de ses mains. Son visage en forme de cœur était livide, hormis ses lèvres couvertes d'un rouge très sombre.

— Eh bien, je suppose que vous feriez mieux d'entrer, dit Mme Connors en ouvrant sa porte en grand.

Sam jeta un coup d'œil vers le groupe de journalistes, puis vers la vieille dame qui ne la quittait toujours pas des yeux. Il n'était pas inhabituel que des voisins réagissent quand la presse se montrait en force, mais en général cela se limitait à un torrent d'insultes. Elle offrit un sourire à la sorcière sénile qui ne le lui rendit pas, mais, au moment où elle se retournait pour fermer la porte derrière elle, leurs regards se croisèrent à nouveau.

2

Samedi 4 février 2017

Kitty Cannon contemplait Kensington High Street depuis The Roof Gardens, des espèces de jardins suspendus perchés une dizaine d'étages au-dessus du niveau de la rue. Observant les employés qui rentraient chez eux dans le froid de cette soirée de février, elle se pencha par-dessus la rambarde, prit une longue inspiration et imagina qu'elle sautait. Le rugissement de l'air dans ses oreilles tandis qu'elle basculait, les bras écartés, la tête sur le côté, infiniment légère au début, puis de plus en plus lourde à mesure que la gravité l'aspirait. Au moment du choc, l'impact briserait chaque os de son corps et, pendant quelques secondes, elle resterait étendue là, parcourue de spasmes, pendant que les gens s'attrouperaient autour d'elle, sidérés, choqués, incrédules.

Qu'avait-elle pu vivre de si terrible pour s'infliger cela ? se demanderaient-ils. C'était horrible, tragique.

L'image était très précise dans sa tête. Elle était allongée sur ce trottoir, quelques filets de sang ruisselant sur son visage alors que son dernier souffle figeait un petit sourire sur ses lèvres. Enfin libre.

— Kitty ?

Elle s'écarta du rebord pour se retourner vers sa jeune assistante. Rachel se tenait à moins d'un mètre d'elle, son impeccable chevelure blonde encadrant des yeux verts au fond desquels brillait une légère inquiétude. Entièrement vêtue de noir, hormis des talons rose fluo et une fine ceinture assortie. Sa jupe crayon et sa veste adhéraient si étroitement à sa fine silhouette qu'elles ne bougeaient jamais, même quand elle se déplaçait. Elle serrait un bloc-notes entre de longs doigts tellement crispés qu'ils en perdaient toute couleur.

— Ils vous attendent, dit-elle, en se tournant vers les escaliers qui menaient à la salle de réception où, Kitty le savait, étaient réunies toute son équipe de production et de nombreuses stars de la scène et de l'écran qu'elle avait interviewées au cours des vingt années de son talk-show.

Elle imagina l'ambiance sonore dans la salle : des voix cherchant à se faire entendre au-dessus des cliquetis de l'argenterie et des verres qui se cognaient. Des voix qui s'éteindraient dès qu'elle ferait son entrée.

— Kitty, nous devrions y aller, insista Rachel non sans nervosité. Le dîner va bientôt être servi et vous vouliez dire quelques mots.

— Je ne *veux* pas. Je *dois* dire quelques mots, répliqua-t-elle, transférant son poids d'un pied douloureux à l'autre pour les soulager.

— Kitty, tu es comme d'habitude ravissante, fit une voix masculine derrière elles.

Les deux femmes se retournèrent vers Max Heston, le producteur exécutif de chacune des émissions de Kitty.

Grand et mince, il portait un costume bleu taillé à la perfection sur une chemise rose. Son visage rasé de près était toujours aussi séduisant. Ce type ne vieillit pas, se dit Kitty alors qu'il la gratifiait d'un large sourire. Il n'avait pas changé depuis leur première rencontre, trente ans plus tôt. Non, en fait, il était mieux. Elle observa Rachel tandis que Max venait vers elle. Les joues de la jeune femme se colorèrent, elle pencha légèrement la tête sur le côté et passa les doigts dans sa chevelure comme pour vérifier sa coupe au carré. Max avait toujours cet effet-là sur elle. En sa présence, Rachel redevenait une gamine énamourée, ce qui agaçait prodigieusement Kitty.

— Tout va bien ? s'enquit-il sur le ton qu'il utilisait chaque fois que Kitty allait faire son entrée sur le plateau.

Sachant qu'elle avait besoin de soutien, il distribuait compliments et louanges, la faisait rire, dissipait son trac, s'y prenant exactement comme il le fallait pour la calmer.

Sauf que ce soir, il ne la calmait absolument pas. Il la mettait en rage. Depuis la fin de la saison précédente, sa loyauté avait faibli. Il avait annulé des déjeuners avec elle au dernier moment, ignoré plusieurs de ses appels et ne lui avait pas envoyé de fleurs ni même une carte quand la nouvelle de sa retraite avait été annoncée. Elle avait senti qu'elle perdait tout intérêt aux yeux des pontes de la BBC : malgré les relances de son agent, il n'y avait eu aucune discussion quant à une nouvelle saison. Elle connaissait la suite. On ne tarderait pas à l'inviter à déjeuner pour lui expliquer qu'il était peut-être temps pour elle de passer le relais.

Elle avait donc choisi de prendre les devants. C'était elle, et pas Max ou un autre, qui déciderait quand le moment était venu de laisser le champ libre à tous ces morveux, plus jeunes, plus beaux et dont les dents très aiguisées frôlaient ses talons. Elle s'était plus ou moins attendue à ce qu'il ne vienne pas aujourd'hui, mais il avait appelé à la dernière minute pour annoncer sa présence, probablement quand il avait découvert le nombre de poids lourds de la télévision et des médias qui y assisteraient.

— Je crois qu'une de mes migraines me reprend. Où suis-je assise déjà ? demanda Kitty en serrant la rampe avec précaution tandis qu'elle descendait l'escalier sur ses Dior blanches, l'étiquette de sa nouvelle robe en mousseline de soie rose lui grattant le cou.

Voyant son reflet dans un grand miroir, elle eut un mouvement de recul, de dégoût, presque. Elle s'était laissé convaincre par une jeune vendeuse chez Jenny Packham. Sur le coup, elle s'était d'abord dit que ce rose était trop jeune pour elle, mais les flatteries de la gamine l'avaient grisée. Par contraste, Rachel était tranquillement éblouissante. À ses côtés, Kitty se faisait l'impression de la vieille tante célibataire qu'on ne sort qu'aux mariages et aux enterrements.

— Table une. Comme vous l'avez demandé, vous êtes à côté de Jon Peters, chargé de la publicité à la BBC, et de Sarah Weldon, chef du développement chez Warner Brothers, annonça Rachel.

— Je ne me souviens pas d'avoir demandé à être placée près de Jon. Il est chiant comme la mort, rétorqua Kitty, obligeant une Rachel affolée à vérifier son plan de table.

La salle était illuminée de guirlandes et de chandelles, les nappes blanches servaient d'arrière-plan aux immenses couronnes de pivoines roses, ses fleurs préférées.

— Où êtes-vous assise, Rachel ? l'interrogea Max.

Les joues de la jeune femme rosirent à nouveau.

— Oh, je ne sais pas trop si j'aurai le temps de manger. Je préfère rester disponible au cas où quelqu'un me demanderait, dit-elle en se forçant à quitter Max du regard pour adresser un sourire à Kitty.

Qui l'ignora.

— Ridicule. Je suis sûr de pouvoir vous trouver une place à notre table. Je pourrais vous présenter à certaines personnes, dit Max.

Tandis que Rachel se remettait à tripoter ses cheveux, les premiers applaudissements retentirent dans la salle, se transformant très vite en roulement de tonnerre. Il y avait là tous ceux qui avaient aidé Kitty à parvenir au sommet : acteurs, producteurs, agents, journalistes, uniquement des champions, que ce soit dans le sport ou dans un autre domaine. Tous ici ce soir, et bientôt disparus… comme Max, qu'elle ennuyait maintenant qu'elle ne lui était plus d'aucune utilité. Des gens qui avaient traversé des salles entières pour venir la saluer se contenteraient désormais de lui jeter un regard par-dessus l'épaule, mettraient un terme prématuré à leur conversation avec elle pour rejoindre la nouvelle Kitty plus jeune – qui que cela puisse être –, se félicitant en silence d'avoir réussi à se débarrasser de cette *has been*.

Kitty sourit à Rachel.

— Vous voulez bien aller chez moi chercher ma robe Jaeger bleu marine et les escarpins assortis ? Je me changerai après le dîner.

Rachel jeta un regard accablé à Max avant de se frayer un chemin entre les tables, entre tous les invités, vers la sortie. Quand les applaudissements s'estompèrent enfin, Kitty s'éclaircit la voix.

— Je vous remercie d'être venus. Surtout ma fidèle équipe qui me supporte depuis quinze saisons, notamment ma superbe assistante Rachel, sans qui je ne pourrais rien faire et, bien sûr, mon producteur exécutif, Max Heston, qui est là depuis le premier jour.

Max lui offrit un immense sourire.

— Attention à ce que tu dis, Kitty. Je me souviens encore de ces épaulettes tout droit sorties de *Dynasty*.

Kitty éclata de rire.

— Merci de nous le rappeler, et merci d'avoir organisé une soirée aussi merveilleuse et aussi peu méritée. Comme beaucoup d'entre vous le savent, je n'aime pas trop me retrouver sous le feu des projecteurs, préférant de loin être celle qui pose les questions. Mais je dirai néanmoins ceci : dès l'instant où j'ai vu John Freeman interviewer Gilbert Harding[1] dans *Face to Face* en 1960, j'étais ferrée. Il y avait là cette immense personnalité – un des rares capables de faire hurler de rire mon père dans

1. Gilbert Harding était un très célèbre journaliste de télé et de radio, qui avait la réputation d'être « l'homme le plus grossier d'Angleterre ».

What's My Line[1] ? – qui soudain fondait en larmes tandis que se révélait l'homme derrière le masque. Je n'avais que dix ans à l'époque, mais j'étais déjà vivement consciente des attentes placées en moi et, alors que j'étais scotchée devant le téléviseur noir et blanc dans le salon de mes parents, cela a été une véritable révélation de comprendre que j'avais la possibilité de jouer ce rôle.

Elle contempla son public, tous ces yeux rivés sur elle.

— Les gens me fascinent. Ce qu'on voit à l'extérieur est rarement ce qui se passe à l'intérieur, et j'ai toujours essayé d'utiliser la télévision comme un tremplin vers la vérité. Peu d'entre nous ont remporté un oscar ou une médaille d'or olympique, mais la plupart peuvent comprendre, à un certain niveau, les combats que nos idoles ont dû livrer. Des luttes si profondes, si solitaires qu'elles leur ont donné la force et la ténacité qui les ont propulsées vers le succès.

Tout en le gratifiant d'un sourire gracieux, elle attrapa une flûte de champagne sur le plateau d'un serveur qui se tenait à côté d'elle.

— J'aimerais lever mon verre en hommage à tous ceux qui ont le courage d'enlever leur masque pour partager leur douleur. Je suis immensément fière de compter parmi mes invités ce soir des personnalités qui ont fait la différence et touché le cœur des gens – certains d'entre vous ont obtenu les plus forts taux d'audience dans l'histoire de la BBC. Je suis bien sûr triste de descendre de cette fabuleuse estrade, mais cela vaut mieux que d'en être chassée.

1. Jeu télévisé.

— Jamais ! cria une voix au fond de la salle, et Kitty sourit brièvement.

— En tant que fille de policier qui a grandi près de Brighton, je n'avais certes jamais imaginé me retrouver au sein d'une compagnie telle que la vôtre. Merci à vous tous d'être venus. Maintenant, je vous en prie, mangez, buvez et lâchez-vous.

Quand les applaudissements prirent fin, elle se dirigea vers sa table avant de s'immobiliser en voyant Max se lever.

— J'ai rencontré Kitty pour la première fois alors que j'étais quasiment débutant, tout juste nommé producteur à la BBC. Un jeune mâle pas trop mal de sa personne, si je me souviens bien.

— Comme si tu ne le savais pas ! commenta Kitty, provoquant un froncement de sourcils de la part de Max.

— Tous ceux qui connaissent Kitty pourront en témoigner, elle possède un don désarmant pour vous convaincre que ce qu'elle veut est ce dont vous avez besoin. Un soir, en 1985, un de mes collègues du département Divertissements m'a demandé si je pouvais m'occuper d'une stagiaire qui lui envoyait une lettre par jour depuis un an et qui le rendait fou.

Une onde de rires parcourut la salle avant que Max continue :

— J'avais besoin d'une assistante pour effectuer des recherches pour *Parkinson*, un talk-show qu'aucun d'entre vous n'a oublié, je crois. J'ai donc accepté. Le lendemain, cette brune aux yeux bruns d'une intelligence saisissante est apparue et a pris les choses en main.

Il sourit à Kitty qui leva son verre vers lui.

— Au cours des années qui ont suivi, elle a rattrapé puis devancé tous ceux qui la précédaient, lançant au bout du compte l'idée de sa propre émission. C'est ainsi qu'est né *The Cannonball*. Pour ceux d'entre vous qui ne sont pas familiers des « boulets de canon », il s'agit d'une allusion au talent unique de Kitty pour détendre son interlocuteur jusqu'au moment où elle va lui balancer sa bombe d'un genre très spécial. Avant de rencontrer Kitty, je croyais m'y connaître en recherches, mais cette femme a le don de découvrir des choses sur ses invités que même leurs épouses ignorent. En l'espace d'une soirée, elle est devenue un trésor national et je suis incroyablement fier de m'être accroché sur cette merveilleuse montagne russe pendant plus de trente ans. Kitty, tu es pleine de bonté et de générosité. On ne t'oubliera jamais. Je suis fier que tu sois mon amie.

Au cours du dîner, Kitty navigua de table en table pour saluer ses invités, les complimentant sur leur élégance, les flattant pour leur réussite – certes, moins éblouissante que la sienne –, usant encore une fois de ce talent qui lui était propre.

Quand elle revint enfin à sa place, elle sentit son téléphone vibrer dans la poche de sa veste. Le texto de Rachel annonçait qu'elle arriverait dans cinq minutes avec sa robe. Elle lui répondit aussitôt.

Ne t'inquiète pas pour la robe, ma chérie, je n'en ai plus besoin maintenant. Tu dois être vidée. Rentre chez toi. Dors bien. Bises.

3

Samedi 4 février 2017

L'ascenseur était encore en panne. Sam emprunta l'escalier du Whitehall Estate, grimpant les marches deux par deux jusqu'à l'appartement de Nana où elle s'était installée avec sa fille Emma depuis qu'elle avait quitté Ben après une dispute particulièrement pénible deux mois plus tôt.

— Nana ? chuchota-t-elle en entrant, le souffle court après la montée.

Pas de réponse. Le plus discrètement possible, elle s'avança sur la moquette marron vers le salon où ronronnait le poêle à gaz. Nana s'était endormie sur son rocking-chair. Emma était roulée en boule sous une couverture sur le canapé. Une seule petite lampe était allumée et l'odeur de cuisine donna aussitôt à Sam l'impression d'être chez elle. Des photos couvraient le moindre espace libre sur les murs et les rebords de fenêtres : Nana et grand-papa, ces aventuriers, en train de camper ou bien Emma nue construisant des châteaux de sable sur une plage avec son arrière-grand-père, mais la plupart étaient des photos embarrassantes d'une Sam bien plus jeune sur lesquelles elle ressemblait à un Mick Hucknall édenté, aux genoux cagneux.

Tandis qu'elle se frayait avec précaution un chemin entre les magazines de mots croisés, les piles de journaux, quelques tasses de thé oubliées, des crayons de couleur et des gâteaux de riz entamés, son regard tomba sur ce qui ressemblait à une lettre sur le tapis à quelques centimètres du bras ballant de Nana, comme si elle s'était endormie en la lisant.

Quelque chose, peut-être l'écriture à moitié effacée, peut-être le papier visiblement vieux, attira aussitôt son attention, mais, comme elle se penchait pour essayer de la lire, Nana ouvrit les paupières et sourit. Sam lui rendit son sourire, amusée de voir qu'elle portait ses deux paires de lunettes : l'une au bout du nez et la seconde coincée dans sa chevelure qui, avec les années, avait viré d'un roux très vif à un ton cuivré nettement moins flamboyant.

— Bonjour, ma chérie, comment vas-tu ? s'enquit Nana, encore ensommeillée, plissant ses doux yeux bleus.

Comme souvent, à la vue d'Emma et de Nana, les deux êtres les plus chers à son cœur, Sam éprouvait un sentiment de réconfort. Nana était belle dans son jean, sa chemise blanche et un pull en cachemire rose, cadeau de grand-papa. Elle s'était, comme d'habitude, endormie devant un de ses DVD adorés de *Planète Terre*. Malgré le froid de ce mois de février, son visage aux fines rides gardait des couleurs. Nana souffrait d'arthrose depuis ses cinquante ans. Son sourire bienveillant masquait le fait qu'elle avait dû sortir sous la pluie avec sa hanche douloureuse et grimper les dix étages à pied. Sam ne put s'empêcher de penser que, malgré son acharnement et ses efforts permanents pour être une merveilleuse grand-mère pour Emma et une mère de substitution pour elle, le chagrin d'avoir perdu Christine, sa fille unique et la maman de Sam, avait eu de terribles répercussions sur sa santé. Ce qui provoqua chez elle une nouvelle vague d'irritation à l'égard de Ben.

— Nana, tu aurais dû me dire que l'ascenseur était en panne. J'aurais fait des courses.

Elle embrassa sa grand-mère et sa fille sur le front.

— Ne t'inquiète pas, ma chérie, nous nous sommes bien amusées toutes les deux. Emma m'a aidée à monter l'escalier. Elle est tellement gentille, Sammy. Ben et toi pouvez être fiers d'elle.

— Peut-être, mais c'est à cause de lui que tu supportes cette charge supplémentaire.

— Il avait un entretien d'embauche, dit Nana en couvant Emma d'un regard affectueux.

— Un samedi ? lança Sam, sceptique.

Nana haussa les épaules.

— Je crois que c'était pour une chaîne de restauration. Tu devrais être contente pour lui.

Sam secoua la tête.

— Je ne sais plus trop où nous en sommes, tous les deux... Il y a du thé déjà prêt ?

Nana acquiesça et Sam passa dans la cuisine en demandant :

— Elle n'a pas fait d'histoire pour dormir ?

— Non, mais il était un peu tard, je le crains. Elle voulait t'attendre. J'ai tenté de la convaincre d'aller dans son lit, mais elle a fini par s'endormir ici. Tu dois être épuisée, ma chérie.

Sam revint avec deux mugs qu'elle posa sur la table basse.

— J'ai décroché une exclusivité pour la presse nationale, donc j'imagine que ça valait le coup.

Elle s'enfonça dans le canapé auprès d'Emma, posant la main sur le dos de l'enfant pour sentir le rythme de sa respiration.

— Bravo, ma chérie. Cela veut-il dire qu'on va enfin voir ton nom dans les journaux ?

— Non, même s'ils reprennent nos textes mot pour mot, ce sont les rédacteurs de la presse nationale qui signent les articles, mais ça fera bien dans mon CV. De toute manière, je me demande si tu as jamais raté une seule des phrases que j'ai écrites.

Sam jeta un coup d'œil vers les piles de journaux qui l'entouraient.

— Bien sûr que non. Je suis immensément fière de toi, ma chérie.

— Tu es bien la seule. Ben ne peut plus me voir en peinture.

Sam but une gorgée de thé.

— Ça va s'arranger. C'est difficile pour vous, les jeunes femmes d'aujourd'hui, de devoir jongler entre votre métier, la maison et le reste. C'est comme si votre génération était la première à devoir tout faire. Parfois, je me dis qu'on vous a légué un gros tas de merde fumante.

Sam éclata de ce rire tonitruant que Ben aimait tant avant. Elle se couvrit la bouche, craignant de réveiller Emma.

— Quoi qu'il en soit… dit-elle en fouillant dans son gros sac pour en sortir un petit paquet et une immense boîte de chocolats qu'elle tendit à sa grand-mère, joyeux anniversaire, Nana !

— Oh, mais tu n'aurais pas dû… s'esclaffa Nana en sortant le petit bracelet portant le chiffre

60 et trois lettres stylisées – *S*, *A* et *E* – pendouillant aux côtés d'une minuscule théière et d'un papillon en argent.

Ses yeux se mouillèrent.

— Mes préférées, dit-elle, faisant référence aux initiales de leurs trois prénoms et en soufflant une bise vers sa petite-fille. C'est magnifique, ma chérie, merci.

— Je m'en veux de ne pas avoir été là pour ton premier anniversaire sans grand-papa. La semaine prochaine, c'est promis, je t'emmène dîner dehors.

— Ne sois pas idiote. Tu es ici maintenant et j'avais Emma. Et puis, grand-papa était là en esprit. Sais-tu ce que j'ai retrouvé aujourd'hui ?

— Quoi ?

— Emma avait fait tomber un jouet derrière notre lit et, en le récupérant, j'ai vu une grosse marque sur le mur.

Sam fronça les sourcils.

— Et qu'a-t-elle de si intéressant cette grosse marque derrière votre lit, à grand-papa et à toi ?

Nana laissa échapper un petit rire.

— Il avait l'habitude d'écouter la radio dans la chambre voisine. Il la mettait si fort que je n'arrêtais pas de cogner avec ma canne sur le mur. Au point d'abîmer le plâtre. Après sa mort, reprit-elle après une pause infime, c'est moi qui allais la brancher à fond juste pour faire comme s'il était toujours là. Quand on perd quelqu'un, on croit qu'on va juste regretter ses bons côtés, mais c'est faux. En fait, on regrette tout. Le bon et le mauvais.

Sam lui sourit. Grand-papa avait quinze ans de plus que Nana et, quand celle-ci s'était aventurée dans sa boutique d'antiquités par un dimanche pluvieux de l'automne 1980, cela avait été le coup de foudre. Ils étaient vite devenus inséparables, se mariant à peine un an plus tard à la mairie de Brighton. Grand-papa était devenu un roc pour Nana, surtout quand ils avaient reçu un appel des services sociaux leur notifiant que Christine, sa fille unique avec qui Nana était brouillée, était morte en laissant derrière elle une enfant de douze ans que sa grand-mère n'avait jamais rencontrée. Grand-papa avait accueilli Sam comme si c'était sa propre petite-fille et, à eux trois, ils avaient formé une bulle de bonheur qui n'avait éclaté que treize ans plus tard quand on avait appris qu'il était atteint d'un cancer incurable.

Nana s'essuya les yeux avec le mouchoir de son mari défunt.

— Qu'est-ce que c'est ? demanda Sam en montrant la lettre par terre. On dirait qu'elle t'est tombée des mains quand tu t'es endormie.

Nana baissa les yeux. Elle parut hésiter avant de ramasser les deux pages.

— C'est une lettre, ma chérie.

— De qui ?

— Je ne sais pas trop. Je l'ai trouvée parmi les papiers de grand-papa.

Elle s'extirpa de son fauteuil.

— Je peux la voir ?

Nana hésita à nouveau, contemplant la lettre dans sa main avant de la lui tendre.

— Tu vas bien, Nana ?

— Très bien, ma chérie, je suis juste un peu fatiguée, répondit sa grand-mère en s'éloignant. La nature m'appelle. Je reviens.

Sam lissa avec précaution les deux feuillets jaunis. Ils étaient couverts d'une écriture impeccable, les mots parfaitement espacés rédigés au crayon noir. La date en haut indiquait : *12 septembre 1956.*

Mon amour,

J'ai peur, car je n'ai aucune nouvelle de toi. Toutes mes angoisses se confirment. Je suis enceinte de trois mois. Il est trop tard pour faire quoi que ce soit. Dieu a décidé que ce bébé naîtra.

— Je crois que je vais aller me coucher, ma chérie, déclara Nana, revenue dans la pièce. Emma a l'air si tranquille dans le canapé. On pourrait peut-être la laisser ici ?

Sam se tourna vers sa fille endormie avant de regarder à nouveau la lettre.

— C'est une jeune fille qui écrit à son amant, lui annonçant qu'elle est enceinte. Elle a l'air très effrayée…

Nana s'était mise à faire un peu de rangement.

—… Pourquoi grand-papa aurait-il une lettre pareille ?

— Je ne sais pas, Sam. Elle devait sans doute se trouver dans le tiroir d'un meuble qu'il a récupéré.

Sam chercha la signature au bas de la seconde page.

— Y a-t-il d'autres lettres de cette Ivy, d'après toi ? s'enquit-elle.

Nana s'immobilisa un instant.

— Je ne sais pas, peut-être.

Elle quitta la pièce et bientôt retentirent les bruits des assiettes qu'elle empilait dans l'évier. Sam reprit sa lecture.

— Cette pauvre fille, on dirait que sa famille est très en colère après elle. Ils envisagent de l'envoyer accoucher dans un endroit qui s'appelle St. Margaret. Je ne savais pas que cela existait ici. Et toi ? Je croyais qu'il n'y en avait eu qu'en Irlande. Elle a le cœur brisé. Elle supplie cet homme, qui qu'il soit, de revenir la chercher pour l'épouser.

— Les années cinquante n'étaient pas une bonne époque pour les mères célibataires, dit Nana avec un long soupir. Il faut que j'aille me coucher maintenant, ma chérie, désolée.

— Tu ne crois pas que cette lettre était adressée à grand-papa ? Je veux dire, avant que tu le connaisses, bien sûr ?

Nana lui lança un regard irrité.

— Non, Samantha, je ne crois pas. Pourrais-tu, s'il te plaît, cesser de m'interroger sur cette lettre maintenant ?

Sam sentit le rouge lui monter aux joues.

— Bien sûr. Excuse-moi, ce n'est pas ce que je voulais dire. C'est une déformation professionnelle. Excuse-moi, vraiment, Nana.

— Ce n'est pas grave, ma chérie. Je suis un peu triste, c'est tout. Grand-papa a tenu cette boutique pendant la plus grande partie de sa vie, tu sais, et il lui arrivait souvent de trouver des babioles et des lettres au fond d'un tiroir, dans un secrétaire ou dans une commode. Parfois, nous passions des heures à nous interroger sur ces témoignages de gens que nous ne connaissions pas. Aujourd'hui, il me manquait, alors je me suis mise à fouiner dans ses affaires.

— Bien sûr. Pardonne-moi encore d'avoir travaillé si tard et de t'avoir laissée t'occuper d'Emma. Et puis aussi, d'avoir raté ton anniversaire et de t'obliger à nous accueillir... En gros, j'ai carrément honte d'exister.

— Eh bien, pas moi, je serais perdue sans toi.

Nana les embrassa toutes les deux avant de disparaître dans le couloir.

Sam prit Emma dans ses bras pour la porter dans sa chambre. Elle la coucha dans son petit lit avant d'allumer la veilleuse.

— Je t'aime, murmura-t-elle en déposant un baiser sur son front.

Elle quitta la pièce le plus silencieusement possible.

De retour dans le salon, elle alluma son ordinateur portable et tapa dans Google : « St. Margaret, bébés, Sussex ». Une photo en noir et blanc d'un vieux manoir gothique apparut. Elle l'examina un moment, remarquant les deux religieuses en habits dans le jardin. La légende annonçait : *Le couvent St. Margaret pour mères célibataires, Preston, janvier 1969*.

À mesure qu'elle découvrait l'histoire de ce « centre d'accueil » pour mères et bébés et les combats des femmes qui y avaient séjourné et qui pendant des années avaient tenté de retrouver la trace de leur enfant qu'elles avaient été forcées d'abandonner pour adoption, elle fut de plus en plus scandalisée et choquée. Apparemment, avant la FIV, les couples infertiles n'avaient d'autres ressources que d'« acheter » un bébé à certaines institutions religieuses en échange de fortes sommes d'argent. Dans le cas présent, cela avait duré jusqu'au milieu des années soixante-dix, quand St. Margaret avait enfin fermé ses portes.

Elle pensa à Emma paisiblement blottie dans son lit. L'idée que quiconque puisse la lui prendre de force semblait inconcevable. Mais, en lisant la lettre d'Ivy et les récits de douzaines d'autres comme elle, il devenait clair que si elle-même était tombée enceinte en 1956, en tant que mère célibataire, sa famille n'aurait sans doute pas hésité à la jeter à la rue et St. Margaret serait alors devenue sa seule option.

Elle continua à faire défiler les résultats de sa recherche et ne tarda pas à repérer le même titre qui ne cessait de revenir. Finalement, elle cliqua sur l'un des articles. *LES RESTES D'UN PRÊTRE DISPARU RETROUVÉS SUR LE CHANTIER DE DÉMOLITION D'UN ANCIEN FOYER POUR MÈRES CÉLIBATAIRES.* L'article avait été publié dans *The Times* la semaine précédente. *Révélations sur la mort du père Benjamin dans le manoir victorien en ruine.*

Intriguée, elle relut un passage de la lettre d'Ivy.

> *Dimanche à l'église, le Dr Jacobson parlera au père Benjamin. Ils veulent m'y envoyer le plus tôt possible. Je crois que la décision sera prise d'ici quelques jours. Je ne sais pas quoi faire. Je t'en prie, mon amour, je t'en supplie, je te rendrai heureux et nous formerons une famille. S'il te plaît, viens vite me chercher. J'ai très peur.*

— Père Benjamin, répéta Sam à haute voix, en fixant à nouveau son écran.

Elle composa un numéro sur son portable.

— Salut, Carl, c'est Sam. C'est toi qui es de bouclage, cette semaine ?

Sur la ligne, elle entendait les équipes du soir encore au travail et, au loin, Murray qui beuglait. Personne n'irait se reposer avant que les titres nationaux n'achèvent leur journée ou qu'il ne soit pris d'une extinction de voix.

— Tu sais qui a couvert l'enquête la semaine dernière sur un prêtre de Preston dans le Sussex, un certain père Benjamin ? Disparu en 2000, ses restes n'ont été retrouvés qu'en 2016 sur un chantier.

Elle se versa un peu de thé et replia ses jambes sous elle sur le canapé.

Carl cria pour se faire entendre par-dessus le vacarme régnant dans l'agence.

— Donne-moi une minute. Le père Benjamin… Ouais, ça me dit quelque chose… Ah, voilà. C'est Kevin qui s'en est occupé. Les nationaux ont tous repris l'histoire. Un prêtre mort dans un couvent abandonné, St. Margaret. Verdict : mort accidentelle. Slade Homes a racheté l'endroit pour en faire un lotissement chic, sauf que le tribunal a arrêté les travaux. Ce qui a dû leur foutre sacrément les boules. J'ai lu dans un journal local que ça leur avait déjà pris plus de dix ans pour déplacer le cimetière et obtenir le permis de construire.

— Je me demande ce que ce père Benjamin faisait là. Que lui est-il arrivé ? s'enquit Sam.

— Aucune idée. Je me souviens que Kevin était davantage intéressé par le fait que Kitty Cannon a assisté à l'audience de la cour.

— Qui ?

Sam l'entendait à peine avec le bruit de l'aspirateur.

— Tu sais, Kitty Cannon, la présentatrice du talk-show.

— Tu te fous de moi ?

Sam s'était redressée.

— Non. Et elle était très troublée, apparemment. Elle a filé avant l'énoncé des conclusions.

— Pourquoi diable Kitty Cannon s'intéresserait-elle à un vieux curé de Preston ?

Afin d'améliorer la réception, Sam se leva pour se rapprocher de la fenêtre. Une excitation qu'elle connaissait bien était en train de la gagner. Si elle décrochait une exclusivité sur quelqu'un d'aussi prestigieux que Kitty Cannon, elle obtiendrait sans doute du même coup son billet d'entrée dans un des grands journaux nationaux. Cela faisait trop longtemps qu'elle usait les moquettes de Southern News. Depuis la naissance d'Emma, il n'était plus question d'accumuler les heures de présence comme elle le faisait avant et Murray semblait déterminé à la laisser moisir en bas de l'échelle. Elle avait beau transformer en scoop pratiquement chaque sujet qui lui était confié, comme elle l'avait encore fait aujourd'hui avec Jane Connors, les promotions n'étaient jamais pour elle. Elle avait besoin de commencer à gagner décemment sa vie. Malgré tout l'amour qu'elle avait pour Nana, Emma et elle ne pouvaient vivre éternellement chez elle. Dès demain, et pour la récompenser, Murray l'enverrait sans doute à une foire aux bégonias, mais elle ne commençait pas son service avant dix heures. Elle avait toujours le loisir d'enquêter sur St. Margaret et Kitty Cannon pendant son temps libre.

— Aucune idée, répéta Carl. Kevin en a parlé à Murray hier – il avait bien envie de creuser un peu –, mais il n'avait pas de photo et le bureau de Cannon a affirmé que ce n'était pas elle. Fin de l'histoire.

— Alors, il a laissé tomber ? C'est quand même bizarre. Elle connaissait ce père Benjamin ?

— Aucune idée. C'est pas vraiment un truc qui risque d'intéresser les gens, Sam. Elle ne faisait rien d'illégal, et Murray a donc estimé qu'il n'y avait aucune raison de mettre quelqu'un là-dessus.

— Mais… Kevin est-il là ? Puis-je lui parler ?

— Non. Il était de service de jour. Écoute, désolé, Murray me gueule dessus. Faut que j'y aille.

— D'accord, merci, dit Sam à son téléphone déjà silencieux.

Après avoir jeté un coup d'œil à l'article sur son ordi, elle sortit son carnet de notes et inscrivit *père Benjamin* en haut d'une page blanche.

Puis elle relut encore une fois la lettre.

4

Mercredi 12 septembre 1956

Les ongles plantés dans les genoux, Ivy Jenkins était assise au bord de son lit, tandis que la voix d'oncle Frank lui parvenait à travers le parquet. Elle avait entendu l'arrivée du Dr Jacobson, la sonnette déclenchant en elle une peur atroce, et, par la porte entrouverte de sa chambre, elle avait vu sa mère se précipiter pour aller l'accueillir. Elle avait tendu l'oreille.

— Bonsoir, docteur. Merci beaucoup d'être venu.

La voix de sa mère était nerveuse et essoufflée... Une voix qu'Ivy avait à peine entendue depuis leur visite chez ce même Dr Jacobson un peu plus tôt dans la semaine. Elle était restée assise là, les yeux fixés sur le médecin, regardant ses lèvres bouger tandis que des mots en sortaient et aspergeaient la pièce comme des balles tirées en rafales. Elle aurait voulu arrêter sa vie juste avant cette seconde où ses dix-huit années d'innocence avaient été massacrées.

— Eh bien, Ivy, lui avait-il dit après l'avoir examinée et lui avoir demandé de prendre place sur la chaise face à son bureau, la raison pour laquelle tu ne te sens pas bien ces derniers temps, c'est que tu vas avoir un bébé.

Sa mère avait poussé un cri d'horreur et de stupeur, levant sa main gantée devant sa bouche. Hébétée, cherchant quelque chose, n'importe quoi, auquel se raccrocher, Ivy avait voulu lui prendre son autre main, mais sa mère la lui avait refusée.

Après cela, elle n'avait adressé la parole qu'au Dr Jacobson, lui demandant ce qu'elles devaient faire. Qu'allaient dire les voisins ? Savait-il qu'Ivy n'était pas mariée ? Il avait répondu que si le père du bébé n'était pas prêt à l'épouser, il restait cependant une possibilité. Mais il aurait besoin d'en parler avec elles, avait-il annoncé. Il viendrait donc les voir mercredi soir. Après cela, pendant le long trajet en bus jusqu'à la maison et pendant les trois jours qui avaient suivi, maman avait à peine prononcé un mot.

Oncle Frank n'avait pas remarqué son silence. Il avait continué à râler, comme d'habitude, à propos du dîner qu'il trouvait presque immangeable, du courant d'air sous la porte de derrière et du tapage que faisaient les enfants des voisins. Mais Ivy, elle, l'avait remarqué. Comme elle avait remarqué son accablement et son regard vitreux et vide.

Dès l'instant où elle avait appris que son bébé grandissait en elle, Ivy avait cherché à voir Alistair. Bien sûr, elle lui avait déjà parlé de ses règles qui n'étaient pas venues et, même s'il lui avait souri en lui disant de ne pas s'en faire, sa voix avait soudain été très froide.

La semaine dernière, il n'était pas passé la prendre pour leur promenade en voiture du samedi, alors qu'elle l'avait attendu toute la matinée. Elle était restée assise dans le salon avec sa nouvelle jupe en coton bleu et son chemisier blanc, tandis qu'oncle Frank braillait en écoutant le résultat des courses de chevaux à la radio. Finalement, elle s'était résignée : son amour ne viendrait pas.

De désespoir, elle avait fait le mur dans la soirée pour se rendre au Preston Arms, le pub que fréquentait Alistair. Elle était entrée dans la salle enfumée, tirant timidement sur les manches de sa robe, jusqu'à ce qu'elle repère la petite amie d'un autre joueur de son équipe de football et rassemble son courage pour lui demander de dire à Alistair qu'elle avait besoin de le voir, que c'était urgent. La fille avait souri et promis de le faire. Mais, alors qu'Ivy repartait, elle avait entendu son copain ricaner.

— Al a encore brisé un petit cœur.

— Arrête, avait dit la fille. On est toutes passées par là.

Ivy s'était retournée pour les voir rigoler tandis qu'elle quittait le vacarme du pub pour le silence de la rue.

Les rugissements d'oncle Frank la ramenèrent au présent.

— Attends un peu que je mette la main sur elle !

— Non, Frank !

Ivy entendit sa mère tenter de le calmer, puis la voix plus sourde du Dr Jacobson.

Incapable d'en supporter davantage, elle alla à son bureau, sortit une page blanche et se mit à écrire.

12 septembre 1956

Mon amour,

J'ai peur, car je n'ai aucune nouvelle de toi. Toutes mes angoisses se confirment. Je suis enceinte de trois mois. Il est trop tard pour faire quoi que ce soit. Dieu a décidé que ce bébé naîtra.

Depuis que le Dr Jacobson a annoncé la nouvelle, j'entends maman qui pleure dans sa chambre. Je lui ai apporté des fleurs dans un vase que j'ai mis à côté de son lit, mais elle m'a tourné le dos. Comment, en un instant, est-il possible d'arrêter d'aimer sa propre chair et son propre sang ? Nous étions tout l'une pour l'autre depuis la mort de papa. Oncle Frank s'imagine que maman l'aime, mais je sais que non. J'ai bien vu mes parents danser dans le salon quand ils croyaient que je dormais ; la façon que maman avait de lui sourire quand papa la faisait tourner. Elle n'a jamais eu ce sourire pour oncle Frank. À vrai dire, je ne l'ai jamais vue lui sourire. Elle passe juste son temps à lui apporter des trucs sur un plateau depuis la cuisine jusqu'au salon et il ne la remercie jamais.

Nous n'avons plus le droit de parler de papa maintenant que nous habitons chez lui, mais il ignore qu'elle cache une photo dans une boîte dans un placard sous les escaliers. Moi aussi, je me cache là, de temps en temps, quand il se met en colère, et alors je sors ma lampe électrique pour regarder papa. Il est tellement beau dans son uniforme. Ses cheveux sont lissés en arrière sous son béret et il regarde au loin, comme s'il se passait quelque chose de terriblement important à l'horizon.

Avant de repartir à la guerre, il m'a prise sur ses genoux parce que je le suppliais de ne pas partir. Il m'a serrée contre lui et il m'a dit qu'à chaque fois qu'il me manquerait, il fallait que je regarde le ciel pour y chercher l'étoile la plus grande, la plus brillante, parce que lui aussi la regarderait toutes les nuits. Alors, nous saurions tous les deux que cette étoile nous réunissait et qu'elle allait encore nous réunir quand il reviendrait très bientôt à la maison. Que, de cette façon, c'était sûr et certain qu'on se retrouverait. Mais ça n'a pas suffi que je regarde cette étoile brillante et je me suis sentie mourir à l'intérieur quand ils sont venus nous annoncer que papa était mort... et je suis restée morte jusqu'à ce que je te rencontre.

Oh, pourquoi suis-je aussi malheureuse et effrayée ? Où es-tu ? Est-ce que tu ne m'aimes plus ?

— Ivy ! Descends ici tout de suite !

C'était la voix furieuse d'oncle Frank en bas.

Elle rangea lentement la feuille dans le tiroir et ravala la nausée qui lui montait dans la gorge. Tremblante, elle descendit l'escalier.

— Où est-elle ? Ivy ! gueulait à nouveau oncle Frank.

— Elle est là, dit calmement sa mère tandis qu'Ivy se forçait à franchir le seuil.

La pièce était enfumée. Oncle Frank et le Dr Jacobson étaient assis sur le canapé, une cigarette à la main, pendant que maman était bizarrement perchée au bord d'une chaise dans un coin.

— Oui, mon oncle.

— Ne me dis pas « oui, mon oncle », espèce de sale petite putain.

— Frank ! Je t'en prie, pas devant le docteur.

Sa mère se tordait les mains.

— Arrête de la protéger, Maude. Tu n'arrives pas à lui inculquer la moindre notion de discipline. Il est grand temps que je m'en occupe. Eh bien, qu'as-tu à dire pour ta défense ?

Ivy resta silencieuse, tête baissée. Les larmes lui brûlaient les yeux et elle était prise de vertige au point que les cercles orange et bruns sur la moquette commençaient à se mélanger. Elle crut qu'elle allait s'évanouir.

— Le père de ce bébé a-t-il la moindre intention de t'épouser ? cracha oncle Frank.

— Je ne sais pas, mon oncle, chuchota-t-elle.

— Tu le lui as dit, au moins ?

Elle cligna des paupières et les larmes se mirent à ruisseler sur ses joues. Elle les essuya maladroitement.

— Réponds ! Ou crois-moi, je te colle une gifle que tu vas sentir passer.

— Je n'arrive pas à le joindre, dit Ivy.

Un bref silence régna dans le salon avant que n'éclate le rire tonitruant d'oncle Frank.

— Pourquoi ça ne m'étonne pas ?

Il alla se servir un grand verre de whisky.

— Je ne sais pas pourquoi tu t'es imaginé que ce garçon s'intéresserait à toi. Tout ce qu'il voulait, il l'a eu et c'était dans ta culotte. Écoute bien ce que je te dis, tu n'auras plus jamais aucune nouvelle de lui.

— Frank, arrête ! dit sa mère.

Il traversa la pièce. Ivy n'osa pas bouger tandis qu'il tournait lentement autour d'elle, le visage congestionné de rage. Elle raidit tous les muscles de son corps, se préparant aux coups.

— Dieu sait que j'ai essayé d'être un père pour toi et de t'éduquer comme il faut, et on voit le résultat. Tu n'attendais que le moment de te prostituer pour couvrir cette famille de honte.

Ivy regarda sa mère qui laissa échapper un sanglot.

Frank n'avait pas terminé.

— Sans le Dr Jacobson qui a eu la gentillesse de parler au père Benjamin et de lui demander s'il n'y avait pas une place pour toi et le bébé à St. Margaret, tu te serais retrouvée à la rue. Tu me dégoûtes, Ivy. Tu es la pire déception de toute ma vie. J'espère simplement qu'ils te prendront le plus vite possible, avant que ça commence à se voir.

— J'ai bien peur, Frank, intervint le Dr Jacobson, qu'il n'y ait des frais. Ils ne la prendront pas pour rien.

— Combien ? demanda Frank.

— Père Benjamin me le confirmera dimanche, mais ce devrait être aux alentours de cent livres.

— On n'a pas une somme pareille ! s'écria Frank.

— Alors, il faudra qu'elle reste après l'adoption du bébé et qu'elle travaille pour rembourser sa dette.

— Combien de temps ?

La mère d'Ivy était blanche comme un linge.

— Trois ans, je crois, répondit calmement le Dr Jacobson, comme s'il parlait du temps qu'il faisait et non comme s'il prononçait une sentence de prison.

Ivy poussa un cri et se précipita vers sa mère, lui prenant la main dans laquelle elle serrait un mouchoir.

— Maman, non ! Ne m'oblige pas à faire ça. Je t'en supplie.

Oncle Frank vint l'arracher à sa mère.

— Ne mets pas ça sur le dos de ta pauvre mère. Tu ne crois pas qu'elle a déjà assez souffert ?

— Tu es content parce que tu vas enfin pouvoir te débarrasser de moi, répliqua Ivy en se libérant avec violence.

— Ivy, ça suffit ! s'exclama sa mère, les yeux gonflés de larmes.

Ivy baissa la tête, vit le whisky qui tremblait dans le verre d'oncle Frank. Soudain, il le jeta contre le mur où il se fracassa en mille morceaux.

— Hors de ma vue ! cria-t-il. Ton père doit se retourner dans sa tombe.

Ivy courut dans sa chambre. Sanglotante, elle ressortit la feuille de papier de son bureau et se remit à écrire.

Oncle Frank dit que le seul moyen d'effacer la honte dont j'ai accablé la famille est de m'envoyer ailleurs, avant que la grossesse ne commence à se voir, pour que les voisins ne se doutent de rien. Il y a un endroit à Preston qui s'appelle St. Margaret où ils prennent les filles comme moi qui vont avoir un bébé.

Je sais que maman ne voudrait pas que j'y aille, mais je sais aussi ce qu'elle dira : cette maison est celle d'oncle Frank et nous avons de la chance d'avoir un toit alors que ton père nous a laissées sans rien. Ce n'est pas juste qu'elle dise ça ; ce n'est pas la faute de papa s'il est mort à la guerre.

Selon le Dr Jacobson, il faudra que je reste là-bas un moment pour payer mon séjour. Il a parlé de trois ans, parce que nous n'avons pas les cent livres qu'ils exigent. Je sais que c'est beaucoup demander, mais, après tous les restaurants et tous les cadeaux que tu m'as gentiment offerts, je n'ai pas l'impression que ce soit une si grosse somme pour toi. Je comprends que tu ne veuilles pas d'un scandale dans les journaux à la veille de ta première saison à Brighton, mais si tu payais ces cent livres et si tu promettais à oncle Frank que tu m'épouseras un jour, alors je pourrai supporter cette souffrance sachant que nous serons à nouveau réunis, une fois que le bébé, notre bébé, sera né.

Ces derniers mois, et surtout cette merveilleuse nuit que nous avons passée ensemble au Rose Hotel, ont été les plus beaux, les plus heureux de ma vie. Tu me manques terriblement. Je ne mange plus, je ne dors plus ; j'ai peur de ce qu'il pourrait nous arriver. La nuit, je reste allongée et je me caresse le ventre en me demandant si ce sera un garçon qui sera aussi fort et aussi beau que son papa.

Oncle Frank dit que je suis naïve de croire que tu puisses aimer une fille comme moi. Il raconte que maintenant que tu as eu ce que tu voulais, je n'entendrai plus jamais parler de toi.

Je t'en prie, mon amour, prouve-lui qu'il a tort. Je mettrai moi-même cette lettre dans ta boîte pour être sûre que tu l'auras.

Dimanche à l'église, le Dr Jacobson demandera au père Benjamin qu'ils me prennent le plus tôt possible. Je crois qu'ils donneront leur réponse d'ici quelques jours. Je ne sais pas quoi faire, ni quoi penser. S'il te plaît, mon chéri, je t'en supplie, je te rendrai heureux et nous formerons une famille. Viens vite me chercher. J'ai peur.

Avec tout mon amour éternel,

Ton Ivy.

Elle replia la lettre, la glissant dans une enveloppe qu'elle colla soigneusement. Elle attendrait que maman et oncle Frank soient endormis pour se faufiler dehors et aller la mettre dans la boîte d'Alistair.

Elle connaissait cet endroit où ils comptaient l'envoyer : St. Margaret à Preston. Cet immense manoir lui faisait peur quand ils passaient devant en voiture le dimanche en allant à l'église. De loin, il ressemblait à un gros gâteau en pain d'épice qui aurait brûlé : une bâtisse haute et vaste, avec des tourelles glacées, des piliers comme des sucres candis tordus et des fenêtres aux vitres toujours noires. Les grandes croix plantées au-dessus de chaque aile crucifiaient le ciel, tandis que le lierre qui grimpait jusqu'au toit d'ardoises semblait vouloir étrangler les murs.

À l'école, on parlait parfois de deux filles qui avaient dû aller là-bas pour avoir leur bébé. Celle qui était revenue des mois plus tard était méconnaissable, l'ombre d'elle-même. Quant à l'autre, on ne l'avait plus jamais revue.

5

Samedi 4 février 2017

Après deux heures passées à lire des récits aussi déchirants qu'éprouvants de bébés arrachés à leurs mères, une expérience dont, semblait-il, aucune ne se remettait, Sam ne put en supporter davantage. Les malheureuses étaient forcées de travailler dans des lavoirs, dans des conditions difficilement descriptibles, manipulant souvent d'énormes machines jusqu'à l'accouchement. Leurs nourrissons leur étaient ensuite enlevés dès la naissance, les jeunes femmes devant signer un renoncement à tout droit sur eux.

Sam en pleurait alors qu'elle s'était allongée autour d'Emma dans son lit blanc, le petit corps doux de sa fille blotti contre elle. L'instinct de protéger sa progéniture était si puissant… Comment ces bonnes sœurs parvenaient-elles à acquérir un tel pouvoir sur ces filles ? Non seulement elles les persuadaient de renoncer à leur bébé, mais encores elles leur faisaient signer des contrats qui rendaient illégal le fait d'essayer de retrouver leur enfant à l'avenir.

Fixant toujours la lettre, elle suivit du bout des doigts l'écriture penchée. Ivy était née une génération trop tôt. En tant que récente mère célibataire elle-même, Sam était abasourdie de découvrir qu'on avait pratiqué cette espèce de traite de bébés jusqu'au milieu des années soixante-dix dans ce lieu qui se trouvait à deux pas de chez elle.

Il fallait qu'elle se rende sur place pour voir comment ces femmes avaient vécu, où dormaient les bébés, dans quelles circonstances avaient travaillé ces filles pour payer leur prison. Bien sûr, le lien potentiel de Kitty Cannon avec cet endroit intriguait la journaliste en elle, mais, pour une raison qu'elle ne comprenait pas vraiment, elle était surtout fascinée par Ivy. Plus encore, elle s'imaginait à sa place. Oui, elle devait voir St. Margaret de ses propres yeux.

Ses recherches en ligne lui avaient appris que le vieux manoir allait être détruit le mardi suivant, ce qui ne lui laissait que deux jours. Elle entamait tout juste sa semaine de garde – cinq journées d'affilée de présence au bureau –, ce qui signifiait qu'elle n'avait donc pas le moindre jour de repos d'ici la démolition. Elle n'avait pas le choix : sa seule chance de découvrir ce couvent était d'y aller demain à l'aube pour pouvoir être à dix heures à son travail.

Alors qu'elle sombrait dans le sommeil, la lettre surgit à nouveau dans son esprit à peine conscient – une lettre qui était arrivée, Dieu sait comment, dans les affaires de son grand-père et qui avait été rédigée par une jeune femme terrifiée.

6

Dimanche 5 février 2017

La maison était isolée au bout d'une petite impasse en plein centre de Londres. La porte s'ouvrit et Richard Stone fit signe à Kitty d'entrer.

L'alarme retentit pendant trente secondes tandis qu'elle restait dans l'entrée, regardant Richard taper maladroitement des chiffres sur un petit clavier. Ses mains, déformées par l'âge et couvertes de taches de vieillesse, étaient fébriles.

— Désolé. Depuis le décès de ma femme, j'oublie toujours de la débrancher quand je me lève.

Kitty sourit.

— J'apprécie vraiment que vous m'accordiez ce rendez-vous en urgence. Je ne savais pas vers qui me tourner.

— Aucun problème, je suis là pour ça. Je regrette simplement de vous avoir imposé un horaire aussi matinal, mais ce déjeuner avec mon fils est prévu depuis des semaines.

Richard la précéda dans le couloir dont les murs étaient couverts de photos en noir et blanc de ses deux fils lors de diverses vacances.

— Pourrais-je utiliser votre salle de bains ?

— Bien sûr, vous connaissez le chemin, n'est-ce pas ? Je vous attendrai dans mon cabinet.

Quand elle revint, il lui fit signe de prendre place dans le fauteuil en cuir brun.

— Je vous en prie.

Kitty regarda la pièce qui lui était désormais presque aussi familière que sa propre chambre à coucher et laissa échapper un soupir agacé. La petite table avec la boîte obligatoire de mouchoirs en papier, les reproductions insignifiantes aux murs, le store crème laissant entrer juste assez de lumière pour ne pas avoir l'impression d'être dans une catacombe. Cela faisait des semaines qu'elle venait voir Richard, sans trop se dévoiler, parlant de ses insomnies, de sa carrière, et elle en avait marre. Elle en avait marre de cette pièce, marre qu'il tarde tant à insister pour qu'elle revienne sur son passé, marre d'attendre ce déclic – qui, paraît-il, constituait la raison d'être et la gloire de la psychiatrie –, pour enfin voir sa réaction.

— Puis-je prendre votre veste ? proposa-t-il avec un sourire chaleureux en se dirigeant vers elle.

— Non, merci, j'ai froid, dit Kitty en tirant un à un les doigts de ses gants en cachemire gris avant de s'installer dans le fauteuil.

Richard s'assit lui aussi, croisant les jambes et se laissant aller contre le dossier. Kitty évita de le regarder tant qu'elle n'eut pas rangé ses gants dans son sac à main qu'elle posa par terre près d'elle. Cela fait, elle le dévisagea enfin, vérifiant que ses yeux bleus étaient bien fixés sur elle. Il les détourna aussitôt.

— Comment allez-vous, Kitty ?

Elle s'agita un peu sur son siège avant de se laisser aller en arrière, les épaules basses. Elle écouta sa propre respiration. Un klaxon dehors, lointain pourtant, la fit tressaillir.

— Je ne comprends pas comment vous supportez de vivre en plein centre-ville, dit-elle.

Il sourit gentiment.

— Cela me permet de rester jeune.

— Il est quand même surprenant que passer son temps à écouter les gens se plaindre rapporte assez d'argent pour s'offrir un tel emplacement.

Richard but un peu d'eau.

— Je ne dirais pas qu'ils se plaignent. Êtes-vous sûre que vous ne préféreriez pas enlever votre veste ?

— Oui, j'en suis sûre. S'il vous plaît, arrêtez d'ergoter. Je viens ici justement pour échapper à tout ce manque de sincérité.

— Les gens qui s'inquiètent de votre bien-être ne seraient donc jamais sincères ? s'enquit Richard.

Pour éviter son regard, Kitty examina ses chaussures. De vieux richelieus en cuir brun, mais dont l'éclat montrait qu'ils étaient bien entretenus.

Comme Richard lui-même, pensa Kitty.

À plus de quatre-vingts ans, il était presque entièrement chauve avec de lourdes poches sous les yeux, mais son jean délavé était repassé et son pull en angora fraîchement lavé. Tout dans la pièce suggérait qu'en dépit de la mort récente de sa femme, quelqu'un veillait sur lui… Une gouvernante sans doute et, bien sûr, ses fils si attentionnés.

Kitty avait toujours eu la sensation que Richard était du genre à tout prévoir, un homme qui avait su se trouver une épouse qui ne gâchait rien et avec qui il avait partagé une existence frugale : « Ne jette pas cette chaise, ma chérie, je pourrais la revernir et la transformer en tabouret pour la chambre des garçons. » Elle n'avait aucun mal à les imaginer appréciant de simples vacances en camping plutôt que les luxueux palaces à l'étranger. Ce qui leur avait sans doute permis d'économiser assez d'argent pour acheter cette maison au centre de Londres alors qu'ils étaient encore jeunes. Une décision grâce à laquelle ils avaient pu prendre leur retraite et vivre très confortablement, Richard continuant cependant à recevoir une clientèle rare mais lucrative.

— Vous avez bonne mine, lança-t-elle comme si elle lui jetait une insulte. Êtes-vous parti quelque part ?

— Oui, dit Richard, juste quelques jours avec mon fils.

Machinalement, il fit tourner son alliance sur son annulaire et Kitty les vit, son rejeton et lui, assis sur la place d'une ville pittoresque, se souriant de temps à autre tout en regardant le monde défiler autour d'eux. Nul doute que Richard avait si bien réussi l'éducation de son gosse qu'une compréhension immédiate régnait entre eux et qu'il leur était inutile de bavarder en permanence. Sinon pour faire référence, parfois, à la femme ou mère qui aurait adoré être assise là avec eux.

— Désirez-vous parler de ce qui vous trouble, Kitty ?

Elle tira sur un fil qui dépassait de sa manche. Le radiateur derrière elle diffusait sa chaleur et lui faisait tourner la tête. Congestionnée, elle ouvrit sa veste.

— Comment s'est passée votre soirée d'adieu ? reprit Richard.

Elle soupira.

— Très bien. En dehors du fait que je me sentais invisible.

— Je suis désolé d'entendre cela. Pourquoi invisible ?

Elle se mit à ronger la peau autour de ses ongles.

— À cause de tous ces gens qui ne me regardaient pas, comme si j'étais soudain devenue transparente. Avant, ils ne me quittaient pas des yeux, ils interrompaient leurs discussions pour m'écouter. Je ne sais pas quand ça a commencé, mais la nuit dernière, c'était flagrant. Ils n'avaient d'yeux que pour les jeunes, filles ou garçons… des morveux plus séduisants, qui ont toute la vie devant eux. J'avais l'impression qu'une lumière était en train de s'éteindre en moi et qu'ils ne voyaient plus qui j'étais.

Du bout du doigt, elle dessinait un cercle sur son pantalon, encore et encore.

Richard hésita, attendant qu'elle continue. Devant son silence, il prit la parole :

— Et si c'était vous qui l'interprétiez ainsi ? Peut-être voient-ils encore cette lumière qui est en vous, comme vous dites.

Kitty leva les yeux vers l'horloge dont les aiguilles semblaient s'être arrêtées.

— Quand je suis partie, seule bien sûr, j'ai eu l'impression de quitter mes propres funérailles.

Je savais que je ne manquerais à personne. C'est différent pour vous, Richard. Vous avez tout ce qu'il faut. Vous avez rencontré le véritable amour, vous avez consacré votre vie aux choses qui comptent, vous chérissez votre famille. Votre travail ne vient qu'après.

— Il est dangereux de se comparer aux autres, Kitty. Nous ne pouvons vraiment connaître que ce qu'il se passe dans notre propre vie.

— Allons, allons, ne vous diminuez pas. Je suis chez vous, je sens le bonheur qui règne ici, la satisfaction. Je ne fais qu'énoncer une vérité et, dans ma bouche, il s'agit d'un compliment. À vrai dire, je suis jalouse de ce que vous avez. Je n'ai que mon travail et maintenant même ça va disparaître.

Richard s'éclaircit la voix.

— Vous dites que vous n'avez que votre travail, mais vous venez de participer à une soirée donnée en votre honneur où des gens très importants tenaient à vous témoigner leur amour et leur admiration.

Kitty lui jeta un regard noir.

— Ils n'étaient là que pour eux-mêmes.

— Je vous trouve très dure envers vous-même. Se pourrait-il que ce ne soit pas plutôt le contraire : que ce soit vous qui ne soyez plus intéressée, qui ne les aimiez plus ? Que vous leur en vouliez de ne pas être ceux que vous voudriez qu'ils soient ?

— Parce qu'ils ne m'aiment pas pour ce que je suis réellement ? Ça fait un peu cliché, non ?

Elle détourna les yeux et se leva, se décidant enfin à enlever sa veste avant de marcher jusqu'au balcon qui donnait sur un superbe jardin parfaitement entretenu.

— Non, ce n'est pas un cliché de vouloir se sentir aimé pour ce que l'on est. Mais si vous ne leur montrez pas celle que vous êtes vraiment, comment pourraient-ils vous connaître et donc vous aimer ? Votre travail vous fournit peut-être un masque commode que vous avez peur d'enlever par crainte du rejet. Peut-être en avez-vous assez de faire semblant. Avez-vous quelqu'un à qui vous pouvez parler avec sincérité, Kitty ? En dehors de moi, je veux dire. Un ou une amie ? Une âme sœur ?

— J'en ai eu une autrefois, soupira Kitty en croisant les bras, le regard lointain.

— Que s'est-il passé ?

— Je l'ai perdue, reprit-elle très doucement.

— Que voulez-vous dire par « perdue » ?

Il remua sur sa chaise en grimaçant, souffrant visiblement du dos ou des articulations.

Kitty resta silencieuse. Finalement, elle revint vers son fauteuil, replia sa veste et la jeta par terre près de son sac. Puis elle s'assit en soupirant.

— Vous avez raison, je suis fatiguée. Cela irait beaucoup mieux si j'arrivais à dormir un peu. Le Temazepam que vous m'avez prescrit m'assomme sur le moment, mais je finis toujours par me réveiller au bout de deux ou trois heures. C'est à vous rendre fou.

— Qu'est-ce qui vous réveille ?

Kitty suivit des yeux un chat noir qui pourchassait un écureuil dans le jardin, puis sur le tronc d'un grand sycomore.

Richard insista.

— S'agit-il d'un rêve récurrent ? D'un cauchemar, peut-être ?

Elle examina le bracelet à son poignet, tournant et retournant chaque breloque entre ses doigts.

— Je cours dans le tunnel par lequel elle s'est échappée, mais je n'arrive jamais à atteindre la lumière au bout. J'ai beau essayer, je n'avance pas.

— S'agit-il de votre sœur ? Le tunnel par lequel votre sœur s'est échappée ? demanda Richard.

Kitty hocha la tête.

— Les rêves, dit-il, sont des problèmes en suspens qui cherchent à se résoudre par eux-mêmes dans votre cerveau pendant le sommeil. Ils continueront à revenir jusqu'à ce que vous trouviez ce qu'ils tentent de vous dire.

Il observait Kitty avec la plus grande attention.

— Je n'ai jamais demandé à mon père comment ma sœur était morte. Elle était encore vivante quand je suis partie chercher de l'aide, continua Kitty d'une voix sourde, sentant sa bouche s'assécher. Mais je savais qu'on nous avait menti… et il le savait aussi.

Elle recommença à se ronger les cuticules, au point de s'écorcher la peau.

— Qui lui aurait menti ? Que croyez-vous qu'il soit arrivé à votre sœur ?

— Je crois qu'elles l'ont retrouvée et qu'elles l'ont punie pour s'être enfuie, dit Kitty en le fixant droit dans les yeux pour la première fois.

Richard décroisa les jambes et se pencha légèrement vers elle.

— Enfuie d'où ? Se trouvait-elle dans une espèce d'institution ? Et qui sont ces *elles* ?

Kitty sentit tous les muscles de son corps se contracter.

— Elle vivait dans un endroit qui s'appelait St. Margaret. Un soi-disant refuge pour mères célibataires dans le Sussex tenu par des bonnes sœurs.

Richard la fixait intensément. Son visage était livide, comme sa main crispée sur son genou.

— Elles ont commis une erreur, reprit Kitty. Elles ignoraient qu'elle m'avait vue quand je suis sortie de l'église et que nous nous étions parlé… Vous voyez, j'étais seule, sans mes parents. Elle m'a fait signe depuis le cimetière. Les sœurs ne savaient pas qu'elle m'avait trouvée et que j'étais partie chercher de l'aide.

Elle s'interrompit pour dévisager Richard qui respirait très lentement, très profondément.

— Quel âge aviez-vous quand tout cela est arrivé, Kitty ? dit-il finalement.

— Huit ans. Je n'avais que huit ans.

Elle contempla les mains de Richard qui tremblaient vraiment maintenant.

— Vous voulez bien m'excuser ? dit-il en s'extirpant de sa chaise avec difficulté.

Il traversa la pièce d'un pas mal assuré, presque chancelant.

— Vous allez bien, Richard ?

— Oui. Le voyage m'a un peu fatigué, c'est tout. Je n'en ai que pour une seconde.

Kitty consulta l'horloge : elle avait encore une demi-heure.

Il revint au bout de deux minutes, un nouveau verre d'eau à la main.

— Excusez-moi, je vous prie, de vous avoir quittée ainsi. En temps normal, je ne laisse jamais un patient. Mais disons que ma santé n'est pas excellente ces derniers temps. Revenons à ce dont nous parlions. Pour quelle raison étiez-vous seule à l'église ce jour-là ?

Ce fut au tour de Kitty de se lever pour se diriger vers la bibliothèque, y prendre une boule à neige qu'elle renversa. De petits flocons tombèrent sur un village miniature.

— Mon père avait passé sa journée à l'hôpital auprès de ma mère qui était gravement malade. Je n'avais jamais manqué l'église, pas un seul dimanche de toute ma vie. Quand papa travaillait, maman et moi prenions le bus. Je savais lequel c'était, où se trouvait l'arrêt. J'étais restée seule à la maison toute la matinée, à me morfondre, pensant à ma mère à l'hôpital, voulant désespérément faire quelque chose, prier pour elle par exemple, n'importe quoi qui pourrait aider. J'avais raté le service du matin, mais il y en avait un autre l'après-midi, je le savais.

Elle revint s'asseoir dans le fauteuil, le petit globe sur les cuisses. La neige s'était posée maintenant et elle imagina la fillette de huit ans dans cette bulle, avec son plus beau manteau rouge, debout devant l'église.

— J'aurais très bien pu ne pas y aller ce jour-là. Cette décision a changé le cours de ma vie. Je voulais juste prier le Seigneur pour qu'il sauve ma maman. Je n'oublierai jamais à quel point il faisait froid. Les craquements du givre sous mes semelles me paraissaient plus forts que les cloches de l'église.

Kitty dévisagea Richard tandis que son esprit se transportait à nouveau vers le car qui se traînait sur les routes verglacées du Sussex, conduisant une sœur vers l'autre. Des jumelles qui allaient se rencontrer pour la première fois de leur vie.

7

Dimanche 15 février 1959

Dans le bus qui roulait prudemment sur les routes tortueuses en direction de Preston, Kitty tripotait les gros brandebourgs de son duffel-coat rouge. Des haies couvertes de givre longeaient la chaussée avant de s'ouvrir sur d'immenses champs de neige. Elle était montée toute seule, donnant au chauffeur la monnaie qu'elle avait trouvée sur la table de chevet de son père et s'était assise près d'une fenêtre avant d'être rejointe par une vieille dame qu'elle avait déjà vue à l'église. Son haleine projetait un rond de buée sur la vitre qu'elle essuyait régulièrement avec ses gants de laine noirs. Soudain, elle aperçut des religieuses dans les champs, qui se tournaient vers la route à leur passage, leur souffle se condensant en petits nuages autour de leurs têtes. Elles étaient déployées en éventail, assez loin les unes des autres, comme si elles recherchaient quelque chose.

Elle jeta un coup d'œil vers sa voisine. Celle-ci était élégamment vêtue, les cheveux tirés en arrière dans un chignon qui, selon Kitty, avait dû exiger beaucoup d'efforts pour être aussi parfait. Elle portait une broche en verre noir sur son épais manteau brun qui, aux yeux de la petite fille, semblait avoir été taillé dans de la moquette. La dame se balançait au rythme des trépidations du car, mais elle gardait les yeux fixés droit devant elle en serrant très fort son sac à main contre elle. Kitty aurait bien voulu lui demander si elle savait ce que ces bonnes sœurs cherchaient dans les champs par un froid pareil, mais la femme ne lui avait pas adressé un seul regard de tout le trajet et sa bouche était pincée comme si elle n'avait aucun désir de parler.

Kitty se mordit la lèvre quand ils s'arrêtèrent à un carrefour. Devant eux, une pancarte annonçait que cette route s'appelait Preston Lane. Ils s'y engagèrent en direction d'un vaste manoir victorien qui semblait emplir l'horizon. Depuis toujours, le bâtiment de quatre étages, parfaitement symétrique, la fascinait. De loin, on aurait dit une maison de poupée vide et abandonnée, avec ses dix fenêtres par étage où ne brillait jamais aucune lumière. À mesure qu'ils s'en approchaient, le gris des murs se précisait, ainsi que les angles nettement découpés. D'immenses croix se dressaient au-dessus de chaque aile de la bâtisse et les tourelles rappelèrent à Kitty l'histoire de Raiponce emprisonnée que son père lui lisait parfois.

L'allée en gravier qui menait à la demeure traversait un bois. Ils la remontèrent lentement jusqu'à une espèce de clairière où le bus s'arrêta. Les portes s'ouvrirent dans un chuintement bruyant et une jeune femme enceinte se leva au fond du car, manœuvrant difficilement une grosse valise. Elle descendit péniblement du véhicule, gênée par son gros ventre. Kitty entendit la vieille dame à ses côtés émettre un vilain bruit désapprobateur.

Dans l'ombre des arbres, une bonne sœur attendait. Dans son habit sombre, elle avait l'air particulièrement revêche. Un peu plus loin, plusieurs filles marchaient au fond d'un fossé qui longeait les arbres. Vêtues de chasubles brunes sans manches sur de grossières chemises, elles étaient surveillées par deux nonnes qui restaient dans l'allée. Kitty observa la jeune fille la plus proche. Ses cheveux étaient aussi courts que ceux d'un garçon et sa peau aussi pâle que la neige sur le sol.

Une des bonnes sœurs lui fit signe d'approcher et la fille se mit en devoir de s'extraire du fossé gelé. Au moment où elle allait emprunter l'allée à son tour, elle glissa, se rattrapant de justesse avant de se redresser avec difficulté, une main au creux des reins, révélant son ventre énorme.

Le bus allait repartir quand la jeune fille leva les yeux, des yeux perçants et noirs comme du charbon, qui se plantèrent droit dans ceux de Kitty. Kitty eut un geste de recul sur son siège, mais elle ne put détacher son regard, jusqu'à ce que la religieuse crie quelque chose. La jeune fille baissa aussitôt la tête et la rejoignit précipitamment.

Kitty se tassa sur son siège, se rongeant frénétiquement la peau autour des ongles. À la maison, elle avait eu le sentiment qu'il fallait qu'elle parte, qu'elle fasse quelque chose, mais maintenant qu'elle était ici dans ce bus – pour la première fois de sa vie seule sans ses parents –, elle commençait à paniquer. Même si le moteur tournait et qu'il y avait du chauffage, elle sentait le froid qui s'insinuait à travers la porte coulissante et les fenêtres pas tout à fait hermétiques. Quand le car s'immobilisa devant l'église quelques centaines de mètres plus loin et que tout le monde se mit à descendre, elle avait du mal à respirer.

Il n'était que trois heures de l'après-midi, mais le vent glacial de février soufflait et le jour déclinait déjà. Veillant à ne pas glisser avec ses belles chaussures vernies, Kitty se dirigea vers la sortie.

— Ça va aller, mon cœur ? demanda le chauffeur en passant une vitesse, prêt à repartir.

— Oui, mon père m'attend à l'église, dit-elle, récitant le mensonge qu'elle avait préparé.

— C'est bien, ça. Fais attention avec ce verglas.

La porte se referma derrière elle et elle se retrouva seule, tandis que devant elle, les paroissiens se précipitaient vers la petite église pour échapper au froid. Elle aurait bien aimé que son père soit vraiment là et la tienne avec sa grosse main bien chaude. Tout en se mettant en marche, ses semelles crissant sur le givre, elle imagina ses grandes chaussures à côté des siennes et se vit marcher à ses côtés, effectuant trois pas pendant qu'un seul lui suffisait.

Au moment où elle franchissait le portail avant de longer l'allée bordée de pierres tombales en direction du porche de l'église, elle s'immobilisa une seconde. Le groupe de fidèles devant elle avait déjà disparu dans la chapelle. La neige recouvrait tout de son silence : seuls retentissaient les croassements de deux corbeaux qui la fixaient depuis une branche nue au-dessus de l'allée.

Eux aussi finirent par se taire et, tout à coup, elle eut le sentiment très net d'être observée.

Elle se tourna vers les tombes et crut discerner un mouvement au loin. Soudain, les corbeaux s'envolèrent, chassant la neige de la branche sur laquelle ils étaient perchés. Des flocons tombèrent sur les cheveux de Kitty et dans la capuche de son duffel-coat.

Elle poussa une petite exclamation en se frottant la tête juste au moment où un homme entièrement vêtu de noir commençait à fermer les lourdes portes de l'église.

— Attendez ! s'écria-t-elle en se mettant à courir.

Avant d'entrer, elle jeta un dernier regard vers le cimetière derrière elle.

8

Dimanche 5 février 2017

Il était encore tôt quand Sam se gara devant St. Margaret. Laissant Nana et Emma bien au chaud dans leur lit, elle était partie dans la brume d'une aube glacée au volant de sa Nova sur les routes du Sussex.

Le manoir gothique qui poignardait le ciel était bien plus grand qu'elle ne s'y était attendue, avec des rangées d'étroites fenêtres en voûte sous un toit à forte pente dominé par des crucifix. La nature avait déjà repris ses droits. D'épaisses taches d'humidité grimpaient aux parois là où elles ne disparaissaient pas sous un lierre si abondant qu'il était difficile de savoir où s'arrêtaient les murs et où commençait le sol. La bâtisse se dressait complètement seule sur un immense domaine, entourée d'engins de chantier menaçants. Une grue la dominait, sa boule de démolition déjà en place, comme si elle n'attendait qu'un signal pour entamer ses ravages.

Serrant son manteau autour d'elle, Sam se présenta au portail en fer forgé, imaginant les filles qui en avaient fait de même bien des années plus tôt, une main sur leur ventre énorme, l'autre traînant leurs maigres biens, abandonnées par tous ceux qui les aimaient et sans se douter du sort qui les attendait.

Par acquit de conscience, elle vérifia les deux énormes cadenas qui bloquaient l'entrée, avant de déchiffrer la pancarte :

AVIS DE DÉMOLITION IMMINENTE
CHANTIER STRICTEMENT INTERDIT AU PUBLIC.

Une image sans doute produite par un cabinet d'architectes était placardée à côté, représentant sept villas.

NOUVELLES MAISONS DE LUXE LAURÉATES
DE PLUSIEURS CONCOURS : SLADE HOMES
RASSEMBLE L'ÉLÉGANCE TRADITIONNELLE
DE L'ARCHITECTURE CLASSIQUE AVEC LE
DESIGN D'INTÉRIEUR DU XXIe SIÈCLE,
À PROXIMITÉ DU PAISIBLE VILLAGE DE PRESTON,
AU CŒUR DE LA CAMPAGNE DU SUSSEX.

En grandes lettres rouges, les mots TOUTES VENDUES recouvraient cette présentation.

Sam se mit à longer la clôture qui entourait le site, laissant sa main gantée courir sur le grillage. À une heure aussi matinale, tout était désert, mais elle entendait un chien aboyer au loin. Continuant dans cette direction, elle ne tarda pas à apercevoir un préfabriqué. La lumière était allumée à l'intérieur. Elle s'en approcha tant bien que mal sur ses bottes à hauts talons, trébuchant à deux reprises sur la boue gelée. Au moment où elle arrivait devant ce logement provisoire, un berger allemand se dressa sur ses pattes de derrière, aboyant frénétiquement. Le cœur battant,

Sam s'immobilisa en dépit du fait que l'animal était attaché à une chaîne fixée au sol et que le grillage les séparait.

— Max ! cria une voix masculine. La ferme !

À travers la fenêtre du préfabriqué, elle discerna la silhouette d'un homme avec une queue-de-cheval qui se dirigeait vers la porte.

— Ouais, c'est pour quoi ? fit-il en apparaissant sur le seuil.

Il était grand, très grand, avec un cou épais et des épaules comme deux collines. En dépit de la température glaciale, il ne portait qu'un vieux tee-shirt gris. Ses boots noires de biker étaient délacées et il avait une énorme bague à la main gauche, dans laquelle il tenait un gobelet fumant qui semblait minuscule. Après une pause, il descendit les marches pour voir ce qui dérangeait son chien, qui grondait toujours en direction de Sam.

Elle avait envisagé plusieurs scénarios quant à ce qu'elle allait trouver à St. Margaret : dans le meilleur des cas, un site plus ou moins abandonné, entouré par une clôture pas vraiment hermétique et une fenêtre brisée par laquelle elle aurait pu pénétrer dans la vieille demeure victorienne. Sinon, des secrétaires au comble de l'ennui dans un bureau de vente sur site pour ces nouvelles villas très chics qu'elle aurait pu convaincre qu'elle était une acheteuse potentielle qui aurait bien aimé visiter les lieux. Au pire, un gardien – un vieux type à la retraite, probablement – ne l'aurait pas rebutée : un sourire et une flatterie l'auraient sans doute amadoué. Mais elle ne s'était pas attendue à tomber sur un mec aussi patibulaire avec un loup-garou comme animal de compagnie.

— Salut ! fit-elle de sa voix la plus enjouée. Désolée d'avoir dérangé votre chien.

Il se tourna vers elle, plissant les yeux en raison du soleil et de la fumée de sa cigarette coincée au coin de sa bouche. Sam nota le slogan sur son tee-shirt – *Suce-moi, c'est mon anniversaire* – et tenta un sourire qu'il ne lui rendit pas. Il continua à la fixer, ce qui ne tarda pas à devenir assez gênant. Pendant ce temps-là, le chien multipliait les grondements agressifs, jusqu'à ce que finalement son maître baisse les yeux vers lui et lui flanque un coup de pied si violent que la bête couina.

— Qu'est-ce que vous foutez à vous planquer là, m'dame ?

— Je ne me planquais pas. J'ai vu de la lumière et je suis venue voir s'il y avait quelqu'un.

— Pour quoi faire ?

Il inspira une longue bouffée de sa cigarette avant de souffler la fumée dans sa direction tout en venant vers elle. Même si un grillage les séparait, elle éprouva un sentiment de panique, tout en se forçant à afficher son plus beau sourire.

— Parce que j'aimerais bien voir l'intérieur de cette maison avant qu'elle ne soit détruite. Je peux vous taper une clope ?

— C'est bizarre… Des tas de gens s'intéressent à cette baraque ces derniers temps. Depuis qu'on a retrouvé les restes du prêtre…

Il lui tendit une cigarette qu'il alluma avec son briquet à travers les mailles grillagées.

— Merci. Ouais, j'ai vu ça dans le journal. En fait, c'est pour ça que je suis ici.

La clé du mensonge, Sam l'avait vite découvert, consistait à rester simple et aussi proche de la vérité que possible. Elle récupéra la lettre d'Ivy dans son sac, la lui montrant de façon à ce qu'il puisse voir le papier jauni et la belle écriture d'un autre temps.

— Mon grand-père vient de mourir et j'ai trouvé ça dans ses affaires. Je crois qu'elle a été écrite par sa mère et qu'il est né ici. Quand j'ai appris hier soir qu'ils allaient le démolir, j'ai eu envie de venir voir l'endroit où il avait passé les premières semaines de sa vie. Et si, par chance, une des bonnes sœurs qui se sont occupées de lui était encore en vie, j'aimerais beaucoup la remercier.

Sa voix tremblait. Elle n'avait pas eu l'intention de parler de celui qui avait été un père pour elle.

Le type ricana.

— Remercier une de ces bonnes sœurs ? Ça serait une première.

— Que voulez-vous dire ?

— Vous êtes pas journaliste, hein ? lança-t-il en tirant sur sa cigarette.

— Pourquoi dites-vous ça ?

— Ça fait un moment que je les chope à fouiner par ici. Mais l'enquête est finie. L'ordre de démolition est passé. Cette baraque va être rasée dans deux jours et personne ne pourra l'empêcher.

— Mais ils vous obligent quand même à dormir ici tous les soirs ? Ça doit être dur, il fait un froid de gueux.

— Ouais, ces nouvelles villas valent une brique chacune, alors ils ont pas envie de prendre le moindre risque. Mais j'serai bien content quand je me tirerai d'ici.

— Je veux bien le croire. Au fait, je m'appelle Sam. Ravie de vous rencontrer.

Elle lui tendit la main entre deux mailles du grillage. L'homme hésita avant de l'accepter.

— Andy. Alors, Sam, puisque vous êtes là, ça vous dirait de venir boire un coup avec moi ce soir ?

Il tira encore sur sa cigarette, sans jamais la quitter des yeux.

Sam se força à sourire.

— Vous fêtez votre anniversaire, c'est ça ?

Andy baissa les yeux vers son tee-shirt.

— Si ça vous tente de le fêter avec moi…

Il hésita, puis inclina la tête vers le manoir.

—… Bon, venez. Ça fera de mal à personne.

Quand la lourde porte en chêne de St. Margaret claqua derrière eux, Sam s'immobilisa dans l'immense hall d'entrée dominé par un grand escalier. La poussière emprisonnée depuis des lustres dansait dans les rayons du soleil matinal qui se déversait à travers les vitraux décolorés situés au sommet des marches. Elle remarqua une sorte de cadre qui gisait sur les dalles noires et blanches ébréchées. S'accroupissant, elle chassa la crasse qui masquait une inscription.

Ô Seigneur, Toi qui es amour, fais que les impures
retrouvent le chemin du salut par la force
de leurs prières et par leur dur labeur.
Les Sœurs de la Miséricorde de St. Margaret

Elle imagina le grand escalier ciré à en briller, entretenu par des malheureuses au bord de l'accouchement surveillées par une escouade de bonnes sœurs. Des nonnes tristement célèbres pour avoir dirigé ces foyers d'accueil pour mères célibataires, offrant ce « service » à des familles catholiques qui préféraient ignorer ce qu'il se passait entre ces murs et bénéficiant de la complicité de communautés entières soulagées de se laver les mains du sort de ces filles. Pour Sam, il était inconcevable que de telles pratiques aient eu cours non pas des siècles auparavant, mais à une seule génération d'écart.

— Regardez-moi ça, m'dame.

Plongée dans ses pensées, elle en avait presque oublié son guide. Du verre brisé d'une des fenêtres crissa sous ses pieds quand elle s'approcha d'une porte donnant dans une vaste salle inondée par la lumière provenant de deux fenêtres. D'immenses éviers en céramique étaient alignés le long des murs et une énorme machine gisait sur le flanc au milieu de la pièce. Depuis le seuil, Sam imagina des fantômes issus du passé baignés dans une épaisse vapeur, chassant les cheveux collés sur leurs visages, frottant des draps souillés dans ces bacs avant de les passer dans cette gigantesque essoreuse à main.

Son regard s'attarda sur le crucifix planté à bonne hauteur sur le mur du fond, puis sur une tapisserie bouffée par les mites, accrochée au-dessus des bacs. Elle eut la chair de poule en déchiffrant les mots brodés.

Ô JÉSUS MISÉRICORDIEUX, garant des Âmes,
je Te conjure, par l'agonie de Ton Cœur Sacré
et par la souffrance de Ta Mère Immaculée,

de laver dans Ton Sang les péchés de tous ceux qui,
de par le vaste monde, mourront aujourd'hui.
S'il plaît à Ta Majesté de m'envoyer ce jour
une pénitence en échange
du pardon que je demande pour cette âme,
alors cela me contentera ô combien
et je T'en rendrai grâce, mon Doux Jésus,
Berger et Gardien des Âmes.
Je Te remercie pour tous les bienfaits
que Tu m'as déjà accordés. Amen.

— C'est de la folie, dit Sam. On a l'impression que les filles sont encore emprisonnées ici.

— Vous avez pas idée.

Andy était si proche d'elle qu'elle sentait l'odeur de tabac dans son haleine.

— Savez-vous si une des bonnes sœurs est encore en vie ? fit-elle en s'écartant un peu.

— Vous avez pas encore répondu à ma question.

— Quelle question ?

Elle se demandait si la nausée qui montait en elle était due à Andy ou à cette maison hantée.

— À propos de ce verre avec moi ce soir.

Elle sourit et regarda le couloir.

— Qu'est-ce qu'il y a là-bas ?

— Une salle à manger, complètement vide, fit-il en consultant sa montre. Ils ont tout enlevé avant la démolition. Ça m'étonnerait que vous trouviez quoi que ce soit.

— Et là-dedans ?

Sam montrait une porte en bois sombre.

Andy ne répondant pas, elle traversa le hall pour aller l'ouvrir. Elle dut le frôler, car il ne bougea pas. Par contraste avec le lavoir, la petite pièce donnait un sentiment de claustrophobie, les boiseries sombres absorbant le peu de lumière qui entrait par l'étroite fenêtre. Dans un coin se trouvait un bureau en acajou poussé contre un mur et sur lequel reposait un grand portrait encadré représentant une religieuse en habit. Le visage de la femme n'avait aucune expression, ses yeux vides semblant la suivre à mesure qu'elle se déplaçait. Une plaque à la base du cadre indiquait : *Mère Carlin, Mère supérieure, 1945-1965.*

— Savez-vous si elle est encore en vie ? demanda Sam en montrant le portrait. Cette mère Carlin.

— Je sais que certaines de ces bonnes sœurs vivent maintenant dans une maison de retraite un peu plus loin sur la route. Mais je saurais pas vous dire comment elles s'appellent. Écoutez, on ne peut pas rester trop longtemps. Le chef de chantier ne va pas tarder.

— Bien sûr, désolée. Allons-y.

Elle examina la pièce une dernière fois avant de repartir vers la porte. En se tournant, son talon se prit dans un petit loquet fixé dans le plancher. Elle se figea.

— C'est quoi, ça ?

Andy haussa les épaules et alluma une nouvelle cigarette. Sam s'accroupit, glissa deux doigts dans le loquet et tira. Elle eut un peu de mal, mais après plusieurs tentatives une trappe se souleva avec un énorme craquement qui retentit dans la pièce vide. Elle recula pour examiner l'ouverture.

— À votre avis, ça servait à quoi ?

Elle leva les yeux vers Andy.

— De quoi ça a l'air ?

Il souffla un nuage de fumée.

La nausée déferla à nouveau en elle alors qu'elle réalisait que ce logement était juste assez grand pour contenir une personne. Une jeune fille. On aurait dit un cercueil d'environ un mètre soixante à peine sur un mètre de large. Elle se sentit soudain paralysée, s'imaginant enfermée pendant des heures dans cet espace où elle aurait à peine la place de bouger et tout le temps de réfléchir à ses péchés, histoire de bien retenir la leçon. Alors qu'Andy s'impatientait, lui faisant comprendre à grand renfort de gestes qu'il était temps de partir, elle entendit le faible gémissement d'une fille qui pleurait. Il lui fallut un moment pour réaliser que c'était elle.

Andy la prit par le bras, l'entraînant dans le couloir. Ils repassèrent devant le lavoir, où elle eut la vision des filles immobiles devant leurs bacs en train de la regarder. Quand ils arrivèrent à la porte d'entrée, elle sortit en chancelant, ouvrant grand la bouche pour avaler l'air glacé.

— Ça va, m'dame ? demanda Andy en la lâchant.

— Je suis désolée. Ça ira mieux dans une minute. C'est cet endroit… Il est atroce.

Elle refusa la cigarette qu'il lui offrait.

— J'vous l'avais bien dit. Vous avez pas idée. Plus tôt ils raseront cette vieille baraque, mieux ça vaudra. Maintenant, faudrait que vous partiez.

Respirant encore avec difficulté, Sam hocha la tête. Elle ne comprenait toujours pas pourquoi la détresse d'Ivy la touchait à ce point, mais dans l'atmosphère accablante de ce couvent, elle avait pu se faire une idée de la souffrance endurée par toutes les filles qui y avaient été incarcérées. Si l'on ajoutait à cela la mort du père Benjamin et le lien éventuel de Kitty Cannon avec cet homme et cet endroit, tous ses instincts de journaliste lui hurlaient qu'il y avait matière à enquêter.

Si cette mère Carlin était encore vivante, elle devait la retrouver. Mais la priorité était de découvrir la raison de l'intérêt de Kitty Cannon pour ce curé. Pour commencer, elle allait passer un appel à son attachée de presse, histoire de prendre la température. Si elle obtenait la moindre réaction à la mention de St. Margaret, ce serait le signe qu'elle avait visé juste. Ensuite, il lui resterait simplement à trouver une bonne sœur prête à lui raconter tout ce qu'elle savait sur Cannon.

Elle consulta sa montre : sept heures trente. Encore deux heures et demie avant de devoir pointer au bureau. Avec un peu de chance, elle pouvait encore retrouver la piste de mère Carlin. Elle dévisagea Andy.

— Pour vous remercier, j'aimerais bien vous offrir un verre ce soir. Et si vous arrivez à vous rappeler le nom de cette maison de retraite, j'irais même jusqu'à deux.

9

Dimanche 5 février 2017

Richard leva les yeux vers l'horloge, qui lui apprit qu'ils n'en étaient encore qu'à mi-séance. Ses mains serrées l'une contre l'autre étaient moites. Il se tourna à nouveau vers Kitty.

— Que s'est-il passé quand vous êtes sortie de l'église ?

— Je suis restée un moment seule pendant que les adultes bavardaient autour de moi. J'étais sur le point de retourner au car quand je l'ai vue.

Sa voix se brisa.

Richard prit une longue inspiration.

— Tout va bien, Kitty, prenez votre temps.

Elle se racla la gorge, se mordit la lèvre.

— Elle était cachée derrière une des tombes et elle me faisait signe.

Elle se leva à nouveau pour aller replacer le petit globe dans la bibliothèque.

— Et vous avez tout de suite compris qu'il s'agissait de votre sœur ?

Il ne la regardait pas, laissant les yeux fixés sur le fauteuil qu'elle venait de quitter, comme hypnotisé.

— Non. Je voyais qu'elle avait à peu près le même âge que moi, mais je ne savais pas qui c'était. Si cela avait été un jour comme un autre, j'aurais sans doute cru qu'elle cherchait à jouer, mais j'étais rongée d'inquiétude pour ma mère. C'est sans doute pour ça que j'ai tout de suite été troublée. Sans trop savoir pourquoi, je sentais que ce n'était pas vraiment normal…

Nouvelle hésitation.

— J'ai regardé autour de moi pour vérifier que c'était bien à moi qu'elle s'adressait. Je me suis même dit que c'était mon imagination, ou que c'était peut-être un fantôme. Puis elle a posé un doigt sur ses lèvres pour me signifier que je ne devais pas nous faire remarquer et elle m'a encore fait signe de la rejoindre.

— Et vous l'avez fait ? demanda Richard d'une voix sourde.

— Oui. Personne ne s'occupait de moi. À l'époque, les adultes faisaient beaucoup moins attention aux enfants et, bien sûr, mes parents n'étaient pas là.

Kitty gagna le balcon et jeta un coup d'œil vers Richard. Il était tassé sur lui-même, visiblement mal à l'aise. Elle contempla à nouveau le jardin.

— Et qu'a-t-elle dit quand vous l'avez rejointe ?

Kitty revoyait encore la scène. La stupeur devant ce visage. Malgré la crasse, les cheveux tout emmêlés et la chasuble brune bien trop grande, c'était comme de se voir dans un miroir. Malgré aussi les grosses sandales qui laissaient apparaître les orteils, et les bras nus sous le vêtement sans manches… Instinctivement, Kitty avait enlevé son propre manteau pour en envelopper sa jumelle. Celle-ci avait alors tendu une main tremblante et les deux sœurs s'étaient touchées pour la première fois.

— D'abord, elle n'a rien dit. Nous avons couru jusqu'à la remise et nous y sommes restées malgré la nuit qui tombait. Elle avait trop peur de la quitter. Elle m'a dit qu'elle s'appelait Elvira, qu'elle s'était enfuie de St. Margaret. Cela faisait des heures qu'elle m'attendait dans la neige. Elle était déjà là pour le service du matin. Je savais que mon père devait être fou d'inquiétude pour moi, mais elle ne voulait pas que je la laisse, même pour aller chercher de l'aide. Elle n'arrêtait pas de répéter : « Si elles me retrouvent, elles me tueront… Elles me tueront. »

La voix de Kitty la trahit encore une fois et elle serra les bras autour d'elle-même, continuant à regarder dehors.

— Elle était épuisée et affamée. Je voulais l'aider, mais elle refusait que je parte.

— Mais vous avez quand même fini par aller chercher de l'aide ? demanda Richard en se décidant enfin à lever les yeux.

— Oui, finalement, elle m'a laissée partir, mais à une condition. Elle m'a fait promettre de ne pas crier pour appeler des secours. Parce que sinon, disait-elle, elles nous trouveraient. Puis elle m'a montré la clé dont elle s'était servie pour s'échapper. Elle a délogé une brique dans le mur de la remise pour la glisser derrière. Elle m'a dit que si elle n'était plus là à mon retour, mon père et moi devrions l'utiliser pour ouvrir la trappe dans le cimetière, car ce serait le seul moyen de la retrouver.

— Et c'est ce que vous avez fait ? demanda Richard.

Kitty se retourna pour le dévisager. Il se détourna pour s'emparer de son verre d'eau d'une main fébrile.

— Non. Le père Benjamin nous a dit qu'elle était morte. Et si ce n'était pas vrai ? Et si elle était encore en vie ? J'aurais dû y retourner. J'aurais pu la sauver.

— Êtes-vous jamais retournée à St. Margaret, Kitty ? demanda Richard, les épaules voûtées, la mâchoire serrée.

Elle secoua lentement la tête.

— Croyez-vous que la clé puisse être toujours là-bas ? Serait-ce ce que votre rêve tente de vous dire, selon vous ?

Kitty sentait encore l'énormité de la nuit dans laquelle elle s'était jetée. Le trou noir qui l'avait avalée, empli du hululement des hiboux dans les arbres et des bruits furtifs des créatures qui rampaient dans les broussailles. Alors qu'elle courait, trébuchant et tombant dans l'obscurité, le froid autour d'elle était une pieuvre aux tentacules glacés qui la retenait, la ralentissait, essayait de l'emprisonner. Elle avait commencé à perdre toute sensation dans son visage et dans ses mains, tandis que des images de son père déferlaient en elle : l'aidant à enfiler le manteau rouge qu'elle avait laissé à Elvira, le boutonnant, lui souriant alors qu'il lui mettait son bonnet à pompon.

— Je pensais connaître le chemin, qu'il suffisait de retourner vers l'église pour retrouver la route. J'étais persuadée que mon père serait là en train de me chercher. Mais il faisait si noir que je n'y voyais rien. J'étais terrifiée, j'avais des vertiges. Très vite, je me suis perdue. J'ai glissé et je suis tombée plusieurs fois, j'étais trempée, frigorifiée, et j'avais très peur. Je n'avais que huit ans. J'ai essayé de revenir vers la remise, mais cela non plus je n'y suis pas arrivée. Alors, j'ai fait ce qu'elle m'avait supplié de ne pas faire : j'ai crié.

Kitty baissa les yeux. À force de se ronger les ongles, elle s'était ouverte jusqu'au sang. Elle tourna le doigt de façon à faire couler la traînée autour de l'ongle. Elle entendait encore le bruit des couverts dans son assiette pendant que son père faisait les cent pas devant la fenêtre de la cuisine de leur minuscule maison mal chauffée. Elle n'avait pas cessé de l'observer alors que, toutes les dix secondes à peu près, il relevait le rideau pour guetter l'allée. Elle sentait encore le goût de la viande dure du ragoût qu'une voisine bien intentionnée leur avait donné pour les nourrir pendant que sa mère était à l'hôpital. Elle-même n'en était rentrée que depuis quelques jours, après qu'on l'avait retrouvée à moitié morte au fond du fossé où elle était tombée en essayant d'aller chercher de l'aide pour sa sœur. Sa sœur jumelle dont elle ignorait l'existence quinze jours plus tôt.

— Finis ton assiette, Kitty, il est tard, avait dit son père qui, sans attendre, la lui avait enlevée pour jeter les restes dans la poubelle.

Elle avait regardé la pendule : sept heures moins dix. Une heure, presque, avant l'heure normale de son coucher.

— Qu'y a-t-il, papa ? avait-elle demandé.

— Ça suffit les questions, Kitty, avait-il rétorqué. C'est l'heure d'aller au lit.

Il l'avait forcée à monter, à enfiler sa chemise de nuit, éteignant la lumière et disparaissant sans même lui demander si elle avait besoin d'aller aux toilettes, qui se trouvaient dans le jardin. Elle l'avait entendu ranger en bas, des bruits de vaisselle dans l'évier. Et finalement, on avait frappé à la porte.

Elle s'était relevée pour gagner la porte sur la pointe des pieds. Le plancher était glacé. Avec d'infinies précautions, elle avait entrouvert le battant, juste assez pour découvrir le père Benjamin debout sur le paillasson usé.

— Entrez, mon père.

Les deux hommes avaient ensuite disparu dans le salon dont la porte avait claqué.

— Savez-vous comment votre sœur s'est retrouvée à St. Margaret ? s'enquit Richard, la ramenant au présent.

— Ma mère a été malade presque toute sa vie. Elle souffrait d'une insuffisance rénale et je soupçonne mon père d'avoir cherché un peu de réconfort auprès d'une autre femme. La suite est facile à deviner. Comme beaucoup de mères célibataires à l'époque, cette malheureuse s'est retrouvée à St. Margaret où elle est morte pendant l'accouchement après nous avoir donné la vie à ma sœur et à moi.

Kitty se frotta les yeux.

— Et, pour une raison que j'ignore, mon père n'a ramené que moi à la maison.

Richard s'éclaircit la voix.

— Vous ne lui en avez jamais voulu d'avoir abandonné Elvira ?

Kitty le regarda.

— Je doute que mon autre mère lui ait laissé le choix.

Richard hésita.

— D'accord… Je cherche simplement à comprendre vos sentiments envers votre père. Vous venez de dire qu'il avait une liaison et que cette femme, votre mère biologique donc, est sans doute morte en couches. Puis qu'il aurait décidé de ne ramener qu'une seule d'entre vous à la maison. Néanmoins, vous ne nourrissez aucune rancœur envers lui.

Kitty lui lança un regard courroucé.

— Ma mère était une femme très malade. En plus de son métier qui n'était pas de tout repos, mon père passait tout son temps à s'occuper d'elle. Il n'aurait jamais pu s'en sortir avec deux gamines à la maison. Il a pensé qu'Elvira serait adoptée et qu'elle serait heureuse.

— Mais pourquoi, à votre avis, vous a-t-il choisie ? demanda Richard. À l'évidence, cette décision a changé la vie d'Elvira d'une façon tragique, mais, d'une certaine façon, elle a aussi été très difficile pour vous. C'est un terrible fardeau à porter pendant toute une existence, alors que vous n'êtes en rien responsable de quoi que ce soit, Kitty.

— Contrairement à mon père ? C'est cela que vous êtes en train de me dire ?

Son reflet dans la vitre lui rendait son regard ; elle tendit le bras pour le frôler du bout des doigts. Après toutes ces années, elle entendait encore la voix de son père à travers la porte du salon.

— C'était mon enfant, mon père, j'avais le droit de savoir qu'elle était revenue à St. Margaret.

Kitty était descendue sur la pointe des pieds, usant de mille précautions pour ne pas faire craquer les vieilles marches en bois. Une fois arrivée en bas, son cœur battait si fort qu'il lui faisait mal.

Les voix des deux hommes étaient aussi nettes que si elle s'était trouvée dans la pièce avec eux.

— Avec tout mon respect, George, vous avez renoncé à tous vos droits sur Elvira à sa naissance.

La voix du père Benjamin était calme et pondérée, comme s'il était en train de délivrer un sermon à l'église.

— Je croyais qu'elle avait été adoptée, qu'elle avait été accueillie par une famille qui l'aimait.

Son père semblait éreinté. Kitty se le représentait en train de faire les cent pas devant le curé assis.

— C'était le cas. Elle est restée dans cette famille pendant les six premières années de sa vie, dit le père Benjamin.

— Que s'est-il passé, alors ? demanda son père avec une colère croissante.

— Je ne sais pas exactement, mais la situation semble s'être détériorée. Ils disaient qu'elle était perturbée.

Le père Benjamin toussa et Kitty l'imagina assis, les jambes croisées, détendu, sirotant son verre.

— Même si c'était le cas, qui sont ces gens qui ramènent leur enfant comme on ramène un poste de radio au magasin parce qu'il ne nous convient plus ?

George s'était remis à arpenter la pièce. Kitty le sentait dans sa voix et au sol qui tremblait légèrement.

— Cela arrive souvent quand un couple qui se croyait infertile a finalement un enfant. Elvira a eu beaucoup de difficultés à accepter le nouveau bébé. Ils ont même dit qu'elle avait essayé de lui faire du mal à une ou deux reprises.

Le silence tomba dans le salon. La panique s'empara de Kitty, car elle crut que les deux hommes allaient ressortir.

— Avez-vous au moins essayé de lui trouver une autre famille ?

La voix de George semblait résignée à présent.

— Bien sûr, mais les jeunes couples ne veulent pas d'enfants de six ans, surtout s'ils sont difficiles. Ils préfèrent un bébé.

— Vous auriez au moins pu me le dire.

— Helena était très malade, George, et vous vous en sortiez à peine avec Kitty. Je ne voulais pas vous imposer ce fardeau supplémentaire. Je dois dire que je trouve ces accusations assez pénibles. Puis-je vous rappeler que c'est vous qui êtes venu nous trouver, implorant notre aide, pourrais-je ajouter, afin que nous fassions disparaître ce problème ?

La voix du prêtre était plus sèche à présent.

— Je sais, mon père, et je vous en suis reconnaissant. C'est juste tellement choquant pour Kitty, et très dur pour moi. Comment lui expliquer ce qu'il s'est passé et pourquoi nous ne lui avons jamais dit qu'elle avait une sœur ? Selon le Dr Jacobson, il va falloir que je lui laisse du temps, mais elle n'arrête pas de faire des cauchemars. Depuis cet épisode effroyable, elle n'est plus elle-même. Et maintenant, vous me dites que la pauvre fille est morte. Je ne peux pas ne pas me sentir responsable. Où est-elle enterrée ?

Kitty retint son souffle.

— Dans le cimetière de St. Margaret. Nous l'avons bénie et lui avons offert des funérailles chrétiennes.

La voix du curé s'était à nouveau adoucie.

— Pourquoi n'est-elle pas passée par l'hôpital ? On ne peut pas juste enterrer un enfant comme ça. Il y a un protocole, des règles à…

La voix de George se brisait.

— Le Dr Jacobson a établi le certificat de décès. Tout a été fait dans les règles, George. C'était malheureux, mais c'est elle qui a choisi de s'enfuir par une des nuits les plus froides de l'hiver. Maintenant, vous devez cesser de vous faire autant de souci. Concentrez-vous sur la santé d'Helena et sur Kitty, que vous devez aider à surmonter ce moment difficile. Il est temps que j'y aille. Je connais le chemin.

Kitty avait escaladé l'escalier à toute allure avant que le père Benjamin n'apparaisse. Toute la nuit, elle avait sangloté sur son oreiller à la pensée de cette sœur qu'elle n'avait jamais connue qui gisait à présent seule dans sa tombe glacée.

— Ils ne l'ont pas enterrée, vous savez.

À nouveau, elle consulta l'horloge, consciente que la séance approchait de son terme.

Richard se laissa aller en arrière, le corps flasque, les mains accrochées aux bras du fauteuil comme pour ne pas s'effondrer. Il semblait épuisé.

— Ils sont en train de détruire le couvent pour construire un lotissement et ils ont mis au jour le cimetière, continua-t-elle. J'ai obtenu une copie du rapport d'excavation.

— Donnait-il des détails sur ce qui a été retrouvé dans les tombes ? demanda lentement Richard.

— Certaines des femmes avaient été enterrées avec leur nouveau-né. Mais aucune tombe ne contenait le corps d'un enfant de huit ans.

— Ils l'ont donc inhumée ailleurs ?

— Ou alors, elle est encore vivante, dit Kitty en l'observant avec attention.

— Comment pourrait-elle avoir survécu ? fit Richard, les yeux écarquillés.

Kitty haussa les épaules.

— Il est possible qu'elle se soit enfuie et que quelqu'un l'ait recueillie. S'ils ont menti à propos de ce qu'il lui est arrivé, ils ont peut-être aussi menti sur sa mort et ses soi-disant funérailles chrétiennes. Ou peut-être qu'elle est restée cachée à St. Margaret pendant tout ce temps.

Richard hésita.

— Cela semble quand même assez improbable. Ne croyez-vous pas qu'elle aurait essayé de vous retrouver ?

— Pas si elle croyait que je l'avais abandonnée, dit simplement Kitty. Ces derniers temps, j'ai beaucoup pensé à cette nuit où mon père est mort. Deux policiers sont venus me réveiller vers deux heures du matin. J'avais dix ans et j'étais toute seule. Ma mère était encore à l'hôpital. Il avait été lui rendre visite. Il a eu un accident de voiture en rentrant.

— Je suis navré, Kitty, fit Richard en secouant la tête.

— Je me souviens juste de leur avoir dit que c'était un bon conducteur, qu'il n'aurait jamais eu d'accident. Mais je n'étais qu'une enfant et mon avis ne les intéressait pas. Mon père m'avait dit un jour qu'en l'absence de mobile apparent, il est très facile d'échapper à une enquête pour meurtre. Une voisine est venue et je suis restée assise dans ma chambre jusqu'au lever du soleil, en y réfléchissant encore et encore. Peut-être y avait-il un mobile, après tout. Peut-être que quelqu'un lui voulait du mal.

Elle s'arrêta, les yeux fixés sur Richard, attendant qu'il l'encourage à continuer, mais il semblait ne plus la voir, regardant à travers elle. Alors, lentement, elle se tourna vers l'horloge.

10

Lundi 23 janvier 1961

Assis près du lit d'hôpital, George Cannon contemplait les tubes remplis de sang plantés dans l'avant-bras livide de sa femme et reliés à une machine qui grondait. Comme des centaines de fois auparavant, il lui tenait la main, lui parlait depuis des heures alors que la dialyse effectuait la tâche dont ses reins étaient incapables. Pourtant, ce soir, devant son corps épuisé et sa respiration laborieuse, il avait le sentiment que rien n'était normal. Chaque minute semblait durer des heures, et la nuit s'étalait devant lui comme un interminable trou noir.

L'horloge annonçait vingt-deux heures. Il ne pouvait pas la quitter avant qu'elle ne soit de retour dans son service. Elle était couverte de contusions à cause des innombrables aiguilles qu'on lui avait plantées dans la peau et, il en était convaincu, parce qu'on l'avait trimballée sans trop de précautions d'un lit à l'autre. Son corps était comme tatoué de bleus qui ne semblaient jamais s'effacer : certains verdâtres, d'autres d'un pourpre foncé, et les cinq rassemblés sur sa hanche presque noirs, comme si le diable lui-même y avait laissé l'empreinte de sa main.

L'infirmière en chef avait insisté pour qu'il parte à la fin des heures de visite. Il avait refusé. Elle avait plié, de mauvaise grâce, face à son grade de commissaire divisionnaire de la police du Sussex. Non pas que cette autorisation, ou son absence, aurait changé quoi que ce soit pour lui. Il était en train de perdre le contrôle sur tous les autres aspects de sa vie et ni l'infirmière en chef ni qui que ce soit d'autre n'aurait pu l'obliger à abandonner sa femme ce soir. Pas quand chaque seconde qu'il passait loin d'elle était submergée par un terrible sentiment d'échec. Bientôt, très bientôt, elle allait disparaître, et il se haïrait à jamais d'avoir pu, ne serait-ce qu'un instant, quitter son chevet alors qu'elle était encore en vie.

Tap, tap, tap. Les talons de l'infirmière en chef claquaient dans le couloir silencieux. George contempla le visage de sa femme, suivit le contour de ses joues creuses jusqu'à sa bouche, où ses lèvres étaient si sèches et craquelées qu'elles saignaient aux commissures.

— Elle a soif, il lui faut de l'eau, s'insurgea-t-il quand l'infirmière entra dans la pièce.

— Monsieur Cannon, fit la femme avec un soupir. Elle n'a droit qu'à cent cinquante grammes de liquide par jour. Je ne suis pas autorisée à lui en donner davantage.

— Eh bien, vous ne pourriez pas vérifier ? Elle m'a supplié de lui donner de l'eau. Et puis, quelle différence cela fera-t-il, après tout ? Elle est en train de mourir, bon Dieu…

Sa voix se brisa tandis qu'il fixait, ulcéré, le regard fatigué de l'infirmière.

— C'est dur, je sais, dit-elle en vérifiant le fonctionnement de la machine. Mais nous avons encore l'espoir de lui trouver un donneur. Pourquoi ne rentrez-vous pas dormir un peu, monsieur Cannon ? Nous prendrons bien soin d'elle.

— Je ne veux pas rentrer.

— Comme vous voulez, dit l'infirmière avec raideur.

Elle se retourna en ouvrant la porte de la chambre, son visage dur se découpant dans la lumière.

— Le cycle devrait bientôt s'achever. Quand la machine s'arrêtera, ayez la gentillesse de me prévenir, et je m'occuperai d'elle.

Il était en train de tout revivre – le désespoir, l'impuissance. Le corps d'Helena rejetait le rein qu'elle avait reçu deux ans plus tôt quand il avait demandé au père Benjamin de prier pour elle. Des prières qui avaient été exaucées la nuit où leurs vies avaient changé à jamais.

À quelques heures d'une mort annoncée, un rein avait enfin été trouvé pour Helena. Mais au moment même où ils auraient dû fêter cette nouvelle chance, leur fille Kitty avait disparu. Pendant deux jours et deux nuits, ils l'avaient cherchée, désespérés, jusqu'à ce que finalement un promeneur la retrouve par hasard dans un état effroyable au fond d'un fossé à trois kilomètres de l'église de Preston. Avec son épouse qui recevait une transplantation rénale dans un des services de l'hôpital pendant que sa fille était dans le coma dans un autre, George avait passé un pacte avec Dieu : s'Il devait sacrifier l'une des deux, que ce soit Helena plutôt que Kitty. Aujourd'hui, cette prière-là aussi semblait sur le point d'être exaucée.

Il fixa son reflet dans la vitre fouettée par une neige lourde et dense. Chaque battement de son cœur provoquait dans son crâne des élancements d'une telle violence qu'il avait l'impression qu'ils allaient le briser. Il se retourna vers Helena. Il ne pouvait pas partir, mais il ne supportait pas de rester. Il n'y avait aucun réconfort pour lui nulle part, et cela était en train de le mener au bord de la folie.

Le bruit de shaker de la machine à dialyse et le tic-tac de l'horloge lui rongeaient les tympans, ajoutant à la pression qui lui comprimait la cervelle. Il avait envie de réduire tous ces appareils en miettes. Il retourna s'asseoir et ferma les yeux, accablé, tout son être l'implorant de le laisser dormir. Il essaya de réguler sa respiration dans l'espoir de se calmer, mais à peine eut-il commencé qu'il eut l'impression de perdre sa substance, de se diluer et de couler comme du sable, informe et broyé. Son corps lui échappait. Il sursauta et ouvrit grand la bouche pour chercher de l'air. Ses yeux erraient déjà sur la silhouette immobile et si peu reconnaissable d'Helena : ses jambes étaient tellement enflées qu'elle ne pouvait plus les soulever, et il faillit sangloter en se souvenant de l'époque où elle ne connaissait pas la douleur. Flottant sur des vagues de souffrance, des images jaillirent dans son esprit : le jour de leur première rencontre, sa main tendue, ses cheveux blonds déferlant comme une cascade quand elle avait enlevé ses lunettes pour lui sourire. Il lui avait été impossible de détacher son regard de cette femme.

Très vite, il n'avait plus vécu que pour elle. Il n'avait jamais rencontré quelqu'un comme elle. Elle était si forte, si intrépide, personne n'aurait pu deviner ce qui était en train de germer dans son corps parfait. Quand, moins d'un an après leur mariage, elle avait commencé à éprouver des vertiges et à se sentir fatiguée, ils avaient cru que c'était à cause du bébé qu'ils espéraient tant. Une semaine plus tard, ils étaient assis dans le cabinet du Dr Jacobson, hébétés, incapables de se regarder l'un l'autre. Il n'y avait pas de bébé et il n'y en aurait jamais. Quant à leur mariage – la vie si pleine de promesses qu'ils avaient crue non pas possible mais certaine –, il était terminé.

Il sortit dans le corridor carrelé, longeant des lits occupés par des patients endormis jusqu'à la porte en verre dépoli du bureau de l'infirmière en chef. Il frappa doucement avant d'entrer. Un transistor grésillait dans un coin de la pièce immaculée meublée d'un portemanteau, d'une armoire à dossiers et d'un bureau en bois sur lequel reposait une tasse en porcelaine à moitié remplie de thé. Personne n'était là pour le boire.

— Il y a quelqu'un ? murmura-t-il.

— George ?

La voix derrière lui le fit tressaillir. Il heurta le bureau, expédiant la tasse par terre où elle se brisa. Il se retourna pour découvrir le visage familier du Dr Jacobson, son médecin de famille depuis plus de vingt ans, un manteau couvert de neige sur le bras, chassant quelques flocons de sa chevelure grisonnante.

— Vous allez bien ? demanda-t-il en scrutant George avec inquiétude par-dessus ses lunettes en demi-lune.

George sentit le froid de la nuit qui irradiait de son visage, remarqua les vaisseaux sanguins qui avaient éclaté sur son nez, lui donnant une couleur violacée.

— Oui, je vais bien. Avez-vous vu l'infirmière en chef quelque part, Edward ? La dialyse d'Helena est terminée et il faut que je retourne auprès de Kitty.

— Non. Elle est sans doute en train de faire sa ronde.

George s'empara du téléphone sur son socle.

— Vous perdez votre temps, dit le Dr Jacobson. Toutes les lignes sont mortes à cause de la tempête. Vous êtes sûr que ça va ? fit-il en suspendant son manteau. Je peux m'occuper d'Helena si vous devez y aller.

— Vraiment ? Vous resterez avec elle jusqu'à mon retour ?

— Bien sûr, dit le Dr Jacobson avant de baisser la voix. George, comment va Kitty ?

— Malgré tout ce que vous avez dit, elle ne redevient pas comme avant, répliqua sèchement George. Elle est terriblement inquiète et bouleversée à cause de sa mère. Ce soir, elle ne voulait pas que je la quitte.

Il savait que, malgré tous ses efforts pour la dissimuler, sa propre angoisse déteignait sur Kitty. Il ne se couchait plus jamais avant l'aube et seulement après avoir bu un whisky, ce qui n'arrangeait rien. Mais l'alcool n'était pas pire que les vaines promesses de Jacobson selon lesquelles ils allaient bien finir par trouver un autre rein pour Helena. Sa fille avait été profondément marquée par l'expérience qu'elle avait vécue deux ans auparavant, quand elle avait frôlé la mort.

Elle parlait souvent de sa jumelle qu'elle avait rencontrée pour la première fois ce jour-là. Ce qu'il avait refusé de croire quand elle avait fait ce récit en se réveillant à l'hôpital, mais qui de façon horrible s'était révélé vrai. Elvira avait bien été ramenée à St. Margaret par sa famille adoptive et elle s'en était effectivement enfuie. À présent, elle était morte et, cela aussi, il allait devoir l'expier jusqu'à la fin de ses jours.

Il n'avait même jamais vu sa deuxième enfant, mais il n'oublierait jamais le moment où le père Benjamin était entré dans le bureau de la mère supérieure en annonçant :

— Vous avez une belle petite fille, George, mais je suis au regret de vous dire que sa mère n'a pas survécu.

George s'était effondré sur une chaise.

— Mon Dieu ! Comment est-ce… A-t-elle souffert ?

— Non, elle leur a donné naissance à toutes les deux avant d'être victime d'une hémorragie. Ça a été très rapide. Nous n'avons rien pu faire.

Il avait senti la main de mère Carlin sur son épaule.

— À toutes les deux ?

— Elle a eu des jumelles, George, mais l'autre bébé est resté un peu coincé, il lui a fallu un moment pour arriver à respirer. Elle est vivante, mais il faut que nous la gardions en observation quelques jours. Dès qu'elle ira bien, nous lui trouverons un foyer où elle sera la bienvenue.

— Vous lui trouverez un foyer ? avait-il demandé, hébété. Mais je suis son père et…

— Non, non, cela vaudra beaucoup mieux ainsi. Ne vous inquiétez pas, George, vous avez déjà une belle petite fille à aimer et dont vous allez devoir prendre soin. Vous ne devriez penser qu'à elle.

— Puis-je la voir ?

— Non, elle est à l'infirmerie.

À cet instant, la porte du sombre bureau s'était ouverte, et avec la lumière qui pénétrait dans la pièce était arrivée Kitty. Elle était dans un couffin, si silencieuse que George ne fut certain de sa présence qu'en la découvrant par-dessus le rebord. Elle avait levé vers lui ses immenses yeux bruns et, instinctivement, il avait approché la main de sa joue. Elle avait aussitôt saisi un de ses doigts dans un poing minuscule d'une force surprenante et ne l'avait plus lâché. Voilà comment s'était noué entre eux un lien que rien, jamais, ne pourrait briser.

Aujourd'hui, il regrettait la Kitty d'avant sa disparition, sa Kitty insouciante et heureuse. Il n'aurait pas dû la laisser seule à la maison ce jour-là. Et ce soir encore moins. Il fut soudain pris d'une folle envie de partir.

— Je suis désolé, mais il faut vraiment que j'y aille. Je ne veux pas quitter Helena, mais je suis très inquiet pour Kitty. Elle était terriblement agitée quand je l'ai laissée. Elle est effroyablement nerveuse depuis... son coma.

Il avait failli dire : « sa rencontre avec Elvira ».

Le Dr Jacobson lui tapota l'épaule alors que l'infirmière en chef réapparaissait.

— Oui, George, bien sûr. Allez-y.

— Merci.

Il était déjà dans le couloir, se précipitant vers la sortie de l'hôpital.

Dehors, il fut accueilli par de violentes bourrasques de neige. Dans le noir, fouetté par des milliers d'aiguilles brûlantes de froid, il eut du mal à retrouver sa voiture. Quand, enfin, il y arriva, glisser la clé dans la serrure avec ses doigts gelés lui prit une éternité. La portière s'ouvrit en craquant. Le démarreur ne se lança qu'au bout de plusieurs tentatives.

Comme s'il rechignait à se réveiller, le moteur hoqueta avant de se mettre à tourner avec hésitation. Les essuie-glaces poussèrent difficilement une épaisse couche de neige tout en brisant une pellicule de glace sur le pare-brise, le rendant quasiment opaque. Il dut forcer sur le levier de vitesse pour passer la marche arrière. La voiture trembla avant de finalement rester sur place, les roues enfoncées dans la neige accumulée. Perdant patience, il écrasa l'accélérateur ; les pneus dérapèrent, trouvèrent un appui avant de glisser à nouveau pour l'expédier contre le véhicule garé derrière le sien. Il n'avait pas le temps de sortir évaluer les dégâts. Il n'avait même pas le temps de réfléchir… Il voulait juste rejoindre Kitty le plus vite possible. Se battant frénétiquement avec le volant, il parvint à prendre la direction de la sortie du parking, s'obligeant à rouler au pas.

Il avait espéré que ce serait plus facile sur la route, mais le gel avait transformé les traces des autres voitures en verglas noir. À chaque accélération, à chaque virage, il partait en travers. Soudain, un gros paquet de neige tomba d'une branche sur son pare-brise et, pendant quelques secondes, il roula complètement en aveugle. Quand il retrouva un peu de vision, il eut la surprise de découvrir un corbeau en train de picorer les restes d'un lièvre au milieu de la chaussée. L'oiseau s'envola juste au moment où la voiture allait le heurter, ses longues ailes noires battant puissamment au-dessus du capot.

Surpris et effrayé, George parvint néanmoins à réprimer le réflexe d'écraser les freins. Il n'y avait plus aucune trace de pneus maintenant. La route s'étalait devant lui comme un long tapis blanc. Absolument lisse, en apparence si innocente, se dit-il, et pourtant dangereusement mortelle. Son pied se fit un peu plus lourd sur l'accélérateur, tandis que les martèlements dans son crâne se déchaînaient. *Ralentis. Tu vas glisser. Tu vas déraper. Accélère, elle a besoin de toi. Rentre à la maison.*

L'atmosphère dans l'habitacle semblait figée par le froid, le chauffage poussé à fond n'ayant aucun effet. Il avait du mal à respirer, à avaler cet air immobile. Son pied tremblait sur la pédale. *Rentre à la maison et tout s'arrangera. Elle doit dormir. Elle a dix ans, elle était épuisée, elle s'est sûrement endormie. Calme-toi.*

En abordant un autre virage, il jeta un œil au compteur. L'aiguille vacillait autour des soixante-dix kilomètres-heure : beaucoup trop vite, même par une belle nuit d'été et plus encore en plein mois de janvier. Mort, il ne serait d'aucune utilité à Kitty. Il fallait ralentir. Un autre virage. Les roues et le volant partirent dans des directions opposées. Luttant frénétiquement, il parvint à reprendre le contrôle. Pourquoi était-ce si long ? Il devrait déjà avoir rejoint la nationale.

— Merde ! hurla-t-il, frustré.

Il avait effectué ce trajet des centaines de fois avec Kitty assise à ses côtés qui souriait, bavardait.

Elle riait toujours pour tenter de dissiper la tension après leurs visites à Helena, comme si, lisant dans son esprit, elle savait exactement ce qu'il avait besoin d'entendre.

— Elle va guérir, papa. Tu ne trouves pas qu'elle allait mieux ? J'ai lu dans le journal qu'il y avait de plus en plus de donneurs.

Pourquoi avait-il laissé sa fille ? Il aurait dû l'emmener. Et si elle s'était mis en tête de faire un truc stupide, comme de sortir dans ce blizzard pour essayer d'aller toute seule à l'hôpital ? L'image de Kitty marchant dans la neige s'imposa à lui, ajoutant une nouvelle torture à ce retour désespérément lent.

Où était cette satanée nationale ? Les roues dérapèrent à nouveau et il toucha les freins, mais rien ne se passa. La voiture glissait de guingois sur la route, occupant toute sa largeur. Si quelqu'un arrive en face, se dit-il, je suis mort. Il était pris dans un cauchemar dont il ne pouvait plus s'échapper. Il l'avait trahie. Une fois de plus. Il ne la méritait pas. Il ne l'avait jamais méritée.

Quand Helena avait accepté qu'il ramène Kitty à la maison, il avait explosé de joie. Sa trahison ne s'effacerait jamais, mais elle avait trouvé en elle assez de compréhension pour lui pardonner. Avec une épouse clouée en permanence sur un lit d'hôpital, il avait eu besoin de compagnie qu'il avait trouvée auprès de la mère de Kitty. Ils avaient toujours voulu un enfant, et Helena avait accepté de garder la fille qu'elle ne pouvait lui donner.

Quand les roues retrouvèrent un peu d'adhérence et que la voiture se redressa enfin, il aperçut les lampadaires de la nationale au loin. Mais, au moment où il allait aborder l'ultime virage, il la vit. Même s'il venait de l'imaginer se débattant dans la neige pour essayer de le rejoindre, la vision qui s'offrit à lui lui parut impossible. Affolé, il secoua la tête pour chasser cette hallucination, mais elle resta là, dans son duffel-coat rouge, marchant vers lui, son petit corps penché en avant, la tête enfouie dans la capuche, tentant d'échapper aux rafales de neige. Comment était-elle arrivée là ? Comment était-ce possible ? Ce n'était pas elle, c'était impossible ! *Non, Kitty. NON !*

Il sut aussitôt qu'il allait la renverser. Il écrasa sa paume sur le klaxon, son pied sur les freins, tout en braquant violemment. Soudain, la petite fille parut figée dans le faisceau des phares. Ses yeux s'écarquillèrent. La voiture décrocha, entamant une espèce de pirouette. Au moment où la carrosserie frôlait Kitty, leurs regards se croisèrent et George tendit la main vers elle. Pendant une fraction de seconde, elle fut à nouveau dans ses bras, comme elle l'avait été ce premier jour où il l'avait tenue…

La suite se déroula dans un silence absolu, les pneus ne trouvant plus de prise, tandis que la pirouette s'accélérait encore et encore. Il se mit à hurler son nom. *Kitty !*

Le monde enseveli sous la neige défilait autour de lui, quand soudain la voiture décrocha et partit en tonneaux, le projetant tête la première contre le pare-brise avec une violence insensée. Une douleur comme il n'en avait jamais connu se propagea le long de son dos, comme si chacune de ses vertèbres disloquées se brisait. Du métal hurlant, tordu, le broya tandis que l'habitacle se resserrait sur lui, jusqu'à ce que finalement tout s'arrête. Il ne pouvait plus bouger.

Le silence revint, plus fracassant encore. Des fluides s'échappaient de son crâne, coulaient dans ses yeux, son cou. Il essaya de se retourner, de crier, mais seules quelques bulles franchirent ses lèvres. Il toussa, cracha. Du sang et autre chose maculèrent le plancher.

Totalement impuissant, conscient de son agonie, il se mit à supplier sa fille en silence. *Kitty, Kitty, viens ! Ne me laisse pas mourir seul.*

11

Dimanche 5 février 2017

La maison de retraite Gracewell était un modeste bâtiment en brique rouge de deux étages oublié au fond d'une impasse à la sortie de Preston. Sam remonta à pied l'allée qui menait à la porte et appuya sur la sonnette tout en consultant sa montre. En venant, elle avait appelé le bureau pour demander à Fred d'effectuer quelques recherches dans les journaux locaux. Il s'avérait que mère Carlin était morte en août 2006 à Gracewell, justement. Elle avait néanmoins décidé que le détour en valait la peine. Selon Andy, d'autres religieuses de St. Margaret s'étaient retirées ici.

— Merde, marmonna-t-elle, consciente qu'elle devait être de retour à l'agence dans moins de deux heures.

N'obtenant aucune réponse, elle appliqua sa main en visière contre la porte vitrée pour essayer de voir quelque chose à l'intérieur.

— Allez, dépêchez-vous ! fit-elle en sonnant à nouveau.

Un bruit de talons sur le carrelage résonna enfin. Après un rapide regard dans l'œilleton, une fille très maquillée d'environ vingt-cinq ans ouvrit la porte, son ample poitrine exerçant une pression excessive sur les boutons de son uniforme d'infirmière.

— Oui ? dit-elle en se débattant avec une mèche échappée de sa queue-de-cheval.

— Ah, bonjour, dit Sam, prise de court, car elle n'avait pas préparé de discours. Je me demandais si vous pouviez m'aider. Je suis à la recherche d'une religieuse, une certaine mère Carlin, fit-elle comme si elle ignorait la mort de celle-ci. C'était la mère supérieure de St. Margaret et je crois qu'elle vit ici désormais.

— Je suis désolée, mais mère Carlin est morte depuis de nombreuses années. Par ailleurs, toute requête concernant St. Margaret doit être adressée à la municipalité.

— Oh, bien sûr. Mais cela ne concerne pas vraiment St. Margaret, dit Sam. Mon grand-père a travaillé là-bas comme gardien. Il aimait beaucoup mère Carlin. Il est décédé récemment et j'ai retrouvé des lettres et des documents appartenant à la mère supérieure dans ses affaires. Ils semblent assez importants. Je me disais donc que sa famille ou peut-être certains de ses amis seraient heureux de les récupérer.

— Heu… ce n'est pas trop le moment. Nous sommes en plein petit déjeuner.

La fille regarda derrière elle.

Sam tapa du pied par terre et se frotta les mains.

— Bon sang, ce qu'il fait froid. Je veux bien attendre, s'il le faut.

— Il vaudrait peut-être mieux que vous entriez alors, mais ça risque de durer un moment.

— Bien sûr, pas de problème.

La fille s'effaça et referma la porte derrière elle, avant de la précéder dans un couloir tapissé de photographies des équipes soignantes et de vieilles reproductions célébrant la région des Sussex Downs. Elles arrrivèrent dans un salon occupé par des fauteuils à la garniture élimée et quelques meubles fatigués.

— Je vais dire à la directrice que vous êtes là. Avec un peu de chance, elle ne tardera pas. Comment vous appelez-vous ?

— Samantha Harper, merci, répondit Sam, ne voyant aucune raison de ne pas donner son vrai nom.

La fille la laissa seule dans la pièce sans doute réservée aux siestes d'après-midi et aux rediffusions de *Columbo*. Des odeurs d'eau de Javel et de cuisine flottaient dans l'air. Une vague nausée s'empara de Sam tandis qu'elle passait en revue les bibliothèques et rebords de fenêtre à la recherche de photographies ou de dossiers concernant les pensionnaires de Gracewell.

— Mademoiselle Harper ?

La fille venait de passer la tête par la porte.

— J'ai bien peur que notre directrice soit très occupée pour le moment. Elle vous suggère d'adresser une lettre à sœur Mary Francis qui a bien connu mère Carlin.

— D'accord. Sœur Mary Francis vit-elle ici ?

Sam afficha un large sourire tandis que la fille hochait la tête et faisait mine de repartir.

— Serait-il possible de la voir aujourd'hui ? ajouta Sam.

— J'ai bien peur que non. Elle a plus de quatre-vingt-dix ans et elle passe l'essentiel de ses matinées à dormir… à cause de son traitement. Nous préférons lui éviter les surprises.

— Je comprends. Et si vous m'annonciez en lui disant que c'est en rapport avec mère Carlin, elle serait peut-être moins surprise ?

— Je ne pense pas. Il nous arrive souvent de recevoir des gens à la recherche d'informations sur les bébés nés à St. Margaret, des parents qui tentent de retrouver leur trace. Ils sont bouleversés et cela perturbe beaucoup sœur Mary Francis. Elle ne veut plus les rencontrer, voilà pourquoi nous les renvoyons vers la municipalité.

— Oui, oui. Je comprends que cela soit perturbant, admit Sam alors que la fille regardait sa montre. Mais, comme je l'ai dit, ces documents semblent importants et concernent les affaires personnelles de mère Carlin. Je crois qu'en tant qu'amie, sœur Mary Francis aimerait les récupérer. Cela n'a rien à voir avec la recherche des bébés.

— Peut-être, mais c'est le règlement. Il faut nous comprendre.

— Bien sûr. Merci de vos efforts.

Elle sortit son téléphone en déchiffrant le badge de la fille.

— Gemma, me permettez-vous de passer un coup de fil ici plutôt que dehors dans le froid ? Ma grand-mère attend de savoir si j'ai retrouvé mère Carlin ou un de ses proches. C'est très important pour elle, puisque mon grand-père vient tout juste de disparaître.

— Je ne peux pas vous laisser ici. Il faut vraiment que je retourne finir mon service et j'ai été de garde toute la nuit…

— Oh, vous devez être épuisée…

— Ouais, et ça fait une semaine que ça dure. Je suis ici depuis onze heures hier soir.

La fille eut un sourire harassé.

— Écoutez, j'en ai juste pour deux minutes, dit Sam. Je retrouverai le chemin de la sortie toute seule si vous êtes occupée. Et je passerai devant la salle à manger. Comme ça, vous me verrez partir.

Elle sourit et commença à pianoter sur son clavier comme si l'affaire était entendue, n'offrant à Gemma pas d'autre choix que de la laisser là.

Après le départ de l'infirmière, Sam fourra son téléphone dans son sac, examina une dernière fois la pièce à la recherche d'une éventuelle information et sortit dans le couloir. Le vacarme des couverts et les arômes de toasts brûlés la conduisirent tout droit à la salle à manger. Quand elle arriva sur le seuil, Gemma passa devant elle, poussant un chariot couvert d'assiettes sales.

— Au revoir alors, et merci ! lança Sam.

Gemma lui adressa un geste distrait avant de foncer vers des doubles portes battantes menant sans doute à la cuisine.

Sachant qu'elle jouait un jeu dangereux, Sam claqua la porte d'entrée et cria un nouvel : « Au revoir ! » pour faire bonne mesure, avant de se presser vers l'escalier couvert d'une moquette brune, gravissant les marches deux par deux. Quand elle arriva à l'étage, la rumeur du rez-de-chaussée fut remplacée par un silence assez irréel. Contemplant l'enfilade de portes, chacune munie d'un numéro, elle déprima devant l'impossibilité de sa tâche. Même si elle parvenait, sans trop savoir comment, à découvrir dans quelle chambre dormait sœur Mary Francis, son apparition soudaine risquait bien de lui flanquer une crise cardiaque. Mais maintenant qu'elle était là, elle ne pouvait pas abandonner. Dans deux jours, les fantômes de St. Margaret disparaîtraient, réduits à jamais en poussière, et avec eux tout lien éventuel entre Kitty Cannon et ce lieu. Cette sœur Mary Francis était ici quelque part et il fallait qu'elle lui parle.

Elle vérifia l'escalier pour s'assurer que personne ne montait avant de s'engager dans le couloir, s'arrêtant devant chaque porte pour chercher un indice quant à l'occupant de la chambre correspondante. Elle n'était pas plus avancée quand elle atteignit la sortie de secours à l'autre bout et, en entendant des portes claquer au rez-de-chaussée et des conversations lointaines entre membres du personnel, son moral en prit encore un coup. Elle consulta sa montre : huit heures quinze. Si elle partait maintenant, elle pouvait encore quitter Gracewell sans se faire remarquer et arriver à temps au bureau.

Juste au moment où elle tournait les talons pour filer, elle l'aperçut : un dossier bleu posé sur une petite étagère à côté de l'extincteur. Très vite, elle l'ouvrit pour découvrir qu'il contenait un plan de l'établissement, avec une liste de ses occupants. Elle ne tarda pas à trouver celle qu'elle recherchait : *Sœur Mary Francis – Chambre 15.*

— Gagné ! chuchota-t-elle en retournant sur ses pas dans le couloir.

Elle ne s'était jamais retrouvée devant une porte aussi intimidante de toute sa carrière. Pour ne pas se donner le temps de changer d'avis, elle frappa aussitôt. Silence. Le cœur battant, elle recommença.

— Sœur Mary Francis ? C'est Gemma. Vous avez une visite. Pouvons-nous entrer ?

Lentement, elle appuya sur la poignée et, non sans un dernier coup d'œil vers l'escalier, pénétra dans une chambre plongée dans la pénombre. Elle referma derrière elle, prenant soin de repousser le loquet.

Les rideaux couvraient les fenêtres et il lui fallut un moment pour s'accoutumer à l'obscurité. La pièce était divisée en deux parties : elle se tenait dans une sorte d'antichambre avec un grand fauteuil, une télévision et une petite table ; au-delà, elle distinguait une silhouette étendue dans un lit près de la fenêtre. Là aussi, des stores étaient baissés, mais le soleil se frayait néanmoins un passage sur leur pourtour, éclairant le visage de sœur Mary Francis.

— Ma sœur ? Vous êtes réveillée ?

La femme ne réagit pas et, après une légère hésitation, Sam s'avança.

Malgré son âge, la peau de la nonne était lisse de toute ride, comme si jamais, de toute sa vie, une émotion n'était parvenue à y imprimer la moindre trace. Ses cheveux gris étaient étalés en éventail sur l'oreiller. Elle était très maigre et ses bras gisaient le long de son corps, des doigts déformés par l'arthrose dépassant des rebords du lit. Ses couvertures et draps étaient intacts – comme si elle n'avait pas bougé de la nuit – et remuaient à peine sous l'effet de sa respiration. Sans cela, on aurait pu la croire morte.

— Ma sœur ? Vous êtes réveillée ? répéta Sam aussi fort qu'elle l'osa.

Sœur Mary Francis réagit enfin, bougeant la tête de droite à gauche avant d'ouvrir des yeux d'un bleu presque noir. Sam se pétrifia, persuadée qu'elle allait se mettre à hurler à la vue d'une parfaite inconnue dans sa chambre. Mais elle se contenta de la regarder brièvement avant de refermer les paupières.

— Où est Gemma ? coassa-t-elle.

Elle fut prise d'une quinte de toux.

— Elle prépare votre petit déjeuner.

La toux devenait plus rauque. Les glaires se rassemblaient dans sa trachée. Finalement, la vieille femme parvint à murmurer :

— Qui êtes-vous ?

— Je m'appelle Samantha. J'ai demandé à Gemma si je pouvais vous parler un bref instant.

— Gemma sait que je n'aime pas les visites, dit la nonne, en essuyant un peu de bave sur sa bouche.

— Je suis désolée. Je dois juste vous poser quelques questions et ensuite je vous laisserai tranquille.

Sœur Mary rouvrit les yeux pour la fixer durement.

— Des questions sur quoi, mon enfant ?

— J'ai récemment assisté à l'enquête concernant un certain père Benjamin. Je crois que vous avez travaillé avec lui à St. Margaret.

— Toute question à propos de St. Margaret doit être adressée à la municipalité, récita sœur Mary Francis qui semblait maintenant parfaitement réveillée.

— Je n'ai pas besoin de parler à la municipalité, dit Sam. Je voudrais juste savoir si, pendant votre séjour à St. Margaret, vous avez jamais connu une certaine Kitty Cannon.

Sœur Mary la regarda comme si elle était une mouche tombée dans sa soupe, puis, s'asseyant lentement, elle posa ses pieds nus par terre. Elle se leva, alla à la fenêtre, tira un cordon. Le soleil inonda la pièce. Aveuglée, Sam détourna les yeux.

— Qui êtes-vous déjà ? dit sœur Mary.

Quelqu'un actionna la poignée de la porte. Sam sursauta.

— Je suis une amie de Kitty Cannon. Nous avons assisté ensemble à l'audience concernant le père Benjamin et elle vous cherchait. Je veux dire, elle espérait vous revoir.

Sœur Mary la toisa.

— Je suis certaine de n'avoir jamais rencontré quelqu'un portant ce nom-là.

— Ma sœur ? Ça va ? cria Gemma dans le couloir.

La vieille religieuse regarda la porte puis Sam.

— J'ai cru entendre des voix dans votre chambre, ma sœur. Pourquoi la porte est-elle fermée ?

— Pourriez-vous trouver la clé, Gemma ? Je me suis enfermée et je n'arrive pas à sortir du lit, dit sœur Mary d'une voix étonnamment forte, les yeux braqués sur Sam.

— Bien sûr, ma sœur. Je reviens tout de suite !

— Vous feriez mieux de partir, mon enfant. S'ils vous trouvent ici, ils appelleront la police.

Sœur Mary s'assit au bord du lit, faisant glisser les perles de son rosaire entre ses doigts.

Sam la fixait, le cœur battant.

— Eh bien, peut-être en effet vaudrait-il mieux que je parle à la police. Je ne voudrais pas jeter le discrédit sur les Sœurs de la Miséricorde, ni vous forcer à subir de pénibles interrogatoires quant à ce qu'il se passait dans cet enfer maintenant que vos jours sont comptés. Les temps ont changé, ma sœur. J'ai vu cette espèce de cercueil dans le plancher du bureau de mère Carlin et vous n'allez pas tarder à vous rendre compte que vous ne bénéficiez plus des protections qui vous ont été si généreusement accordées pendant tant d'années.

Sœur Mary se leva lentement pour gagner sa table de chevet où elle passa les doigts sur la croix dorée gravée sur la couverture de sa bible.

— Pourquoi faut-il qu'aujourd'hui encore on recherche des coupables ?

— Peut-être parce que ces enfants et leurs parents souffrent toujours de ce que vous leur avez infligé.

Sœur Mary Francis sourit.

— Soyez prudente, mon enfant. Satan aime se déguiser en ange de lumière.

— Dites cela à Kitty Cannon, répliqua Sam. J'ai comme l'impression qu'elle cherche des coupables.

— Elle pourrait commencer par accepter le fait que son père était un coureur de jupons, siffla la bonne sœur. Nous avons donné un toit à toutes ces filles qui sinon auraient été jetées à la rue. Je sais ce que racontent certaines infirmières ici à notre sujet, comment elles parlent de mère Carlin. Comment elles l'ont traitée. Je l'ai entendue crier la nuit où elle est morte et personne n'est venu l'aider. Personne ne s'est soucié d'elle.

— Que voulez-vous dire ? Que lui est-il arrivé cette nuit-là ?

Mais sœur Mary Francis ne lui répondit pas. La vieille femme lui tourna le dos et Sam comprit que la discussion était terminée. Sans attendre, elle ouvrit le loquet et se glissa dans le couloir. Chance extraordinaire, il était désert. Elle fila vers l'issue de secours et dévala l'escalier de fer tout en composant fébrilement un numéro sur son portable.

— Fred, c'est Sam. Je vais être un peu en retard. Tu peux me couvrir ?

Tout en parlant, elle courait vers sa voiture.

— Et peux-tu chercher des articles sur le père de Kitty Cannon ? Oui, la présentatrice du talk-show. Je te raconterai.

Dès qu'elle eut raccroché, elle appela Nana.

— Emma et moi allons très bien, ma chérie. Et toi ? Tu es partie bien tôt ce matin.

La voix de Nana était un peu voilée, comme si elle venait de se réveiller.

— Tout va bien pour moi, Nana. Je me demandais... Est-ce que tu pourrais voir dans les affaires de grand-papa s'il y a d'autres lettres de cette Ivy ? Tu sais, comme celle que nous avons lue hier soir.

Silence.

— Nana ? Tu es là ?

— Oui, je suis là, répondit sa grand-mère tandis qu'Emma l'appelait en arrière-plan.

— Désolée de te demander ça, Nana. Je sais que tu es occupée, mais pourrais-tu aller vérifier tout de suite ? C'est assez important.

Nana soupira.

— D'accord. Attends deux minutes.

Une vague culpabilité saisit Sam à l'idée de l'obliger à se démener ainsi. Mais elle n'avait que deux jours avant la démolition de St. Margaret et si, grâce à cette affaire, elle décrochait un poste dans un vrai journal, Nana en retirerait elle aussi certains bénéfices. Si Sam gagnait décemment sa vie, elle pourrait prendre un logement, et sa grand-mère retrouverait la paix chez elle.

Alors qu'elle s'installait derrière le volant et commençait à s'angoisser à l'idée de son retard et de Murray qui devait l'attendre pour la virer, Nana revint au téléphone en poussant un long soupir.

— Pourquoi t'intéresses-tu tant à ces lettres ? demanda-t-elle.

— Qui ne serait pas intéressé ? Cette pauvre fille…

— Tu n'es pas en train de t'en servir pour ton travail, n'est-ce pas ?

Sam hésita. Elle n'avait encore jamais menti à Nana, mais, encore une fois, cela ne faisait pas, à strictement parler, partie de son travail. Elle effectuait simplement quelques recherches pour son propre compte.

— Non. C'est juste que son histoire me fascine.

— L'histoire de qui ?

— De la fille de la lettre, répondit Sam.

Alors, Nana s'éclaircit la voix et commença à lire.

12

Dimanche 16 décembre 1956

Ivy attendit d'être certaine que tout le monde soit endormi avant de récupérer sous son oreiller le crayon de papier et les feuilles qu'elle avait volées à la séance de courrier ce soir-là.

Son propre papier à lettres et son stylo plume se trouvaient dans la valise que mère Carlin avait confisquée dès son arrivée, mais le dimanche on leur accordait quelques minutes pour écrire à leurs familles. Leur correspondance était strictement supervisée et relue par la mère supérieure avant que les enveloppes soient confiées à Patricia qui les remettait au livreur de linge. Patricia, une fille couverte de taches de rousseur qui était assise à côté d'Ivy pendant les repas, lui avait murmuré que seules les lettres célébrant la bonté des religieuses et la qualité du séjour des pensionnaires ici étaient permises. Après moult supplications de la part d'Ivy, elle avait accepté de glisser un courrier non révisé parmi les autres. Ivy lui avait souri, lui saisissant la main sous la table jusqu'à ce que sœur Faith leur ordonne de se mettre en rang pour quitter le réfectoire, alors que les filles avaient, comme toujours, encore faim.

Maintenant, elle contemplait la fenêtre au-dessus de son lit. Il devait être près de minuit, mais le clair de lune lui fournissait juste assez de lumière. Comme chaque fois qu'elle se préparait à écrire, le visage d'Alistair surgit devant elle. Cela faisait des mois qu'elle n'avait plus vu ses yeux bruns si chaleureux, mais elle était encore capable de respirer son odeur, de sentir ses mains sur son dos alors qu'il l'attirait doucement sur lui. Il lui manquait tellement qu'elle en avait mal partout. Par où commencer pour lui expliquer son désespoir ? Dans ce dortoir glacé, sur cette couverture rêche, elle se souvenait de la douceur des draps si blancs de leur chambre d'hôtel, de ses propres joues en feu quand il lui avait souri depuis la porte ouverte du balcon, de la chair de poule qui avait couvert ses bras alors que la brise venue de la mer dansait sur elle. Elle devait trouver les mots qui le feraient réagir. C'était son unique espoir d'échapper à cet enfer.

Mon amour,

Je ne me suis jamais sentie aussi seule et malheureuse que dans cet endroit où je suis maintenant.

À la maison, c'était devenu insupportable. Oncle Frank était si en colère qu'il levait la main sur moi presque tous les soirs. Après avoir bu, il venait dans ma chambre et il se mettait à hurler que les voisins savaient que je n'étais qu'une traînée et une putain. Alors, je me roulais en boule en attendant les coups et je rêvais que tu arrivais derrière lui et que tu l'assommais d'un seul coup de poing. Maman faisait de son mieux pour éviter qu'il ne s'en prenne à moi, mais elle n'y parvenait pas toujours. Une fois, il m'a frappée si fort que j'ai eu peur pour notre bébé. La situation était si atroce que, quand le Dr Jacobson nous a dit que le père Benjamin avait obtenu une place pour moi à St. Margaret, j'ai été soulagée d'avoir un endroit où aller, loin de cette tension permanente, des cris et de la souffrance de maman.

Mais maintenant que je suis ici, c'est pire. Je suis tellement malheureuse que je donnerais n'importe quoi pour rentrer à la maison. Oncle Frank avait refusé de me conduire. J'ai dû prendre le bus et maman était trop bouleversée pour même me dire au revoir. St. Margaret se trouve en pleine campagne, après l'église de Preston. « C'est ton arrêt, petite », a dit le chauffeur, avant même que je le lui demande. Combien d'autres filles avait-il dû conduire ici, toutes avec leur gros ventre et leur valise ? Quand il est reparti, me laissant là, je n'ai plus vu qu'elle : une immense maison qui emplissait le ciel au fond d'un bois. Elle était entourée par un mur de briques avec, au centre, un portail en fer muni d'un énorme cadenas. En m'approchant, j'ai vu une cloche. J'ai hésité avant de me décider à tirer sur la corde. La cloche s'est mise à sonner si fort que les corbeaux dans les arbres ont eu peur et se sont envolés.

Pendant un moment, il ne s'est rien passé et je ne savais plus trop quoi faire quand une nonne avec son habit noir est apparue à la porte de la maison. Elle s'est mise à descendre la longue allée vers moi. Elle avait un air très solennel et gardait les mains serrées devant elle. Les clés qu'elle avait à la ceinture tintaient comme celles d'un gardien de prison.

Quand elle est arrivée, nous nous sommes fixées un moment, puis je me suis présentée :

— Bonjour, je m'appelle Ivy Jenkins. C'est le Dr Jacobson qui m'envoie.

Je lui ai tendu la feuille que j'avais à la main, mais elle l'a regardée comme si c'était un mouchoir plein de morve. Elle a fini par ouvrir le verrou.

— Je suis sœur Mary Francis. Suis-moi.

Je n'avais jamais entendu une voix aussi hostile et méprisante.

J'ai franchi le portail et elle l'a violemment refermé derrière moi et a remis le cadenas. Elle n'était pas plus grande que moi, mais elle était toute maigre et elle marchait vite. Sa robe glissait sur l'allée comme si elle n'avait pas de pieds, alors que je me traînais derrière elle avec ma valise. J'ai dû m'arrêter plusieurs fois. Le vent agitait les arbres, de grands frênes qui me toisaient et qui semblaient chuchoter à quel point j'étais une fille indigne. Finalement, nous sommes arrivées devant une immense porte en bois sombre, renforcée par des barreaux de fer, qui m'a aussitôt fait penser à un donjon. Sœur Mary Francis me tournait le dos, et, alors que je la rattrapais enfin, je l'ai entendue insérer une de ses clés dans la serrure. Elle a dû s'y prendre à deux mains. La porte s'est ouverte.

Une des plus jeunes filles laissa échapper un cri dans son sommeil. Ivy sursauta. Elle repoussa ses couvertures et alla la rejoindre. Si la sœur l'entendait, elles le regretteraient toutes.

— Chhh…

Elle prit la fille qui sanglotait dans ses bras, la berçant pour la calmer.

— Chhhh… rendors-toi. Tu as besoin de ce sommeil.

Quand elle fut un peu plus calme, après une dernière caresse sur sa joue mouillée, Ivy revint silencieusement à sa couchette, le cœur battant. Elle eut besoin d'un moment avant de reprendre son crayon.

> *Alors que sœur Mary Francis s'éloignait dans un long couloir aux dalles luisantes, j'ai brièvement levé les yeux vers le plafond en voûte et le grand escalier au sommet duquel il y avait une sorte de pancarte : « Ô Seigneur, Toi qui es amour, fais que les impures retrouvent le chemin du salut par la force de leurs prières et par leur dur labeur. » Je me suis dépêchée pour rattraper la nonne et j'ai vu trois ou quatre filles vêtues de drôles de salopettes brunes sans manches – certaines avec de gros ventres, d'autres non –, toutes à genoux en train de frotter le sol qui était pourtant déjà tellement propre qu'il brillait. Aucune n'a interrompu sa tâche pour me regarder ; aucune n'a émis le moindre son.*
>
> *Un nuage de vapeur m'a engloutie quand je suis passée devant une grande porte donnant dans une immense buanderie. Des douzaines de filles se tenaient face à des bacs ou bien tiraient des draps de gigantesques essoreuses pour les pendre sur des rails au-dessus de leurs têtes. C'était difficile de tout voir en un temps si court, mais ce qui m'a frappée, c'était le silence. Comme si Dieu avait interdit le bruit dans cette salle. Il a été brisé*

par sœur Mary Francis quand elle s'est mise à crier au bout du couloir, l'air fâché.

— Dépêche-toi ! Mère Carlin n'a pas toute la journée. Tu peux laisser ta valise ici.

Je l'ai posée près de la porte avant d'entrer, peu rassurée, dans le bureau de la mère supérieure.

C'était une pièce sombre et misérable qui ne contenait qu'une seule petite fenêtre et une femme à l'air féroce en habit de religieuse derrière un grand bureau en acajou. Je suis restée plantée là tandis qu'elle continuait à écrire dans un petit livre noir. Je sentais bien qu'il valait mieux ne pas parler. Finalement, elle a levé les yeux vers moi et, avec son menton pointu, sa peau blafarde et son nez crochu, j'ai tout de suite compris que c'était une sorcière. Un portrait d'elle était suspendu au mur juste au-dessus de sa tête. Il était bien trop flatteur.

Elle s'est raclé la gorge avant de demander :

— Comment t'appelles-tu ?

Je le lui ai dit et elle a répondu que désormais on ne m'appellerait plus Ivy. Qu'ici, je serais Mary, car nos noms du dehors étaient interdits. J'ai été prise de panique. Les larmes me sont montées aux yeux, mais j'ai essayé de les ravaler.

— Toutes nos pensionnaires se voient assigner des tâches. Tu seras au lavoir. Tu devras travailler aussi dur que nous toutes, te lever tôt, utiliser ta journée de façon productive, assister aux messes et implorer le pardon du Seigneur. Est-ce que tu comprends ?

J'étais terrifiée, mais j'ai quand même dit que je comprenais. Elle m'a annoncé que sœur Mary Francis allait me montrer mon dortoir.

Quand je suis ressortie, ma valise avait disparu et sœur Mary Francis a annoncé que je n'en aurais plus besoin. J'étais au bord de l'hystérie. Dedans, il y avait ma seule photo de papa et une couverture que j'avais tricotée pour le bébé. Elle était rose, car j'étais sûre que ce serait une fille. Je les ai suppliées de me la rendre, jusqu'à ce que mère Carlin sorte du bureau et se mette à me frapper avec une ceinture en cuir, là, dans le couloir, devant tout le monde. Elle criait que je devrais avoir honte de me comporter de la sorte.

Ivy se mordit la lèvre au souvenir du moment où elles l'avaient privée de la photo de son père. C'était comme si elles l'avaient définitivement banni de sa vie, le faisant disparaître pour de bon. Comme si sœur Mary Francis était remontée dans le temps pour effacer cet instant où il lui avait envoyé un dernier baiser depuis le bas de l'escalier où elle se tenait en chemise de nuit. Mais elle savait qu'elle ferait mieux de ne plus penser à son père. C'était Alistair maintenant qu'elle devait convaincre d'être son sauveur. Il était son seul espoir.

Ses yeux piquaient atrocement ; elle avait tellement besoin de sommeil. Ses bras lui faisaient mal à force de se maintenir pour écrire. En fait, elle avait mal partout. Mais il fallait qu'elle finisse la lettre et la laisse sous son oreiller avant le matin pour que Patricia puisse la donner au livreur.

Après, j'ai suivi sœur Mary Francis dans l'escalier qui menait au dortoir. Il y avait d'autres filles sur les marches, mais aucune ne m'a regardée, aucune n'a souri, aucune n'a dit un mot. Elle m'a laissée dans le dortoir en m'ordonnant de me changer pour mettre ce qu'elle a appelé ma chasuble, cette espèce de longue robe sans manches que portent toutes les filles ici. La salle était froide et grise, avec des lits comme dans les hôpitaux, une bassine ébréchée dans un coin sous une fenêtre à guillotine, des rideaux ternes et une cloche fixée à un mur. Ensuite, on m'a conduite au lavoir où je passe maintenant toutes mes journées. Les filles ont les mains rouges comme du sang à force de frotter le linge dans l'eau brûlante. Ensuite, il faut l'essorer et le sécher dans ces machines énormes. Après six heures passées à travailler sans la moindre pause, nous avons dîné : une soupe qui ressemblait à de l'eau tiède avec un morceau de pain dur. Nous n'avons pas le droit de parler à table. Ni là ni ailleurs.

Les bonnes sœurs sont pires que cruelles. Si elles nous surprennent à parler, elles nous frappent avec des cannes ou tout ce qui leur tombe sous la main. Une fille s'est brûlée si gravement sur une des machines chauffées à blanc qu'elle a eu une énorme ampoule sur le bras et la plaie s'est infectée. Sœur Mary Francis est juste venue la gronder parce qu'elle perdait du temps. Le seul moment où nous avons le droit de parler, c'est pour dire les prières ou alors pour répondre : « Oui, ma sœur. » Nous devons prier avant le petit déjeuner et le soir avant de nous coucher. Ensuite, c'est un grand trou noir jusqu'à ce que la cloche nous réveille à six heures. Nous vivons au rythme de cette cloche ; il n'y a pas d'horloge, pas de calendrier ; il est interdit de regarder par les fenêtres. Nous n'avons aucun sens du temps qui passe. Personne ne me parle de ce qui va arriver quand mon bébé viendra, mais je sais qu'il y a des bébés ici, car la nuit je les entends pleurer.

Elle grimaça quand un petit pied dans son ventre tapa de toutes ses forces. Sa vessie gonflée n'arrangeait pas les choses. Elle avait désespérément besoin d'aller aux toilettes, mais elles n'avaient pas le droit de se lever la nuit. Elle pensa à son bébé, bien au chaud et en sécurité dans son ventre. Un jour, une fille à l'école avait dit qu'ils sortaient par le nombril, mais elle ne voyait pas trop comment cela était possible. Tout ce qu'elle savait, c'était que Dieu déciderait le moment venu et qu'Il prendrait soin d'eux deux.

Elle bascula de l'autre côté pour soulager son bras endolori. Son bébé se tortilla joyeusement en elle, inconscient de tout le reste. Ivy avait observé les filles au ventre plat qui mangeaient à une table séparée. Elles portaient sur le visage une tristesse qui l'attendait, elle aussi, elle en était certaine. Il fallait qu'elle quitte St. Margaret avant la venue au monde de son bébé. Et il fallait qu'Alistair le comprenne.

Tu me manques tellement, mon amour. Comme me manquent les promenades en voiture en bord de mer ou la sensation de l'herbe sur ma peau quand nous regardions le ciel ensemble. Nous n'avons pas le droit de sortir. Je suis coupée de tout, de la nature, de la maison, de toi, de moi-même. Je rêve de m'enfuir, mais le seul moment où les religieuses ne nous surveillent pas, c'est la nuit dans le dortoir où la fenêtre est si haute qu'on se briserait le cou à essayer de sauter. Et même si je réussissais à partir, où irais-je ?

Oncle Frank me ramènerait tout droit ici, maman ne pourrait pas l'en empêcher. J'essaierais bien de te rejoindre, mais je ne sais pas si tu veux encore de moi et je ne supporterais pas que tu me tournes le dos en pleine rue. Je n'ai plus rien. Je ne suis plus rien. Même mon nom, on me l'a enlevé. La nuit, je sens mon ventre gonflé, notre bébé qui bouge à l'intérieur. Je suis en train de le trahir, de l'abandonner. Comme j'ai trahi tout le monde. Chaque soir, je pleure jusqu'à ce que le sommeil arrive enfin.

Je ne sais pas si tu lis ces lettres, mais je ne supporte pas de te laisser partir. S'il te plaît, si tu m'aimes encore, viens me chercher. Personne n'a besoin de savoir que cet enfant est le tien. Peut-être pourrais-tu m'aider à payer un séjour dans une pension de famille. Je serais heureuse de travailler pour te rembourser dès que le bébé sera assez âgé pour que je le laisse. Peu m'importe ce que je ferai, où j'irai, je ne serai jamais une gêne pour toi.

S'il te plaît, je t'en supplie, viens vite. Ici, je ne vais pas tarder à devenir folle.

Avec tout mon amour éternel,

Ton Ivy

Une larme coula sur la page et Ivy l'essuya, avant de replier soigneusement la lettre, de l'embrasser et de la replacer sous l'oreiller. Puis elle se tourna sur le côté, enfouit son visage dans les couvertures et s'autorisa enfin à pleurer.

13

Dimanche 5 février 2017

Preston Lane était une route étroite et sinueuse sur laquelle Sam devait rouler à une allure d'escargot. Elle ne put s'empêcher de remarquer qu'elle reliait l'église de Preston à St. Margaret. Selon les coupures de presse que Fred avait dénichées pour elle, George Cannon l'avait empruntée cette nuit fatale. Le rapport d'enquête retranscrit dans le *Sussex Argus* indiquait que le 23 janvier 1961, après avoir dérapé sur du verglas, sa voiture s'était écrasée dans un fossé. Il était mort sur le coup.

Sam s'arrêta sur une aire de stationnement au bord de cette route assez fréquentée. D'après la description que donnait le journal du lieu de l'accident, pas grand-chose n'avait changé en cinquante ans. C'était toujours une chaussée à deux voies bordée de haies hautes derrière un fossé. La journée était froide, comme elle avait dû l'être en janvier 1961, et des plaques de verglas légèrement scintillantes étaient visibles. *LE COMMISSAIRE DIVISIONNAIRE DE LA POLICE DU SUSSEX TROUVE LA MORT DANS UN HORRIBLE ACCIDENT*, avait titré le *Sussex Argus* du 24 janvier. L'article donnait la localisation précise de l'accident : un virage très serré, celui-là même avant lequel Sam s'était arrêtée. Regardant autour d'elle, elle remarqua une vaste maison de style georgien un peu plus loin, la seule habitation dans ce paysage d'hiver désolé. Elle décida d'aller voir si les occupants actuels savaient qui vivait là autrefois. Ce serait son dernier arrêt de la matinée. Après cela, elle rentrerait à l'agence.

Sur la porte d'entrée, une plaque en pierre annonçait *Preston Manor.* Elle actionna le heurtoir en forme de tête de lion tandis qu'elle entendait de la musique classique à l'intérieur. Personne ne vint répondre. Elle frappa à nouveau et, cette fois, entendit quelqu'un tousser de l'autre côté. L'homme qui ouvrit avait une cinquantaine d'années, le visage rond, des joues rouges et une chevelure grisonnante qui se raréfiait. Son gros ventre était couvert par un tablier représentant le *David* de Michel-Ange et, à en juger par la quantité de taches et miettes diverses qui le constellaient, il était clair qu'elle venait d'interrompre une séance culinaire.

— Bonjour. Je me demandais si vous pourriez m'aider, dit-elle avec un grand sourire. Je suis étudiante et j'essaie de retrouver des informations sur un accident de voiture qui s'est produit dans ce virage…

— Ah, les accidents, ça n'arrête pas ici, la coupa-t-il. Ce virage est infernal. Ne comptez pas sur moi pour me souvenir de tous les idiots qui l'ont pris trop vite.

— Je comprends, dit Sam. Mais l'accident qui m'intéresse s'est produit en 1961, il y a un sacré bout de temps.

— Non, vraiment, je ne vois pas. Je suis désolé.

— Vous habitiez déjà ici à l'époque ? demanda Sam, dans un effort pour prolonger la conversation.

— Oui, ma famille est installée ici depuis des générations.

Il s'essuya les mains avec un torchon.

— C'est une très belle maison, je comprends que vous ne vouliez pas la quitter.

— Merci. Je suis désolé, mais je dois sauver mes soufflés, dit-il en faisant mine de refermer.

— Bien sûr. Y aurait-il quelqu'un d'autre qui vivait ici à l'époque, votre mère ou votre père peut-être ?

L'homme soupira exagérément avant de désigner un portail dans l'allée.

— Essayez ma mère, elle est dans l'annexe. Mais je vous préviens, c'est une pipelette, ajouta-t-il avant de claquer la porte.

— Merci, dit Sam au lion en cuivre avant d'emprunter une sorte de sentier pavé qui menait à un petit bungalow décoré de paniers suspendus et de jardinières.

Une femme âgée, de petite taille, avec des cheveux blancs ondulés et des joues roses, vint lui ouvrir.

— En quoi puis-je vous aider ?

Elle tenait un sécateur et un grand bouquet de callas d'une blancheur étonnante.

— Bonjour, je viens de voir votre fils. Je m'appelle Sam. Je fais des recherches sur la région et notamment sur un accident qui s'est produit ici en janvier 1961.

— Je vois. Comme c'est gentil de sa part d'envoyer une parfaite inconnue chez sa vieille mère, fit la femme en lui adressant un clin d'œil.

Sam sourit.

— Oui, il était en pleine séance de création gastronomique.

— C'est son grand plaisir dans la vie. Et si vous me disiez ce que vous voulez savoir ? Je verrai si je me souviens de quelque chose.

Elle posa ses fleurs sur le guéridon de l'entrée.

— C'est très gentil à vous, madame… ?

— Je m'appelle Rosalind, dit-elle en chaussant ses lunettes avant de sortir sur le perron.

— Ravie de faire votre connaissance, Rosalind. Je m'appelle Samantha.

— Vous savez qui étaient les victimes de cet accident ?

Rosalind posa une lourde couverture en laine sur le banc près de la porte avant de s'y asseoir avec précaution.

— C'est un virage terrible, reprit-elle. Vous n'avez pas idée du nombre de gens qui se retrouvent dans le fossé, surtout quand il y a du verglas.

— J'imagine, dit Sam en sortant son carnet de notes. L'accident qui m'intéresse a eu pour victime un policier de la région, le commissaire George Cannon.

— Victime, vous dites ?

— Oui, il a été tué sur le coup. Il était sans doute seul dans la voiture. Il a dû prendre ce virage trop vite et perdre le contrôle.

La femme fixa le sol pendant un moment tandis que Sam frottait ses mains gantées.

— Cannon, ce nom me dit quelque chose.

— C'était le père de Kitty Cannon, la célèbre présentatrice de télévision. Elle était de la région, je ne sais pas si vous avez entendu parler d'elle.

— Ah oui, dit la femme en fronçant les sourcils.

Sam leva les yeux vers la demeure principale avec ses clématites qui grimpaient vers les fenêtres.

— Je me disais que l'un d'entre vous avait peut-être vu quelque chose depuis la maison.

Rosalind secoua la tête.

— Non, je suis désolée. Je ne peux pas vous aider.

— Eh bien, tant pis. C'est très aimable à vous de m'avoir reçue. Si je vous laisse mon numéro, vous voudrez bien m'appeler si un souvenir vous revient ?

— Bien sûr, Samantha, dit Rosalind avec chaleur.

Ce ne fut qu'une fois de retour à son bureau, un café très fort à portée de la main, que Sam eut le loisir de réfléchir aux événements de la matinée.

— Tu m'expliques ? demanda Fred en l'observant par-dessus ses lunettes.

Elle sortit la lettre de son sac.

— Ma grand-mère a trouvé ça dans les affaires de mon grand-père. C'est une lettre écrite par une jeune fille, une certaine Ivy, en 1956. Elle était enceinte de son petit ami footballeur qui, d'après ce que je peux en juger, n'avait aucune envie de devenir père.

Elle sortit son ordinateur portable de son sac et l'alluma. Une photo d'Emma surgit.

— Joli fond d'écran, commenta Fred. Elle est superbe.

— Merci. Mais c'est normal, c'est ma fille, dit Sam en souriant.

Elle tapa « père Benjamin » dans Google.

— Bon, et qui est donc cette Ivy ? demanda Fred.

— Aucune idée, mais sa lettre mentionne un certain père Benjamin dont les restes viennent d'être découverts dans ce manoir abandonné. C'est Kevin qui s'en est occupé la semaine dernière, dit Sam en tournant l'écran vers lui. Et Kitty Cannon, tu sais, celle de la télé…

— Tu veux dire, Kitty Cannon de *Cannonball* ? s'étonna Fred.

— Elle-même et en personne. Elle a apparemment assisté à l'audience concernant ce père Benjamin.

— Pour quelle raison ?

— Je ne sais pas encore. J'y suis allée ce matin, ajouta Sam en tapotant une photo de St. Margaret sur l'écran.

— Quoi ? Quand ?

— Avant de venir au boulot.

Elle but une nouvelle gorgée de café.

— T'es vraiment une grande malade. Je n'ai même pas encore pris mon petit déjeuner, s'esclaffa Fred.

— Ouais, mais ce manoir sera démoli mardi, pour laisser la place à un lotissement, dit Sam en sortant de son tiroir une barre de céréales dont elle déchira l'emballage d'un coup de dents. Quoi qu'il en soit, dans une des pièces, il y avait le portrait d'une certaine mère Carlin qu'Ivy mentionne dans une autre de ses lettres. Le gardien qui m'a fait visiter St. Margaret m'a parlé d'une maison de retraite où, selon lui, elle aurait pu finir ses jours. Comme tu as eu la gentillesse de le découvrir pour moi, cela fait un moment qu'elle est montée au paradis des bonnes sœurs, mais j'ai réussi à me faufiler dans la chambre d'une autre religieuse qui travaillait là-bas à la même époque. Elle a fait un commentaire étrange à propos de cette mère Carlin, comme quoi personne ne se serait occupé d'elle la nuit où elle est morte. Tu en veux une ?

Elle sortit une autre barre qu'elle lui lança.

Fred l'attrapa au vol et la posa sur son bureau.

— Par ailleurs, cette religieuse, sœur Mary Francis, connaissait Kitty, c'est une certitude, poursuivit Sam, ainsi que son père, George Cannon. Elle l'a traité de coureur de jupons.

— Ce qui pourrait laisser supposer que Kitty est la fille d'un couple illégitime et qu'elle serait née dans ce foyer pour mères célibataires, dit Fred en enlevant ses lunettes pour les nettoyer sans quitter Sam des yeux. Bon sang, si c'est le cas, cette histoire va être reprise par toute la presse nationale. C'est peut-être la chance de ta vie.

— Peut-être. Tu n'es pas mal sans lunettes, tu sais, remarqua Sam avec un sourire.

Il passa par plusieurs teintes de rouges avant de bredouiller :

— Eh bien, quand je fais de l'escalade je porte des lentilles, mais elles me font un peu mal aux yeux. En fait, j'ai passé la nuit aux Harrison Rocks.

Il semblait hésiter à remettre ses lunettes.

— Quoi ? Tu grimpes dans le noir ? s'exclama Sam en vérifiant ses mails.

— Ouais, avec une frontale. Comme je suis très souvent coincé ici pendant la journée, je n'ai pas vraiment le choix.

Il haussa les épaules.

— Tu veux dire que, si tu pouvais, tu irais grimper tous les jours ?

— Absolument. C'est du zen vertical. Quand je suis en solo sur une voie difficile, j'en ai plus rien à foutre des embrouilles avec ma famille, ni d'être une déception pour tout le monde. C'est juste moi et le rocher. Quand tu es seul et sans corde pour t'assurer, tu ne peux pas te permettre la moindre erreur. Tu n'as qu'une seule chance pour exécuter le bon geste.

— Si je comprends bien, ça te détend de grimper une paroi à pic sur laquelle tu risques une chute mortelle à tout instant ? demanda Sam en riant.

— Harper ! hurla Murray. Ramenez-vous ici.

Fred fit semblant de passer sa tête dans un nœud coulant et de tirer pendant que Sam se levait pour rejoindre son patron.

— Pourquoi l'attachée de presse de Kitty Cannon vient-elle tout juste de m'appeler pour avoir des infos sur vous ?

— Hum, j'ai appris que son émission se terminait et qu'elle prenait sa retraite. Comme elle a grandi dans le Sussex, j'ai fait une demande d'interview.

— Quel rapport avec le foyer St. Margaret ? s'enquit Murray, irrité.

— Kevin l'a vue à l'audience concernant ce père Benjamin, alors j'ai eu envie de creuser un peu. Je crois qu'elle pourrait avoir un lien avec ce foyer.

— Quel genre de lien ? lança Murray avant d'être pris par une quinte de toux si grasse qu'elle se demanda s'il n'allait pas se noyer dans ses glaires.

— Je ne sais pas trop encore, mais j'y travaille.

— C'est du boulot de reportage, ça. Vous trouvez que je ne vous donne pas assez à faire ? aboya Murray.

— Non, non. En fait, j'allais plus ou moins laisser tomber. C'était juste une idée, dit Sam en essayant de ne pas trop s'attarder sur les sourcils de son patron, une épaisse barre de poils que rien ne séparait et qui évoquait une grosse limace grise.

— Ouais, et alors ? Vous avez trouvé quelque chose ?

Elle secoua la tête.

— Bien, alors, concentrons-nous sur les vraies nouvelles du coin, d'accord ? J'ai aucune envie d'emmerder une attachée de presse aussi puissante sans une bonne raison.

— Si l'attachée de presse de Kitty Cannon s'intéresse à moi, ça peut signifier que je dérange quelqu'un, remarqua Sam, une fois revenue à sa place.

— Qu'est-ce que tu lui avais dit ? demanda Fred.

— Que j'avais peut-être des informations sur un lien éventuel entre Kitty et St. Margaret.

— Regarde ce qui vient de tomber, dit-il en tournant son écran vers elle.

Sam se frotta les yeux. Elle s'était levée à cinq heures du matin, bien avant l'aube, et elle crut que son cerveau saturé de caféine était en train de fabriquer une hallucination.

— Seigneur, il va y avoir un service funéraire pour le père Benjamin aujourd'hui.

Fred acquiesça. Sam sentit l'adrénaline l'envahir. Elle continua à lire.

Né Benjamin Cook à Brighton en 1926 et ayant passé son enfance à Preston, le père Benjamin était le fils du Dr Frank A. Cook, chirurgien, et de Helen Elizabeth Cook, femme au foyer.

Il a fréquenté All Saints' School puis le Brighton High School. Il a aussi pris des cours à la faculté des Arts de Brighton et jouait du piano.

Très estimé par toute sa congrégation, le père Benjamin a été le curé de l'église de Preston pendant plus de trente ans, avant de se retirer à l'âge de soixante-cinq ans à la maison de retraite de Gracewell. Il avait disparu le 31 décembre 1999 et cela a été un choc pour tous ses proches quand ses restes ont finalement été retrouvés en septembre 2016 dans les fondations du foyer St. Margaret. Il n'avait pas de parent survivant.

Elle se tourna vers son collègue.

— Fred, tu peux me couvrir encore une fois ? Il faut que j'assiste à cette cérémonie.

— Quoi ? Ça va durer des heures et j'ai pris mon après-midi pour les championnats nationaux d'escalade sur blocs, chuchota Fred.

— Écoute, si je ne me trompe pas à propos de cette affaire Kitty Cannon, ça risque d'être énorme. Je serai de retour à une heure et demie au plus tard. À quelle heure dois-tu y être ?

— Trois heures, dit Fred. Mais je ne peux pas me permettre d'arriver en retard.

— Tu y seras, je te le promets. S'il te plaît ?

Sam s'était mis à geindre comme un chiot abandonné.

— D'accord, fit Fred en jetant un regard vers le bureau de Murray. Je suis censé faire une interview de la fille d'une des premières suffragettes[1] pour le centenaire du mouvement. Je dirai que ma voiture n'a pas voulu démarrer et que tu y es allée à ma place. Mais assure le coup avant d'aller assister à ce service, d'accord ? Murray ne me lâche plus parce qu'il se doute qu'on trafique quelque chose, toi et moi.

— Bien sûr. Oh, et une dernière faveur… dit Sam en jetant ses affaires dans son sac.

— Un de mes reins, peut-être ?

— Il faut vraiment que je sache à qui Ivy écrivait ces lettres. C'était un footballeur professionnel… Elle parle de sa première saison à Brighton dans celle datée du 12 septembre 1956. Elle dit qu'il est beau gosse et qu'il ne veut surtout pas d'un scandale. Tu pourrais peut-être consulter les journaux de l'époque. Ça a dû être une sorte de star locale. Je n'ai aucune certitude, mais si jamais un footballeur de cette période est mort de façon inattendue, on pourrait tenir quelque chose. Il semble bien que tous ceux qui sont mentionnés dans ces lettres ont connu une fin, disons, soudaine.

Fred exécuta une profonde courbette.

— Je t'aime, dit Sam en raflant son ordinateur et en filant.

Au moment où elle démarrait sa fidèle Nova dans le parking, son portable se mit à sonner. Elle ne reconnut pas le numéro.

1. Les suffragettes demandaient le droit de vote pour les femmes au Royaume-Uni, qui leur fut accordé en deux temps : d'abord en 1918, pour les femmes de plus de trente ans ; puis en 1928, pour toutes les femmes à partir de vingt et un ans (comme pour les hommes).

— Allô ?

— C'est bien Samantha ?

Du doigt, elle se boucha l'autre oreille pour mieux entendre.

— Oui, qui est à l'appareil, s'il vous plaît ?

— C'est Rosalind. Vous êtes venue chez moi ce matin, vous vous rappelez ? Mon fils faisait la cuisine.

— Ah, oui.

— Je vous rappelle parce que j'ai eu mon cousin après votre départ et il se souvenait de cet accident. On en a beaucoup parlé dans son pub à l'époque. Le commissaire George Cannon, c'est bien ça ?

— C'est cela.

Sam attendait patiemment.

— C'était un policier très apprécié dans la région, alors ça a été un sacré choc. Mon cousin ne se souvient pas de grand-chose à propos de l'accident, sauf que d'après lui, sa fille était dans la voiture.

— Sa fille ? Il n'y a rien à son sujet dans les articles de l'époque, dit Sam en ouvrant son carnet de notes.

— Oui, elle s'en est sortie. En tout cas, selon les dires d'un gars du coin, un pilier de bistrot qui rentrait chez lui cette nuit-là. Il est arrivé sur les lieux juste après l'accident et, selon lui, il y avait une petite fille sur la route.

— Sur la route ? répéta Sam.

— C'était un ivrogne notoire, ce bonhomme, alors je crois que la police n'a pas fait très attention à ce qu'il racontait. Apparemment, elle portait un manteau rouge vif. La voiture était dans le fossé, mais la fillette était debout dans la lumière des phares et elle s'est enfuie dès qu'elle l'a vu. Il a voulu la rattraper pour voir si elle allait bien, mais elle a disparu dans le blizzard.

— Merci, Rosalind, cela m'est très utile, dit Sam en ouvrant son carnet. J'apprécie vraiment que vous m'ayez appelée.

Elle raccrocha et jeta son portable sur la banquette avant de récupérer son carnet de notes. À la page où elle avait écrit *père Benjamin*, elle ajouta *George Cannon*.

14

Dimanche 5 février 2017

Dans le taxi qui la ramenait de sa séance avec Richard Stone, Kitty alluma son téléphone pour vérifier ses messages. À deux reprises, Rachel lui avait demandé de la rappeler. Elle se laissa aller contre le dossier en soupirant. Elle se sentait vidée.

Alors que la voiture s'engageait sur Victoria Embankment, la sonnerie retentit et « Rachel Ford » apparut sur l'écran.

— Oui ? répondit-elle. J'étais sur le point de vous rappeler.

— Salut, Kitty, désolée de vous déranger un dimanche. Puis-je vous parler une minute ? demanda Rachel, d'une voix où perçait une inquiétude plus forte que d'habitude.

— Oui, qu'y a-t-il ? s'agaça Kitty en pressant un peu plus l'appareil contre son oreille.

— Je voulais vérifier quelque chose avec vous. Est-ce que le nom de Samantha Harper vous dit quelque chose ? C'est une journaliste de Southern News qui désire vous rencontrer.

— Jamais entendu parler, de quoi s'agit-il ?

— Elle s'intéresse à vos liens éventuels avec un ancien foyer pour mères célibataires. St. Margaret à Preston, dans le Sussex.

Kitty sentit un afflux de sang lui monter à la tête. Un vélo surgit face à eux et le chauffeur dut faire un écart pour l'éviter, klaxonnant et l'injuriant quand ils le doublèrent.

— Kitty ? Allô ? fit Rachel.

— Je n'ai pas la moindre idée de ce dont elle parle. Elle a dit autre chose ?

— Non. Elle a juste envoyé une requête d'interview. J'ai appelé un certain Murray White qui dirige Southern News, mais il semblait ne rien savoir à ce sujet. Il a dit qu'il lui demanderait.

— Qui est cette Samantha Harper ? Envoyez-moi sa bio tout de suite par mail.

— J'ai pensé que vous la voudriez, alors je l'ai préparée. Je vous l'envoie en ce moment même.

— Bien, restez en ligne pendant que j'y jette un coup d'œil, dit Kitty en ouvrant le courriel avec impatience.

Lentement, une photo de Sam commença à apparaître.

Elle sut sur-le-champ qui elle était. Ses mains se mirent à trembler pendant qu'elle fixait cette rousse aux yeux bleus qui lui rendait son regard.

— Rachel, vous êtes toujours là ? J'ai besoin que vous me trouviez une adresse. Je veux que vous vous concentriez là-dessus et sur rien d'autre. C'est compris ?

— Oui, bien sûr. Quel nom ?

— Annabel Rose Creed, soixante ans, née et élevée dans le Sussex. Elle a six ans de moins que moi, mais nous avons fréquenté la même école, Brighton Grammar. Je ne l'ai pas revue depuis de nombreuses années. Trouvez-la.

— Je ferai de mon mieux, dit Rachel.

Kitty rangea avec soin son téléphone alors qu'ils arrivaient devant son immeuble au bord de la Tamise. Elle remercia le chauffeur, lui donna un bon pourboire et disparut à l'intérieur du bâtiment.

15

Dimanche 5 février 2017

Le Black Lion, avec son toit de chaume, ses poutres en chêne et son feu de cheminée, avait tout du pub anglais de cinéma dans ce pittoresque village qui ressemblait lui aussi à un décor. Après avoir bâclé l'interview avec Clara Bancroft, dont la mère avait été une des premières suffragettes, Sam avait foncé vers Preston. Elle avait repéré l'établissement dans une rue principale assez sinueuse où des paniers suspendus ornaient les lampadaires et où les trottoirs étaient bordés de haies taillées au coupe-ongles. Sous une pluie battante, elle s'était précipitée dans une salle bondée – qui semblait abriter tous les spécimens mâles de la région – pour demander la direction de l'église.

— C'est tout droit, m'dame, en haut de la colline. Vous ne pouvez pas la rater, dit un gentleman barbu au nez bulbeux et aux yeux injectés de sang.

— Vous allez au service funéraire ? interrogea un autre au comptoir.

— Oui, dit Sam.

— Vous le connaissiez ? s'enquit un troisième derrière sa pinte.

— Non, mais je crois qu'il a été en rapport avec St. Margaret et je fais des recherches sur les foyers pour mères célibataires au Royaume-Uni.

Tout en parlant, elle examinait la salle et ne tarda pas à remarquer une vieille dame dans un manteau en laine écarlate qui l'observait de loin.

— Pourquoi vous voulez faire une chose pareille ? C'est une misérable affaire. Une jolie fille comme vous, vous devriez écrire sur des sujets plus gais.

— Euh… bien sûr, j'y penserai, dit Sam, quelque peu décontenancée. Merci pour votre aide.

Prête à repartir, elle vit qu'on laissait passer la vieille dame qui avait bien du mal à se déplacer avec son déambulateur. Arrivée à la porte du pub, celle-ci se retourna comme si elle cherchait quelqu'un. Son visage avait quelque chose de familier, mais Sam était incapable de se rappeler où elle l'avait déjà vue. Elle l'observa : cette femme était vraiment très âgée, plus de quatre-vingt-dix ans sans doute, d'une maigreur douloureuse avec des pommettes très saillantes et livides et une blanche chevelure coincée dans un chignon. Elle continuait à parcourir la salle jusqu'à ce que tout à coup son regard se fige sur celui de Sam. Ses joues creuses se colorèrent ; un éclair passa dans ses yeux. Mal à l'aise, Sam se détourna. Quand elle regarda à nouveau, quelqu'un aidait la vieille dame à franchir le seuil du pub.

Remerciant une nouvelle fois ceux qui l'avaient renseignée, elle sortit sous la pluie glacée au moment où la femme se hissait dans un taxi qui démarra aussitôt. Les cloches de l'église sonnaient. Quand le véhicule passa devant elle, Sam vit que la vieille dame l'observait toujours à travers la vitre. Elle courut jusqu'à sa propre voiture pour s'engager, dans le sillage du taxi, à l'assaut de la colline. À l'église, les premiers rangs étaient déjà remplis, le service allait commencer. Sam attendit qu'on aide la dame à prendre place, avant de poser une demi-fesse au bout de la rangée opposée. Elle mit son téléphone sur silencieux au moment où le curé prenait la parole :

— Nous sommes réunis ici aujourd'hui pour célébrer la mémoire du père Benjamin qui a su réconforter d'innombrables cœurs au cours de ses trente années de service en tant que prêtre de cette paroisse, et pour rendre hommage à son immense dévotion envers tous ceux qui se trouvaient dans le besoin.

Sam se tourna vers la vieille dame qui ne prêtait nullement attention au curé, gardant le regard fixé droit devant elle en serrant très fort son sac contre elle.

— La découverte de ses restes à St. Margaret a été un moment très difficile pour de nombreuses personnes ici présentes. Sa disparition soudaine nous avait tous accablés, mais la confirmation de sa mort si longtemps après constitue une tragédie supplémentaire. À présent, avec la force que nous offre Notre Seigneur Jésus-Christ, il nous revient de prier pour le repos éternel de son âme.

Sam examina la petite congrégation. La plupart des personnes présentes étaient âgées. Parmi elles, elle repéra sœur Mary Francis, tête baissée. À ses côtés se trouvait Gemma, l'infirmière qui l'avait laissée entrer à Gracewell et qui regardait le curé avec intensité.

— Père Benjamin, qui avait pris une part prépondérante à la création et à la gestion du foyer de St. Margaret, a continué bien après sa retraite à assurer un travail de bénévole pour le Programme de soins aux plus démunis, n'hésitant pas à braver le froid en plein cœur de l'hiver pour aller distribuer repas et couvertures à des malheureux dans le besoin. Il a eu une merveilleuse influence sur les plus jeunes membres de notre congrégation, enseignant le catéchisme et aidant à renforcer les valeurs chrétiennes dans notre village, en cette période où la vie moderne peut parfois nous faire oublier ce qui est essentiel pour nous en tant qu'êtres humains : les enseignements de Notre Sauveur Jésus-Christ. À la lumière de tout ceci, écoutons Hannah Crane qui se souvient avec affection des belles leçons du père Benjamin.

Une femme aux longs cheveux blonds se dirigea vers le pupitre où elle déplia une feuille de papier. Au début, ses mots furent inaudibles et quelques gloussements se firent entendre alors que le prêtre tripotait le microphone pour le baisser au niveau de sa bouche. Finalement, sa voix hésitante retentit.

Ne pleure pas sur ma tombe,
Je ne suis pas là, je ne dors pas.
Je suis un millier de vents qui soufflent.
Je suis l'éclat du diamant dans la neige.
Je suis le brin de soleil sur le grain mûr.
Je suis une douce pluie d'automne.
Quand tu te réveilles dans la quiétude du matin,
Je suis l'envol rapide
d'une nuée d'oiseaux dans le ciel.

Ne pleure pas devant ma tombe.
Je ne suis pas là, je ne dors pas.
Ne pleure pas sur ma tombe.
Je ne suis pas là, je ne suis pas mort[1] *!*

Sam jeta un coup d'œil vers la vieille dame qui, sans regarder celle qui venait de réciter ce poème, essuyait des larmes avec un mouchoir qu'elle serrait dans ses mains tremblantes. Lentement, elle ouvrit son sac pour en sortir quelque chose qu'elle tint entre ses doigts déformés.

— Merci, Hannah.

Le curé retourna à sa chaire tandis que Hannah reprenait sa place parmi les fidèles, accueillie par un sourire approbateur de la part de son mari.

— Père Benjamin aurait été fier. Comme il l'aurait été en entendant son morceau préféré chanté par sœur Clara Gale.

La congrégation leva les yeux vers le chœur où une nonne en habit bleu et blanc entonna un *Ave Maria.* Le silence tomba. Plus personne ne semblait bouger ou respirer, chacun paraissant transporté par la voix angélique. Sam en avait la chair de poule, à la fois émue et fascinée... quand soudain, elle sentit une présence. Tournant la tête, elle sursauta en découvrant la vieille femme debout dans l'allée à ses côtés.

Elle avançait difficilement, accrochée à son engin, tout en continuant à tenir quelque chose dans sa main gauche. Sam vit qu'il s'agissait d'une photographie. La vieille dame fixait le cercueil d'un air presque halluciné. Personne ne l'avait

1. Mary Elizabeth Fry, *Do Not Stand at My Grave and Weep*, 1932.

encore remarqué, tous les paroissiens étant captivés par la voix de sœur Clara. Elle avait presque atteint sa destination. *Tap, tap*... Les petits chocs de son déambulateur sur les dalles attiraient maintenant l'attention de ceux qu'elle dépassait.

Soudain, quasiment au même moment, la chanteuse se tut et la femme déposa lentement sa photographie sur le cercueil. Baissant la tête, elle se signa et déclara :

— Que Dieu pardonne les péchés impardonnables de cet homme et sauve les âmes de toutes celles et tous ceux dont il a détruit la vie. Amen.

En dépit de sa posture humble, sa voix était forte et claire.

Quand elle se redressa, elle regarda le curé muet droit dans les yeux. Puis, avant que quiconque ne puisse réagir, elle se retourna et remonta l'allée toujours attelée à son déambulateur. Sa lente progression dans un silence absolu avait quelque chose d'irréel. Personne n'osa bouger, ni émettre le moindre son, jusqu'à ce qu'elle soit sortie de l'église.

Le curé parut alors enfin émerger de sa transe.

— Je vous en prie, oubliez cet incident. La vie d'un prêtre de paroisse n'est pas simple. Il ne reçoit pas toujours les remerciements et la gratitude qu'il est en droit d'attendre. Certains refusent qu'on les aide. Prions maintenant pour ces âmes impuissantes. *Notre Père, Qui es aux Cieux, que Ton Nom soit sanctifié, que Ton Règne arrive, que Ta Volonté soit faite sur la terre comme au ciel...*

Tandis que tout le monde se joignait à la prière, une des plus jeunes sœurs se précipita pour chasser d'un revers de main la photographie posée sur le cercueil. Elle tomba aux pieds de Sam. Avant de se rendre compte de ce qu'elle faisait, celle-ci la ramassa. Quand elle releva les yeux, elle croisa ceux, rougis, de Gemma, qui pressait un mouchoir sur son nez.

Impatiente de rattraper celle qui avait commis une telle transgression, elle quitta l'église aussi vite qu'elle l'osa tandis que les paroissiens s'en remettaient à nouveau à leur curé. Quand elle surgit de la pénombre de la nef, le soleil l'aveugla un instant. Plissant les yeux, elle chercha et aperçut le taxi ; il repartait déjà vers le village. Elle cria en dévalant les marches du porche dans l'espoir qu'on l'entende… peine perdue. S'immobilisant, elle se rendit compte que son téléphone vibrait dans son sac.

— Sam, vous êtes où, bordel ? brailla Murray dès qu'elle répondit.

— Je viens de finir d'interviewer Clara Bancroft et je suis sur la route du bureau, répliqua-t-elle très vite, tandis que le chauffeur d'une camionnette klaxonnait derrière elle.

— Ne me mentez pas. Le photographe vient d'appeler et il dit que vous êtes partie depuis une heure, aboya Murray.

Sam visualisait les veines gonflées sur son cou, comme à chacune de ses crises de rage.

— Je suis vraiment en train de rentrer, Murray. J'ai juste un petit souci avec ma voiture.

— Vous aussi ? Vous vous fout… Ouais, bon, votre grand-mère a téléphoné au bureau. Elle a essayé de vous joindre… Votre gosse est malade. Je veux votre article avant quatorze heures. Après ça, vous et moi, il faudra qu'on cause.

Il raccrocha.

Sam se laissa tomber sur le premier banc venu.

La tristesse de la vieille dame avait été si tangible qu'elle semblait rester suspendue dans l'air derrière elle. Sam baissa les yeux vers la photographie qu'elle avait ramassée sur le sol de l'église. C'était l'image pas très nette en noir et blanc d'une petite fille, pas plus de dix ans, qui souriait à l'objectif. Elle avait des boucles en tire-bouchons et portait une belle robe blanche avec des fleurs à la taille. Elle retourna la photographie et lut l'inscription à moitié effacée par le temps. *Ivy, été 1947.*

Elle retint son souffle. Nul doute qu'il n'y avait pas eu qu'une seule Ivy à Preston, mais, si elle avait eu huit ou neuf ans en 1947, elle aurait été en âge de porter un enfant en 1956, à l'époque où les lettres avaient été écrites. S'agissait-il de la même fille ?

Elle appela Ben. Pas de réponse. Elle essaya encore une fois avant de laisser un message hargneux sur sa boîte vocale lui demandant d'appeler Nana au plus tôt. Ce qu'elle fit juste après.

— Salut, Nana, c'est moi. Je suis vraiment désolée, mais mon téléphone était sur silencieux. Comment va Emma ?

Nana lui assura qu'elle allait bien, qu'elle avait été un peu patraque, mais que ça commençait à s'arranger.

— J'ai laissé un message à Ben. Il ne devrait pas tarder à venir. Je suis désolée. Tu es sûre que ça va ? Tu as une drôle de voix.

Non, ça n'allait pas et il fallut un moment à Sam pour convaincre sa grand-mère de se confier. Elle avait trouvé une troisième lettre d'Ivy, finit-elle par expliquer. Pire encore que les deux premières.

— Je te rappelle dès que j'ai fini mon article. Murray va m'arracher les yeux si je ne le lui donne pas avant deux heures.

Elle tint parole… après avoir transcrit son interview pour le centenaire des suffragettes et reçu un sacré savon de la part de Murray.

À mesure que sa grand-mère lui lisait la troisième lettre d'Ivy, ni l'une ni l'autre ne purent retenir leurs larmes.

16

Lundi 11 février 1957

Mon amour,

Elle est là, notre bébé est né.

On m'a à peine autorisée à la voir, mais c'est certainement la plus belle petite fille que j'ai jamais vue. Elle a une petite touffe de cheveux aux reflets cuivrés comme les miens et de grands yeux bleus rieurs comme les tiens. Elle était si calme, elle n'a pas du tout pleuré, pas comme sa maman qui n'arrêtait pas. Elles m'ont laissée la tenir pendant quelques minutes avant de commencer à me recoudre et elle serrait mon doigt si fort dans son petit poing que c'était évident qu'elle savait que j'étais sa maman. Je suis sûre qu'elle m'a souri. La sœur a dit que c'était ridicule, que les nouveau-nés ne sourient jamais. Mais je sais qu'elle a souri – c'était sa façon d'essayer de me dire que tout allait bien se passer désormais. Je ne me souviens de rien après cela. J'ai dû m'évanouir, car, quand je me suis réveillée, j'étais à l'infirmerie, et Rose – c'est le nom que je lui ai donné – avait disparu.

Ivy entendit un bruit de clé. La porte au bout de l'infirmerie s'ouvrit avec une telle violence qu'elle alla claquer contre le mur. Elle cacha aussitôt son crayon et sa feuille sous les couvertures et tourna la tête pour voir sœur Faith et sœur Mary Francis venir vers elle, leurs longues robes toutes raides bruissant autour d'elles. Elle baissa les yeux pour ne pas se faire réprimander d'avoir osé les dévisager.

— Eh bien, mon enfant, il y a du travail au lavoir. Cela fait une semaine que tu es ici. Tu ne vas pas rester couchée jusqu'à la fin des temps, dit sœur Mary Francis avant même d'être arrivée au pied du lit.

— Ma sœur, je pense qu'elle sera prête à y retourner d'ici deux ou trois jours, dit sœur Faith. Elle tient encore à peine debout.

Sœur Mary Francis se tourna, mécontente, vers sa jeune subalterne.

— Je sais que vous gâtez ces filles avec des édredons et du chocolat chaud tous les soirs, sœur Faith. Mieux vaut donc que j'en juge par moi-même. Debout, mon enfant, et vite.

Un liquide glacé emplit soudain le ventre d'Ivy tandis qu'elle repoussait lentement les couvertures en priant pour ne pas révéler sa feuille et son crayon. Le drap sous elle était propre, mais ses jambes et son dos étaient maculés de sang séché. Elle ne savait pas trop ce qu'il lui était arrivé au cours des jours brumeux qui avaient suivi l'accouchement, même si elle avait vaguement entendu parler d'une hémorragie qu'on ne parvenait pas à stopper. Depuis son réveil à l'infirmerie, elle avait été dans l'incapacité de bouger à cause de la douleur lancinante entre ses jambes.

Patricia était venue ce matin, avant le petit déjeuner, pâle et visiblement fatiguée. C'était son travail de changer les draps à l'infirmerie et elle en avait profité pour glisser un crayon et du papier sous son oreiller. Sœur Faith avait momentanément quitté la pièce pour aller chercher quelques affaires dans la réserve, et Patricia s'était mise à bafouiller qu'elle avait vu le bébé d'Ivy, qu'elle était absolument magnifique et très paisible, pleurant à peine entre les biberons. Les larmes aux yeux, Ivy avait embrassé son amie, lui demandant de passer son baiser à Rose.

— C'est bientôt ton tour, n'est-ce pas ? avait-elle dit en caressant le gros ventre de Patricia.

— C'est horrible ? La douleur ? Je t'ai entendue crier toute la nuit, dit celle-ci en la dévisageant avant de lancer un regard apeuré vers la porte.

— Non, ce n'est pas si terrible, l'avait rassurée Ivy. J'ai juste un peu tendance à me plaindre. Tout ira bien, tu verras.

— Regarde toutes ces saletés que tu as faites, fulminait maintenant sœur Mary Francis en montrant les draps tachés de sang que Patricia avait laissés dans un coin de la pièce. Tu ne crois pas que nous avons assez à faire comme cela sans devoir en plus nettoyer derrière toi ? Eh bien, sache que c'est toi qui les laveras dès que tu partiras d'ici.

— Oui, ma sœur, dit Ivy en grimaçant de douleur alors qu'elle se forçait à poser les pieds par terre.

Elle était sûre que ses jambes ne la soutiendraient pas et elle regarda sœur Faith avec des larmes dans les yeux.

— Allez, lève-toi et marche, ma fille. Il faut que tu te remues un peu, sinon tu ne sortiras jamais d'ici, dit sœur Mary Francis, les lèvres pincées.

Ivy n'osa pas discuter. Ignorant la brûlure dans son bas-ventre, elle se leva. Aussitôt, ses jambes tremblantes se dérobèrent et elle tomba à genoux.

— Debout ! ordonna sœur Mary Francis.

Ivy serra les bras autour de son ventre.

— Debout tout de suite ou tu auras droit à une visite dans le bureau de mère Carlin.

Sœur Faith s'avança pour l'aider, mais sœur Mary Francis l'en empêcha. S'accrochant au lit, Ivy réussit à se redresser avant de s'écrouler sur le matelas.

— Debout ! aboya sœur Mary Francis.

Lentement, Ivy se remit sur pied en s'aidant des montants du lit. Elle n'osait pas pleurer, malgré la douleur abominable qui lui déchirait le ventre. Mais le pire, c'était la nausée qui montait en elle : elle n'osait imaginer la réaction de sœur Mary Francis si elle se mettait à vomir devant elle. En se redressant, elle remarqua des gouttes de sang qui apparaissaient sur le carrelage entre ses pieds.

Elle fit un pas, mais dut à nouveau s'accrocher au lit quand ses jambes cédèrent encore une fois. Cela ne suffit pas. Elle chuta lourdement sur le côté, laissant échapper un cri.

— Ma sœur, je veux qu'elle ait quitté ce lit demain en fin d'après-midi et elle devra laver ces draps elle-même, dit sœur Mary Francis.

Recroquevillée par terre, Ivy vit les talons noirs de la nonne s'éloigner sur les dalles glacées.

Dès que sa supérieure fut partie, sœur Faith l'aida à regagner le lit.

— Elle est sérieuse, tu sais, dit-elle à mi-voix. Tu ne pourras rester que jusqu'à demain.

— Oui, ma sœur, je comprends. Je suis désolée de vous donner tout ce travail, dit Ivy tandis que la religieuse passait une serpillière sur les traînées de sang.

La cloche sur le mur retentit à travers toute l'infirmerie et sœur Faith se redressa.

— Je dois aller dîner. Je te rapporterai un peu de soupe.

— Merci, ma sœur.

Dès que sœur Faith eut quitté l'infirmerie en verrouillant consciencieusement la porte derrière elle, Ivy récupéra crayon et papier sous les couvertures. Elle grimaça en s'asseyant sur le lit dur et continua sa lettre.

J'écris ceci depuis mon lit, à l'infirmerie. Le travail a été terrible. Je ne savais pas à quoi m'attendre et heureusement. Si la pièce dans laquelle elles m'ont laissée seule toute la nuit avait eu des fenêtres, je me serais jetée par une d'entre elles. Je n'avais jamais connu une douleur pareille, pas même pendant une minute, et j'ai dû l'endurer pendant des heures et des heures. Avec personne à mes côtés et sans savoir si ça s'arrêterait un jour.

Je connaissais déjà cette pièce. Je ne l'oublierai jamais. Mère Carlin oblige les filles qui sont le plus proches de leur terme à la nettoyer juste après les naissances. Rien ne fait autant peur qu'un sol entier couvert de sang. C'est si dur de l'enlever rien qu'avec de l'eau froide et du savon noir. Une fois, j'ai passé une journée entière à frotter à quatre pattes. Une autre, j'ai dû frotter autour d'un petit bébé qui était mort. Elles l'avaient abandonné là dans une couverture ensanglantée près de l'évier. Je l'ai sorti pour le serrer contre moi et j'ai pleuré en lui disant qu'il était aimé, jusqu'à ce que mère Carlin me l'arrache des bras pour le jeter dans la cuve dans laquelle elles se débarrassent des mort-nés. Elle m'a dit de ne pas gâcher mes larmes pour l'engeance du diable et elle m'a frappée si fort que sa bague m'a ouvert la joue.

L'accouchement a commencé après ma journée de travail au lavoir. Mon ventre était si gros que je n'arrivais plus à travailler sur les machines.

Ivy s'arrêta au souvenir de cette dernière journée où elle avait eu Rose rien que pour elle. La dernière fois où elle avait su exactement où se trouvait sa fille et qu'elle y était en sécurité.

Les équipements au lavoir lui avaient paru plus lourds que d'habitude et elle avait découvert de nouvelles gênes et douleurs dans son corps. Les contractions avaient commencé peu après le déjeuner et n'avaient cessé d'empirer, au point de la plier en deux. Finalement, elle s'était lentement dirigée vers sœur Edith, en se retenant de crier de douleur.

— Où est-ce que tu te crois ? Retourne à ton poste ! avait hurlé celle-ci.

— Ma sœur, serait-il possible que je travaille à la cuisine cet après-midi ? J'ai des contractions atroces.

— Non, ce n'est pas possible. Tu ne vas pas accoucher aujourd'hui, c'est trop tôt. Remets-toi au travail !

Ivy s'était traînée jusqu'à son poste. Tous les regards étaient sur elle, mais personne n'osait dire un mot. À l'heure du dîner, elle ne tenait plus debout. Les autres filles étaient parties et mère Carlin et sœur Edith étaient venues la toiser alors qu'elle était recroquevillée par terre dans un coin, se serrant le ventre et pleurant de souffrance.

— Arrête cette comédie et va donc à l'infirmerie, mon enfant. Dépêche-toi, avait dit mère Carlin.

Ivy avait attendu que la vague de contractions s'estompe avant de partir en chancelant. Elle avait éprouvé un tel soulagement en entendant ce mot : *infirmerie*. Peut-être allait-elle enfin y trouver un peu de gentillesse et de réconfort. Comme elle se trompait.

Se ressaisissant, elle leva à nouveau son crayon. Sœur Faith n'allait pas tarder à revenir ; c'était sa dernière chance d'écrire.

> *Quand je suis arrivée à l'infirmerie, elles m'ont enfermée toute seule dans une autre pièce, celle où j'avais nettoyé tout ce sang une semaine plus tôt ; celle qui allait bientôt être à nouveau remplie de mon sang.*
>
> *Alors que j'étais seule cette nuit-là, je n'ai pas cessé de penser à ce nourrisson mort. Je croyais que ces douleurs abominables étaient l'annonce que notre bébé ne survivrait pas. Plusieurs sœurs sont passées, me disant de rester tranquille, d'arrêter de faire autant de bruit, que c'était le châtiment pour mes péchés de chair. J'essayais d'être brave, mais avec cette douleur, c'était impossible. J'appelais maman, papa, toi. Personne ne venait.*

Elle s'arrêta, posa la feuille et le crayon sur les draps avant de se prendre la tête entre les mains.

Le souvenir était trop douloureux : gisante sur le sol, seule dans le noir dans ce silence effroyable. À chaque nouvelle vague de douleurs qui déferlait en elle, elle se noyait dans un bain de souffrance et de folie. Elle avait vu les chaussures de son père apparaître sur les dalles devant elle. Elles étaient si bien cirées qu'elle y distinguait son propre reflet. Elle avait levé les yeux. Il lui souriait.

— Papa, au secours.

— Ma chérie, tu te débrouilles si bien. Je suis vraiment fier de toi.

Il avait enlevé son chapeau avant de s'accroupir près d'elle.

— Je vais mourir. Je n'en peux plus. J'ai trop mal.

— Mais non. Et pense à après, une fois que ce sera terminé.

Une autre contraction effroyable lui avait broyé le ventre dans un étau et elle avait levé les mains vers lui.

— S'il te plaît, s'il arrive quelque chose, veille sur mon bébé.

Il lui avait pris la main.

— Sois courageuse, Ivy. Je veillerai toujours sur vous deux.

Elle chassa le souvenir et reprit son crayon. Elle devait absolument finir cette lettre avant le retour de sœur Faith.

> *Je crois que j'étais au bord de la mort quand le Dr Jacobson est arrivé. Je l'ai supplié de sauver mon bébé. Quand il a enfoncé son scalpel, j'ai cru qu'il me sciait en deux. Et puis, je l'ai entendue crier et elle était là. Notre bébé. J'ai demandé au*

Dr Jacobson s'il avait vu ma mère. Je l'ai supplié de me ramener à la maison. Mais il ne m'a pas répondu et il est parti en me laissant là avec Rose. J'espère qu'il parlera d'elle à maman.

Après son départ, elles m'ont recousue. Ça a été encore pire que l'accouchement. La nonne qui s'en chargeait était vieille et maladroite, elle n'arrêtait pas de faire tomber les espèces de loupes qui lui servaient de lunettes. Depuis, cela fait plusieurs jours, je n'arrive plus à marcher, mais les sœurs veulent que je retourne travailler pour payer mon séjour ici. J'ai écrit à maman et à oncle Frank pour leur demander s'ils peuvent donner les cent livres qu'elles exigent, mais ils n'ont pas répondu. D'après ce que je sais, les filles restent à peu près trois ans ici après avoir accouché. Je deviendrais folle si je devais être enfermée aussi longtemps.

Elles ont mis la nursery juste à côté de l'infirmerie et j'entends les bébés qui pleurent sans arrêt, jour et nuit. Apparemment, cela aussi fait partie de notre châtiment. Je suis en train de perdre la tête en croyant reconnaître la voix de Rose sans pouvoir aller l'aider.

Mon lait est arrivé, mais nous n'avons pas le droit de nourrir nos bébés comme la nature l'a prévu. Elles préfèrent leur donner du lait en poudre. Peut-être pour briser le lien entre les mères et leurs enfants. On m'oblige à avaler des cachets pour arrêter les montées de lait, mais ça ne marche pas. La nuit, j'ai des fuites et ça fait terriblement mal. La sœur est furieuse parce que mes draps sont humides. Elle en a assez de m'avoir à l'infirmerie, elle en a assez de mes larmes. Assez de ma « comédie », comme elles disent.

Mon bébé me manque tellement. Je ne pourrais pas supporter que quelqu'un d'autre le prenne et l'emmène loin d'ici. Rose est à moi, à nous.

S'il te plaît, mon amour, viens nous chercher, afin que nous formions enfin une famille. Je t'en prie, viens vite, avant que Rose ne soit adoptée et que nous ne la perdions à tout jamais.

Avec tout mon amour,

Ton Ivy

Comme elle écrivait ce dernier mot, elle entendit la clé dans la serrure et glissa très vite la lettre dans l'enveloppe qu'avait apportée Patricia. Sœur Faith lui apportait un bol de soupe transparente et un quignon de pain.

— Tiens.

— Merci, ma sœur.

Ivy prit le bol tiède avec reconnaissance.

— Il va falloir qu'on mette ces draps à tremper, sinon on ne les récupérera jamais, dit sœur Faith, non sans gentillesse.

— Pardon pour le dérangement, ma sœur, dit Ivy. Je m'en occupe tout de suite.

Elle voulut poser le bol.

— Non, laisse. Je m'en charge. Demain matin, mère Carlin va venir te chercher et tu devras retourner travailler.

— Merci, merci, ma sœur, répéta Ivy avant d'entamer son maigre repas.

17

Dimanche 5 février 2017

Sam s'arrêta devant l'immeuble de Ben, le cœur lourd. Elle se rappelait encore le jour où, après avoir visité d'innombrables taudis, ils avaient trouvé cet appartement et en étaient tombés amoureux. Il avait besoin d'un bon coup de peinture et de quelques travaux, mais il possédait un petit jardin en patio et une vraie cheminée dans le salon. Ils avaient emménagé le lendemain de leur mariage. Ben avait bien tenté de lui faire passer le seuil en la portant, mais elle était enceinte de huit mois et il s'était démoli le dos.

Il était donc resté allongé dans le canapé pendant que grand-papa – qui leur avait offert des meubles et des bibelots en provenance de son magasin d'antiquités – et elle s'occupaient de tout ranger. Nana leur avait cousu des coussins. Lentement, ils avaient apprivoisé les lieux pour en faire leur foyer. Elle avait adoré cet appartement et les souvenirs qui s'y étaient fabriqués : tous les trois dans la baignoire, les premiers pas d'Emma dans le salon. Quatre petites années plus tard – et à la suite d'une nouvelle dispute –, elle avait proposé qu'Emma et elle partent un moment afin de calmer un peu les choses. Elle avait eu le choc d'entendre Ben accepter.

Elle le voyait à présent par la fenêtre, arpentant la pièce un torchon sur l'épaule pour ramasser les jouets d'Emma. Soudain, il se raidit et sa mâchoire se crispa : il venait de l'apercevoir. D'un index impatient, il frappa le cadran de sa montre. Ce n'était pas son week-end de garde, mais il n'avait pas eu le choix puisqu'elle travaillait et qu'il fallait bien que l'un des deux s'occupe de leur fille. Visiblement, cela le rendait furieux.

Elle avait déjà eu droit à une belle engueulade de la part de son patron ; si Ben s'y mettait aussi, elle n'était pas sûre de pouvoir encaisser. Alors qu'elle remontait l'allée, elle repensa à la discussion avec Murray. Depuis la naissance d'Emma, il lui menait la vie dure.

Elle était retournée au bureau aussi vite qu'il était humainement possible. Elle ne comptait plus les nuits blanches passées à travailler ni ces week-ends où elle avait dû tout laisser tomber pour un reportage prétendument urgent. En guise de récompense, il ne lui donnait que les sujets les plus minables, les chiens écrasés, comme on disait autrefois, et qui semblaient de nos jours avoir été remplacés par les foires à la tulipe. Voilà pourquoi elle s'accrochait à l'affaire Cannon. Mais Murray ne méritait pas un sujet pareil, il ne la payait pas assez pour cela. Elle le plaquerait à la seconde où elle recevrait une meilleure offre. Une façon de prendre sa revanche.

Elle appuya sur la sonnette de l'appartement.

— Salut, ça va ? demanda-t-elle quand Ben se décida enfin à lui ouvrir.

— Salut, marmonna-t-il, les dents serrées, sans la regarder. T'es en retard.

— Désolée. J'ai vraiment tout essayé pour partir plus tôt. Comment va Emma ?

Elle s'adressait à sa nuque, vu qu'il lui avait déjà tourné le dos pour repartir vers le salon. Le Ben d'autrefois lui manquait tellement, celui qui lui servait un verre de vin et lui faisait couler un bain mousseux après une trop longue journée. Pas ce Ben toujours de mauvais poil qui, sans doute, préférerait la noyer dans la baignoire.

— Ça va. Elle n'a pas l'air trop mal, mais elle n'a rien mangé. Ça fait des heures que j'essaie de lui faire avaler quelque chose.

Il s'empara du manteau et du sac de Sam qu'elle venait de déposer sur le canapé pour les transférer sur une chaise. Le rangement et le ménage n'avaient jamais été son fort, mais depuis son départ, il prenait le plus grand soin à souligner le moindre de ses défauts, comme pour lui démontrer à quel point il se débrouillait mieux sans elle.

— Tu veux que j'essaie ? proposa-t-elle.

— Non. Avec toi, elle fait toujours du cinéma.

Il se réinstalla à la table pendant qu'Emma tendait les bras vers sa mère. Il tenta néanmoins de lui enfourner de force des brocolis dans la bouche. La fillette les prit en hurlant dans sa petite main et les expédia à travers la pièce.

— Emma ! C'est très vilain ! s'écria-t-il.

Sam vint s'accroupir auprès d'elle.

— Bonjour, ma chérie.

Emma se pencha un peu plus vers elle. Évidemment, elle tomba de sa chaise pour se retrouver, gloussant de rire, dans les bras de sa mère.

— Merci ! aboya Ben.

— Quoi ?

— Il faut qu'elle mange. Elle a besoin d'un vrai repas. Et elle ne quittera pas cette table tant qu'elle n'aura pas avalé ses légumes.

— Désolée, je disais juste bonjour à ma fille.

— Eh bien, elle ne va plus vouloir remonter sur cette chaise maintenant. J'essaie de lui donner de bonnes habitudes et toi, tu fous tout par terre.

— D'accord, tu préfères qu'on parte tout de suite ? fit Sam en ramassant des bouts de brocoli sur la moquette.

— Maintenant ? Au milieu de son repas ? Non, mais j'y crois pas !

Sam se redressa.

— Si c'est la bagarre que tu cherches, il vaut mieux qu'on parte.

— C'est ça. Pars et laisse-moi nettoyer seul tout ce foutoir. La classe.

— Ben, je suis désolée que tu aies dû garder Emma, mais je n'avais pas le choix. Nana est épuisée et je ne peux pas me permettre de prendre un jour de congé.

— Et ça recommence. La pauvre chérie ballottée par l'existence. Sa vie s'est transformée en essoreuse. Désolée, c'est pas sa faute. Aux autres de s'accrocher.

Il essaya d'enfoncer une autre cuillère dans la bouche de leur fille. Sam s'agaça : Emma était en âge de se nourrir toute seule.

— Tu n'es pas juste, dit-elle. C'était ton idée que je me mette à travailler, pour que tu puisses rester à la maison avec Emma. Je t'avais dit que ce serait difficile.

— Oui, eh bien, je me disais qu'une fois qu'elle serait née, tu aurais un peu plus de cœur. La plupart des mères ne supportent pas d'abandonner leur enfant une seule journée, et encore moins cinq ou six jours de suite par semaine.

Il grimaça quand Emma repoussa sa main.

Sam était au bord des larmes.

— Je la vois bien plus que toi. Tu passes ton temps dehors, soi-disant à chercher du boulot.

— Eh bien, sache que j'ai deux entretiens d'affilée demain, pour lesquels j'aurais dû me préparer, mais comme il a fallu que je m'occupe d'Emma, j'ai sûrement déjà bousillé toutes mes chances !

— Nous ne pouvons compter sans arrêt sur Nana. J'espérais décrocher une promotion qui m'aurait permis d'embaucher une nounou, mais avec mon connard de patron, c'est difficile.

— Si j'obtiens un boulot, on pourra se payer une nounou !

— Ce serait génial, dit Sam dans un effort d'apaisement. Je sais que ce n'est pas simple pour toi non plus. J'ignorais pour ces entretiens. C'est pour quel genre d'emploi ?

Ben ricana.

— Parce que ça t'intéresse, peut-être ?

— Beaucoup, à vrai dire. Je trouve ça génial que ça recommence à bouger pour toi. Mais selon tes horaires, il faudra peut-être qu'on s'organise.

— Qu'on s'organise pour que je reste à ma place, c'est ça ?

— Je veux faire pipi ! brailla Emma.

Avec un énorme soupir, Ben se baissa vers la petite fille qui s'était assise par terre près de Sam.

— Je veux maman ! cria Emma. Pas papa. Papa est un branleur.

Ben lança un regard noir à Sam.

— Je vois le genre d'éducation que tu lui donnes derrière mon dos.

— Je n'ai jamais utilisé ce mot devant elle. Et je ne dirais jamais ça de toi. Elle t'a probablement entendu gueuler ça dans la voiture. Tu ne supportes pas les autres quand tu es au volant. Et qu'est-ce que ça veut dire : « Qu'on s'organise pour que je reste à ma place ? »

Il était en train de récupérer des feuilles d'essuie-tout pour nettoyer le visage d'Emma.

— Ça veut dire que Nana ne sera pas toujours là et il faudra bien que l'un de nous deux soit disponible si la nounou est malade ou si tu es retenue par ton travail. Je décrocherai peut-être un boulot, mais je n'aurai jamais une carrière. Pas après une période d'inactivité aussi longue, ce que tu sembles avoir complètement oublié. C'est hallucinant, le pouvoir que ton job a sur toi.

— Pipi !

Emma criait de plus belle.

— Ce n'est absolument pas vrai. Je n'arrive pas à croire que tu dises une chose pareille !

Cette fois, les larmes coulèrent au moment où Ben soulevait Emma et que celle-ci lui faisait pipi sur la jambe.

— Mais c'est pas vrai ! gueula-t-il. Tu as quatre ans, Emma. Tu vas bientôt aller à l'école. Tu ne peux pas continuer à avoir des accidents !

Comme il tirait sur les vêtements mouillés de la fillette, celle-ci se mit à pleurer à grosses larmes en tendant les bras vers sa mère. Elle se souviendrait de cet épisode, se dit Sam. Elle s'en souviendrait comme du moment où ils avaient touché le fond.

Elle vint auprès d'Emma et lui caressa les cheveux, lui murmurant des sons doux à l'oreille jusqu'à ce qu'elle se calme et laisse son père la changer. Quand il eut terminé, il lui tendit leur fille.

— Voilà, tu peux la prendre maintenant. Moi, je sors. J'ai besoin d'une bière.

Il quitta la pièce avant de lui lancer depuis le couloir :

— Et demain, il faudra que vous vous débrouilliez, Nana ou toi. Je ne veux pas rater ces entretiens. Ferme la porte en sortant.

Sam resta plantée là, sa fille dans les bras, à regarder le canapé où Ben et elle avaient passé tant de soirées blottis l'un contre l'autre, Emma endormie dans un couffin à leurs pieds.

La porte de la maison claqua si fort que les murs du salon tremblèrent et, pour la première fois depuis le jour où Ben et elle s'étaient rencontrés, elle ne ressentit absolument rien.

18

Dimanche 5 février 2017

Kitty était au bord de l'épuisement. Ses yeux piquaient, mais les fermer ne suffisait nullement à arrêter le flot de pensées qui déferlaient dans sa tête. Elle s'était couchée tôt en raison de la nuit sans sommeil qui avait suivi la soirée en son honneur, mais, après sa séance avec Richard ce matin, le moindre son, si minuscule fût-il, la réveillait en sursaut, le cœur battant. Le tic-tac de son réveil était un constant rappel du sommeil dont elle était privée. Avec un soupir, elle finit par se résigner et alluma sa lampe de chevet.

Elle contempla sa chambre à coucher, le bois sombre du parquet, les meubles vintage, les lithographies dénichées dans de célèbres galeries aux quatre coins du monde. Même après des mois passés avec un architecte d'intérieur, elle n'arrivait jamais à se décider. Dès qu'ils avaient choisi un ton, un motif, un objet, elle ne tardait pas à le regretter, à vouloir autre chose. Le résultat était digne d'une publicité dans un magazine de déco, dépourvu de chaleur, de *présence* ; elle aurait aussi bien pu vivre dans une des nombreuses chambres d'hôtel qu'elle avait fréquentées au cours de sa vie.

Dans une quête assez désespérée d'un endroit où elle se sentirait bien, elle avait très souvent déménagé et ce soir, alors qu'elle contemplait cette pièce – l'aboutissement de tant d'efforts –, elle avait le sentiment qu'elle n'y arriverait jamais. Qu'elle n'avait pas droit à ce que les autres appelaient un chez-soi.

Elle repoussa les couvertures, chaussa ses pantoufles pour aller ouvrir les lourds rideaux. La Tamise miroitait des feux des véhicules qui roulaient sur les quais. Au bout d'un moment, elle se laissa tomber dans le fauteuil installé près de la fenêtre.

Avec la lampe derrière elle, son reflet se découpait sur la nuit et bientôt ses paupières s'alourdirent. Alors qu'elle commençait à s'assoupir, elle entendit des bruits, une respiration haletante. Quelqu'un qui courait.

Un tunnel sombre. Un éclat de lumière là-bas au bout et elle qui pataugeait dans des flaques. Le souffle oppressé, elle n'avait qu'une obsession : fuir, fuir à tout prix. Sans s'arrêter une seule seconde, elle baissa les yeux vers ses mains couvertes de boue. Elles tenaient quelque chose. Elle ouvrit la paume et un objet métallique en tomba, venant tinter sur le sol trempé. Une clé. *Reviens ici !* La voix derrière elle était aussi forte que sa peur était écrasante. Elle ramassa la clé avant de repartir à toutes jambes. Elle entendait les pas dans son dos, des éclaboussures de plus en plus rapides. *Arrête-toi, mon enfant !* L'autre gagnait sur elle. Elle arriva à des marches montant vers une porte. Les mains glacées, tremblantes, elle parvint à insérer la clé dans la serrure, qui résista. Le mécanisme était bloqué. Au moment où elle croyait qu'elle n'y arriverait pas, la clé tourna enfin et la porte s'ouvrit en grinçant. Elle la franchit avant de la verrouiller à nouveau derrière elle.

Ouvre cette porte ! La femme s'était mise à crier. Elle cognait sur le battant si fort que celui-ci tremblait.

Le vent froid l'enveloppa. La nuit, béante devant elle, la paralysa par son énormité. Ce fut la terreur qui l'incita à se remettre à courir vers un bâtiment en pierre au loin qui se détachait dans le clair de lune. Ses jambes étaient comme du plomb, le sol inégal et gelé un ennemi qui s'évertuait à l'empêcher d'avancer. Elle se cognait à des tombes, heurtait des croix de pierre. L'une d'entre elles la déséquilibra. Elle s'effondra à genoux. Assez loin derrière elle, elle entendit à nouveau la voix de la femme. Elle se releva.

Son souffle était son unique compagnon dans cette nuit glacée. Finalement, elle atteignit la remise. La porte en bois pendait sur ses gonds. Elle la poussa prudemment et chercha autour d'elle un endroit pour se cacher. Un clair de lune blafard s'insinuait par de maigres ouvertures pratiquées dans les murs et elle ne tarda pas à voir une vieille charrue dans un coin, dont le soc reposait sur quelques briques. Elle se précipita vers elle et la poussa de toutes ses forces. L'engin bascula avant de s'écraser sur le côté. Elle entendit alors plusieurs voix furieuses au loin qui venaient dans sa direction. *Elvira ! Elvira !*

Kitty se réveilla en sursaut. Il lui fallut un moment pour comprendre où elle se trouvait. C'était toujours ce rêve. Les paroles de Richard lui revinrent en tête : « Les rêves sont des problèmes en suspens qui cherchent à se résoudre par eux-mêmes dans votre cerveau pendant le sommeil… Croyez-vous que la clé puisse encore y être ? Serait-ce ce que le rêve tente de vous dire ? »

Plus qu'une journée, se dit Kitty, plus qu'une journée et St. Margaret disparaîtrait à jamais. Et avec elle la possibilité de connaître la vérité.

Jaillissant de son fauteuil, elle se mit à fouiller sa garde-robe avec frénésie, en sortant des affaires qu'elle jeta par terre.

Le trajet jusqu'à la porte d'entrée lui parut très long, mais chaque pas renforçait sa détermination, alimentait la lueur d'espoir qui venait d'apparaître en elle. Elle enfila des bottes, un imperméable.

Quand elle sortit de l'immeuble, l'air froid lui piqua les joues et elle sourit. Comme dans son rêve, la nuit était sombre et glacée et, parmi les arbres plantés le long de Victoria Embankment, elle distinguait une fillette de huit ans qui l'encourageait.

Elle fit signe à un taxi en maraude.

— Accepteriez-vous de m'emmener dans un village qui s'appelle Preston, à quelques kilomètres de Brighton ?

— Moi, j'veux bien, m'dame, mais ça va vous coûter dans les deux cents livres, répondit le chauffeur, penché à sa fenêtre.

— Parfait. Il faudra juste qu'on s'arrête pour que je retire du liquide.

19

Dimanche 5 février 2017

— J'en ai vraiment marre d'avaler toutes ces conneries de la part de Murray et de Ben.

— Alors, arrête.

Délaissant ses mots croisés, Nana dévisagea Sam.

— Comme si j'avais le choix. Si je dis à Ben d'aller se faire voir, Emma perdra son père et si je dis merde à Murray, je me retrouve au chômage.

— Ben ne disparaîtra jamais de la vie d'Emma, il vous aime trop toutes les deux. Quant à Murray, eh bien, je me demande si ça ne vaudrait pas mieux ?

Sam était assise dans le rocking-chair de sa grand-mère, Emma blottie contre elle.

— Elle est brûlante, fit Sam avec inquiétude. Tu penses vraiment que ça va aller ?

Nana vint toucher le front d'Emma.

— Elle a un peu chaud, ma chérie, mais j'ai pris sa température et elle n'est pas si élevée. Elle se bat juste contre un mauvais virus. Encore un ou deux jours et elle se portera comme un charme.

— La crèche ne voudra pas la prendre si elle est malade et, demain, Ben a ses entretiens.

— Je peux la garder, ça ne me dérange pas, dit Nana avec un sourire affectueux.

— Non, Nana, ce n'est pas juste. Je vais lui demander de venir la prendre après ses entretiens. Mais ce soir, je n'ai plus la force de me disputer. Depuis que j'ai quitté la maison, ça va de plus en plus mal entre nous. Je ne vois pas comment nous pourrions revenir en arrière.

Quand les larmes jaillirent, elle les essuya avec colère tandis qu'Emma s'étirait et se serrait encore un peu plus contre elle.

— Il n'est pas question de revenir en arrière, mais au contraire d'aller de l'avant, rétorqua sa grand-mère. Pour cela, il faudrait que vous soyez tous les deux prêts à faire un effort. Je sais que c'est difficile pour Ben, mais il ne tient pas vraiment ses engagements vis-à-vis de toi. Il fait tout pour que tu te sentes coupable.

— Je ne sais pas... Je me demande s'il n'est pas en pleine dépression. L'ancien Ben me manque. Maintenant, il rend tout difficile entre nous. J'ai le sentiment que c'est moi qui suis en train de briser notre famille, mais en réalité c'est lui qui se débrouille pour que ça se passe comme ça.

— Tu t'en sortiras. D'ici quelques années, tu auras une situation mieux établie, ça ira beaucoup mieux d'un point de vue professionnel. C'est juste que tu en es au moment le plus difficile de ta vie : essayer de te construire une carrière tout en devant t'occuper d'une enfant en bas âge.

— C'est possible. Mais si je passe mon temps à bosser, je vais manquer toute sa petite enfance. Et ça, je ne pourrai jamais le récupérer.

Sam noua gentiment quelques boucles d'Emma autour de ses doigts et embrassa sa joue chaude jusqu'à ce que la fillette la repousse.

— Tu serais malheureuse si tu passais tes journées à la maison avec elle. Elle a Ben, elle a moi, et elle adore la crèche. Bientôt, elle ira à l'école. Tu es avec elle aussi souvent que ça t'est possible. C'est une petite fille qui a beaucoup de chance d'être autant aimée et dont on s'occupe très bien. Elle aura bien plus besoin de toi quand elle sera plus âgée. Et puis, imagine : quel exemple lui donnerais-tu si tu renonces au seul travail que tu aimes ? Ce serait le meilleur moyen de vous rendre malheureuses toutes les deux.

— Sauf que j'ai des horaires de dingue. Je ne vois pas ma fille, mon mari me déteste et mon patron n'a aucun respect pour moi. Je suis épuisée en permanence parce que je me tue au boulot tous les jours. Ce qui ne change absolument rien, car je continue à décevoir la terre entière.

— Je ne crois pas que ton patron ne te respecte pas. C'est plutôt toi qui ne le respectes pas. Et je te comprends. Il a l'air d'un sacré nigaud.

Sam regarda sa grand-mère. Elle aimait tout chez elle, son langage d'une autre époque, le moindre centimètre de sa peau qui sentait l'eau de rose, chacun de ses sourires alors qu'elle savait bien que sa hanche la faisait souffrir. Comme elle savait que les lettres d'Ivy l'affectaient profondément. Nana n'avait pas connu sa propre mère.

— Je suis désolée que ces lettres te bouleversent autant, Nana. Elles t'ont fait repenser à ta mère, n'est-ce pas ? As-tu jamais essayé de la retrouver ? demanda-t-elle avec douceur.

Nana reprit ses mots croisés.

— Ne te fais pas de souci pour moi, ma chérie, dit-elle en comptant ses cases.

— Mais ça ne s'est pas toujours très bien passé avec tes parents adoptifs, n'est-ce pas ? Je veux dire, ils n'ont pas été très contents quand ils ont appris que tu étais enceinte de maman, n'est-ce pas ?

— Ils ont trouvé ça dur, oui, mais ils ont toujours fait ce qu'ils croyaient le mieux pour tout le monde. Je ne devais pas être une enfant facile.

— Tu ne penses jamais à elle ? À ta vraie mère ?

Sam l'observait, attendant qu'elle relève les yeux.

— Ça m'arrive. Elle doit être morte depuis longtemps maintenant, murmura Nana.

— Tu n'en sais rien. Tu n'as que soixante ans. Elle pourrait très bien être encore en vie. Je pourrais t'aider à la rechercher.

Nana se concentrait sur ses mots croisés : elle s'était mise à fredonner doucement comme elle le faisait toujours quand elle cherchait une solution. C'était un son très familier, avec lequel Sam s'était très souvent endormie.

— Sammy, il y a quelque chose que tu ignores, dit finalement Nana, quelque chose dont je dois te parler.

— Bien sûr, Nana, de quoi s'agit-il ? fit Sam en se penchant en avant.

Ce qui provoqua aussitôt un cri de protestation d'Emma.

— Laisse-moi juste le temps d'essayer de la coucher, d'accord ?

Nana acquiesça et replia son journal sur ses cuisses, les yeux maintenant un peu trop brillants.

Sam eut soudain honte de l'avoir forcée à évoquer des souvenirs douloureux.

Dès qu'elle déposa Emma dans son petit lit dans la chambre qu'elles partageaient, celle-ci se mit à pleurer.

— Chhh…, murmura Sam en lui touchant le front. Tout va bien, trésor.

Elle attendit un moment avant de retourner au salon.

— Excuse-moi, Nana, il reste du paracétamol ? Je pense qu'il vaudrait mieux essayer de faire baisser sa température.

— Je vais voir, dit Nana en se levant.

— Je suis désolée, je n'aurais pas dû insister à propos de ta mère. Ça ne regarde que toi. C'est juste que je n'arrive pas à me sortir ces lettres de la tête. Il s'est passé des choses horribles dans cet endroit. Je le sais, je l'ai senti quand j'y étais.

Nana s'immobilisa sur le seuil.

— Alors, tu as une responsabilité.

— Comment ça ? demanda Sam, surprise.

— Tu dois trouver les preuves qui confirmeront ces horreurs. Tout cet argent que j'ai dépensé pour tes études, ce n'est pas pour que tu deviennes une lâcheuse.

Là-dessus, elle disparut et Sam l'entendit fouiller dans les placards de la cuisine.

— Nana, tu ne m'as quand même pas payé une école privée, dit-elle en riant.

— Peut-être, mais j'ai pourtant dû prendre trois boulots. Et c'est grâce à mes impôts qu'il y a des universités publiques !

Nana revint avec le paracétamol, qu'elle tendit à Sam en souriant.

— Merci, Nana. Laisse-moi lui donner ça et tu me diras ce qui te chagrine ensuite.

— Pas de souci, ma chérie. Occupe-toi d'Emma d'abord.

— Je n'en ai pas pour longtemps. Je veux savoir ce qui t'inquiète.

— Je voulais juste te parler de grand-papa, mais en fait ça n'a rien d'urgent. C'était même un peu idiot de ma part, dit Nana en se tournant vers sa chambre. Je crois que je vais aller me coucher. Viens me réveiller si tu as besoin de moi. Il y a une dernière lettre d'Ivy. Je la glisserai dans ton carnet de notes avec les autres.

— D'accord, merci, Nana, j'y jetterai un œil dès que possible.

Après avoir avalé le paracétamol, Emma s'endormit aussitôt. Sam attendit à son chevet encore un peu pour s'assurer que tout allait bien, puis elle fourra rapidement son ordinateur portable et son carnet de notes dans son sac avant de quitter l'appartement le plus discrètement possible. Sa Nova accepta de démarrer à la troisième tentative et il fallut tout le trajet jusqu'à la maison de retraite de Gracewell pour qu'un peu de chaleur commence à filtrer par les bouches d'aération.

Il était vingt-deux heures quarante-cinq. Quinze minutes encore avant que Gemma ne prenne son service. Elle éteignit ses phares pour ne pas attirer l'attention, mais laissa tourner le moteur et le chauffage si peu efficace. Bien sûr, elle avait l'habitude de ce genre de surveillance, mais elle se sentait assez mal à l'aise à rôder ici à l'insu de son patron. Le savon qu'il lui avait passé était tombé au mauvais moment avec toutes ces disputes avec Ben et sa culpabilité envers Emma.

Malgré son irascibilité permanente, elle avait toujours pensé que Murray la soutenait, qu'il y avait de la compréhension entre eux, un respect mutuel. Ce n'était clairement pas le cas. Elle aurait voulu rester indifférente à ses remontrances et à sa tyrannie, mais elle n'y arrivait pas.

Perdue dans ses pensées, elle faillit ne pas remarquer Gemma au moment où celle-ci passait à côté de la voiture. Ce qui provoqua une petite crise de panique. Elle devait absolument l'intercepter avant qu'elle ne pénètre dans le bâtiment. Mais se jeter sur elle au beau milieu de la nuit n'était pas une bonne idée. Elle tourna frénétiquement la manivelle et se pencha par la vitre ouverte en agitant les bras comme si elles étaient de vieilles copines.

— Gemma ! Gemma, c'est moi, Sam. On s'est vues l'autre jour.

La fille s'arrêta et se retourna, sans pouvoir dans un premier temps discerner qui l'interpellait ainsi dans l'obscurité. Sam sortit de la voiture.

— Désolée, je ne voulais pas vous faire peur. Comment allez-vous ? Je me demandais si nous pourrions échanger quelques mots. Ça ne prendra pas longtemps.

— Non, pas vraiment. Je commence dans dix minutes et je dois encore me changer.

Gemma semblait pâle et fatiguée, se dit Sam, et elle n'avait plus cette attitude enjouée qu'elle affichait auparavant. Elle n'arrêtait pas de tirer avec nervosité sur les mèches qui s'échappaient de sa queue-de-cheval.

— Je vous ai vue aux obsèques du père Benjamin, dit Sam avec gentillesse. Vous aviez l'air assez bouleversée. J'ignorais que vous l'aviez connu.

— S'il vous plaît, ne restez pas ici. On ne doit pas me voir en train de vous parler. J'ai eu des tas d'ennuis parce que vous êtes allée voir sœur Mary Francis dans sa chambre. J'ai bien failli perdre mon emploi, ajouta Gemma en lui lançant un regard noir. Ma directrice voulait appeler la police. Heureusement, la sœur a réussi à la dissuader.

Surprise, Sam se défendit :

— Je suis désolée, vraiment, mais il fallait que je lui parle.

— Oui, eh bien, vous l'avez mise dans un drôle d'état ! rétorqua Gemma. Elle a le cœur fragile. Et c'est très difficile pour elle d'évoquer mère Carlin, dont elle était très proche et qui lui manque encore.

Elle fouilla dans son sac où un téléphone sonnait.

— Ça, c'est mes collègues qui se demandent où je suis. Il faut que j'y aille.

— Savez-vous qui était cette femme qui a interrompu le service ? demanda Sam.

— Non, je ne sais pas. Qui êtes-vous en réalité ? Qu'est-ce que vous cherchez, bon sang ?

— Je suis journaliste, admit Sam. Sœur Mary Francis a laissé entendre que quelque chose serait arrivé à mère Carlin et j'essaie de savoir quoi.

— Oh, bon Dieu. Laissez-moi tranquille.

Gemma tourna vivement les talons.

— Gemma, je crois que vous me cachez quelque chose. Ce serait dommage que j'aille faire part de mes soupçons à la police.

La fille se figea sur place. Le cœur de Sam cognait dans sa poitrine, comme si toute la suite de son existence dépendait de cet instant-là.

— Si vous me dites ce qui vous trouble, je vous promets que cela restera entre nous, ajouta-t-elle à mi-voix.

Un mélange de culpabilité et de soulagement déferla en elle quand Gemma se retourna enfin, les larmes aux yeux.

— Je ne peux pas vous parler maintenant, je serai en retard pour mon service. Ma collègue m'attend pour partir.

— Ne pouvez-vous pas m'accorder juste cinq minutes ? implora Sam, craignant que Gemma ne change d'avis si elle la laissait partir. Envoyez-lui un texto pour lui dire que votre bus a du retard ou autre chose. Si vous me parlez maintenant, je ne vous dérangerai plus jamais.

— Vous me le promettez ?

Gemma essuya une larme.

— Oui. Et si on allait dans la voiture ? On gèle ici.

Dès qu'elle eut claqué sa portière, Gemma se mit à pleurer pour de bon. Sam attendit patiemment, laissant de précieuses secondes s'écouler tandis que la fille sanglotait en envoyant son texto, tout en essuyant la morve qui lui coulait du nez.

— Prenez votre temps, dit Sam en lui tendant un mouchoir en papier.

Gemma renifla bruyamment.

— J'ai eu tellement de problèmes depuis votre visite. J'ai été convoquée deux fois chez la directrice.

— Je suis vraiment désolée, Gemma. Je n'aurais jamais fait cela si ça n'avait pas été très important.

— Eh bien, je ne sais pas ce que vous avez dit à sœur Mary Francis, mais ça l'a drôlement secouée. Depuis, elle n'arrête pas de parler de mère Carlin. Il y a toujours eu des tas d'histoires qui circulaient sur elle. Au point que j'ai presque l'impression de la connaître alors que je ne l'ai jamais vue.

— Que voulez-vous dire ?

— Je ne devrais vraiment pas vous en parler.

Gemma broyait le mouchoir dans son poing.

— Vous n'avez rien à craindre. Je ne révèle jamais mes sources… C'est la règle de base dans notre métier.

Gemma la fixa un moment avant de prendre une longue inspiration.

— Je ne travaillais pas encore ici à l'époque de mère Carlin, mais apparemment c'était un drôle de personnage. Très sournoise, manipulatrice. Elle a fait renvoyer une fille de l'équipe. En gros et d'après ce qu'on m'en a dit, une vraie garce.

— Continuez, dit Sam en montant le chauffage.

— Amy, l'amie de ma mère qui m'a fait embaucher ici, me disait que le personnel se donnait un mal de chien pour essayer de la satisfaire. Jusqu'au jour où, un matin en entrant dans sa chambre, Amy l'a trouvée morte. Elle avait fait une crise cardiaque pendant la nuit. Ce qui n'a rien d'inhabituel à Gracewell, sauf qu'Amy a aussi découvert la moitié d'un space cake sur une assiette près du lit. Elle l'a reconnu sur-le-champ parce que c'était elle qui l'avait fait. À vrai dire, tout le monde était au courant dans la maison, quelques jours plus tôt la directrice avait entendu Amy dire qu'elle en avait dans son sac et elle les lui avait aussitôt confisqués. Apparemment, il y a eu une grande réunion avec tout le personnel à propos du fait d'apporter des drogues sur le lieu de travail et elle a failli être renvoyée. Quelqu'un a dû voler un de ces gâteaux dans le bureau de la directrice pour le donner à mère Carlin. Le problème était qu'ils étaient drôlement forts parce qu'ils ne contenaient pas que du hasch, il y avait aussi de l'acide.

— Quoi ? fit Sam, sidérée.

— Amy jure que ce n'est pas elle qui le lui a donné et je la crois. Je suis sûre que celui ou celle qui a fait ça voulait juste se payer une petite blague inoffensive. Il ne pensait pas que le cœur de mère Carlin allait lâcher. Heureusement, c'est Amy qui l'a trouvée. Elle a pu récupérer le bout de gâteau avant l'arrivée de l'ambulance. Elle s'attendait quand même à avoir de sacrés ennuis, mais il ne s'est jamais rien passé. J'imagine que les médecins légistes ne vérifient pas si les religieuses de soixante-quinze ans sont positives au hasch. Amy n'en a jamais parlé à personne d'autre que moi. C'était il y a dix ans. Je crois qu'elle voulait se décharger d'un poids.

Gemma se remit à pleurer avant d'enchaîner :

— Sœur Mary Francis m'a dit qu'elle a entendu mère Carlin hurler après Satan cette nuit-là, mais, comme elle faisait souvent des cauchemars, elle n'a appelé personne. Elle ne se le pardonnera jamais. Ce qui est dingue, c'est que je n'étais pas là, je n'y suis absolument pour rien, pourtant ça ne m'empêche pas de me sentir coupable. Et c'est encore plus dingue de se dire que personne n'est au courant. Qui voudrait faire du mal à une vieille religieuse à la retraite ?

— C'est ce que j'essaie de découvrir, dit Sam. Vous êtes sûre de ne rien savoir à propos de la femme qui est venue aux funérailles du père Benjamin ?

— Je sais juste que l'apparition de cette vieille bonne femme a semé une drôle de pagaille chez les bonnes sœurs. Après le service, il y a eu une sorte de buffet à Gracewell. On a bu quelques verres et je les ai entendues discuter.

— Que disaient-elles ?

— Je crois que je vous en ai assez dit, fit soudain Gemma en ouvrant la portière. Vous avez juré que vous me laisseriez tranquille si je vous parlais de mère Carlin. Vous avez donné votre parole.

— Et je la tiendrai. Je vous en prie, Gemma, dites-moi ce qu'elles racontaient. C'est vraiment important.

Gemma parut hésiter avant de lâcher d'un coup :

— Elles disaient que c'était tant mieux si les dossiers avaient été détruits, parce qu'il était grand temps de passer à autre chose, fit-elle en sortant.

Une fois dehors, elle se pencha vers l'habitacle, une main sur le toit de la Nova.

— Et, si vous voulez mon avis, c'est peut-être un conseil que vous devriez suivre.

Sam la regarda s'éloigner sur l'allée gelée et disparaître dans la maison de retraite. Puis elle sortit son carnet de notes et inscrivit le nom de *mère Carlin* sous ceux du *père Benjamin* et de *George Cannon*.

20

Samedi 12 août 2006

Mère Carlin était assise au bout du lit, ses mains raides et douloureuses croisées en prière sur sa bible. Comme c'était devenu une habitude dans son état de faiblesse grandissante, elle se sentait physiquement épuisée, même si elle venait de passer une longue journée à ne rien faire. La vieillesse n'avait pas grand-chose de bon, se dit-elle, en se signant et en posant bible et rosaire sur la table de chevet. On ne pouvait en espérer qu'affections chroniques et maladies interminables, accompagnées par le dérangement de perdre peu à peu chacun de ses contemporains. Elle ne se souvenait plus de la dernière fois où elle s'était réveillée sans la moindre gêne et habitée par un optimisme modéré quant à la journée qui l'attendait.

Agrippant son déambulateur, elle hissa péniblement son corps frêle face au cadre. Elle était encore secouée par sa visite à l'hôpital la veille. En conclusion d'une auscultation assez peu délicate, la jeune interne lui avait annoncé que son cœur était en train de lâcher et que, dès qu'elle serait remise de sa bronchite, il faudrait lui implanter un pacemaker. Ses quintes de toux étant parfois si violentes qu'elle avait l'impression qu'on lui brisait les côtes, cette intervention ne risquait pas de se faire dans un avenir proche, selon elle. De fait, quand on l'avait soulevée de son fauteuil roulant la veille pour la remettre dans son lit, elle s'était sentie si fatiguée qu'elle avait envisagé de ne plus trouver l'énergie pour se réveiller à nouveau.

Dehors, la chaleur était étouffante, mais une légère brise offrait un répit momentané. Les fines pages jaunies de sa bible ouverte sur sa table de chevet battaient comme les ailes d'un papillon emprisonné. Finalement, ce feuilletage fortuit s'arrêta sur la page de garde où le tampon de St. Margaret était encore visible. Fermant les yeux, elle se laissa flotter vers un passé nettement plus agréable.

Debout dans son bureau, elle sentait la cire sur le sol en acajou et entendait la pluie marteler la minuscule fenêtre tandis qu'elle s'adressait aux nouvelles arrivantes. Bien en rang dans leurs chasubles brunes, leurs gros ventres dépassant plus ou moins de l'alignement.

— La messe est à six heures, avant le petit déjeuner. Ensuite, vous travaillerez au lavoir jusqu'à huit heures. Il est interdit de parler. Les langues trop bien pendues sont les instruments du diable.

Les filles gardaient la tête baissée tandis qu'elle marchait devant elles, égrenant son rosaire entre ses doigts.

— C'est un grand péché que vous avez commis, mais il est permis à chacun, même aux pires d'entre vous, de retrouver la voie vers Jésus-Christ par la prière et le travail.

Elle regarda le réveil sur sa table de chevet et soupira. Selon les standards modernes, l'infirmière de nuit travaillait convenablement, mais elle avait tendance à faire preuve de distraction. Cela faisait un bon moment qu'elle avait demandé du lait chaud et, ayant sauté son dîner, son estomac grondait péniblement. Elle avait déjà appelé deux fois, en vain, et même cette nouvelle sonnette qu'on lui avait installée n'avait eu aucun effet.

Irritée, elle poussa le déambulateur en direction du pied du lit et de ses pantoufles. La vie à Gracewell était relativement confortable, mais la gestion de cette maison de retraite, l'attention aux détails n'étaient en rien comparables à ce qu'elle exigeait quand elle était à la barre de St. Margaret. À l'époque, il aurait été inconcevable qu'on les ignore, le père Benjamin ou elle, notamment à cette heure de la nuit. Si c'était quelque chose dont ils avaient besoin tous les soirs, on le leur aurait apporté sans même qu'ils en fassent la demande et, si cela n'entrait pas dans le cadre de la routine habituelle, un simple coup de cloche dans la cuisine aurait provoqué l'arrivée quasi immédiate de la sœur de garde.

Les jeunes d'aujourd'hui étaient désordonnés et irresponsables, car leurs actes n'entraînaient aucune conséquence. Son propre monde était différent, songea mère Carlin : le châtiment – ou sa menace – faisait partie de la vie de tous les jours. La moindre désobéissance était punie par une sévère correction et, chaque soir, elle devait implorer le Seigneur pour le pardon de ses péchés. Même si ses parents ignoraient qu'elle en avait commis, Dieu, Lui, savait tout. Il connaissait jusqu'au nombre de cheveux qu'elle avait sur la tête. Cela la rendait folle de rage que l'Église, autrefois vénérée par-dessus tout, soit devenue une espèce de lieu pittoresque qu'on ne fréquentait que pour la messe de minuit à Noël, les baptêmes et les mariages. Elle avait lu les articles dans les journaux à propos des foyers pour mères célibataires, entendu les infirmières et les aides-soignantes ici chuchoter quand des visiteurs venaient dans l'espoir de retrouver des parents. Elle savait ce que les gens pensaient d'elle et s'en moquait éperdument.

Elle avait été choisie par le Seigneur pour purifier les âmes perdues et permettre à ces malheureuses de se présenter aux portes du Paradis devant le Père miséricordieux. Elle avait eu une tâche à accomplir et quand, à l'heure de sa mort, elle rencontrerait à son tour son Créateur, elle ne s'attendait pas à la moindre pitié de Sa part.

— Amy ? appela-t-elle quand elle eut ouvert la porte de la chambre.

L'effort qu'elle avait dû fournir provoqua une quinte de toux et elle resta là une minute ou deux, incapable de bouger de peur que ses jambes ne la trahissent. Mais la faim reprit le dessus. Au bout du couloir, de la lumière brillait dans la cuisine. Ses pantoufles se prenaient dans la moquette. Elle ne parvenait pas à les lever assez pour avancer.

— Ma mère, puis-je faire quelque chose pour vous ? demanda une agréable voix féminine.

Mère Carlin releva les yeux pour apercevoir une femme penchée sur un aspirateur non loin de la cuisine.

— J'ai demandé un peu de lait chaud, mais comme d'habitude Amy a disparu.

La lumière dans le couloir n'était pas allumée. Elle ne distinguait pas le visage de cette employée.

— Bien sûr. Retournez dans votre chambre. Je vais réchauffer du lait et je vous l'apporte tout de suite.

Elle était en train d'enrouler le câble de l'aspirateur.

— Merci. Vous savez quelle est ma chambre ?

— Oui, ma mère. Je sais.

Cinq minutes plus tard, elle se trouvait dans la salle de bains quand la porte de sa chambre s'ouvrit. Un plateau avec un bol de lait chaud et un petit gâteau fait maison fut posé sur la tablette qui lui permettait de manger au lit. Elle remercia la femme, mais ne reçut aucune réponse – un changement appréciable par rapport à tous ces bavardages incessants et ces promesses non tenues auxquels elle avait dû s'habituer. Elle traîna son corps douloureux vers le lit, où elle but le lait et avala avec gourmandise la moitié du gâteau, gardant l'autre pour plus tard. Pour une fois qu'elle avait vraiment envie de manger. Malgré la faim qui lui tenaillait souvent le ventre, elle avait presque totalement perdu l'appétit.

Bientôt, ses paupières s'alourdirent et sa tête commença à rouler. Elle éteignit sa lampe de chevet, ravie de dormir enfin. Très vite, elle prit conscience du tic-tac de son réveil, comme si un insecte volait tout près de son oreille. La gêne devint si forte qu'elle en était insupportable. Cette bestiole lui martelait le crâne. Elle essaya de se retourner pour échapper à cette engeance, mais son corps était trop lourd, ses bras comme des blocs de plomb. Elle ne put même pas lever la main pour se gratter le bout du nez qui l'irritait.

Une sourde inquiétude commença à la saisir. Tournant péniblement la tête, elle essaya de regarder le réveil. Elle aurait juré que des heures étaient passées ; en fait, elle n'avait éteint que depuis quelques minutes. Alors qu'elle fixait le cadran, ses aiguilles se mirent à fondre devant ses yeux, se transformant en épais caillots de sang qui coulaient lentement dans un petit tube qu'elle suivit pour découvrir qu'il était planté dans son bras. Elle cligna des paupières, incrédule. Oui, le tube se prolongeait bien par une aiguille enfoncée dans son avant-bras où elle était maintenue par un ruban adhésif.

— Ça devrait suffire, dit sœur Mary Francis qui se tenait maintenant près du lit.

— Ma sœur, mais que faites-vous ? demanda mère Carlin.

— Je te demande pardon ? répliqua sœur Mary Francis.

— Enlevez tout de suite cette chose de mon bras.

— Il faut que ce bébé sorte, mon enfant, et il est évident qu'il ne va pas le faire tout seul. Voilà qui devrait accélérer les contractions.

— Quel bébé ? demanda mère Carlin.

— Oh, ma pauvre, on refuse d'admettre la vérité, c'est ça ? N'as-tu pas flirté avec ce garçon ? Ne l'as-tu pas laissé te toucher partout ? N'as-tu pas commis le péché de chair ? lança sœur Mary Francis.

Mère Carlin quitta sœur Mary Francis des yeux pour les baisser vers son ventre qui était maintenant si gros qu'elle ne voyait plus ses pieds. Elle était vêtue d'une chasuble brune et, quand elle essaya de bouger, elle se rendit compte qu'elle était paralysée du cou aux orteils.

— Ma sœur, c'est moi, mère Carlin ! Je ne peux plus bouger. Aidez-moi !

Une vague de douleur déferla dans son abdomen, si atroce qu'elle hurla.

— Bien, ça marche. Je reviendrai d'ici deux ou trois heures pour voir où nous en sommes.

— Ma sœur, ne me laissez pas !

Un nouvel élancement abominable la scia tandis que sœur Mary Francis quittait la chambre. Elle regarda le goutte-à-goutte. De minuscules insectes noirs s'agitaient frénétiquement dans le liquide. Elle cria à nouveau en les voyant pénétrer dans son bras.

Puis elle regarda son ventre où le bébé se débattait si violemment en elle qu'elle distinguait la forme de ses petits membres soulever le tissu de sa chasuble. Une nouvelle déferlante de douleur fut suivie par un formidable bruit d'éclaboussures. Baissant le regard, elle vit du sang tout autour du lit.

— C'est bien. On dirait qu'il sort enfin.

Mère Carlin leva les yeux. À côté d'elle se tenaient deux filles, en chasuble elles aussi.

— Où est sœur Mary Francis ? demanda-t-elle.

— Elle a du travail. Elle nous a dit de nous occuper de toi, expliqua l'une des filles en lui plaçant les pieds dans des étriers.

Mère Carlin hurla à nouveau. La douleur était effroyable.

— Arrête de crier comme ça, dit la seconde fille, qui avait une peau très pâle et très sale. Tu veux réveiller tout le monde ? Si tu souffres, c'est parce que tu l'as mérité. Le Seigneur l'a voulu ainsi. Tu dois accepter Son choix.

— Éloignez-vous de moi, ordonna mère Carlin avant de laisser échapper un nouveau cri d'agonie.

— Je vois la tête ! s'écria la première fille, dont le visage surgit entre ses jambes, illuminé par un large sourire. Pousse, pousse maintenant.

Mère Carlin poussa très fort, haletant et gémissant. Au bout de quelques secondes, les vagissements d'un bébé emplirent la pièce.

— C'est un garçon ! s'exclama la fille.

Horrifiée, mère Carlin vit les deux filles s'extasier sur le nouveau-né avant de l'envelopper dans un linge pour le lui amener.

— Il est magnifique. Regarde, dit la première.

Le bébé était couvert de sang. Sa peau était si translucide que mère Carlin voyait chaque veine sur son visage, son petit cœur qui battait sous ses côtes, la tendre chair de ses muscles naissants. Deux cornes lui ornaient le front et, alors qu'il braillait, elle aperçut des dents aiguisées comme des rasoirs.

— Non ! Éloignez cette chose de moi ! hurla-t-elle.

— Oh, la pauvre, fit une des filles. Elle saigne encore. Faut-il appeler le docteur ?

Mère Carlin regarda par terre. La flaque de sang s'étalait et couvrait maintenant presque toute la moquette.

— Non, je vais lui faire quelques points. Ça devrait suffire.

La première fille fouilla dans ses poches pour en sortir une aiguille sale, du fil qu'elle décolla de quelques bonbons poisseux et un mouchoir crasseux, puis elle tira une chaise entre les jambes de mère Carlin.

— Ne me touchez pas avec cette aiguille ! s'écria celle-ci.

La fille se mit à coudre.

Mère Carlin sanglota de douleur.

— Arrêtez, je vous en supplie, cela fait trop mal.

— Quelle comédie tu nous fais ! dit la fille.

Elle travaillait en sifflotant. Mère Carlin voyait l'aiguille entrer et sortir.

— Tu es prête à ce qu'on l'emmène maintenant ?

L'autre avait pris le bébé et ouvert la porte de la salle de bains où un jeune couple bien habillé attendait.

— Oh, Geoffrey, il est si beau, dit la femme à son mari.

La fille lui tendit le nourrisson sous le regard de mère Carlin dont les pieds étaient toujours accrochés aux étriers.

Un mouvement se produisit par terre. Effarée, mère Carlin vit une première bulle venir éclater à la surface du liquide rouge, puis une deuxième. Le sang se transformait en une flaque de lave en fusion. Elle en sentait la chaleur suffocante, elle entendait les bulles siffler et exploser de plus en plus fort. Des gouttes s'envolèrent, mettant le feu aux couvertures. La lave s'épaissit : son lit en était entouré et commençait à dériver sur cette masse molle et brûlante, s'y enfonçant inexorablement. Soudain, ses pieds se libérèrent de leurs entraves et elle roula sur le côté alors que les flammes se dressaient autour d'elle. Elle se mit à prier.

— Même si je traverse la sombre vallée de la mort, je ne crains pas le mal, car Tu es avec moi. Tu guides mes pas, ton bâton me soutient…

De désespoir, elle regarda vers la porte, mais celle-ci semblait s'éloigner, tant et tant que bientôt ce ne fut plus qu'un point, là-bas, au loin. Elle était en pleine mer maintenant, une mer de feu de laquelle des mains d'enfants jaillissaient pour la saisir et l'entraîner parmi eux.

Le lit dériva un peu plus : il était devenu le radeau sur lequel elle s'accrochait à la vie. En riant, les enfants se mirent à le balancer, comme s'il s'agissait d'un jeu innocent. Elle essaya de décrocher leurs doigts, mais il y en avait trop, et finalement, emportée par l'élan, elle bascula. Machinalement, au moment de plonger dans la lave en fusion, elle retint son souffle et donna des coups de pied frénétiques pour remonter tout de suite à la surface.

Sauf qu'elle n'avait plus de pieds, ils avaient fondu. Son tronc n'était plus qu'une palpitation de douleur. Là-bas, au loin, elle crut sentir le lit sous ses doigts, mais des mains d'enfants le lui arrachèrent. Elle coula avec eux.

21

Dimanche 5 février 2017

Kitty serrait les clés de son appartement alors que le taxi prenait de la vitesse sur l'autoroute. Elle les serrait à se faire mal, la douleur l'aidant à chasser l'angoisse. Elle n'était plus retournée à la remise depuis cette nuit-là. La peureuse en elle l'en avait empêchée et, de toute manière, à quoi cela aurait-il pu servir ? Selon père Benjamin, sa sœur était morte et enterrée.

Mais maintenant, elle n'en était plus aussi sûre.

Quand ils atteignirent Brighton, la peur et le doute enflèrent au point de la paralyser. Si son corps était figé, son esprit était pris dans un tourbillon. Les souvenirs de cette nuit-là déferlaient. Refusant de se laisser entraîner dans ce maelström, elle se força à réfléchir. Le manoir serait détruit après-demain. Il devait donc être entouré d'une clôture quelconque et nul doute qu'il y aurait un gardien. Approcher de la remise serait difficile, voire impossible, mais elle pourrait quand même passer tout près sur la route, sans arrêter le taxi. C'était son unique et dernière chance. Elle devait essayer.

Sa respiration se calma, sa résolution s'affermit. Elle regrettait maintenant qu'ils n'aillent pas plus vite pour en finir plus tôt. Il était onze heures passées. Elle avait vu le chauffeur lui lancer des regards dans le rétroviseur et savait qu'il l'avait reconnue, qu'il raconterait probablement à ses amis cette étrange course avec la femme de la télé. Mais, soudain, elle s'en moquait. Samantha Harper était sur sa piste et bientôt ses liens avec St. Margaret seraient révélés. Elle avait caché la vérité pendant si longtemps, mais dans quel but ? Qui avait-elle cherché à protéger ? Et oui, quelque chose avait changé : peut-être *voulait-elle* désormais que ces liens soient connus. Pourquoi sinon aurait-elle assisté à un événement aussi public que l'audience concernant le père Benjamin ? Tout ce qu'il lui fallait découvrir maintenant, avant qu'ils ne réduisent cet endroit en poussière, c'était si, oui ou non, elle avait commis une erreur en ne retournant jamais à la remise. S'il restait à St. Margaret la moindre trace pouvant mener à sa sœur, elle devait la trouver.

Cela faisait un moment qu'ils se traînaient sur des routes de campagne quand le chauffeur lui demanda :

— Une idée d'où nous allons à Preston, m'dame ?

— Juste de l'autre côté du village, dit Kitty en remuant la tête pour détendre sa nuque nouée. C'est un grand manoir victorien promis à la démolition. Je présume qu'il faut chercher un site de chantier.

— Ce ne serait pas ça ?

Les yeux de Kitty suivirent le faisceau des phares de la voiture. Il bruinait et les essuie-glaces jouaient leur ballet monotone derrière lequel, tel un décor sinistre, se dressait une massive silhouette sombre. Quand le chauffeur s'arrêta devant le portail, une trouée dans les nuages laissa passer le clair de lune. Une lueur argentée drapa l'imposante bâtisse gothique qui régnait sur sa mémoire depuis si longtemps. Maintenant qu'elle la voyait, elle paraissait très différente de l'image dominatrice qu'elle en avait gardé. Un peu comme si l'enfant qu'elle avait été autrefois avait grandi et rendait aujourd'hui visite à un grand-parent décrépit sur son lit de mort.

— Combien vous dois-je ?

Regardant le compteur, elle fouilla dans son sac à main.

— Vous êtes sûre que c'est bien là ? s'enquit le chauffeur, perplexe.

Kitty sortit une liasse de billets de vingt livres.

— Oui, c'est parfait.

— Y a quelqu'un qui vous attend ?

— Oui, dit doucement Kitty. Quelqu'un m'attend dans la remise à l'arrière.

— Vous ne voulez pas que je fasse le tour ?

— Si vous voulez. C'est très gentil à vous.

Kitty se laissa aller contre le dossier alors qu'ils s'engageaient sur le chemin de terre cahoteux qui contournait le domaine. La voiture rebondissait sur les nids-de-poule et les cailloux, la bringuebalant sur son siège. Les vitres aveugles de la maison les regardaient passer. Une fois que le taxi serait parti, elle serait seule au milieu de nulle part sous cette pluie glacée, complètement vulnérable. Elle ferma les yeux, essayant encore de se calmer. Elle tendit la main sur le cuir de la banquette dans l'espoir de sentir celle de sa sœur à ses côtés.

Le bruit des freins trancha la nuit.

— Ici ? Qu'est-ce que vous en pensez ? demanda le chauffeur. On dirait que le grillage a été ouvert. Et, regardez, il y a de la lumière au fond du cimetière.

Kitty ouvrit les yeux. Dans la lueur des phares, elle vit une grande clôture dont le grillage avait été défoncé et troué, sans doute par des gosses. Au-delà s'étalaient des rangées de tombes couvertes de mauvaises herbes.

— Ça ira. Je suis déjà venue ici.

— Ça ne me dérange pas de vous ramener à Londres, vous savez. J'ai pas trop envie de vous laisser seule ici, dit le chauffeur. Il faut juste que j'aille chercher de quoi manger un morceau, mais, si ça vous dit, je reviens vous prendre. Qu'est-ce que vous en pensez ?

— Ce serait parfait, répéta Kitty, soulagée qu'il l'ait suggéré à sa place. Merci. Vous me rendez un grand service.

Il appuya sur un bouton pour déverrouiller sa portière et elle sortit dans la nuit. Elle serra son imper autour d'elle avant de repousser les mailles de grillage tordues pour se glisser par l'ouverture. Elle tripota son téléphone, ne sachant pas trop comment en allumer la torche. Finalement, une flaque de lumière surgit devant elle. Fermant les yeux une nouvelle fois, elle essaya de se représenter le visage de sa sœur. Après toutes ces années, le souvenir était brumeux.

Tandis que le taxi faisait demi-tour sur le chemin cahoteux, elle se mit en marche, ignorant l'angoisse qui lui poignardait le ventre. Sous la bruine, le cimetière paraissait prendre vie, les bruits de la nuit emplissant les ténèbres au-delà du halo de lumière. Le sol était peuplé de sons :

feuilles mortes qui crissaient sous ses semelles, petits animaux qui s'enfuyaient, troublés dans leurs pérégrinations nocturnes. Des oiseaux s'envolèrent. Kitty braqua la torche vers les pierres tombales ; du marbre poli gravé de messages d'amour pour les Sœurs de la Miséricorde décédées au cours de leur service à St. Margaret. Une vision réconfortante de la mort : disparues mais non oubliées. Elle pressa le pas, aussi vite qu'elle le put sur ce terrain semé d'embûches, durci par le gel, au sein de ce labyrinthe de pierres.

Chaque tombe avait été exhumée. Les corps qu'elles avaient contenus avaient été retirés pour être ensevelis ailleurs. Le cimetière n'était plus qu'une sorte de terrain vague jonché de monticules de terre et de pierres parmi lesquels elle devait se frayer un chemin, se demandant où sa sœur avait pu être enterrée. Si elles l'avaient tuée, le rapport d'excavation lui avait appris qu'elles ne lui avaient pas offert une véritable inhumation. Donc, où dans cet enfer glacé ses restes étaient-ils cachés ? Si elles ne l'avaient pas tuée et si elle avait survécu, Kitty était-elle folle d'imaginer qu'elle vivait encore ici après tant d'années ?

Elle continua, trébuchant à plusieurs reprises sur ce champ de mort labouré par des engins. Les pierres tombales devenaient de plus en plus petites à mesure qu'elle s'enfonçait dans le cimetière, se réduisant finalement à de simples plaques sur lesquelles étaient seulement gravés un nom et des dates. *Sarah Johnson, janvier 1928-avril 1950.* Morte à seulement vingt-deux ans, se dit Kitty, tandis que sa semelle se prenait dans des ronces. Elle se libéra difficilement. *Emma Lockwood, juillet 1942-décembre 1961,* disait l'inscription sur une croix brisée gisant sur le sol. Dix-neuf ans. Encore une enfant. De nombreux tas de terre n'avaient pas de pierre officielle, juste des crucifix en bois usés par le temps. *Clara Lockwood, nourrisson, décembre 1961,* annonçait l'un d'entre eux juste devant elle. *Catherine Henderson, février 1942-juillet 1957.* Kitty essayait de rester concentrée sur sa destination, mais un vertige effroyable la saisit en songeant à cette jeune fille de quinze ans à peine, dont le corps n'était pas prêt à donner naissance et qui était certainement morte dans les pires souffrances à l'infirmerie de St. Margaret.

Alors qu'elle s'avançait vers la lumière au bout du cimetière, des aboiements furieux retentirent. Elle tressaillit. Terrorisée, elle regarda autour d'elle. La nuit remuait. Tournoyait. Kitty se laissa tomber sur un gros rocher, se forçant à avaler de petites gorgées d'air glacé, enfonçant les mains dans ses poches pour éviter que le froid ne les engourdisse. Son téléphone gisait, là où il était tombé. *Clara Jones, Penny Frost, Nancy Webb.* Pas d'épitaphe, aucun poème pour escorter ces pauvres âmes.

Les bruits autour d'elle devenaient plus insistants, comme des voix chuchotant parmi les arbres. Kitty ferma les yeux et, accompagnée d'un choc sourd, une image surgit dans son esprit, celle d'une jeune mère et de son bébé jetés dans un cercueil de fortune qu'on descendait sans trop de ménagement dans un trou. Elle se couvrit les oreilles, mais cela ne l'empêcha pas d'entendre les grognements et les plaintes d'un fossoyeur fatigué qui pelletait la terre pour combler la fosse. C'était la partie du cimetière que personne ne visitait. Elle eut la nausée en pensant à toutes ces pauvres filles qui avaient été enfouies ici dans des tombes creusées au hasard, ignorées par des familles qui les avaient abandonnées à la porte de St. Margaret.

Quand le chien aboya à nouveau, le présent s'imposa à elle et elle leva les yeux pour voir des ombres bouger parmi les arbres. De plus en plus, elle avait le sentiment d'être observée. Si Elvira se trouvait bien ici, elle attendrait que Kitty soit assez proche pour lui faire signe afin d'éviter que qui que ce soit d'autre ne la voie. Elle devait se lever, continuer. Plus elle avancerait, plus elle aurait de chances de retrouver sa sœur.

Avec un gémissement, elle ramassa le téléphone et se remit sur ses pieds, repartant au moment où le chien se déchaînait. Elle essaya de ne pas penser à la bête surgissant soudain devant elle, lui bondissant dessus, à ses crocs s'enfonçant dans ses chairs tétanisées par le froid.

Elle trébucha et se retint au grillage qu'elle n'avait pas cessé de longer. Sous son poids, il produisit un long froissement métallique dans le silence. Elle frissonna, chancela, se raccrochant aux mailles de fer. Se servant de la clôture comme d'un guide, elle continua à avancer, écorchant ses doigts gourds sur le métal, jusqu'à ce que ses jambes épuisées ne puissent plus la soutenir. Le chien s'était tu, et la lumière au loin avait complètement disparu. Si elle revenait en arrière, le grillage la ramènerait au cimetière et, ensuite, à la sécurité du taxi. Et alors ? Elle rentrerait chez elle ? Pour n'y retrouver que son désespoir ? Mieux valait continuer et mourir ici que de rentrer en ayant une nouvelle fois trahi sa sœur.

— Il y a quelqu'un ? appela-t-elle d'une voix tremblante.

S'appuyant toujours au grillage, elle repartit, frigorifiée au point qu'elle ne sentait plus les multiples écorchures que lui infligeaient les ronces.

Soudain, elle trébucha et s'écroula. Une douleur lancinante lui scia les jambes. Elle cria et roula sur le dos, avant de se figer, incapable de bouger, les yeux fixés sur la lune, en attendant que la rage de ce mal s'atténue.

À travers les élancements qui lui martelaient les tympans, elle entendit des pas qui venaient vers elle, de plus en plus audibles sur le sol gelé et qui finalement s'arrêtèrent juste à côté d'elle. Elvira s'accroupit et lui caressa les cheveux.

— Regarde, dit-elle en tendant son petit bras nu qui sortait de sa chasuble brune. Là-bas.

À moins de dix mètres se dressait la remise que Kitty, pour l'avoir si souvent vue dans ses rêves, reconnut aussitôt. Difficilement, elle se remit à quatre pattes, à genoux et, enfin, debout.

Elle repartit.

22

Dimanche 5 février 2017

— Vous venez, ou quoi ? lança une voix bourrue à l'autre bout du fil.

Toujours assise dans sa voiture devant Gracewell, Sam était assaillie de doutes, en proie à la tentation de laisser tomber cette histoire pour de bon.

— Qui est à l'appareil ?

Elle récupéra une bouteille d'eau dans son sac.

— Vous êtes drôle, vous. C'est Andy…

Andy. Qui diable était Andy ?

— … Du chantier.

— Ah, merde ! Andy ! Je suis désolée, dit-elle en consultant sa montre. Nous étions censés nous retrouver à dix heures, n'est-ce pas ? J'ai eu une journée abominable.

Elle soupira en vérifiant dans le rétro de quoi elle avait l'air.

— Ben, alors… un verre vous fera du bien.

À son arrivée, Andy était assis dans un coin du Whetherspoon's qu'il avait choisi comme cadre pour leur rendez-vous. Même si elle ressentit les premières attaques d'une migraine dès qu'elle pénétra dans la salle aux lumières criardes, elle était aussi un peu soulagée : au moins, elle n'avait aucune chance de tomber sur un des amis branchés de Ben dans ce pub qui faisait partie d'une chaîne. Il ne manquerait plus qu'il s'imagine qu'elle avait une liaison.

— Ça va ? demanda Andy sans se lever quand elle approcha.

— Oui, merci. Et vous ?

Elle se percha maladroitement sur un tabouret à ses côtés.

— Plus ou moins.

Il engloutit le reste de sa pinte.

— Un verre ? proposa-t-elle en pêchant son porte-monnaie dans son sac.

— Ben, ouais… J'ai rien contre une pinte de Stella.

Soudain, alors qu'elle se dirigeait vers le comptoir, une abominable nostalgie s'empara d'elle. Ben lui manquait. Entrer dans ce pub lui avait rappelé leur premier rendez-vous dans un bar à cocktails sur Clapham High Street où ils avaient systématiquement essayé chaque cocktail sur la carte. Finalement, le patron avait carrément dû les mettre dehors. Ben avait acheté une chemise neuve – dont il avait oublié d'enlever l'étiquette – et, à son entrée, il avait bondi de son siège si vite qu'il s'était cogné la tête à une poutre, manquant de peu de s'assommer pour de bon. Sam s'était précipitée au comptoir pour demander de la glace. Après quoi, ils avaient passé quatre heures à se raconter leur vie et à se peloter sans se rendre compte, jusqu'à l'intervention du propriétaire des lieux, qu'il n'y avait plus personne autour d'eux. Elle avait vraiment aimé Ben, mais leur relation se limitait désormais à un tel échange de bile et de vitriol qu'il ne semblait plus y avoir le moindre espoir. C'était pour ça que les gens se quittaient, se dit-elle en payant les consommations. Que les couples se brisaient. Rester avec quelqu'un qui connaît vos pires défauts et qui vous les reproche en permanence, ça détruit tout.

— Sam ! s'exclama une voix familière derrière elle.

Pendant un instant, elle se pétrifia, terrifiée à l'idée que ce soit un ami de Ben. Mais quand elle se retourna, elle découvrit Fred, une pinte à la main et un immense sourire aux lèvres.

— Oh, salut, Fred. Ça va ?

Il venait de se détacher d'un groupe de gens qui portaient des toasts assez bruyants.

— Très bien. On fait une petite fête improvisée, répondit-il en se tournant vers ses amis pour leur faire signe de se calmer.

— Ah, oui ? dit Sam, en jetant un coup d'œil vers Andy. En quel honneur ?

— J'ai terminé troisième aux championnats d'Angleterre d'escalade, annonça-t-il fièrement, la voix un peu pâteuse.

— C'est fantastique, Fred, bravo.

— Ça te dit de te joindre à nous ?

— Merci, mais je ne peux pas. Je suis avec un contact. À plus tard.

Alors qu'elle retournait vers Andy, elle sentit le regard de Fred sur elle.

— Santé, dit-elle en lui tendant sa pinte avant de prendre place face à lui.

Il était immense, le genre de type qu'on s'attend à voir sur une Harley-Davidson. Entre ses gros doigts, le verre d'un demi-litre ressemblait à un dé à coudre et son blouson de cuir sur le dos de son tabouret de bar frôlait le sol. Il sentait la cigarette et autre chose qu'elle préférait ne pas chercher à définir. Et quand il parlait, il se penchait un peu trop près d'elle.

— Alors, comment s'est passé le reste de votre journée ? demanda-t-elle entre deux gorgées de Coca Zéro.

— Toujours la même merde. Et vous ?

— Ouais, pareil, lâcha Sam en pensant exactement le contraire.

C'était totalement faux : elle adorait son travail. Elle en avait connu, des boulots où son activité essentielle consistait à regarder les heures défiler. Qui lui donnaient l'impression qu'on lui suçait l'âme. Ce genre de trucs, c'était fini. À jamais.

— C'est quoi votre vie, en ce moment ? demanda Andy en élevant la voix pour se faire entendre par-dessus la musique électro.

— Oh, rien de palpitant. J'ai une petite fille et, en ce moment, nous habitons chez ma grand-mère. Nous lui tenons un peu compagnie.

— Ah, ouais, votre grand-père est mort, c'est ça ?

— Oui.

Un silence gênant s'installa. D'une seule gorgée, Andy engloutit une quantité assez formidable de bière. Sam s'énervait toujours parce que Ben mettait une heure pour finir une pinte. Elle eut soudain envie de pleurer. Qu'est-ce qu'elle foutait ici ?

— Vous avez retrouvé cette bonne sœur que vous cherchiez ?

Elle reposa son verre.

— Oui, je l'ai retrouvée. Grâce à vous. Merci.

— De rien. J'serai bien content quand ils auront démoli cette baraque et que je pourrai enfin m'barrer d'ici. J'en ai ma claque d'avoir tous ces mecs sur le dos.

Son portable se mit à sonner. Il regarda le numéro affiché et coupa la communication.

— Qu'il aille se faire foutre…

— Qui ça ? demanda Sam.

— J'vais encore avoir droit à une engueulade sur ma boîte vocale.

Il sortit son Zippo et se mit à l'ouvrir et à le refermer d'une pichenette.

— Vous voulez une roulée ?

— Non, merci. Au fait, à l'origine, quand est-ce que St. Margaret devait être démoli ?

— Il y a quatre mois. Ce retard leur a déjà coûté près d'une brique.

Il sortit un paquet de tabac à rouler de sa poche.

— Seigneur ! Quoi, juste à cause de l'enquête ?

— Ouais, ça a pris un moment parce que ce curé est mort tout au fond d'une espèce de souterrain.

Prenant une pincée de tabac, il l'étala sur le papier.

— Que faisait-il là-bas ? dit Sam, remarquant que Fred les observait toujours depuis l'autre bout de la salle.

Andy hésita puis haussa les épaules.

— C'est un véritable terrier à lapins, cette baraque. Ça fout les jetons. Un refuge pour toutes les épaves du coin. Pas moyen de s'en débarrasser. Y a un clodo qui vit depuis des mois dans la remise. J'arrête pas de le foutre dehors et il arrête pas de revenir.

Il vida le reste de son verre d'un trait.

— Une autre pinte ? proposa-t-elle. Je vous en dois deux, si je me souviens bien.

— C'est pas de refus. Tout ce qui m'attend, c'est ce préfabriqué de merde.

Il l'examinait d'un air qui la mit mal à l'aise.

Elle revint du bar avec une pinte et un whisky pour aider à la descente. Elle commençait à penser que cette conversation avec Andy risquait d'être intéressante.

— Tenez.

— Santé.

Il s'enfila le whisky sans cesser de la dévisager, l'œil torve.

— Alors, vous aussi, vous avez senti les fantômes qui rôdent dans cette maison ?

Andy éclata de rire.

— Vous voulez que je vous dise ? Dès qu'on entre dans cette baraque, on n'a qu'une envie, c'est d'en sortir, même si c'est pour se retrouver au cimetière.

— Selon vous, pour quelle raison ce prêtre est-il descendu dans ces souterrains ? s'enquit Sam en tirant ses longs cheveux roux en arrière pour les nouer vaguement en chignon.

— Mardi, tout ça, ça sera du vent, déclara Andy en prenant sa pinte. Le plus tôt ils auront coulé cette merde dans du béton, mieux ce sera. Hé, ça vous dirait pas de prendre un vrai verre ? demanda-t-il en regardant le Coca de Sam.

— En fait, oui, dit Sam en remarquant son trousseau de clés qui traînait sur la table. Je voudrais bien un verre de vin blanc, s'il vous plaît.

Il prit son portefeuille dans son blouson avant de gagner le comptoir. Dès qu'il eut le dos tourné, elle s'empara du trousseau pour l'examiner sous la table. Il n'y avait que trois clés : l'une pour une voiture, une autre ressemblait à celle d'un cadenas, la troisième devait donc être celle du préfabriqué. Elle la libéra rapidement. Voyant Andy revenir, elle posa son sac à main sur la table de façon à dissimuler le trousseau.

— Tenez, dit-il en se penchant.

Il renversa la moitié du verre sur la table.

— Oups, désolé.

— Ce n'est rien.

Sam avala une gorgée de l'infâme piquette. Elle en avait bien besoin pour se donner du courage. Elle espérait que le chien était attaché.

— Alors, ça gêne pas votre copain que vous sortiez avec des inconnus ?

Andy posa une main sur les siennes.

Au prix d'un formidable effort sur elle-même, elle ne les retira pas aussitôt.

— Ce qu'il ignore ne peut pas lui faire de mal.

— Vous voulez bien me donner un baiser, alors ?

Il vida sa pinte et se tourna vers elle, lèvres offertes.

— Bien sûr. Mais d'abord, il faut juste que je fasse un dernier truc. On peut se retrouver dans une demi-heure ?

Elle se força à sourire.

— Hein ? Pourquoi ? s'écria Andy.

— J'aimerais passer chez moi récupérer quelques affaires. Qui sait où cette nuit va nous mener et, si je les ai avec moi, je pourrais aller directement au travail demain matin.

Elle se leva, la clé serrée dans son poing fermé.

— Ah ouais, j'comprends ! s'exclama-t-il, soudain tout joyeux. On se retrouve près du quai ?

— Parfait, conclut Sam.

23

Lundi 6 février 2017

Kitty trébuchait et titubait. Ses pieds engourdis essayaient tant bien que mal de répondre à sa volonté. Quand elle atteignit enfin la remise en brique rouge, elle eut à peine la force de tirer la porte battante à moitié disloquée. Il lui fallut trois tentatives pour enfin réussir à l'entrouvrir juste assez pour se glisser à l'intérieur où elle s'écroula sur un tas de feuilles mortes.

Elle resta assise, immobile, prenant peu à peu conscience de ce qui l'entourait. Le clair de lune perçait à travers le toit dont une bonne moitié avait disparu. Seules quelques vieilles poutres décharnées avaient survécu aux années et aux intempéries.

Tout était exactement comme dans ses souvenirs, y compris la vieille charrue renversée dans un coin.

Une deuxième porte, de guingois elle aussi, sur le mur du fond révélait une autre pièce aux murs couverts d'une peinture écaillée. Se relevant, Kitty se traîna vers elle. Au moment où elle posait la main sur le battant pour le pousser, un gros rat surgit des décombres et fila devant ses pieds. Elle le regarda fouiner autour des toilettes avant de disparaître sous le lit. La chambre était crasseuse, avec de la mousse noire qui grimpait aux parois et une puanteur d'égout omniprésente.

Des boîtes vides de nourriture à emporter gisaient sur le sol, ainsi qu'un paquet de biscuits ouvert. Cet endroit était habité. Quelqu'un vivait dans cette chambre infecte et s'y trouvait encore très récemment. Elle s'approcha du lit, laissant ses doigts courir sur la couverture avant de la porter à son nez pour inhaler son odeur. Puis elle se dirigea vers le lavabo et tourna un des robinets, laissant échapper un petit cri de stupeur quand l'eau coula.

— Hello ? chuchota-t-elle. Il y a quelqu'un ?

Elle ne s'était donc pas trompée. Pendant toutes ces années, sa sœur était bien restée à St. Margaret et elle allait enfin la retrouver. Cette révélation l'assomma. La pièce se mit à tournoyer. Se penchant, elle recueillit un peu d'eau pour s'asperger le visage.

Quand elle se redressa face au miroir, Elvira était là, derrière elle, aussi vieille que Kitty à présent, ses cheveux gris tirés en arrière découvrant son visage maigre et pâle.

— As-tu oublié ce que je t'ai dit ? demanda Elvira avec colère.

Elle se dirigea vers le mur pour déloger une brique qui ne tenait plus et sortir une grande clé cachée dans l'orifice. Elle la tendit à Kitty.

— Il est temps de brûler cette maison et de les libérer.

Au moment où Kitty voulait prendre la clé, un bruit retentit à l'autre bout de la pièce. Elle se retourna pour découvrir un homme avec une barbe hirsute et des vêtements en loques. Il lâcha les branches de bois mort qu'il rapportait.

— T'es qui, toi ? Sors d'ici ! cria-t-il.

Kitty se tourna vers Elvira, mais elle avait disparu.

— Non, reviens ! s'écria-t-elle, les larmes aux yeux. Ma sœur ? Où est ma sœur ?

— Barre-toi ! C'est chez moi ici. Barre-toi !

Quand le clochard s'avança vers elle d'un air menaçant, Kitty poussa un hurlement et s'enfuit.

24

Lundi 6 février 2017

En longeant la clôture qui entourait le domaine, Sam avait eu la chance d'y trouver une ouverture. Elle s'y faufila pour pénétrer dans le cimetière, parmi les fosses ouvertes et les monticules de terre gelée, avec l'impression que tous les fantômes de St. Margaret la surveillaient. Alors qu'elle approchait du préfabriqué, elle fut soulagée de constater que ni Andy ni son chien n'étaient dans les parages. Elle le fut plus encore, malgré l'atmosphère étouffante et l'odeur saumâtre qui y régnaient, quand elle se retrouva à l'intérieur. Pas très rassurée, elle chercha l'interrupteur dans le noir. Une lumière blafarde illumina la pièce.

La vue qui s'offrit à elle était déplaisante, mais pas franchement surprenante. Au fond, un lit une place défait surnageait au milieu d'une mer de magazines pornos et de canettes de bière. Du dentifrice fuyait d'un tube percé au-dessus d'un petit évier crasseux installé dans un coin ; divers flacons et pulvérisateurs d'après-rasage et de déodorants ornaient une étagère dégoûtante. Juste à côté, une télé contemplait un minuscule canapé en skaï gris. Entre les deux, une petite table disparaissait sous un monticule de boîtes de pizza et de plats à emporter.

Un rideau sale pendait devant la fenêtre. Sam le tira pour vérifier qu'aucune voiture n'approchait, puis elle alluma la petite lampe à côté du canapé et éteignit les spots aveuglants avant de se mettre à fouiller la pièce.

Elle ne tarda pas à repérer ce qu'elle cherchait : une armoire à dossiers. Le tiroir du haut était bourré de documents publicitaires – des brochures vantant les futures villas de rêve dans toute leur splendeur sur papier glacé – ainsi que de carnets, Post-it et stylos arborant tous le logo de *Slade Homes*. Le deuxième tiroir offrait aussi peu d'intérêt : un annuaire des pages jaunes, deux exemplaires de *Top Gear* et plusieurs paquets de cigarettes vides. En ouvrant le dernier tiroir, Sam était au bord de la panique. Cela faisait près d'une heure qu'elle avait quitté le Whetherspoon's et Andy n'allait pas tarder à perdre patience. Elle avait tout intérêt à filer avant son retour.

Son espoir était de trouver ici une référence au père Benjamin et à ce qu'il lui était arrivé, un dossier quelconque. Dès qu'elle vit le contenu du tiroir, elle comprit que la chance lui souriait enfin. Son cœur s'emballa. Il était plein de dossiers suspendus. Elle les passa rapidement en revue, des factures et des devis pour l'essentiel, ainsi qu'un contrat. Elle sortit la chemise marquée « S » pour Slade Homes. Jetant un coup d'œil par la fenêtre pour s'assurer que tout allait bien, elle se percha au bord du canapé et commença à lire.

Le dossier contenait d'abord plusieurs avertissements de la direction du chantier à l'intention d'Andy pour non-respect des horaires.

Selon les termes de son contrat, il se devait d'être présent sur le site de neuf heures du soir à neuf heures du matin, jusqu'à l'arrivée des premiers ouvriers. À l'évidence, Andy n'était pas un employé modèle : des vandales avaient forcé les portes des cabines de deux pelleteuses. Quand la police était arrivée sur les lieux, Andy n'était pas là. Une autre fois, plusieurs sacs de ciment avaient été volés ; on en avait déduit le prix sur son salaire. Il y avait aussi une référence au clochard auquel il avait fait allusion : cet homme provoquait des nuisances sur tout le chantier mais, selon la réponse écrite d'Andy dont la copie figurait dans la chemise, il restait dans la remise et ne s'approchait jamais de St. Margaret.

La dernière lettre concernait le père Benjamin.

> *Si la mort du père Benjamin remonte à de nombreuses années, le 31 décembre 1999, les égouts souterrains et tunnels adjacents demeurent encore accessibles de nos jours et nous devons faire preuve de la plus extrême vigilance afin qu'un tragique accident similaire ne se reproduise pas avant la date de la démolition, le mardi 7 février 2017. Si vous surprenez quiconque au voisinage ou sur le domaine de la propriété, vous avez pour instruction de retenir cette ou ces personnes et d'appeler immédiatement les autorités.*

Des égouts souterrains et des tunnels. Sam repensa à sa conversation avec Andy au pub. Qu'avait-il dit ? « Cette maison est un véritable terrier de lapin. Ça fout la trouille. »

Elle observa à nouveau le dossier. L'article du *Times* qui avait tout d'abord attiré son attention était glissé entre deux lettres.

Les restes d'un vieil homme de 74 ans sans doute asphyxié par des émanations ont été découverts hier dans un des passages souterrains d'un manoir condamné à la démolition dans le Sussex, au sud de l'Angleterre. L'individu, un curé à la retraite du village de Preston, aurait été piégé dans ces tunnels dont l'accès était pourtant interdit. Une enquête a été ouverte.

Né Benjamin Cook à Brighton en 1926, le père Benjamin a été trente ans durant le curé de la paroisse.

Si sa disparition remonte au jour du nouvel an 1999, sa dépouille n'a été retrouvée que le 30 septembre 2016. Selon le médecin légiste du Sussex, il est mort d'hypoxie, à la suite de l'exposition à des concentrations fatales de sulfure d'hydrogène.

Aucune tierce partie n'étant impliquée, selon la police, l'enquête sur ce décès a été rapidement close. Slade Homes présente ses plus sincères condoléances aux proches de la victime.

Le dossier ne contenait rien d'autre d'intéressant. Au moment où elle se disait qu'il était grand temps de filer, Sam remarqua un téléphone et un répondeur posés sur le meuble. Le voyant rouge de ce dernier clignotait. Elle pressa le bouton.

« Andy, c'est Phil, réponds à ton portable ! T'es où, merde ? T'as pas l'air de comprendre. Il ne nous reste plus qu'une journée. Maintenant qu'on a réussi à se dépatouiller de cette enquête, je ne veux pas qu'on perde le contrat sous prétexte que quelqu'un d'autre s'est retrouvé enfermé dans ces tunnels. »

Enfermé ? À aucun moment, l'article ne mentionnait que le père Benjamin avait été enfermé. Soudain, un bruit de moteur retentit tandis qu'un faisceau de phares balayait la pièce. Le cœur battant, elle rangea le dossier et éteignit la lumière avant de s'accroupir près de la fenêtre pour voir un 4 × 4 bleu approcher. Tandis qu'elle cherchait désespérément une autre issue autour d'elle, le véhicule s'immobilisa devant le préfabriqué. Les phares s'éteignirent. Elle distinguait une vague silhouette dans l'habitacle plongé dans l'obscurité.

Il n'y avait pas d'autre porte, aucun endroit où se cacher dans la pièce minuscule et Andy avait un chien qui se jetterait sur elle si elle tentait de fuir… avant, sans doute, d'appeler les autorités, comme il en avait reçu l'ordre. Pour elle, ce serait la fin. En entendant les pas approcher, elle entrevit une solution désespérée. Enlevant son pull, elle sauta dans le lit puant en soutien-gorge.

La porte s'ouvrit. La lumière s'alluma.

— Salut, beau gosse, dit-elle en essayant de masquer sa panique.

— Hein ? Quoi ? Qu'est-ce que vous foutez là ? s'exclama Andy.

— Je voulais vous faire une surprise.

Elle tremblait de tous ses membres.

— Vous m'avez piqué ma clé ?

— Oui. Ça ne vous dérange pas, j'espère ?

Elle tenta un sourire.

— Si, ça me dérange, merde.

Il s'approcha, venant se planter juste devant le lit.

— Je suis désolée. J'ai pensé que ça vous ferait plaisir qu'on soit ensemble. Et si on buvait un verre pour se détendre un peu, d'accord ?

Sous le regard d'un Andy silencieux et plus que perplexe, elle se leva et le contourna pour ouvrir le frigo. Il était vide à l'exception d'un bout de fromage moisi et d'un fond de bouteille de lait.

— Ah, vous n'avez plus rien. Je sais... Je vais aller nous chercher quelque chose à boire, dit-elle en s'emparant de son pull.

— Et si vous me disiez à quoi vous jouez ?

— Je voulais vous faire une surprise. J'ai cru que vous seriez content. À l'évidence, je me trompais.

Elle enfila très vite son pull. Ses mains tremblaient quand elle saisit la poignée de la porte.

— J'aime pas que des gens se pointent chez moi par effraction.

Il s'interposa.

— Je ne suis pas entrée par effraction. Laissez-moi passer, s'il vous plaît.

Les battements de son cœur se transformaient en élancements douloureux dans sa tête. Elle ne pensait plus qu'à Emma, sagement endormie dans son lit, alors qu'elle était en pleine mission suicide.

— Vous avez de la chance que j'suis un gentleman.

Il s'écarta lentement et elle put ouvrir la porte. Tandis qu'elle descendait les marches, le chien, qui était revenu avec son maître, se mit à lui aboyer dessus. Elle était sûre, alors qu'elle s'éloignait dans le noir, qu'Andy ne la quittait pas des yeux, attendant le moindre prétexte pour lâcher sa bête. Elle jeta un coup d'œil derrière elle pour le voir debout dans l'encadrement de la porte, retenant l'animal par son collier.

Elle ne retrouva pas l'ouverture dans la clôture grillagée, ce qui ne fit qu'accroître son affolement. Elle se mit à courir le long du périmètre, sentant très vite l'acide lactique s'accumuler dans ses jambes. Chaque fois qu'elle posait un de ses talons hauts sur ce sol défoncé, c'était un miracle si elle ne se tordait pas la cheville. Finalement, à bout de souffle et au bord des larmes, elle s'arrêta pour s'accrocher au grillage. De frustration, elle se mit à secouer la clôture de toutes ses forces. Bizarrement, cela la calma. La seule façon de retrouver sa voiture était de revenir sur ses pas… vers ce chien qui faisait toujours un boucan d'enfer.

Elle repartit en sens inverse, mais quelque chose la fit trébucher et elle s'écroula de tout son long. Pendant un moment, elle resta par terre, se tenant le genou, luttant contre la douleur. Elle sentait le sang chaud qui coulait, mais il faisait si noir qu'elle ne voyait même pas sa main devant son visage. Elle avait dû heurter une racine, se dit-elle, mais, quand elle sortit son téléphone de son sac pour évaluer les dégâts, la lueur de l'écran accrocha un reflet sur le sol. Ignorant son genou blessé, elle s'avança pour l'examiner. Il s'agissait d'un anneau en bronze, semblable à celui qu'elle avait vu sur le plancher dans le bureau de mère Carlin, appendice pour le moins étrange parmi ces ronces. Après une hésitation, elle entreprit de le dégager, s'écorchant douloureusement les doigts sur les mauvaises herbes et la boue gelée. Finalement, ses efforts furent récompensés : l'anneau servait en fait à manœuvrer une longue plaque de fer. Elle se redressa, poussant un petit cri à cause de son genou, et essaya de la soulever, mais elle ne bougea pas d'un millimètre. Elle aperçut alors la serrure. La trappe était verrouillée.

La lune surgit entre les nuages et ce fut comme un signal irrésistible : Sam se tourna vers le manoir dont les fenêtres lui firent l'effet d'yeux fixés sur elle. Comme ils avaient dû observer le père Benjamin cette nuit-là. Qu'avait dit l'homme sur le répondeur ? *Enfermé ?* Ce qui pourrait signifier que le curé avait été délibérément emprisonné dans les souterrains de la maison. Cette trappe y menait-elle ?

Tout à coup, elle entendit à nouveau les aboiements. Ils étaient beaucoup plus proches cette fois. Malgré la douleur dans son genou, Sam se remit à courir. À tout instant, cette bête risquait de lui sauter dessus, de lui enfoncer ses crocs dans les chairs. Andy avait eu le temps de réfléchir... et peut-être s'était-il rendu compte qu'elle avait fouillé dans ses dossiers et écouté son répondeur.

Elle accéléra encore, essayant de contrôler sa terreur. *Je vous en prie, je vous en prie...* Elle implorait l'interminable nuit glacée.

Soudain, repérant une lumière de l'autre côté de la clôture, elle se rua vers elle. Petit à petit, la lueur se scinda, se transformant en deux phares d'une voiture qui approchait avec précaution sur le chemin défoncé. À son grand soulagement, ce flot de lumière révéla l'ouverture béante dans le grillage. Elle s'y glissa. Le chien aboya à nouveau ; il ne devait pas se trouver à plus de dix mètres. Elle courut vers le véhicule qui – elle crut à une hallucination – se mua peu à peu en taxi noir londonien. Vision incongrue ici en pleine campagne, mais elle s'en foutait. Quand le chauffeur immobilisa son véhicule. Sam se jeta sur la portière côté passager et tambourina à la fenêtre. Le bonhomme se tourna vers elle, l'air un peu ahuri mais surtout très choqué. Il baissa la vitre.

— Vous allez bien, m'dame ?

— Non. Il y a un chien qui me pourchasse. Je vous en prie, laissez-moi entrer ! Vite !

Il déverrouilla les portières et elle se jeta dans l'habitacle. Au moment où elle claquait sa portière, les griffes du chien la martelèrent. Frustré, l'animal se mit à bondir autour de la voiture en aboyant furieusement.

— Seigneur Dieu, vous m'avez flanqué la peur de ma vie, dit le chauffeur.

— Merci de m'avoir ouvert.

Sam essayait de reprendre son souffle.

Tandis qu'ils se dévisageaient, Andy apparut de l'autre côté du grillage. Il cria pour rappeler son chien.

— Ben, dites donc, c'est le métro à l'heure de pointe ici, dit le chauffeur tandis que la bête battait en retraite.

Andy lui remit sa laisse et repartit, se fondant dans les ténèbres.

— Comment se fait-il que vous soyez ici ? demanda Sam. Non pas que je m'en plaigne...

— J'suis venu reprendre ma cliente, répondit l'homme en consultant sa montre. Ça fait près d'une heure que je l'ai laissée. Je l'ai amenée de Londres mais, allez savoir pourquoi, j'avais pas trop envie de la laisser seule dans un coin pareil.

Il tira un gobelet en polystyrène d'un sac en papier.

— Tiens, quand on parle du diable...

Sam suivit son regard pour découvrir Kitty Cannon qui arrivait à la clôture en chancelant.

Avant qu'elle ne puisse l'atteindre, ses jambes se dérobèrent et elle s'écroula.

Sam se rua hors de la voiture. Franchissant à nouveau l'ouverture dans le grillage, elle courut jusqu'à la femme à terre. Elle s'agenouilla à ses côtés, puis, voyant qu'elle tremblait, enleva son imper pour l'en couvrir.

— Ivy ?

La voix de Kitty était très faible.

— Appelez une ambulance ! cria Sam au chauffeur.

— Non, s'il vous plaît, ramenez-moi chez moi, c'est tout, murmura Kitty avant de fondre en larmes.

25

Vendredi 31 décembre 1999

Le père Benjamin s'immobilisa en arrivant dans le hall d'entrée de St. Margaret, essayant de retrouver son souffle après avoir traversé si vite le domaine dans le noir. De peur d'être repéré par un passant, il n'avait pas allumé sa torche et avait trébuché à deux reprises, manquant de tomber.

Le soir tombait à peine quand il avait repéré le mot glissé sous sa porte à Gracewell. Il y avait eu un thé pour célébrer le nouvel an dans la salle à manger, après quoi il avait regagné sa chambre. Il l'avait vu dès son entrée. Curieux, mais pas vraiment inquiet, il l'avait ramassé et s'était installé dans le fauteuil près de la fenêtre pour le lire.

> *Retrouvez-moi dans la salle de repassage à St. Margaret à minuit ce soir pour discuter des dossiers que vous avez détruits. Si vous ne vous montrez pas, j'irai trouver la police. Venez seul.*

Il était resté assis pendant plusieurs heures devant la télévision allumée, l'esprit ailleurs. Il avait hésité à parler de ce message à Amy lors de sa visite du soir, mais les mots n'étaient pas sortis. Par où commencer ?

À vingt-trois heures, il avait compris qu'il n'arriverait pas à dormir. Autant aller voir ce que voulaient cette ou ces personnes plutôt que de rester allongé dans le noir à se morfondre. Le trajet n'était pas si long, il suffisait de remonter Preston Lane et il avait encore ses clés du couvent. Et puis, ici, personne ne remarquerait son absence. Il avait donc enfilé son pull le plus épais, enfoui le bout de papier dans la poche de son pantalon en toile pour s'éclipser discrètement vingt minutes avant minuit.

Il alluma la torche qu'il avait emportée par précaution. C'était troublant de revenir ici après tant d'années. L'endroit lui paraissait familier et, en même temps, étranger. Le grand escalier était tel que dans son souvenir, mais il avait perdu son lustre d'antan, jonché qu'il était de bouts de verre et de débris tombés du plafond. Les dalles noires et blanches qui resplendissaient du temps de mère Carlin disparaissaient maintenant sous la poussière et la crasse. Les fenêtres devant lesquelles il passa dans le couloir étaient pour la plupart brisées, leurs cadres éclatés et couverts d'une peinture dont les écailles formaient comme des griffes. Toute la bâtisse sentait le bois pourri. En atteignant la porte du lavoir, il l'éclaira avec sa torche. Cette pièce si vaste, autrefois saturée de vapeur, dans laquelle s'échinaient des filles au ventre difforme, était à présent une coquille remplie de bacs vides et d'essoreuses rouillées.

Un peu plus loin, le rayon illumina son reflet dans la seule vitre encore intacte. Son visage rond était pâle, mal rasé, couronné par des touffes de cheveux gris qui se dressaient sur son crâne comme des barbelés. Il était voûté, presque plié en avant, en raison d'un mal de dos permanent. On aurait dit, pensa-t-il en s'examinant sans concession, qu'il n'avait plus de cou. Alors qu'autrefois, il se rasait tous les matins, que ses vêtements soigneusement repassés l'attendaient impeccablement pliés au pied de son lit, un pull trop grand et un pantalon trop large constituaient désormais son seul uniforme. Tout comme cette maison, se dit-il en se détournant de cette triste image, il était une ruine.

Il poussa un lourd soupir en songeant à l'âge d'or de St. Margaret. Grâce aux dons généreux de la congrégation et à un prêt substantiel de la banque, ils avaient pu acheter l'ancien pensionnat aux enchères et ouvrir ses portes moins de six mois plus tard. Pendant trois décennies, ils avaient gagné assez d'argent pour garder un toit au-dessus de leurs têtes et en mettre un peu de côté pour les temps à venir.

Mais pas assez, semblait-il, pour que les Sœurs de la Miséricorde et lui jouissent d'une retraite confortable. Au bout du compte, l'offre de Slade Homes était arrivée à point nommé. La bâtisse avait déjà été condamnée et les pressions de la part de la municipalité quant au devenir de certains dossiers s'avéraient de plus en plus agaçantes. Sans qu'elles soient jamais formulées ouvertement, les condamnations semblaient unanimes et croissantes et cela le contrariait prodigieusement que les sœurs et lui ne soient pas traités avec le respect qui leur était dû.

Il s'arrêta pour essayer de percevoir un bruit quelconque au niveau inférieur. Silence. Celui qui lui avait envoyé ce mot n'était peut-être pas encore arrivé, ou alors, on avait simplement cherché à l'affoler et personne ne viendrait. Seule une poignée de gens connaissaient l'existence de ces dossiers et il ne comprenait pas pourquoi on l'avait convoqué ici plutôt que de venir le trouver à Gracewell. Une chose était sûre, il ne s'attendait pas à se sentir aussi mal à l'aise à St. Margaret. Accepter de vendre n'avait pas été une décision simple, mais cela avait également été un soulagement – à condition que Slade respecte les termes du contrat, construise à l'intérieur des périmètres déclarés et, surtout, scelle les accès aux tunnels. Il avait insisté pour que cela soit fait dès la signature.

Au bout d'un long couloir, il arriva devant une porte verrouillée. Il sortit une clé en bronze de sa poche, portant une étiquette sur laquelle était inscrit *Escalier du fond* et, s'éclairant avec la torche, l'inséra dans la serrure. Il balaya les marches sombres devant lui avec le faisceau de sa lampe.

— Ohé ? Il y a quelqu'un ?

Pas de réponse.

Il poussa un nouveau soupir en anticipant les souffrances que son dos allait lui infliger. Ses talons cognèrent pesamment sur les marches tandis que ses mains usées s'accrochaient à la rampe. Dans le silence de la maison vide, il crut entendre le pas caractéristique de mère Carlin alors qu'elle descendait ce même escalier, un enfant mort-né dans les bras, avant de traverser la salle de repassage pour s'engager dans les tunnels. Il y avait eu trop d'accidents. Les accouchements étaient fréquents et se terminaient souvent mal. Il était impossible de donner à chaque bébé mort en couches un enterrement décent. Ils n'en avaient ni le temps ni l'argent.

Au pied des marches, le père Benjamin se retrouva face à une autre porte en chêne ; une fois encore, il sortit ses clés, jusqu'à ce qu'il trouve l'étiquette *Salle de repassage*. Malhabile, il laissa tomber sa torche. En heurtant le sol, elle s'ouvrit et les piles s'échappèrent.

Sans sa lampe, dans les entrailles de la maison au cœur de la nuit, il n'y voyait absolument rien. Il s'agenouilla pour tâter le sol, soufflant et haletant. Il commençait à avoir des vertiges. Quelques bêtes, des rongeurs sans doute, filaient autour de lui tandis qu'il essayait de garder son sang-froid. Il finit par retrouver une pile, puis l'autre.

— Maudit engin, maugréa-t-il en les réinsérant dans la torche.

Au moment où il la rallumait, la porte au sommet des marches claqua.

Il était pourtant sûr de l'avoir refermée. Il braqua la lampe vers l'escalier, fouillant les ténèbres. Rien.

— Qui est là ?

Il attendit quelques secondes. Puis, s'aidant de la poignée de la porte, il se remit debout en poussant un gémissement dont l'écho rebondit sur les murs de pierre autour de lui. Tremblant déjà d'épuisement, il prit le temps de rassembler ses forces déclinantes avant de glisser la clé dans la serrure. Il lui fallut s'y reprendre à plusieurs fois avant de parvenir à la tourner.

La salle n'avait pas encore été entièrement débarrassée des presses à repasser. Elle était plus petite que dans son souvenir et, quand il s'y avança, ses semelles écrasèrent du verre brisé. Le plafond bas était oppressant. Dans ce sous-sol où l'humidité imprégnait les murs, l'odeur de pourriture était saisissante. À deux reprises, il se cogna sur le coin d'une machine. Une couche noire et épaisse de crasse recouvrait le sol et collait à ses chaussures. Chaque pas l'obligeait à un effort pénible. Il respirait avec difficulté, en proie à une anxiété qui ne lui était pas familière. Parfois, dans ces ténèbres que chassait brièvement le faisceau de sa lampe, il croyait voir les filles qui l'observaient à travers des nuages de vapeur, essuyant la sueur sur leur front avec leur avant-bras.

Sa montre indiquait minuit. Il tourna lentement sur lui-même pour examiner chaque recoin de la pièce, mais personne ne l'attendait ici. C'était un canular, une mauvaise blague faite par quelqu'un qui devait en ce moment même se trouver bien au chaud chez lui, ricanant de ce tour joué en ce début de nouveau millénaire.

— Où êtes-vous ? appela-t-il.

Silence.

Il s'apprêtait à repartir quand il entendit au loin quelque chose. Un bruit faible, comme un raclement de métal contre du métal. Il s'avança lentement, braquant sa torche dans cette direction.

Il se pétrifia sur place. La porte qui donnait sur les tunnels était ouverte. Il s'approcha : oui, il y avait vraiment quelqu'un en bas. Qui, à en croire ce vacarme grandissant, martelait de la ferraille avec une sorte de masse. Mais c'était impossible. Il n'y avait que la fosse septique là-dessous, et Slade avait promis non seulement de sceller tous les accès aux souterrains, mais aussi de les combler dès la signature du contrat de vente.

Une panique insensée le gagna, mais il se dirigea néanmoins vers la porte. S'ils n'avaient pas respecté leur parole, il fallait qu'il le sache. Le réservoir de la fosse avait été rempli de sable et de gravier par un maçon qu'il avait lui-même engagé bien des années auparavant, mais le tunnel qui y menait aurait dû être rempli de béton maintenant, ou au moins condamné.

Il s'immobilisa au sommet d'une autre volée de marches et, comme en réaction, le bruit de martèlement cessa, cédant la place à un silence assourdissant. Autrefois lavés régulièrement et éclairés, les murs étaient maintenant couverts d'une mousse immonde à l'aspect spongieux. L'odeur était infecte. De l'eau suintait de la pierre, chaque goutte produisant un son incroyablement fort quand elle s'écrasait sur le sol. Il essaya de refouler sa terreur face à un espace aussi confiné, aussi sordide. La puanteur lui donnait la nausée. Malgré son écœurement, il se retint au mur pour entamer une descente prudente, sachant que s'il tombait, il n'y aurait personne pour le retrouver avant le matin… ou pire. Il se mit à compter les marches – une, deux, trois…

Les relents de pourriture commençaient à agir comme un acide qui lui brûlait les narines. L'air vicié était si épais qu'il semblait impossible de le respirer. Quand il arriva au bas des marches, sa nausée s'était transformée en vertiges.

Une eau stagnante tapissait la galerie, l'obligeant à patauger. La brûlure dans son nez se communiqua à sa gorge et à ses yeux. Encore une minute, se dit-il, encore une minute, et il aurait sa preuve et pourrait rentrer à la maison de retraite. Il força ses jambes lourdes à continuer, malgré la sensation de pression qui lui comprimait la poitrine. Alors qu'il essayait de stabiliser sa torche dans sa main fébrile, il entendit quelque chose derrière lui, comme le froissement d'un sac en papier porté par le vent. Il se retourna, lampe braquée, mais, encore une fois, il ne trouva rien. Il reprit son périple, obsédé maintenant par l'idée d'atteindre le réservoir. L'étrange froissement retentit à nouveau. Maintenant, on aurait dit un murmure, deux voix échangeant des chuchotements incompréhensibles. Il regarda à plusieurs reprises par-dessus son épaule, écoutant son propre souffle oppressé alors que ses appels angoissés ne recevaient toujours aucune réponse.

— Qu'est-ce qu'il fait ? murmura soudain distinctement une voix tout près de son oreille.

Le père Benjamin tressaillit et leva sa torche qui ne perça encore une fois que des ténèbres indifférentes.

Une sensation de suffocation commençait à l'étreindre. Il devait être tout près de la cuve.

— Où est-elle ? Où est-elle ? bredouilla-t-il en tâtant le mur de pierres devant lui.

Des élancements lui labouraient le crâne. De l'eau puante lui tombait sur le front.

— Il doit chercher la fosse, dit une autre voix, plus lointaine.

Il hésita avant de repartir de l'avant. C'étaient les odeurs et les émanations qui lui montaient à la tête, se dit-il avant d'être saisi par une violente quinte de toux qui le plia en deux. La brûlure dans sa trachée devenait insoutenable. Des hoquets convulsifs lui déchiraient la poitrine. *Arrête, s'il te plaît, arrête !* Il implorait son propre corps. L'air qu'il avalait dans ce tunnel ne faisait qu'accroître son malaise, ses vertiges.

Quand, finalement, ses hoquets se calmèrent, il n'avait plus de force dans les jambes. Il dut s'adosser au mur pour ne pas tomber.

— Ce sont les émanations du réservoir, dit la première voix.

Le père Benjamin leva les yeux. Deux filles en chasuble étaient debout devant lui, le toisant, l'une avec un vilain œil au beurre noir. Toutes deux avaient le crâne rasé et étaient si livides qu'elles en étaient presque phosphorescentes.

— Elles sont terribles, fit l'autre fille. Une fois, je me suis retrouvée enfermée ici toute une nuit. J'ai été tellement malade que je saignais du nez. Et impossible de m'arrêter, tu te souviens ? Mère Carlin était très en colère.

— Oui, oui, je m'en souviens très bien. Pauvre Martha, tu as été si courageuse, dit la première fille.

Elles s'étreignirent.

Le curé se redressa autant que son dos le lui permettait, avançant en titubant jusqu'à ce qu'il atteigne enfin le fond du tunnel. Il s'immobilisa avant de s'effondrer par terre, tâtant le mur comme le visage d'un vieil ami. Il y était arrivé. Il ouvrit grand la bouche pour respirer un peu d'air pestilentiel. Une violente crampe lui tordit le ventre. Il se mit à vomir. Encore et encore. Les spasmes étaient si douloureux qu'il avait l'impression qu'on lui retroussait les entrailles. Quand, au bout d'un moment qui lui parut interminable, ils s'arrêtèrent, il resta adossé au mur, haletant.

Pourquoi le réservoir produisait-il encore des émanations ? Il était comblé depuis des mois.

Alors qu'il tentait de se remettre debout, un choc ébranla le tunnel.

— C'était quoi ? demanda une des filles.

Quand il leva les yeux, le père Benjamin découvrit que, de deux, elles étaient passées à présent à un groupe de huit ou dix filles. Elles se tenaient toutes debout en demi-cercle devant lui.

— Je crois que c'était la porte du tunnel, dit une autre. J'espère qu'il a la clé.

Il fouilla dans sa poche : elle était vide. Ses clés avaient disparu. Il avait dû les laisser tomber pendant son malaise. Se mettant à quatre pattes, il commença à tâter le sol autour de lui, sa main plongeant dans une mare de vomi.

— Oh, j'ai l'impression qu'il les a perdues, dit joyeusement une troisième.

Avec ce poing qui lui broyait la poitrine de l'intérieur, le père Benjamin avait du mal à respirer. Il se remit à tousser, les yeux larmoyants. Ses lèvres étaient desséchées, sa langue farineuse, épaisse et molle. Soudain, il s'écroula, terrassé par un élan de douleur d'une violence effroyable dans son crâne.

— *Ring a ring o' roses, a pocket full of posies. A-tishoo ! A-tishoo ! We all fall down*[1].

Tandis qu'elles chantaient, riaient et sautillaient autour de lui, le curé gisait sur le sol trempé et glacé, le cœur battant. Il essaya de bouger, mais le moindre effort lui arrachait des spasmes abominables, tandis que ce poing impitoyable continuait à lui malaxer la poitrine. La toux reprit,

1. Célèbre comptine dont la traduction pourrait être : « Tournons, tournons autour des roses, un petit bouquet plein de fleurs. Atchoum ! Atchoum ! Tous, nous tomberons. »

effroyable, comme s'il avait avalé des bouts de verre brisé.

— *Ring a ring o' roses, a pocket full of posies. A-tishoo ! A-tishoo ! We all fall down.*

— Aidez-moi ! supplia-t-il.

Il perdait la vue. La lumière de sa torche se transformait en une vague lueur assez floue.

— Priez pour vos péchés, mon Père, dit une des filles.

Puis elles lui tournèrent toutes le dos et s'en furent.

Le père Benjamin se mit à ramper dans le corridor puant. Tout s'était arrêté : la toux, la nausée, les douleurs. Finalement, il réussit à revenir jusqu'à la porte de la salle de repassage. Il parvint à se hisser à genoux. Ses yeux le brûlaient tellement qu'il y voyait à peine, mais il trouva la poignée et la tourna. La porte était verrouillée.

Il poussa un cri pitoyable avant de s'acharner sur la poignée avec toutes les maigres forces qui lui restaient.

Ses paupières devenaient si lourdes. Finalement, il s'allongea et les ferma. Incapable de bouger, il ne voulait plus que dormir. Dormir jusqu'à ce que tout soit terminé et qu'il se présente devant le Seigneur aux portes du paradis. Alors, comme la fille le lui avait ordonné, il se mit à prier.

Pardonne-moi mes péchés, Ô Seigneur, pardonne-moi mes péchés ; ceux de ma jeunesse, ceux de ma vieillesse, ceux de mon âme et ceux de mon corps ; mes péchés fortuits et mes péchés volontaires ; les péchés que je connais et ceux que j'ignore ; les péchés que j'ai cachés si longtemps et ceux qui sont à présent cachés à ma mémoire.

Je regrette sincèrement chacun d'entre eux, mortel ou véniel, le moindre d'entre eux depuis ma petite enfance jusqu'à maintenant. Je sais qu'ils ont blessé Ton Tendre Cœur, Ô mon Sauveur ; libère-moi du mal, Ô mon Rédempteur.

Ô, Seigneur Jésus-Christ, oublie et pardonne celui que j'ai été.

Amen.

26

Lundi 6 février 2017

Dans le taxi qui remontait vers Londres, Kitty s'était assoupie, la tête contre l'épaule de Sam. Il était cinq heures du matin. Nana et Emma devaient encore dormir à poings fermés ; elle appellerait un peu plus tard pour prendre de leurs nouvelles. Elle éprouvait une certaine inquiétude à l'idée de s'éloigner d'Emma, mais elle n'avait pu se résoudre à laisser le chauffeur repartir seul avec Kitty. Et elle ne pouvait pas non plus réprimer l'excitation qui s'emparait d'elle quand elle baissait les yeux vers le visage qui, chaque semaine, s'introduisait dans pratiquement tous les foyers d'Angleterre depuis deux décennies. Elle ne s'était pas trompée : il existait bien un lien entre Kitty et St. Margaret, et elle était en bonne voie de trouver lequel.

— Vous êtes sûre que nous ne devrions pas l'amener à l'hôpital ? demanda le chauffeur pour la dixième fois.

Sam tâta le pouls de Kitty qui était fort et régulier, avant de serrer sa main glacée entre les siennes.

— Non, j'ai l'impression qu'elle va bien. Son pouls est bon, mais elle a froid. Pourriez-vous monter le chauffage, s'il vous plaît ?

Elle resserra le manteau de Kitty autour d'elle, ce qui provoqua la chute de son portable sur le sol du taxi.

— Zut, fit Sam.

Elle voulut le récupérer, mais elle y renonça de peur de réveiller Kitty.

Sa longue chevelure grise en désordre aurait pu lui donner des airs de sorcière, mais elle avait de jolis traits fins, une bouche étroite et un petit nez pointu. Sa peau était d'un blanc de porcelaine. Elle semblait très différente de son incarnation télévisuelle : plus jeune, plus vulnérable, avec une expression presque enfantine.

Le téléphone afficha soudain une notification. Sam la déchiffra : *Richard Stone midi.* Du bout du pied, elle ramena l'appareil vers elle et réussit enfin à le récupérer avant de le glisser dans la poche du manteau.

— Vous connaissez son adresse ? lança-t-elle au chauffeur.

— Non, elle m'a arrêté sur l'Embankment, donc je retourne là-bas.

Son propre téléphone se mit à vibrer. Sam lut le texto de Nana lui demandant où elle était et lui annonçant qu'Emma allait mieux. Elle répondit aussitôt, lui expliquant qu'elle était coincée pour le moment, mais qu'elle rappellerait dès que possible. Elle caressa les cheveux de Kitty alors que la voiture s'engageait sur les quais de la Tamise. C'était une véritable torture de se trouver si proche d'elle et de ne pas pouvoir l'interroger. Mais elle était sûre d'une chose : Kitty l'avait bien appelée Ivy. Ce qui signifiait qu'elle avait connu cette pauvre fille.

— Voilà, c'est ici que je l'ai prise, dit le chauffeur en se garant sur le bas-côté.

— Kitty ? appela gentiment Sam. Il faut nous dire où vous habitez pour que nous puissions vous ramener chez vous.

Lentement, Kitty ouvrit les paupières et leva les yeux vers elle. Puis elle se redressa, s'écartant d'elle en tirant ses cheveux dans un chignon de fortune, comme pour chercher à retrouver un peu de dignité.

— Nous sommes à Londres ?

— Oui, vous vouliez que nous vous ramenions chez vous, mais nous ne connaissons pas votre adresse.

— Merci de m'avoir ramenée. Je suis désolée de vous avoir imposé cela, dit Kitty.

— Il n'y a pas de souci, dit Sam en souriant. Mais vous allez avoir une sacrée note de taxi.

Kitty la fixa, sans sourire.

— Qui êtes-vous ?

Sam hésita une fraction de seconde.

— Je m'appelle Samantha. Je suis journaliste chez Southern News.

— Oh non, dit Kitty. Pourquoi faut-il que ce soit vous ? Vous me suivez donc jour et nuit ?

— Kitty, s'il vous plaît, si vous pouviez me laisser une minute pour expliquer… commença Sam.

— Non, je ne peux pas.

Kitty se tourna vers le chauffeur, haussant la voix pour se faire entendre à travers la vitre de séparation.

— Pouvez-vous, s'il vous plaît, faire sortir cette personne de ma voiture ?

— Bon Dieu, on se croirait dans une série télé, maugréa le chauffeur en ouvrant sa portière.

— Je connais vos liens avec St. Margaret. Je crois que vous êtes née là-bas, dit Sam.

Des larmes jaillirent des yeux de Kitty, mais elle retrouva très vite son sang-froid.

— Il s'agit de ma vie privée et cela ne vous regarde en rien. Si vous tentez de publier quoi que ce soit à ce sujet, je vous colle un procès.

Sam se mit à fouiller fébrilement dans son sac alors que le chauffeur ouvrait la portière de son côté.

— On descend, ma p'tite dame.

— S'il vous plaît, regardez. Ce sont des lettres écrites par une certaine Ivy qui raconte son séjour à St. Margaret. Je pense que vous l'avez connue : vous m'avez appelée Ivy quand je vous ai retrouvée tout à l'heure.

Sam lui tendit le petit paquet de lettres que Nana avait entouré d'un ruban rouge, mais Kitty refusa de les prendre.

— Ne vous approchez pas de moi, dit-elle froidement.

— Les gens mentionnés dans ces lettres… ils avaient tous un rapport avec St. Margaret, la mère Carlin, le père Benjamin, et ils sont tous morts d'une façon qui, selon moi, n'avait rien d'accidentel.

Le chauffeur lui saisit le bras.

— Soyez raisonnable. Ne m'obligez pas à appeler la police.

— Je vous interdis de poser la main sur moi ! s'exclama Sam en se libérant violemment.

— Sortez ! cria Kitty.

— D'accord, dit Sam. Je m'en vais. Je sais que vous avez assisté à la mort de votre père. Ça a dû être horrible pour vous, à cet âge, de voir une chose pareille et je suis profondément désolée, mais je veux juste connaître la vérité et je pensais que vous aussi.

— Attendez… Qu'avez-vous dit ? dit Kitty alors que Sam sortait de la voiture.

— Que je suis désolée, répéta doucement Sam, et je suis sincère. C'est à cause de ces lettres, elles m'ont fait quelque chose.

— Non, avant ça, à propos de la mort de mon père.

— J'ai parlé à quelqu'un qui habite au bord de la route où votre père a eu cet accident. Selon cette personne, un témoin a vu une petite fille avec un manteau rouge sur les lieux, donc, il pense qu'elle se trouvait dans la voiture avec votre père. Cela ne pouvait être que vous.

— Bon, on fait quoi maintenant ? demanda le taxi en levant les mains au ciel.

— Ce n'était pas moi, dit Kitty. J'ignorais tout de l'accident jusqu'à ce que la police vienne me réveiller.

— Alors, qui était-ce ? s'enquit Sam.

Kitty porta la main à sa bouche.

— Oh, Seigneur Dieu !

— Quoi ? fit Sam en se penchant vers elle.

Kitty sortit une liasse de billets de son portefeuille et, sans même les compter, la tendit au chauffeur avant de sortir de la voiture.

Elle prit Sam par le bras.

— Il vaudrait mieux que vous veniez chez moi. Il faut qu'on parle.

27

Mardi 5 mars 1957

Allongée dans le noir, Ivy fixait le plafond, écoutant sa voisine de lit qui pleurait doucement. Le dortoir était glacé. Toutes les filles étaient roulées en boule sur elles-mêmes, essayant de préserver un peu de chaleur. Un rayon de lune se glissait par la fenêtre sans rideau au-dessus du lit d'Ivy et venait frôler la pauvre fille à ses côtés. Elle était si jeune qu'elle semblait à peine sortie de l'école communale. À son arrivée, elle avait des joues roses et rondes de bébé ; maintenant, ses clavicules saillaient comme des cordes tendues sous sa chasuble. Ses yeux étaient deux trous noirs qui crevaient la peau pâle et tirée de son visage ; deux trous emplis de larmes.

Elle devait avoir quatorze ans, se dit Ivy. On murmurait que son propre père était responsable de sa grossesse. Ivy avait cru avoir mal entendu la première fois que Patricia le lui avait dit : son propre père l'avait mise enceinte et l'avait ensuite envoyée pourrir dans cet enfer ? Rose, elle, avait été conçue dans l'amour, du moins de sa part à elle, car elle commençait à désespérer d'Alistair. La fille avait accouché à peine deux jours plus tôt et elle était déjà de retour ici, dans ce lit pouilleux, privée de son bébé. Quand la cloche retentirait à l'aube, elle devrait se lever pour faire face à une longue et dure journée au lavoir.

Ivy guettait les bruits de pas dans le couloir. Elle attendit d'être sûre que plus personne ne viendrait avant de quitter son lit. La fille leva les yeux quand elle s'agenouilla auprès d'elle.

— J'ai mal, chuchota-t-elle, le visage souillé de larmes.

— Je sais, mais ça va passer, dit doucement Ivy. C'est le lait qui monte. Il va falloir que tu supportes la douleur encore quelques jours, mais ça ira mieux après, je te le promets.

L'autre s'assit lentement, grimaçant alors qu'elle tentait d'enlever sa chasuble.

— Je n'arrive pas à bouger les bras.

— Laisse-moi faire, dit Ivy.

Tout en l'aidant à se débarrasser du vêtement au tissu grossier, une image lui vint : elle-même, petite fille dans sa chambre à coucher chaude et confortable alors que le soir tombait ; sa mère l'aidant à enfiler sa chemise de nuit puis s'arrêtant soudain au moment où Ivy avait les bras levés pour la chatouiller. Elle se mordit cruellement l'intérieur des joues pour ne pas pleurer.

— Ça va aller, dit-elle en prenant sa propre couverture sur son lit pour en envelopper la fille.

— Merci. Pourquoi t'ont-elles rasé la tête ?

— Parce que j'ai résisté. Mais ça ne t'arrivera pas. Ne t'inquiète pas pour demain, si les sœurs te mettent sur une des grosses machines, on échangera nos postes. Et j'essaierai de t'avoir un travail à la cuisine.

Elle savait qu'elle n'avait aucune chance d'y parvenir, mais elle voulait tranquilliser la pauvre fille de façon qu'elle puisse dormir un peu.

— Où est mon bébé ? demanda celle-ci alors qu'Ivy retournait vers son lit.

Ivy s'immobilisa en songeant à Rose qui devait pleurer en cet instant même, sans personne pour la réconforter. Elle regarda sa voisine.

— Elle va bien. Elle est bien au chaud à la nursery. Dors maintenant. La cloche va bientôt sonner.

Frigorifiée, Ivy se rallongea dans le noir. Elle n'envisageait même plus de dormir, trop accablée à la pensée de Rose seule dans son berceau. Depuis qu'elle avait repris le travail au lavoir, passer devant cette pièce était une véritable torture. Le vacarme des pleurs des bébés était assourdissant. Parfois, elle apercevait par la porte entrebâillée Patricia qui courait d'un berceau à l'autre où les nourrissons gisaient sur le dos, solidement emmaillotés. Il y en avait à peu près quarante en tout dans l'immense salle aux murs blanchis à la chaux. La nursery était vieille et triste, en rien semblable à celle qu'elle avait imaginée pour les premières semaines de vie de son enfant. Il lui fallait une volonté insensée pour ne pas cogner à la porte et hurler à Patricia de lui donner Rose. Mais cela ne lui vaudrait qu'une nouvelle correction et elle avait la certitude que les sœurs trouveraient aussi un moyen de punir Rose. Elle avait néanmoins supplié Patricia de lui dire dans quel berceau se trouvait sa petite fille.

— Je ne peux pas, elles me tueraient, avait murmuré son amie tandis qu'une religieuse leur lançait un regard noir.

Finalement, dissimulée par la vapeur produite par une des énormes presses à repasser, Patricia lui avait confié que Rose était tout au bout de la pièce, près de la cuisine. Elle lui avait parlé du froid qui régnait dans la nursery. Du givre qui se formait à l'intérieur des fenêtres et des bébés qui hurlaient en permanence alors qu'elle essayait de changer leurs couches avec ses doigts gelés. Une fois qu'ils étaient nourris, il était obligatoire de les remettre dans leurs berceaux. S'ils ne finissaient pas leur biberon assez vite, on les recouchait quand même, qu'ils aient encore faim ou pas. La plupart d'entre eux pleuraient constamment, mais certains y avaient renoncé, sachant déjà au fond de leurs petits cœurs que personne ne viendrait.

Ivy se roula en boule. Son dos et ses cuisses étaient encore violacés des coups de trique que lui avait donnés mère Carlin, mais c'était la douleur d'être séparée de Rose qui la tenaillait au point que, parfois, elle n'arrivait même plus à respirer. Le soir, au dîner, elle restait assise devant son assiette, ne mangeant quasiment rien. Ses courtes nuits étaient plus longues que les jours alors qu'elle guettait les pleurs de Rose dans le silence du dortoir. La seule chose qui lui évitait de perdre la raison, c'était l'espoir qu'Alistair vienne les chercher, malgré les doutes qui la rongeaient. Surtout quand elle se disait qu'il continuait à vivre comme avant quand Rose et elle ne connaissaient que douleurs et tourments. Recevait-il ses lettres ? N'avait-il pas de cœur ? Pourquoi s'était-il donné tant de mal à la convaincre de son amour si c'était pour l'abandonner ainsi ?

Les événements de ces deux derniers jours l'avaient changée à jamais. S'il apprenait ce qu'elle était en train de subir, il viendrait sûrement. Tremblante de froid, elle glissa la main sous l'oreiller à la recherche du crayon. Tant qu'elle entendrait les pleurs de Rose en se rendant au lavoir le matin, elle savait que son bébé était encore à St. Margaret. Et tant qu'il restait un espoir, elle devait se battre, même si le temps pressait.

Mon amour,

Je suis folle d'inquiétude.

J'ai été convoquée dans le bureau de mère Carlin aujourd'hui et père Benjamin y était. Elle se tenait debout dans un coin, un sourire figé sur les lèvres, pendant que le père occupait sa place derrière le bureau. Il y avait aussi une femme que je ne connaissais pas. Père Benjamin m'a demandé de m'asseoir avec un air très poli et j'ai ressenti une peur comme je n'en avais encore jamais connu. Il m'a dit que la femme s'appelait Mme Cannon, qu'elle représentait la Société pour l'adoption de St. Margaret. Je fixais le sol, alors il n'a pas vu mes larmes quand il m'a dit ce qu'il a sans doute déjà dit à de très nombreuses filles : « J'ai parlé à tes parents et nous sommes d'accord pour penser qu'il vaudrait beaucoup mieux pour l'enfant qu'elle soit adoptée. Son père ne veut pas d'elle, ce qui signifie qu'elle serait toute sa vie un objet de dérision. Désires-tu vraiment que, pendant toute son existence, elle soit rejetée par la société et par ses semblables, qu'elle paie en permanence pour les péchés que tu as commis ?

Tu n'as aucun moyen de subvenir à ses besoins. Vous finiriez toutes les deux à la rue. »

À travers mes larmes, j'ai essayé de lui dire que je regrettais et je l'ai supplié de ne pas me prendre mon bébé. Mère Carlin m'a crié de ne plus l'interrompre. Père Benjamin m'a une nouvelle fois demandé si je voulais que mon enfant paie pour mes péchés. Et puis, il s'est mis à insister et insister encore. Il cherchait à me saper le moral ; il disait que je n'avais rien à lui offrir, que mes parents ne voulaient plus me reprendre, qu'elle aurait une bien meilleure vie sans moi. Qu'elle grandirait dans un bon foyer catholique, avec une mère et un père aimants. J'ai répété que je voulais la garder, que c'était ma fille. Je les ai suppliés.

La dame inconnue est alors venue s'asseoir près de moi. Elle m'a pris la main en m'expliquant qu'elle s'appelait Helena. Elle a dit qu'il fallait que je signe les papiers d'adoption pour Rose, que c'était un bébé magnifique et qu'ils n'auraient aucun mal à lui trouver une gentille famille. Je l'ai suppliée d'entrer en contact avec toi. Je lui ai donné ton nom, mais mère Carlin a dit qu'on t'avait déjà prévenu pour le bébé et que cela ne t'intéressait pas. Elle souriait en disant ça : un sourire que je n'oublierai jamais. Mme Cannon m'a mis un stylo dans la main en m'assurant que c'était mieux pour Rose.

J'ai répondu que je ne signerais jamais. Alors, mère Carlin m'a frappée si fort que j'ai piqué une crise de nerfs et je lui ai crié d'aller en enfer. Père Benjamin et Mme Cannon sont sortis et, pendant l'heure qui a suivi, mère Carlin s'est acharnée à coups de ciseaux. Elle a coupé la seule chose dont j'étais encore un peu fière, mes longs cheveux roux et, à chaque mèche qu'elle m'enlevait, elle faisait bien en sorte de m'érafler le crâne avec la pointe des ciseaux si bien que le sang me coulait partout sur le visage. Puis elle a annoncé que si ça ne tenait qu'à elle, elle ferait en sorte que je ne quitte plus jamais St. Margaret. Que les petites traînées comme moi ne savaient que s'attirer des ennuis et que si je ne signais pas les papiers, elle recommanderait à mes parents de me faire interner dans un asile.

Après m'avoir rasé la tête, elle m'a frappée à coups de ceinture, puis elle a ouvert une trappe dans le sol et elle m'a forcée à me coucher dans une sorte de trou sous le plancher juste assez grand pour que j'y tienne allongée. Je me suis mise à hurler, à la supplier, mais elle a refermé la trappe sur moi et elle l'a verrouillée. Allongée dans le noir, j'ai entendu ses chaussures claquer sur le plancher. Elle a éteint la lumière et fermé la porte du bureau.

Elle m'a laissée là-dedans pendant quatorze heures, sans boire ni manger, dans cet espace si petit que je ne pouvais pas lever la main pour me gratter le nez. C'était comme si on m'avait enterrée vivante. Je me suis mise à paniquer. Je hurlais, je donnais des coups de pied, je poussais comme une folle sur la trappe, jusqu'à ce que je comprenne que tous mes efforts ne servaient à rien. Alors, je me suis mise à respirer très, très vite, c'était plus fort que moi, et plus j'avalais de l'air, plus j'avais l'impression de suffoquer. J'ai commencé à avoir des vertiges, tout tournait autour de moi, alors que je ne pouvais toujours pas bouger dans cette espèce de cercueil. Plus je paniquais et moins j'arrivais à respirer. L'air était une chose molle et brûlante, un mélange de vernis *à parquet et d'humidité moisie. Heureusement, au bout d'un moment, j'ai pensé à Rose et ça m'a permis de me calmer. Ses petits doigts, son nez tout mignon, ses yeux bleus, ses quelques cheveux roux... Petit à petit, ma respiration est redevenue normale et les heures ont passé.*

Ça a été la plus longue nuit de ma vie. Je ne sais pas comment je suis arrivée au bout. Quelque chose en moi est mort cette nuit-là. Pour la première fois depuis sa naissance, je n'ai pas pu entendre les pleurs de Rose.

Au matin, mère Carlin est revenue, elle m'a demandé ce que je préférais : signer les papiers ou rester un jour de plus dans ce trou. Je lui ai dit que je ne signerais pas. Sans un mot, elle a refermé la trappe.

Quand elle est revenue ce soir-là, j'étais en train de suffoquer. J'avais tellement soif que ma gorge me brûlait. J'avais les ongles en sang à force de griffer la trappe.

Quand elle a ouvert, elle a tout de suite annoncé qu'ils arrêteraient de nourrir Rose et que ce serait ma faute. Alors, j'ai signé en me jurant dans ma tête qu'un jour je retrouverai ma Rose. Un jour, j'arriverai à m'échapper et je ferai en sorte qu'elle sache à quel point je l'aime.

Je ne pourrai plus vivre dans cet enfer s'ils me l'enlèvent. Je ne sais pas pourquoi tu m'ignores ainsi – pourquoi tu nous ignores – et je me moque bien maintenant de ce que tu penses de moi. Mais tu as le devoir de nous libérer de cette prison, car c'est toi – en partie – qui nous y as mises. Et tu es notre seul moyen d'en sortir.

Avec tout mon amour,

Ton Ivy

Repoussant papier et crayon sous l'oreiller, Ivy entendit la respiration régulière de sa voisine. Elle s'était enfin endormie.

Soudain, elle repensa à la fillette aux yeux sombres qui était arrivée au lavoir aujourd'hui. Elle avait été horrifiée. Elle avait déjà vu des filles d'à peine treize ans à St. Margaret, mais celle-ci, avec sa chasuble qui traînait par terre, ne devait pas avoir plus de six ou sept ans.

Alors, elle avait pris une décision : si elle restait ici, incapable de faire quoi que ce soit pour elle-même ou pour Rose, elle ferait tout pour protéger cette gamine. Elle défierait les sœurs en faisant ce qu'elles détestaient le plus : donner de l'amour à une enfant brisée.

Quand le soleil se leva, Ivy s'endormit enfin. Elle rêva qu'elle était assise sur les épaules de son père qui lui tenait solidement les pieds tandis qu'il marchait de son pas si long. Elle était heureuse. Elle souriait à tous ceux qu'elle croisait, installée là-haut au sommet de sa tour invincible, tandis que le vent venu de la mer jouait dans ses longs cheveux roux.

28

Mercredi 3 avril 1957

Ivy leva les yeux de la presse à draps. La petite fille qu'elle n'avait plus vue depuis plusieurs semaines se tenait sur le seuil de la porte. À l'époque, on l'avait juchée sur un tabouret devant un bac pour qu'elle puisse l'atteindre. Elle ne devait pas avoir plus de sept ans, pensait-elle, avec des petits traits fragiles, des cheveux noirs et une peau jaunâtre qui semblait n'avoir jamais connu le soleil. Au bout de quelques jours, elle avait disparu. Ivy n'avait aucune idée de ce qu'il lui était arrivé, mais elle priait pour elle tous les soirs. Et voilà qu'elle réapparaissait, plus pâle que jamais.

Elle regardait la grande pièce autour d'elle avec des yeux ronds, les mains nouées devant elle. Sa chasuble brune pendait sur son corps maigre comme sur un cintre ; seuls ses minuscules chevilles et ses petits pieds dans leurs sandales étaient visibles.

Ivy vit sœur Faith et mère Carlin en train de discuter et baissa les yeux dès qu'elles hochèrent la tête dans sa direction. Elle redoubla d'activité, retirant les draps bouillants de la presse avec l'aide de Patricia, les étirant avant de les plier pour les préparer pour le séchage. Elle se raidit en entendant la mère supérieure approcher, sentant qu'elle était soumise à un examen impitoyable. Ses doigts perdirent de leur assurance tandis que les grosses presses sifflaient et projetaient leurs vapeurs brûlantes, tels des dragons de métal.

— Mary.

Elle sentit le souffle de mère Carlin sur sa nuque.

— Oui, ma mère.

Elle arrêta tout ce qu'elle faisait.

— Tu vas mettre cette enfant à la tâche. Elle portera les draps au séchage, ce qui vous permettra à vous, les filles, de ne pas arrêter votre travail ici. À la fin de la journée, elle descendra au repassage pour trier le linge. Demande à sœur Andrews de te montrer où c'est.

— Oui, ma mère, répéta Ivy en remarquant qu'instinctivement la fillette s'écartait de la religieuse pour se rapprocher d'elle.

— Elle a le diable en elle, ajouta mère Carlin comme si elle était en train de mâcher un fruit gâté. Si tu n'arrives pas à t'occuper d'elle, je trouverai quelqu'un qui saura s'y prendre. Maintenant, au travail, aboya-t-elle en direction de la petite fille qui hocha la tête à plusieurs reprises, effrayée.

Ivy était consciente que Patricia aurait beaucoup de mal à effectuer leur tâche commune à elle toute seule. Dès que mère Carlin repartit, elle se retourna juste à temps pour attraper l'immense drap avant qu'il ne tombe par terre, auquel cas elles recevraient toutes les deux une correction. Elle poussa un petit cri quand le coton bouilli lui brûla la peau.

La petite fille leva les yeux et se précipita pour écarter le tissu brûlant de son bras nu. Ivy la remercia d'un signe, et un minuscule sourire apparut au coin des lèvres de la gamine.

Elle ne quitta pas des yeux Ivy et Patricia pendant qu'elles pliaient les draps humides et les ajoutaient à la pile sur une table à tréteaux. Ivy jeta un coup d'œil vers sœur Faith, s'assurant qu'elle continuait à repriser dans son coin, avant de regarder la fillette. En dépit de la négligence évidente dont elle avait fait l'objet, elle était belle avec de longs cils et des yeux marron au regard profond. Une étrange intensité émanait d'elle et elle se tenait bien droite, la tête haute, observant intensément le moindre geste d'Ivy comme si sa vie en dépendait.

Pour quelles raisons se trouvait-elle ici ? Était-elle l'enfant d'une des mères qui étaient passées à St. Margaret ou bien l'avait-on trouvée dans la rue ? Elle était très sale, avec des traînées noirâtres incrustées sous les ongles et de la crasse qui semblait s'être glissée sous la peau au creux des coudes. Ses bras maigres étaient couverts de bleus et, à un endroit, des bandages jaunâtres dépassaient de sa chasuble sans manches ; ils étaient maculés de petites taches de sang séché. En les découvrant, Ivy songea aux œufs de moineaux que son père trouvait parfois dans un nid sur le chêne du jardin.

La responsabilité qui venait de lui être confiée l'effrayait. Le travail au lavoir était déjà très dur pour une femme de vingt ans. Pour une enfant, il serait terrible. La journée commençait à six heures et se terminait à huit heures du soir, avec seulement deux courtes pauses pour avaler des repas si misérables que votre ventre grondait davantage après avoir mangé qu'avant. La plus jeune des filles qui travaillait ici avait quatorze ans et elle avait beaucoup de mal à manipuler le linge mouillé si lourd, à supporter la chaleur intense et la répétition des efforts. Exiger un tel labeur d'une enfant aussi frêle semblait insensé.

Ivy appuya sur le bouton pour arrêter la presse et, avec Patricia, se mit à charger les draps pliés sur un chariot. Elle réfléchissait pour trouver un moyen de faciliter la tâche de la fillette. Il lui serait impossible de pousser ce lourd chariot à travers le lavoir puis tout le long du couloir jusqu'à la salle de séchage. L'engin était vieux et rouillé, les roulettes se coinçaient en permanence et la poignée en bois rugueux était couverte d'échardes. Une fois là-bas, chaque drap trempé devait être soigneusement suspendu sur des rails maintenus par un cadre qu'il fallait ensuite hisser jusqu'au plafond. Ivy examina la petite fille, sachant déjà que ce serait très difficile pour elle.

Elle se mit à pousser le chariot, faisant signe à la gamine de la suivre, ce qu'elle fit sans rechigner. Alors qu'elles passaient devant les bacs où s'échinaient des douzaines de filles silencieuses, la petite observait Ivy, notant comment elle s'y prenait pour corriger la course du chariot. Quand elles arrivèrent à la porte, sœur Faith tendit un gros trousseau de clés à sœur Andrews.

— Dépêchez-vous ! brailla cette dernière tandis qu'Ivy ouvrait la porte pour pousser l'énorme chariot dans le couloir.

Elle effectua le mouvement très lentement afin de s'assurer que la petite fille voie comment il fallait s'y prendre en raison de la légère différence de niveau entre le lavoir et le corridor. Toutes deux savaient que le moindre échec leur vaudrait une punition. L'enfant semblait lire dans son esprit. *Observe et retiens tout*, la supplia Ivy du regard. La fillette hocha la tête pour lui montrer qu'elle comprenait.

Devant elles, sœur Andrews marchait déjà en direction du séchoir ; elle ouvrit la porte avec une grosse clé en fer et resta postée devant l'entrée. Le chariot branlant grondait et tressautait sur les dalles noires et blanches, ses roulettes couinant sous la charge. Elles avançaient en silence, Ivy tentant de se dépêcher tout en veillant à ne pas cogner les murs. Quand elles arrivèrent au niveau de la porte, elle montra à nouveau comment faire tourner l'engin, tendant la poignée à la petite fille pour qu'elle puisse essayer. Il avait fallu à Ivy plusieurs tentatives pour y arriver, mais la gamine réussit la manœuvre dès la deuxième fois et, poussant de ses deux bras, parvint à franchir le seuil pour pénétrer dans la salle. Dès qu'elles furent à l'intérieur, sœur Andrews verrouilla la porte derrière elles, les enfermant.

Ivy leva les yeux. Des centaines de draps étaient suspendus aux douze portants au-dessus d'elles, tels des fantômes blafards. Elle traversa vivement la pièce vers le dernier d'entre eux qui était encore vide. Dénouant la corde qui permettait de l'abaisser, elle le descendit le plus vite possible, mais sans la laisser filer. Elle se tourna vers le chariot. Sans personne pour les surveiller pour la première fois, elle s'accroupit devant la petite fille.

— Il faut les étaler bien droit, sinon il y aura des plis que même les presses à repasser ne pourront pas enlever. Et il faudra que tu travailles vite, dit-elle en plaçant le premier drap sur un des rails. Tu devras être de retour au lavoir avant que nous ayons préparé suffisamment de draps pour remplir le chariot.

La fillette acquiesça, sans rien dire, mais entreprit de l'aider pour étendre les autres draps sur les rails de bois, veillant bien à les étirer pour faire disparaître le moindre pli. Ivy la regarda. La fille était vive et visiblement intelligente, reproduisant fidèlement chacun de ses gestes pour être sûre de ne pas se tromper. Ivy avait tant de questions à lui poser, mais elle se retenait de peur de la troubler. Finalement, elle en trouva une qu'elle jugea assez inoffensive :

— Comment t'appelles-tu ? demanda-t-elle en souriant gentiment.

— Elvira.

— Je suis ravie de te rencontrer, Elvira. Je m'appelle Ivy, mais ici il vaut mieux que tu dises Mary. Mère Carlin refuse qu'on utilise mon vrai nom. Je reviendrai t'aider à descendre les draps secs. Ensuite, il faudra les replier pour les envoyer à la salle de repassage par ce toboggan.

Ivy montra une petite trappe en métal sur le mur.

La petite fille hocha à nouveau la tête et Ivy commença à repousser le chariot vers l'étroite porte qui donnait dans le couloir.

— Quel âge as-tu, Elvira ?

Avant qu'elle ne puisse répondre, un déclic retentit et la porte s'ouvrit brusquement. Les joues d'Elvira redevinrent livides.

— Mais où vous croyez-vous, par tous les saints ? s'exclama sœur Andrews, rouge de colère.

Voulez-vous que je dise à mère Carlin que vous papotez pendant que les autres doivent faire votre travail ?

— Non, ma sœur. Pardonnez-nous, ma sœur, dit Ivy en poussant le chariot pendant qu'Elvira trottinait derrière elle comme une souris terrifiée. Mère Carlin veut que la fille voie la salle de repassage pour qu'elle sache où c'est. Elle doit s'y rendre à la fin de chaque journée.

Sœur Andrews émit un long soupir en les dévisageant l'une après l'autre. Puis elle se dirigea vers le bout du couloir où les attendait un escalier très sombre. Elle actionna un interrupteur. Une lumière blafarde éclaira les marches. La nonne se mit à descendre, ses talons claquant d'une façon sinistre.

Ivy fit signe à Elvira de bien se tenir à la rampe. Au pied de l'escalier, sœur Andrews sortit à nouveau son trousseau de clés pour déverrouiller une lourde porte en chêne. Une bouffée d'air brûlant leur sauta au visage. Instinctivement, Elvira saisit la main d'Ivy alors qu'elles pénétraient dans la salle étouffante et sans air. Devant chaque presse à repasser, de la taille d'une grande table de cuisine, se tenait une fille en chasuble. Toutes avaient le visage écarlate, luisant de sueur. Avec leur ventre énorme, elles avaient beaucoup de mal à abaisser et à remonter les lourdes plaques de métal brûlant sur les draps.

Sœur Andrews s'arrêta devant un grand bac en fer devant un mur.

— C'est par ce toboggan qu'arrivent les draps depuis le séchoir. À la fin de chaque journée, quand la cloche sonnera, tu viendras les récupérer ici.

Elle montra l'immense panier en osier monté sur roues à l'autre bout de la salle.

— Tu répartiras les draps sur les presses, le même nombre sur chacune, pour que les filles les trouvent en arrivant le lendemain matin. Je n'ai pas besoin de te dire ce qu'il se passera si le travail n'est pas bien fait, mon enfant ?

— Non, ma sœur, murmura Elvira d'une voix à peine audible.

— Alors, laisse le chariot près de la porte, dit Ivy.

— Laquelle ? interrogea Elvira, regardant celle étroite au bout de la pièce puis une autre plus grande sur le mur opposé.

Sœur Andrews la gifla.

— Tu ne parleras que quand on t'y autorisera, aboya-t-elle. Cette porte noire là-bas. Ne va pas embrouiller ta petite tête avec les autres portes. Je me demande si on n'aurait pas dû te mettre dans le dortoir des mongoliens. Eh bien, réponds, gamine.

Elle s'approcha d'elle et Elvira eut un mouvement de recul.

— Non, ma sœur, parvint-elle à articuler.

Ivy regarda la petite porte qui, disait-on, conduisait à des souterrains. Elle n'avait jamais vu personne l'emprunter et, selon Patricia, c'était très bien comme ça. Mieux valait éviter de savoir ce qu'il y avait derrière. Certaines rumeurs parlaient d'un tunnel qui menait à la fosse septique et au cimetière… et qui puait la mort.

Pendant le restant de la journée, Elvira travailla avec diligence et méthode, effectuant ses tâches exactement comme Ivy les lui montrait. À tout instant, Ivy s'attendait à la voir flancher, à ce que la fatigue la rattrape ou qu'elle se plaigne des ampoules sur ses mains, des douleurs aux reins. Mais les plaintes ne vinrent jamais et, à la fin de la première semaine, elle semblait capable d'assurer une tâche qui avait paru insurmontable pour une enfant. Bien sûr, dès que les sœurs avaient le dos tourné, Ivy l'aidait et, loin de l'accabler, cette surcharge de travail lui faisait du bien. Pour la première fois depuis longtemps, elle ne pensait plus seulement à elle-même.

L'enfant était discrète et prudente dans ses réponses, mais, en lui soutirant gentiment quelques informations lors de leurs précieuses minutes ensemble à la fin de la journée dans le séchoir, Ivy comprit progressivement qu'Elvira avait six ans, bientôt sept, et qu'elle dormait dans une pièce à part au grenier. Qu'elle avait été adoptée pendant les six premières années de son existence, mais qu'elle avait ensuite été renvoyée à St. Margaret parce qu'elle « avait fait quelque chose de mal ». Elle refusait de dire de quoi il s'agissait et Ivy n'insistait qu'avec la plus grande prudence, répétant dans sa tête les questions qu'elle mourait d'envie de poser avant de les formuler. Elle sentait comme une ligne invisible qu'Elvira avait très peur de franchir. Quand Ivy l'interrogeait sur le bandage maculé de sang sur son bras ou lui demandait s'il y avait d'autres enfants avec elle au grenier ou encore si elle avait assez à manger, les mains de la fillette se mettaient à trembler et elle gardait obstinément les lèvres serrées.

Après plusieurs tentatives pour en savoir davantage et voyant chaque fois Elvira retenir ses larmes, Ivy finit par renoncer et se mit à parler d'autre chose. Des sujets qui leur permettaient de quitter St. Margaret pour retourner dans le monde qui leur manquait tant à toutes les deux. Comme ce serait fantastique de courir dans un grand champ au beau milieu de l'été, de poser un panier de pique-nique sur l'herbe verte pour s'asseoir au soleil en mangeant leurs plats préférés. Du pain avec du fromage, de bonnes grosses tourtes au porc, des petits pains au lait avec de la confiture, et des pommes bien rouges.

Et puis, un matin, Elvira ne vint pas au lavoir.

Ivy passa la journée à paniquer, priant le ciel pour que la fillette ait été envoyée dans une gentille famille, mais redoutant, pour une raison quelconque, un sort plus sinistre. Elle supplia Patricia d'aller vérifier à l'infirmerie, mais Elvira n'y était pas.

Comme la fois précédente, Elvira disparut un mois entier pendant lequel Ivy ne pensa qu'à elle. Comme si, accablée par son chagrin pour Rose, cette petite fille n'avait été que le fruit de son imagination.

Et puis, aussi soudainement qu'elle avait disparu, elle fut de nouveau là.

Elle avait été très malade, expliqua-t-elle à voix basse à Ivy dans le séchoir. Comme chaque fois que les docteurs venaient leur faire leurs injections.

— Nous devons tous veiller les uns sur les autres, ajouta-t-elle.

— Qui ça, tous ? s'enquit Ivy en lui caressant les cheveux.

— Les enfants du grenier.

29

Lundi 6 février 2017

Dès qu'elles étaient entrées dans l'appartement, Kitty avait disparu dans la cuisine pour préparer un thé. Sam en avait profité pour appeler Nana. Sans être totalement remise, Emma allait mieux.

— Quelque chose ne va pas, Nana ? Tu as une drôle de voix.

— Je vais bien, ma chérie, je suis juste un peu fatiguée.

— Je vais me faire porter malade aujourd'hui, comme ça je pourrai venir bientôt, d'accord ? proposa gentiment Sam.

— Je ne veux pas que tu fasses une chose pareille, ma chérie. Ça pourrait te valoir des ennuis.

— Ce n'est pas grave, Nana. Tu as l'air épuisée. Je m'inquiète pour toi. Mais je ne suis pas tout près. Il va falloir que je prenne un train et ensuite que je récupère ma voiture, mais j'arriverai le plus tôt possible. Avec un peu de chance, vers onze heures. Emma est malade. Il faut que je sois là.

— D'accord, je t'aime, mon cœur, et ne te fais pas de souci pour nous.

— Je t'aime aussi, Nana. À tout à l'heure.

— Tu as lu la dernière lettre d'Ivy ? ajouta Nana au moment où Sam allait raccrocher.

Sa voix avait changé. Décidément, cette histoire semblait l'affecter, elle aussi. Mais il s'était passé tant de choses depuis hier soir que Sam n'avait pas encore eu le temps de la lire.

Dès l'appel terminé, Sam avait récupéré le petit paquet de lettres dans son sac, dénoué le ruban rouge et ouvert l'enveloppe en question. Elle avait lu très vite, consciente que Kitty pouvait revenir d'une seconde à l'autre. La lettre était aussi déchirante que les précédentes et faisait mention d'une certaine Helena Cannon qui s'occupait des adoptions à St. Margaret. Le cœur de Sam s'arrêta de battre en découvrant ce nom. Cannon. Pouvait-il s'agir de la mère de Kitty ? Une recherche rapide sur Google lui apprit que celle-ci s'appelait bien Helena et qu'elle était morte de façon soudaine et inattendue pendant une dialyse à l'hôpital.

— Tout va bien ? demanda Kitty, apparaissant derrière elle avec un mug de thé fumant qu'elle lui tendit.

Sam lui sourit en rangeant portable et lettres dans son sac.

— Oui, merci. Et merci pour le thé, dit-elle en parcourant la pièce du regard.

C'était un grand appartement moderne avec d'immenses baies vitrées qui donnaient sur la Tamise. L'atmosphère était adoucie par de lourds rideaux, des tapis gigantesques et de chaudes lumières disséminées par-ci, par-là. Une tapisserie encadrée était suspendue au-dessus d'un bureau, dans un coin. Une inscription y était brodée :

Il connaît le nombre de cheveux que tu as sur la tête. N'aie pas peur.

Soudain, Sam se sentit très faible. Elle ne savait plus quand elle avait mangé pour la dernière fois et ses paupières étaient lourdes. Elle chercha autour d'elle un endroit où s'asseoir. Tout dans cet appartement était si impeccable, si net, qu'elle avait l'impression de se trouver dans la vitrine d'un grand magasin. Si elle s'installait sur un de ces fauteuils immaculés, elle risquait de le salir.

— Asseyez-vous, Samantha, dit Kitty en montrant le canapé où elle avait déjà pris place. Vous êtes un peu pâle. Détendez-vous, faites comme chez vous.

— Merci.

Elles restèrent un moment silencieuses, Sam essayant de se ressaisir. Elle se sentait assez mal à l'aise, sans vraiment en comprendre la raison. *Faites comme chez vous.* Mais cette pièce était vide de tout objet superflu, sans la moindre photo, ni aucun souvenir. Elle était entrée dans des centaines de foyers lors de ses reportages, avait découvert l'intimité de toutes sortes de personnes et jamais elle n'avait eu une impression semblable. Tout ici était parfaitement harmonieux, mais rien, absolument rien, n'était personnel. Elle chercha autour d'elle une photo de Kitty avec de la famille ou des amis, en vain. Tout était superbe, bien sûr, aussi superbe que Kitty elle-même, mais ça se limitait à cela. Inutile de chercher ici une trace d'Helena Cannon.

— C'était votre grand-mère au téléphone ?

Kitty la regardait avec une intensité qui la gêna.

— Oui, répondit Sam avant de boire une gorgée de thé.

Cela dit, pas étonnant qu'elle se sente gênée : elle était assise dans le salon de Kitty Cannon après l'avoir ramassée dans un cimetière au beau milieu de la nuit. Comme si cela ne suffisait pas, elle passait son temps à essayer de rassembler des éléments pour un article dont son patron ne voulait pas.

— Ma fille et moi vivons chez elle, reprit-elle. Elle est très gentille avec nous. Je serais perdue sans elle.

— Vous semblez très proches. Votre mère vit-elle elle aussi avec vous ?

Ne sachant que répondre, Sam baissa les yeux.

— Désolée, je ne voulais pas me montrer indiscrète.

— Non, ce n'est rien..., fit Sam.

Elle n'avait guère envie de parler de sa mère et encore moins de Nana. Ni de penser à Emma et à quel point elle était loin d'elles, de leur appartement si chaleureux et si mal rangé.

— Cela me paraît assez normal que vous vouliez me connaître, reprit-elle. Après tout, ces deux derniers jours, je n'ai cessé de faire des recherches sur vous.

Kitty sourit. Ses dents étaient parfaitement blanches et régulières. Sam essayait de ne pas la dévorer des yeux, mais cette femme renvoyait une image d'une perfection assez irréelle. Elle avait largement dépassé la soixantaine, elle était même plus vieille que Nana, mais, contrairement à sa grand-mère, elle n'avait pratiquement aucune ride, sa peau était aussi lisse que les fesses d'Emma. Ses ongles étaient impeccables et son maquillage, qui n'avait pas souffert de sa nuit passée dans un taxi et dans un cimetière, mettait en valeur la régularité de ses traits. On avait envie de la toucher pour s'assurer qu'elle n'était pas un hologramme.

Recherchant sa chaleur, elle serra son mug entre ses mains.

— Ma mère est morte quand j'avais douze ans. C'était une alcoolique. Avant cela, j'ignorais même que j'avais une grand-mère. Elles ne se fréquentaient pas. Mon histoire familiale est, disons, assez pittoresque. Je crois que ces lettres ont touché quelque chose au plus profond de nous deux.

— Puis-je les voir ? Les lettres ? s'enquit Kitty.

Pour des raisons qui lui échappaient, cette demande troubla Sam. Elle hésita avant de les sortir de son sac.

— Elles ont été écrites par une certaine Ivy qui a eu un bébé à St. Margaret et a été forcée de l'abandonner. Ces lettres seraient émouvantes pour n'importe qui, mais Nana, ma grand-mère, a été adoptée et n'a jamais connu sa mère, donc j'imagine qu'elles le sont encore plus pour elle.

— Je suis convaincue que, si on arrache un bébé à sa mère, les conséquences peuvent s'en ressentir sur plusieurs générations, dit Kitty en lui prenant les lettres. Elles ont l'air très anciennes. Où les avez-vous eues ?

— Mon grand-père était antiquaire et Nana les a trouvées parmi ses affaires après sa mort… Quelqu'un les avait sans doute oubliées dans un vieux meuble qu'il avait acheté. Je crois, reprit Sam après une hésitation, avoir rencontré une parente d'Ivy, mais j'ignore comment la retrouver.

Kitty leva aussitôt les yeux de la lettre qu'elle parcourait.

— Comment cela ?

— Je suis allée au service funéraire en l'honneur du père Benjamin et il y avait là une très vieille dame. Je ne sais pas pourquoi, je suis sûre de l'avoir déjà vue. Elle a posé cette photo sur le cercueil du père Benjamin.

Sam sortit la photo d'Ivy de son sac pour la montrer à Kitty.

Dès que celle-ci la regarda, ses mains se mirent à trembler. Elle semblait en transe.

— Vous allez bien ? demanda Sam, surprise par une telle réaction. Vous la connaissez ?

Kitty secoua lentement la tête.

— Non, pas du tout. C'est juste... Je crois que c'est le fait de ne pas avoir dormi de la nuit.

Elle voulut poser sa tasse, mais calcula mal son geste et son thé se renversa sur un coussin.

— Merde, fit Sam en cherchant quelque chose autour d'elle pour éponger.

— Vous voulez bien m'excuser une seconde ? dit Kitty en reposant la photo pour s'emparer du coussin.

— Bien sûr. Ça va ?

Mais Kitty, déjà debout, ne répondit pas. Elle quitta la pièce.

Sam sortit son téléphone. Fred décrocha au bout de plusieurs sonneries.

— Fred, c'est moi, ça va ?

— Très bien. Au fait, j'ai oublié de te le dire hier soir. Une certaine Jane Connors a appelé.

Elle voulait ton adresse. Pour t'écrire une lettre de remerciements, apparemment.

— Jane Connors ? La Jane Connors que j'ai vue samedi ?

— Ouais, celle qui vit à côté d'une sorcière. Comment tu vas, au fait ? s'enquit Fred.

— Ça va, même si je n'ai pas fermé l'œil de la nuit et que c'est aujourd'hui le dernier jour. St. Margaret sera détruit demain et, pour utiliser une métaphore qui t'est familière, j'ai encore une montagne à gravir. Je crois que je vais me faire porter pâle, ce qui va ravir Murray.

Sam avait sorti son carnet de notes qu'elle feuilletait. Depuis qu'elle avait lu la dernière lettre, un autre nom la hantait ; Ivy l'avait mentionné à plusieurs reprises : le Dr Jacobson. C'était lui qui l'avait adressée au père Benjamin quand sa grossesse avait été découverte et il avait aussi été présent à St. Margaret lors de l'accouchement.

— Fred, tu pourrais me rendre un service et voir ce que tu peux trouver sur un certain Dr Jacobson, et aussi sur Helena Cannon. Ils ont dû habiter Preston, je pense.

Sam leva les yeux : Kitty revenait dans la pièce.

— Pas de souci, dit Fred. Ah, tu te rappelles le footballeur sur lequel tu voulais des infos ? Le seul type qui a joué pour Brighton et qui est décédé de façon assez soudaine s'appelle Alistair Henderson. Mais c'était à la suite d'une crise d'asthme, donc je ne sais pas si on peut parler de mort suspecte.

Sam l'entendait taper sur son clavier.

— Intéressant, merci, dit-elle en inscrivant *Alistair Henderson* sur son carnet.

— Ce n'est pas tout, dit Fred. À l'époque, il était fiancé à Kitty Cannon.

— Quoi ?

Sam fixa Kitty qui s'activait dans la pièce, ouvrant des rideaux, allumant des lampes, tout en lui jetant un coup d'œil de temps à autre. Quelque chose chez elle la mettait mal à l'aise. Elle ne se comportait pas comme une vieille femme de plus de soixante ans qui avait passé une partie de la nuit à errer dans un cimetière abandonné où elle était quasiment tombée dans les pommes. Ce matin, elle semblait calme, posée et nullement ébranlée ou fatiguée.

— Ouais, c'était en mars 1969, donc elle avait quoi, dix-huit, dix-neuf ans ? Ça a dû être dur pour elle de perdre si jeune l'homme qu'elle aimait et ça explique peut-être pourquoi elle ne s'est jamais mariée et n'a jamais eu d'enfants. Tu n'auras qu'à le lui demander la prochaine fois que tu la verras, conclut Fred en rigolant.

— Je n'y manquerai pas, dit Sam. Merci, appelle-moi si tu trouves quelque chose.

Elle mit un terme à la communication avant de se tourner vers Kitty qui avait repris place sur le canapé.

— Puis-je vous demander quelque chose, Kitty ?

— Bien sûr.

— Savez-vous si votre mère a, hum… travaillé pour St. Margaret ?

Kitty détourna les yeux et commença à jouer avec l'ourlet d'une couverture posée à côté d'elle.

— Oui, elle a travaillé là-bas. Mais Helena Cannon n'était pas ma mère biologique.

Sam dut faire appel à tout son sang-froid pour ne pas réagir à cette annonce. Elle se figea sans rien dire, de peur de briser l'instant si elle parlait ou bougeait. Et puis, songea-t-elle, Kitty lui offrait un exemple assez formidable : impassible, gracieuse, assise bien droite, elle donnait l'impression de peser chacun de ses mots avant de les prononcer. Le résultat étant que, quand elle parlait, vous vous sentiez forcé d'écouter.

— J'ai une sœur jumelle, dit Kitty. Elle s'appelle Elvira. Je crois que mon père a eu une liaison et que nous sommes les filles de sa maîtresse. Elle nous a donné naissance à St. Margaret. Cette femme dont j'ignore tout est morte en couches, mais il n'existe plus aucune archive pour le prouver. Ils ont dit à mon père que ma sœur était handicapée mentale, ce qui était faux. Elvira a été adoptée, mais, au bout de six ans, sa famille « d'accueil » l'a ramenée à St. Margaret où elle a connu une existence misérable, pour autant que je puisse le savoir.

Assise tout au bord du canapé, Kitty semblait pétrifiée dans un équilibre très précaire. Sam fit un effort pour respirer calmement.

— Bien sûr, reprit Kitty, je ne savais rien de tout cela. J'ai passé une enfance assez heureuse dans le Sussex, en tant que fille unique. C'était surtout mon père qui s'occupait de moi, car Helena, la femme que je prenais pour ma mère, était très malade – les reins – et passait l'essentiel de son temps à l'hôpital.

Sam loucha vers son carnet où elle aurait bien aimé noter tout cela, ce qu'elle n'osait pas faire de peur de l'interrompre.

— Et puis, un jour – un dimanche de février 1959 –, je suis allée à l'église à Preston qui se trouve à huit cents mètres à peine de St. Margaret. J'avais huit ans et j'étais seule parce que mon père passait la journée à l'hôpital auprès d'Helena. Après la messe, alors que je sortais de l'église après tous les autres, j'ai vu une petite fille cachée derrière une tombe qui me faisait signe en prenant soin de ne pas être vue. J'ai hésité, mais finalement je suis allée la rejoindre…

Kitty s'interrompit.

— C'était moi, en plus maigre et en plus sale, mais nous étions identiques. J'avais l'impression de me voir dans un miroir.

— Mon Dieu, dit Sam, incapable de se retenir. C'est incroyable. Qu'avez-vous fait ?

Kitty secoua la tête.

— Elle était frigorifiée. Cela faisait des heures qu'elle m'attendait dans ce cimetière. Et elle était surtout terrifiée, chuchotant sans cesse qu'il fallait que nous nous cachions. Elle m'a prise par la main pour me conduire dans une remise. Elle portait une grande robe marron sans manches et des sandales. Il avait neigé. Je lui ai donné mon manteau et je l'ai suppliée de venir avec moi chez mon père, mais elle a refusé. Il est difficile de décrire son état. Elle venait de s'échapper de St. Margaret et elle était tétanisée de terreur.

« Je suis restée avec elle dans la remise pendant deux heures. La nuit était tombée. Je voulais aller chercher mon père, notre père. Je lui disais qu'il la ramènerait chez nous, mais elle est devenue hystérique à cause de tous ceux qui devaient être en train de la chercher partout. Elle n'arrêtait pas de répéter que si on la retrouvait, on la ramènerait à St. Margaret et on la tuerait.

— Quelle horreur, dit Sam. Est-il vraiment possible de « rendre » un enfant qu'on a adopté ?

Kitty resta parfaitement impassible, indéchiffrable.

— À cette époque, sûrement. Un moment après ce que je viens de vous raconter, le père Benjamin est venu un soir chez nous. Il voulait parler à mon père. Je me suis cachée dans l'escalier pour les écouter et je l'ai entendu dire que le couple qui avait adopté Elvira avait fini par avoir un bébé et qu'elle avait très mal réagi.

Sam secoua la tête.

— Et donc, ils l'ont juste abandonnée ? Des gens charmants.

— Dans la remise, j'ai eu le temps de demander à Elvira pourquoi, selon elle, ces gens l'avaient ramenée au foyer, continua Kitty. Elle a répondu que c'était parce qu'elle avait fait quelque chose de mal. J'avais huit ans. Vous imaginez bien à quel point j'étais bouleversée… hébétée. Je venais de rencontrer ma sœur jumelle dont j'ignorais l'existence. Finalement, j'ai à nouveau proposé d'aller chercher de l'aide en lui jurant que je reviendrai. Elle m'a suppliée de ne pas partir, elle a même essayé de me retenir, mais je lui ai promis que tout irait bien et puis je me suis mise à courir dans le noir.

Kitty se leva pour aller se poster devant la fenêtre, les bras serrés autour d'elle-même.

— Avez-vous trouvé votre père ?

Sam remua un peu les jambes qui devenaient raides d'être restées si longtemps sans bouger.

Kitty secoua la tête.

— Je me souviens juste que j'ai couru. Mon souffle formait de petits nuages devant moi, mon cœur battait très fort. Il faisait un froid terrible, en plein mois de février. Et je n'avais plus de manteau, car je l'avais donné à ma sœur. J'étais en pleine campagne. C'est cette nuit-là que j'ai compris ce que voulait dire être dans le noir. Je n'y voyais absolument rien. Elle m'avait fait promettre de ne pas crier, mais j'étais désespérée. J'entendais des bêtes partout autour de moi. Il n'y avait pas de lune. Très vite, j'ai été frigorifiée. J'ai traversé un champ dans l'espoir de trouver une route, mais je sais à présent que je ne faisais que m'enfoncer un peu plus dans la campagne. Tout ce à quoi je pensais, c'était qu'il fallait faire vite sinon Elvira allait mourir.

— Cela a dû être terrible pour une fillette de huit ans, dit Sam.

— Je ne sais pas ce qui s'est passé exactement, mais je suis tombée dans un fossé et je me suis brisé la cheville. Je souffrais le martyre, j'étais dans l'incapacité de bouger, de me sortir de là. Toute cette nuit, je suis restée là seule, à pleurer. Quand le soleil s'est levé, j'étais en hypothermie. Mais dans mon souvenir, je ne m'inquiétais pas pour moi. Je pensais juste à ma sœur, je voyais son visage. J'avais le sentiment de l'avoir trahie.

— Sauf que vous ne l'avez pas trahie. Vous avez fait tout ce qu'il était humainement possible de faire.

Sam se leva pour rejoindre Kitty avec l'intention de lui poser la main sur le dos. Mais elle s'arrêta.

Kitty s'était retournée.

— Trois jours plus tard, je me suis réveillée à l'hôpital. J'avais failli mourir. J'étais aussi très bouleversée, bien sûr, et inquiète pour Elvira. J'ai demandé de ses nouvelles. Papa m'a dit qu'elle était morte. Il m'a aussi expliqué qu'il ignorait complètement qu'on l'avait renvoyée à St. Margaret, qu'il la croyait heureuse dans sa famille d'adoption. Toute sa vie, il a tenté de se convaincre qu'Helena était ma vraie mère.

— N'existe-t-il pas le moindre dossier sur Elvira ? D'après une des sœurs de St. Margaret, leurs archives ont été détruites, mais il est possible que certaines aient subsisté.

Revenant s'installer sur le canapé, Kitty secoua la tête.

— Elle devait faire référence aux actes de naissance et de décès que St. Margaret aurait dû transmettre à la municipalité. Mais il n'existe aucun dossier sur Elvira. La plupart des archives de cette époque auraient été détruites dans une inondation, si l'on en croit les religieuses. J'ai tout essayé, mais je n'ai retrouvé aucune trace d'elle. Elle a disparu, purement et simplement. Je n'ai jamais pleuré pour elle, Samantha, pas une seule fois. C'est comme si je n'avais jamais cru qu'elle était vraiment morte. Et maintenant, on dirait que je ne me trompais pas.

Sam écarquilla les yeux.

— Pardon ? Vous pensez qu'elle est toujours en vie ?

— Oui, elle a survécu. La fille sur le lieu de l'accident où mon père a trouvé la mort. C'était Elvira, j'en suis sûre.

— Et c'est ce seul élément qui vous fait croire qu'elle n'est pas morte ?

— Le père Benjamin a dit à mon père qu'elle a été enterrée dans le cimetière de St. Margaret, mais il n'y avait aucune trace de son corps dans le rapport d'excavation. Je n'étais pas retournée là-bas depuis ce jour. J'y suis allée hier en me disant que cela m'aiderait peut-être à comprendre ce qu'il lui était arrivé. Pour me sentir plus proche d'elle. C'est idiot, je sais, mais elle était vivante quand je l'ai quittée. Elle a peut-être été recueillie par quelqu'un.

— Qui ? demanda Sam.

— Je ne sais pas. La personne qui a écrit ces lettres, peut-être, dit Kitty en les désignant. Vous avez dit vous-même que les personnes dont Ivy parlait, celles qui avaient un rapport avec St. Margaret, sont mortes dans des circonstances suspectes. Et je suis convaincue que c'est à cause de gens comme la mère Carlin et le père Benjamin qu'Elvira a tant souffert.

Sam dévisagea Kitty. En dépit de la teneur atroce de cette conversation, elle était l'image de la sérénité. Quant à elle-même, elle se sentait partagée entre l'envie de continuer cette discussion et la gêne que suscitait en elle un tel manque d'émotion, d'empathie. Les mots que prononçait Kitty avaient du sens, mais il manquait quelque chose. Comme s'ils avaient été répétés, comme si tout ceci n'était qu'une mauvaise pièce jouée dans une salle des fêtes de village.

— Puis-je vous poser une question personnelle ? demanda Sam.

— Bien sûr.

— Votre fiancé, Alistair Henderson, savez-vous de quoi il est mort ?

Kitty fronça les sourcils.

— Oui. D'une crise d'asthme.

— Et il ne s'est rien passé d'étrange ?

Sam observait le visage de Kitty. Comme d'habitude, il ne laissait rien paraître.

— Que voulez-vous dire ? demanda celle-ci d'une voix soudain plus sèche.

— Les lettres d'Ivy sont adressées au père de son enfant, un footballeur du club de Brighton. Il pourrait être une autre pièce du puzzle qui vous relie à tout cela, expliqua Sam.

Kitty ne répondit pas immédiatement. Elle semblait ailleurs, les épaules et la mâchoire crispées comme si elle se forçait à revivre une époque et des événements pénibles. Elle ne s'était jamais mariée, n'avait pas eu d'enfants, il ne faisait donc aucun doute qu'Alistair avait dû être l'amour de sa vie.

— Pour répondre à votre question, oui, il s'est passé quelque chose de bizarre, dit-elle finalement. Je l'ai dit à la police, mais elle n'a jamais suivi cette piste. Le jour de sa mort, je devais passer le prendre après un match, mais j'ai reçu un appel me disant qu'il était parti avec une autre femme. Donc, je n'y suis pas allée et il est mort en m'attendant. Je ne me le pardonnerai jamais, ajouta-t-elle d'une voix sourde.

— Qui vous a appelée ?

Sam jeta à nouveau un œil vers son carnet de notes.

— Elle ne s'est pas présentée, mais c'était une femme… Je n'y avais encore jamais pensé, dit alors Kitty en regardant Sam, mais je suppose que cela aurait pu être Elvira.

— Vous avez dit que vous avez rencontré Elvira en 1959. Ces lettres datent de l'époque où Elvira devait se trouver à St. Margaret. Ivy la connaissait peut-être. Seigneur, si seulement je pouvais me souvenir où j'ai déjà vu cette femme, marmonna Sam.

— Celle qui est venue au service funèbre pour le père Benjamin ? s'enquit Kitty. À quoi ressemblait-elle ? Avez-vous remarqué le moindre signe particulier chez elle ? Vous avez dit qu'elle était très âgée. Avait-elle du mal à marcher ?

— Oui, elle se servait d'un déambulateur.

Sam repensa à sa conversation avec Fred et, soudain, tout lui revint. *Celle qui habite à côté d'une sorcière*, avait-il dit. La femme qui ne l'avait pas quittée des yeux quand elle remontait l'allée menant chez Mme Connors : c'était elle qui avait posé la photo d'Ivy sur le cercueil du père Benjamin.

— Ça y est ! Je me rappelle ! fit-elle en se levant d'un bond. Il faut que j'aille la voir.

— Tout de suite ? demanda Kitty, debout à son tour.

— Oh, mon Dieu, je ne peux pas. Je dois retrouver Nana et Emma.

— Cette dame habite-t-elle dans le Sussex ? s'enquit Kitty en la suivant dans l'entrée.

— Oui.

— Eh bien, vous pourriez passer chez elle sur le chemin du retour et lui laisser un mot. Cela ne devrait pas trop vous retarder. Nous n'avons plus beaucoup de temps. St. Margaret sera détruit demain. Si elle détient des informations, il faudrait que nous le sachions aujourd'hui.

Kitty se tenait devant la porte de l'appartement, le visage dur. Sam baissa les yeux vers ses mains qui pianotaient nerveusement sur ses cuisses.

— Voulez-vous venir avec moi ? Le trajet serait beaucoup moins long si nous pouvions prendre votre voiture, demanda Sam avec espoir.

— Je suis navrée, Samantha, mais je ne me sens pas en état de conduire. Je n'ai pas fermé l'œil de la nuit. Il faut vraiment que je dorme un peu. Je nous mettrai toutes les deux en danger.

— Bien sûr. Je vous appellerai dès que je lui aurai parlé. Elle sait peut-être si Elvira est encore en vie !

Debout à la fenêtre, Kitty sourit et adressa un petit salut à Sam quand celle-ci grimpa dans son taxi. Puis elle ramassa son sac qui traînait encore par terre dans l'entrée et quitta l'appartement.

30

Samedi 1er mars 1969

Alistair Henderson sortit du terrain d'un pas mal assuré, alors que le soir commençait à tomber.

Cela avait été très juste : à dix minutes de la fin du match amical disputé sur la pelouse de Fulham, Brighton n'avait toujours pas réussi à marquer et le score était encore de 0-0. Alors que les secondes défilaient à une vitesse alarmante, Alistair avait enfin pris le temps de s'arrêter un moment pour observer avec attention la défense de Fulham. Il était à bout de souffle, mais, ne voulant pas se faire remarquer, il avait laissé son inhalateur de Ventoline dans son sac de sport dans les vestiaires.

Son entraîneur avait exprimé des réserves sur ses dernières performances. Il n'était pas question de lui offrir une excuse pour le mettre sur le banc sous prétexte que son asthme lui jouait des tours. Enrôlé par Brighton quand il avait vingt ans, cela faisait maintenant treize ans qu'il faisait partie de l'équipe de première division et il n'ignorait pas que ses meilleures années étaient derrière lui. La dernière saison avait été particulièrement mauvaise pour lui. Le risque qu'on le remplace était très sérieux.

Deux minutes avant le coup de sifflet final, il avait trouvé la faille dans la défense de Fulham. Ses équipiers étaient venus le féliciter avec cette hystérie qui se déchaîne toujours après un but. Au centre d'une mêlée de joueurs qui semblaient vouloir le broyer, il avait eu tellement de mal à respirer qu'il avait eu peur de s'effondrer sur place. Il avait levé les yeux vers les tribunes où des centaines de supporters agitaient leurs écharpes bleues et hurlaient son nom. Leurs acclamations lui avaient donné des vertiges. Il avait fouillé les visages au premier rang et ne l'avait pas vue, mais le simple fait de savoir que Kitty se trouvait là quelque part était un réconfort.

Quand l'arbitre avait sifflé la fin du match et que les deux équipes avaient commencé à regagner les vestiaires, il était resté en arrière et s'était frappé la poitrine avec son poing fermé. Il faisait froid, les gradins se vidaient rapidement, les spectateurs étant impatients de se réfugier dans la chaleur d'un pub. Il s'immobilisa un moment au bord du terrain, cherchant Kitty. Normalement, elle aurait déjà dû être là, adossée à l'entrée du tunnel, ses longs cheveux noirs encadrant son beau visage.

— Il faut que je te parle de quelque chose, lui avait-elle dit la dernière fois qu'ils s'étaient vus.

Elle lui avait pris la main, nouant ses doigts aux siens avant d'ajouter :

— Je viendrai te chercher après le match à Fulham. Je nous offre l'hôtel.

— Tu rentres avec nous ? demanda Stan, surgissant derrière lui.

— Non, merci. Kitty ne devrait pas tarder, dit Alistair, essoufflé.

— Ça va, Al ?

Alistair hocha la tête. Il n'avait pas la moindre envie de faire une crise devant tous les autres dans le car qui les ramènerait à Brighton. Voir les gars s'empresser autour de lui, apparemment pleins de compassion, mais qui, dès qu'il aurait le dos tourné, se demanderaient s'il avait encore sa place dans l'équipe. Il avait marqué, il était le héros du jour et il avait désespérément besoin que cet état de grâce ne dure pas qu'une journée.

Alors que les derniers supporters s'en allaient en chantant dans la brume du soir, les portes du car de Brighton se refermèrent et Alistair se décida à regagner les vestiaires, impatient d'inhaler son salbutamol pour soulager la pression qui lui étreignait la poitrine. Fulham et les visiteurs partageaient le même vestiaire. Pour l'heure, la salle était pleine de vapeur, les joueurs de l'équipe adverse noyant leur déception sous des douches brûlantes. L'ambiance était morose. Des corps ceinturés de serviettes déambulaient ici et là et, par contraste avec le froid à l'extérieur, cette chaleur moite était suffocante. D'autant plus pour lui. Il ne trouva pas son sac.

— Hé, quelqu'un aurait-il vu un sac bleu ? demanda-t-il d'une voix aussi forte qu'il en était capable. Il était suspendu ici.

Quelques joueurs le regardèrent sans répondre. Auteur du but victorieux contre eux, il ne s'attendait pas à une sympathie démesurée de leur part. Mais cette chaleur était vraiment insupportable. Il valait mieux qu'il fiche le camp d'ici avant de tourner de l'œil. Décidément, tout ça commençait à ressembler à un mauvais rêve.

La journée avait été éprouvante. Cela avait commencé dès son réveil quand il avait constaté que les South Downs disparaissaient sous des brouillards givrants. Rien n'était pire pour son asthme que le froid et l'annonce à la radio que le terrain de Fulham était gelé et peut-être impraticable lui avait fait espérer que le match serait reporté. Un espoir qui avait été déçu dès leur arrivée, l'arbitre décidant que les conditions étaient acceptables. L'annonce avait été faite dans le vestiaire, dans cette si particulière atmosphère d'avant-match. Il s'était résigné. Il avait juste pris le temps de ressortir pour passer un coup de fil à Kitty afin de s'assurer qu'elle viendrait ; sa colocataire lui avait confirmé qu'elle était déjà partie. Avant de retourner auprès de ses partenaires, il s'était planqué aux toilettes pour avaler plusieurs bouffées de Ventoline.

La température n'avait pas cessé de baisser, si bien que, quand les équipes étaient sorties sur le terrain, la pelouse crissait sous leurs crampons, son haleine formant comme un épais nuage devant lui. Au bout d'une demi-heure, il avait compris que son état empirait. À chaque effort, à chaque course, son corps protestait, le suppliant d'arrêter. Il avait de plus en plus de mal à reprendre son souffle. Les muscles de son cou se nouaient comme un nœud coulant.

Il n'était pas question de demander à sortir. Sur le bord de la pelouse, ses deux remplaçants attitrés s'échauffaient quasiment depuis la première minute, impatients d'entrer en jeu, de courir, de tacler, de marquer… d'être la star au pub après le match, avec toutes ces jolies filles qui les couvaient des yeux. « C'est dommage, diraient ses partenaires, Alistair était un sacré joueur, mais il n'a plus le niveau. — C'est son asthme, dirait un autre. — Il sait toujours manier le ballon, mais à quoi bon s'il n'arrive pas à respirer. »

Et que deviendrait-il s'il perdait sa place dans l'équipe ? Il croulait sous une montagne de dettes, il n'arrivait plus à rembourser les mensualités de sa maison, sa voiture n'allait pas tarder à être saisie... et ensuite ce serait le tour de tous ses autres objets de valeur. Les huissiers qui le harcelaient étaient toujours plus nombreux, de vrais vautours. On le déclarerait en faillite et il aurait probablement droit à un séjour en prison. Pour couronner le tout, il perdrait sûrement l'amour de sa vie.

Non. Il n'avait pas d'autre choix que de continuer à jouer, à se battre et à marquer, comme il venait de le faire... deux minutes avant le coup de sifflet final, en exigeant tellement de lui-même qu'il avait failli vomir. Et, à cet instant, alors que ses partenaires se ruaient sur lui, que son entraîneur braillait son appréciation, l'air qu'il respirait lui faisait l'effet de milliers d'aiguilles qui se plantaient dans son nez, ses poumons. Il avait compté les secondes qui le séparaient du moment où il pourrait récupérer son précieux inhalateur caché au fond de son sac. Le sac qu'il avait laissé suspendu à un crochet près de l'entrée et qui avait maintenant disparu.

— Merde, s'exclama-t-il dans la pièce surchauffée en se mettant à chercher sur et sous chaque banc, à chaque crochet.

Le sac contenait aussi son portefeuille. Il n'avait pas un sou, aucun moyen de partir d'ici. Il était temps que Kitty arrive.

Les autres commençaient à sortir. Bientôt, il serait seul. S'il ne demandait pas de l'aide maintenant, il risquait de se retrouver coincé. Mais s'il se faisait dépanner et que Kitty arrivait, il aurait la honte de s'être montré aussi faible. Essayant de faire preuve d'un calme qu'il était loin d'éprouver, il sortit à son tour pour se diriger vers le parking, se forçant à respirer et à réfléchir. Les derniers joueurs étaient en train de partir au volant de leurs bagnoles de sport, les pneus crissant sur le gravier.

— Bien joué, Alistair, dit l'un d'entre eux. Avec un peu de chance, c'est la fin de ta mauvaise passe.

Alistair sourit devant l'insulte déguisée en compliment. Il suivit des yeux la voiture qui se dirigeait vers le portail, ses phares ne tardant pas à se mêler à ceux de la circulation. Kitty avait dû être retardée. Elle était en route. Il n'avait pas reçu de message lui disant qu'elle ne viendrait pas. Autant aller l'attendre à l'entrée du stade. S'il se sentait vraiment mal, il pourrait toujours arrêter un véhicule quelconque dans la rue : mieux valait s'adresser à un inconnu qu'à un joueur de Fulham.

— Calme-toi, calme-toi, marmonna-t-il en sentant la panique le gagner.

Alors qu'il remontait l'allée de gravier d'une démarche mal assurée, les projecteurs qui l'illuminaient s'éteignirent un à un. Chaque pas l'enfonçait un peu plus dans les ténèbres. Le souvenir de sa première grosse crise lui revint. Il se revit à quatorze ans sur le terrain, en train de tout donner lors des tests de présaison pour l'équipe cadette de Brighton. Au milieu de la séance, il s'était rendu compte qu'il n'arrivait plus à respirer. Ses jambes s'étaient dérobées sous lui et il s'était effondré sur la pelouse, voyant les autres gars se rassembler autour de lui jusqu'à ce que finalement il perde conscience.

Le Dr Jacobson avait annoncé à ses parents qu'il avait fort peu de chances de devenir professionnel. Il n'avait jamais oublié la tête qu'avait faite son père, comment il avait blêmi en voyant l'histoire se répéter. C'était à cet instant qu'il avait compris à quel point il était essentiel pour lui de réussir ; que s'il fallait en arriver là, il préférait mourir en poursuivant son rêve plutôt que de vivre à moitié, dans le renoncement, à enchaîner les boulots de plus en plus pénibles, comme son père l'avait fait.

Tandis qu'il chancelait dans le froid mordant, avec l'impression de respirer sous l'eau, il commença à avoir des problèmes de vision. Les feux sur la route au-delà du portail semblaient se fondre les uns dans les autres. Il n'y avait guère de circulation et, quand une voiture passait, ses lumières traînaient derrière elle jusqu'à ce que le véhicule suivant prenne le relais.

— S'il vous plaît, aidez-moi, murmura-t-il d'une voix sifflante.

Chaque seconde qui passait, ses prières devenaient plus implorantes. *Faites que Kitty apparaisse, qu'elle me prenne dans ses bras, qu'elle m'aide à monter dans la voiture pour foncer à l'hôpital. Faites qu'elle vienne me sauver comme elle l'a toujours fait depuis notre première rencontre.*

Elle était la seule à qui il avait parlé d'Ivy. Treize années avaient passé et, pendant tout ce temps, il n'avait jamais rien dit à personne, absolument personne… en dehors du père Benjamin. C'était en 1956 et il allait signer son premier contrat pro au Brighton FC. Il avait aimé Ivy, mais il était jeune et avait le vent en poupe : la plus grande et la plus belle période de sa vie commençait pour lui. Son père n'avait cessé de l'avertir : les jolies filles souriantes se transforment toujours en épouses acariâtres qui vous font abandonner vos rêves. Alors, quand il lui avait confessé ses péchés et que le curé lui avait offert une solution, il l'avait acceptée.

Mais Ivy n'avait pas voulu le lâcher. Ils avaient partagé des moments géniaux et il l'aimait bien, mais il ne lui avait jamais rien promis. Après la naissance du bébé, elle lui avait écrit pendant des mois, des lettres tellement insensées qu'il avait cessé de les ouvrir. Cela l'avait rendu malade qu'elle lui mette une telle pression : cette folle avait perdu la tête et il avait été bien inspiré de la plaquer. Épouser une fille pareille aurait transformé sa vie en calvaire. Elle n'avait aucune classe, aucune retenue. Cette grossesse avait été une erreur : pourquoi ne pouvait-elle l'accepter et passer à autre chose, comme toutes les autres filles qui faisaient un séjour à St. Margaret ? Les lettres étaient devenues si délirantes qu'il avait commencé à redouter des complications si jamais elle sortait. Il avait décidé de faire part de ses inquiétudes au père Benjamin. Il n'était pas question qu'une cinglée se mette à dire du mal de lui devant son entraîneur ou dans la presse. Le père Benjamin et lui étaient tombés d'accord : en échange d'une généreuse contribution, St. Margaret s'engageait à garder Ivy un petit moment.

Alistair distinguait la route à présent, à peine à quelques mètres devant lui. Une quinte de toux lui déchira la gorge, il n'arriva pas à l'arrêter. Respire. *Respire.* Il s'effondra sur un banc près de l'entrée et, la tête entre les jambes, réussit à avaler quelques maigres gorgées d'un brouillard glacé qui lui brûla les poumons.

Il fut saisi de vertiges. Malgré cela, il essaya de se relever, mais ses jambes cédèrent et il tomba, se cognant la tête au banc, le choc vidant sa poitrine du peu d'air qu'elle contenait. Il se retrouva allongé sur le dos, impuissant, comme une tortue incapable de se retourner, ouvrant grand la bouche pour y faire entrer un peu de cette brume solide qui l'entourait.

— Lève-toi, Al ! On va être en retard !

Il ouvrit lentement les yeux. Ivy était là, debout devant lui, ses boucles rouges nouées avec des fleurs mortes, un immense sourire sur son visage crasseux.

— Ivy ?

Parler exigeait un effort abominable.

— Le service commence dans une minute : tout le monde t'attend. Qu'est-ce que tu fais par terre, espèce d'idiot ? Tu vas salir ton beau costume !

Comme elle se penchait pour lui prendre la main, il vit son ventre qui déformait sa robe de soie blanche, au point que certaines coutures avaient craqué. Ses ongles étaient noirs et elle ne portait pas de chaussures. Ses pieds étaient couverts de boue.

— Je ne peux pas bouger, murmura-t-il.

— Comment ça ? dit Ivy dont les yeux s'emplirent de larmes. Ce n'est pas possible. Père

Benjamin nous attend pour nous marier. Il faut qu'on y aille !

Une autre fille apparut derrière elle. Elle portait une robe bleu ciel de demoiselle d'honneur maculée de boue et tenait dans les bras un minuscule bébé qui braillait, tout juste vêtu d'une couche souillée.

— Qu'y a-t-il, Ivy ? demanda-t-elle.

— Alistair ne veut pas venir, répondit Ivy en essuyant ses larmes du dos de sa main sale.

Le bébé se mit à pleurer encore plus fort.

— Lève-toi, imbécile ! hurla la fille. Tu vas briser le cœur d'Ivy.

Alistair se tourna vers la cabine téléphonique sur le bas-côté de la route à quelque distance de là. Avec un peu de chance, il pouvait y arriver.

— Où vas-tu ? hurla la demoiselle d'honneur.

Il tourna la tête : elle se tenait juste au-dessus de lui maintenant, furieuse. Il n'avait plus la force de bouger, plus d'air à respirer. Des larmes commencèrent à jaillir de ses yeux.

— Honte à toi !

La fille le chevaucha, lui couvrant la bouche et le nez avec ses mains. Il se débattit, lui griffa les bras, essaya de la repousser, mais dans son état il n'était pas de taille.

— Tu ne t'es jamais soucié d'Ivy. Il n'y a que toi qui comptes, cria la fille en le giflant violemment.

Pas d'air, pas de force, pas de combat. Il regarda Ivy qui berçait le bébé qu'elle avait pris à son amie, lui chantant une chanson qui le faisait rire : *Dansons en rond dans le jardin, petit nounours, un, deux trois, je te chatouille.*

Fais-la partir. Aide-moi. AIDE-MOI. Alistair essaya encore, tentant de ruer avec ses jambes, mais celles-ci ne bougèrent pas, comme si elles étaient coincées sous un arbre. La fille ne le lâchait pas, pressant de plus en plus fort sur son nez et sa bouche jusqu'à ce qu'une douleur abominable lui déchire la poitrine et le cou pour venir exploser dans son cerveau. Les ténèbres se massèrent autour de lui, un tunnel dont la sortie semblait de plus en plus lointaine. *Dansons en rond dans le jardin, petit nounours...*

Les rires du bébé s'éloignèrent eux aussi alors que les efforts d'Alistair devenaient dérisoires. Le noir qui se refermait autour de lui était mou comme de l'eau et il s'y enfonçait, s'y noyait. Il ouvrit une dernière fois la bouche, laissant cette eau noire lui remplir les poumons.

C'est alors que le visage de Kitty surgit.

Il la fixa tandis qu'il continuait à s'enfoncer. Une lumière éclatante perça soudain l'obscurité.

Sa voix, criant son nom.

— Alistair, ALISTAIR !

— Kitty ? C'est toi ?

Il essaya de remonter, mais il était trop loin, il était trop tard. Il était fatigué, si fatigué.

Laisse-moi dormir. S'il te plaît, laisse-moi dormir.

31

Lundi 6 février 2017

Après deux heures de train pour rentrer dans le Sussex, Sam récupéra sa voiture pour se rendre chez Jane Connors, comme elle l'avait fait quarante-huit heures plus tôt, à une époque où le monde était très différent.

Dès qu'elle fut garée, elle sortit son carnet de notes qui s'ouvrit tout seul sur la page contenant la liste de noms : *père Benjamin*, *George Cannon*, *mère Carlin*, *Alistair Henderson*.

L'estomac noué, elle respira un grand coup en récupérant les lettres d'Ivy. En si peu de temps, elles étaient devenues la clé d'un secret terrifiant qu'elle devait absolument percer. Elle se décida à sortir de la voiture pour se diriger vers la maison voisine, celle où cette vieille femme l'avait observée avec une telle intensité qu'elle en avait été mal à l'aise. La plaque de bois sur le portail annonçait *Rose Cottage,* mais la pergola au-dessus de sa tête était nue, dépourvue de la moindre fleur. Elle s'avança prudemment sur les pierres verglacées, les jambes chancelantes en raison du manque de sommeil.

Frissonnante, elle pressa la sonnette. Elle attendit, serrant son imperméable autour d'elle.

Et attendit. L'angoisse commençait à l'étreindre. Elle ne se sentait pas prête à affronter ce qu'elle risquait de trouver derrière cette porte. Elle sonna à nouveau, puis recula, levant les yeux vers la maison avant de les baisser pour voir un rideau bouger dans la grande pièce du bas.

Elle chercha une page blanche dans son carnet.

À la dame qui a laissé la photo d'Ivy sur le cercueil du père Benjamin.

Nous ne nous sommes jamais rencontrées, mais j'ai l'impression de vous connaître. J'ai en ma possession quelques lettres qui, je le pense, ont été écrites par l'Ivy de cette photo, mais il faut absolument que je vous rencontre pour en être certaine.

Je suis sûre que, comme moi, vous refusez que la souffrance et l'injustice dont elle a été victime soient ignorées ou oubliées.

J'aimerais vous parler. Je suis journaliste et je pense que le monde doit connaître la vérité à propos de St. Margaret, mais je respecterai votre droit à une vie privée. Votre voisine, Mme Connors, pourra témoigner que je ne révélerai rien sans votre consentement.

Ivy serait très fière du courage dont vous avez fait preuve lors de cette cérémonie funéraire. Elle aurait voulu que l'on sache ce qui s'est passé et j'ai le sentiment que c'est votre souhait à vous aussi.

S'il vous plaît, pour la mémoire d'Ivy, appelez-moi, aujourd'hui même, si possible. Comme vous devez déjà le savoir, nous n'avons pas beaucoup de temps avant que son histoire ne soit définitivement enterrée dans les décombres de St. Margaret qui sera démoli demain.

Samantha Harper.

Elle ajouta son numéro de téléphone avant de déchirer et de replier la feuille pour la glisser sous la porte. Elle retourna à sa voiture, sachant qu'elle était surveillée.

Elle lança le moteur en fixant son téléphone, lui ordonnant de sonner. Il resta obstinément silencieux pendant que les événements de ces deux derniers jours se bousculaient dans sa tête. Malgré le peu de temps qu'il lui restait, elle était à court d'idées. Que faire maintenant ? Elle repensa à sa conversation avec Kitty Cannon qui lui faisait maintenant l'effet d'un rêve. Si Elvira avait existé, Ivy avait dû la connaître.

Elle contempla à nouveau les lettres, comme pour faire émerger Ivy de ces pages jaunies. La vieille dame aux cheveux gris dans ce cottage était-elle la mère d'Ivy ? Abrutie de fatigue, elle ne savait plus que penser, d'autant que son inquiétude pour Nana et Emma ne cessait de la tenailler. Et puis, il y avait Ben – il lui manquait tellement. Il fallait arranger les choses avec lui. Ils traversaient une passe difficile, mais ils devaient en sortir, pour le bien d'Emma.

En restant ici au lieu de rentrer sur-le-champ chez Nana, elle était en train de fuir ses responsabilités, mais c'était plus fort qu'elle. C'était même devenu une obsession, une sorte de pensée magique. Si elle parvenait à parler à la vieille dame, elle comprendrait le fin mot de cette histoire et elle réussirait peut-être à recoller les morceaux de sa vie personnelle.

La sonnerie du téléphone la fit sursauter. Elle regarda l'écran.

— Salut, Fred, fit-elle, incapable de masquer sa déception.

— Écoute, Murray est sur le sentier de la guerre. Il veut savoir où tu es.

— Je t'ai dit de lui dire que j'étais malade, paniqua Sam.

— Non, tu as dit que tu appellerais plus tard pour te faire porter pâle.

— Merde. Tu peux lui dire que j'ai la migraine et que je ne suis pas en état de bosser ? Je n'ai pas la force de lui parler.

Se regardant dans le rétroviseur, elle se passa les doigts dans les cheveux dans une tentative grotesque pour les coiffer.

— Tu as une sale voix. Ça va ?

— Pas vraiment, admit Sam en essuyant le mascara qui avait coulé sous ses yeux.

— Bon, j'ai un peu fouiné comme tu me l'avais demandé et, selon le *Sussex Times*, Helena Cannon a effectué plusieurs séjours prolongés à l'hôpital de Brighton en raison de graves problèmes rénaux. Au beau milieu de la nuit du 3 juillet 1968, l'aiguille dans sa fistule s'est délogée et elle a fait une hémorragie fatale.

— Comment ça s'est passé ? Qui était de service cette nuit-là ?

Sam entendit Fred taper sur son clavier.

— Une infirmière du nom de Carol Allen. Il y a eu une enquête au cours de laquelle elle a déclaré que Helena Cannon était sous dialyse. Ce qui veut dire qu'elle était reliée à une machine qui lui filtrait le sang, car elle était au bord de la défaillance rénale. Un processus assez long. Elle a affirmé que la dernière fois qu'elle était passée voir Helena, celle-ci dormait paisiblement et tout allait bien.

— Et le Dr Jacobson ?

— Tout ce que je sais, c'est qu'il est mort en 1976, noyé dans sa propre piscine. Ça ne devrait pas être trop difficile de trouver des infos sur lui, il a été généraliste à Preston pendant des années, mais je ne peux vraiment pas m'y coller en ce moment, Sam. Je suis à deux doigts de me faire virer.

Elle soupira.

— S'il te plaît, Fred, pourrais-tu au moins passer chez lui cet après-midi pour parler à sa femme ? Il faut vraiment que je rentre voir Emma.

— Je verrai ce que je peux faire, mais je ne te promets rien.

— Merci, merci ! Je te revaudrai ça.

Sam jeta son téléphone sur le siège parmi les lettres d'Ivy éparpillées avant de regarder à nouveau la maison. Elle revint à la page des noms dans son carnet et en ajouta deux autres : *Helena Cannon* et *Dr Jacobson*. Six personnes mortes de façon inattendue et toutes, à l'exception de George Cannon, mentionnées dans les lettres d'Ivy.

Soudain, elle eut la sensation qu'on l'observait. Elle leva les yeux. Sur le seuil de sa porte, la vieille dame qu'elle avait vue aux funérailles du père Benjamin la regardait.

Elle lui fit signe d'approcher.

32

Lundi 20 mai 1957

Ivy resta allongée dans son lit, alors que retentissait la cloche appelant à la prière. Des filles couraient en tous sens dans le dortoir, allaient aux lavabos ou en revenaient, enfilant précipitamment leurs chasubles par-dessus leurs chemises de nuit, faisant leurs lits en vitesse avant de se mettre au garde-à-vous dans l'attente de l'arrivée de sœur Faith.

— Mary, il faut que tu te lèves. La sœur sera là d'une seconde à l'autre, dit sa voisine en la secouant gentiment.

Trempée de sueur, les yeux grands ouverts dans le noir, Ivy n'avait pas dormi de la nuit. Elle était même convaincue qu'elle avait arrêté de respirer depuis deux jours, depuis qu'elle avait vu un jeune couple emmener Rose.

La journée avait été particulièrement dure au lavoir. À force de manipuler les draps si lourds dans les bacs ou avec les essoreuses et les presses, elle avait fini par se brûler sérieusement. Et Elvira avait encore disparu. Sans elle, son unique réconfort dans ce lieu maudit, elle était désespérée. Cela faisait des semaines qu'elle avait du mal à garder ce qu'elle mangeait et, même s'il n'y avait aucun miroir à St. Margaret, il lui suffisait de tâter ses clavicules et ses côtes saillantes dans son lit la nuit pour savoir à quel point elle avait maigri.

Sœur Mary Francis ne l'avait pas quittée des yeux de toute la matinée et, si elle ignorait la raison de cette surveillance accrue, elle se doutait que quelque chose clochait. Après le déjeuner, sœur Faith était venue la rejoindre et les deux religieuses s'étaient mises à discuter en lui lançant des regards. Elle avait essayé de lire sur leurs lèvres, mais à ce moment-là une bouffée de vapeur avait giclé de l'essoreuse et elle ne s'était pas reculée assez vite.

Elle avait hurlé ; cela avait été plus fort qu'elle. Le jet d'air bouillant l'avait frappé au même endroit où elle s'était déjà brûlée quelques heures plus tôt. Elle avait risqué un regard vers les deux nonnes, craignant déjà que l'une d'entre elles ne vienne lui faire une remontrance, ou pire. Mais ni l'une ni l'autre n'avait réagi. Elles avaient poursuivi leur conversation, jusqu'à ce que sœur Faith acquiesce à ce que venait de dire sœur Mary Francis et s'en aille non sans jeter un dernier coup d'œil en direction d'Ivy.

C'est en passant devant la nursery juste après le repas qu'elle avait compris. Dans la cacophonie des cris et des pleurs des bébés, la voix de Rose était absente. Une peur terrible s'était emparée d'elle. Elle s'était figée sur place, provoquant un embouteillage parmi toutes les filles qui la suivaient en file indienne.

— Mais où te crois-tu donc, Mary ? s'était exclamée sœur Mary Francis.

— Où est-elle ? Où est Rose ? Je ne la vois pas.

Ivy cherchait frénétiquement à travers la paroi vitrée de la nursery.

— Elle part dans une nouvelle maison, un foyer bien plus accueillant que tout ce que tu pourras jamais lui offrir. Maintenant, tu vas arrêter tout de suite avec ton insolence.

Elle s'était enfuie en courant, montant les marches deux à deux pour grimper au dortoir tandis que les rugissements de sœur Mary Francis la poursuivaient. En proie à la plus abjecte terreur, elle s'était ruée vers la fenêtre.

Une belle voiture noire était garée dans l'allée. Devant une de ses portières ouvertes, mère Carlin portait un bébé enveloppé dans une couverture, celle qu'elle avait elle-même tricotée pour Rose. Une femme dans une robe d'été crème et des chaussures noires était en train de s'installer sur le siège, aidée par un homme en costume gris.

Ivy se mit à tambouriner sur la vitre, hurlant de toutes ses forces alors que mère Carlin tendait Rose à cette inconnue. L'homme referma la portière et serra la main de mère Carlin avant de lever les yeux vers la fenêtre où se trouvait Ivy. Elle n'eut pas le temps d'en voir davantage : sœur Mary Francis la tirait brutalement en arrière. Après cela, ses souvenirs étaient assez confus. La seule chose dont elle était à peu près sûre, c'est qu'elle avait cru devenir folle de chagrin. Patricia lui avait expliqué un peu plus tard que mère Carlin et sœur Mary Francis avaient dû s'y mettre à deux pour la traîner de force dans le bureau de la mère supérieure.

— Lève-toi, Mary.

Sœur Faith se tenait devant elle alors qu'elle était toujours allongée dans son lit, les yeux braqués sur le plafond.

Elle savait que si elle n'obéissait pas, elle aurait droit à une nouvelle visite dans le bureau de mère Carlin. Et si la punition qu'on lui infligerait ne suffisait pas à lui faire entendre raison, la mère supérieure n'hésiterait plus à la faire interner dans un asile.

— Sors de ce lit tout de suite, si tu ne veux pas regretter d'être née.

Tandis que les claquements des talons de sœur Faith s'éloignaient, car elle avait décidé d'aller chercher de l'aide, Ivy ferma les yeux et repensa à la lettre qu'elle avait écrite la nuit précédente.

Alistair,

Rose est partie.

Je l'ai vue s'en aller avec ses parents adoptifs et mon âme se déchire.

Je pleure sans arrêt, même si on m'a menacée de m'enfermer dans un asile si je continue. Je n'arrive plus à manger, au point que je n'ai plus aucune force dans les bras et dans les jambes, ce qui fait que je me brûle souvent sur les machines du lavoir. Je suis presque contente de ces douleurs, parce que pendant un bref instant elles me font oublier la torture dans ma tête.

Jusqu'à présent, je m'étais toujours considérée comme forte. Rien ne pouvait m'abattre, même pas la mort de papa. Je trouvais toujours un moyen de creuser un chemin à travers ma tristesse – parce que j'avais ma liberté. Je pouvais me promener ou bien contempler les étoiles et m'imaginer qu'il me regardait de là-haut. Mais depuis mon arrivée ici, je n'ai jamais eu l'autorisation de quitter ces murs et, chaque jour qui passe, c'est comme si on diminuait la ration d'air à laquelle j'ai droit.

Depuis cette nuit-là dans le bureau de mère Carlin, j'ai des moments de crise où je n'arrive plus à respirer ; je dois me rouler en boule en attendant que ça passe. Dormir est impossible. Je ne ferme pas l'œil de la nuit alors que ça tourne à toute allure dans ma tête : où est Rose ? Comment va-t-elle ? Où l'ont-ils emmenée ? Est-elle heureuse et en bonne santé ? Je sens encore son odeur. Je me souviens d'elle bougeant en moi alors que maintenant, dans mon ventre, je ne ressens qu'un vide atroce, un trou noir par lequel s'en va le peu de vie qui me reste encore.

Si je m'endors quelques minutes, je rêve de Rose et toi. De toi portant Rose sur tes épaules pendant qu'elle mange une glace et que nous nous promenons le long de la jetée. Je sens même l'air salé sur mon visage, ce bonheur si pur qui me remplit. Et puis, je me réveille et je vois où je suis et j'ai à nouveau l'impression de devenir folle. Je n'arrive plus à évoquer la moindre idée joyeuse, comme si un mur invisible séparait celle que je suis maintenant de celle que j'étais autrefois. Chaque jour, je ne cesse de me répéter que je suis Ivy, que j'avais de longs cheveux roux, que j'étais aimée, mais chaque jour cette petite voix en moi devient plus faible, plus lointaine. L'école me manque, mes amies me manquent, ma vie me manque. Tu me manques, Alistair, pourquoi ne viens-tu pas me chercher ? Bientôt, il ne restera plus rien de l'Ivy que tu as connue. Ils ont mon bébé. Pourquoi faut-il qu'elles me prennent tout le reste : mon avenir, mes rêves, mon amour ? Pourquoi ne me laissent-elles pas partir ? N'ai-je pas assez souffert ?

Les autres filles me voient pleurer et n'essaient même pas de me réconforter, parce que parler est interdit et qu'elles seraient punies de façon impitoyable. Parfois, je regarde les visages des religieuses, déformés par la haine pendant qu'elles battent une pauvre fille maigre et brisée, et je me dis qu'elles doivent être incroyablement malheureuses pour se conduire ainsi. J'ai de la peine pour elles, vraiment. Elles sont aussi victimes que nous, elles doivent supporter tout ce malheur. Les bonnes sœurs ne sont que le visage de cette institution, mais ce ne sont pas elles qui nous ont amenées ici. Ceux qui nous ont mises ici sont nos amoureux, nos parents, les docteurs, les curés, tous ceux qui sont censés veiller sur nous et qui nous ont abandonnées. S'ils ne nous avaient pas tourné le dos, les lits de St. Margaret seraient tous vides.

Ça m'est égal maintenant si on m'envoie dans un asile. Qu'y a-t-il de pire que de vivre dans cet enfer ? Travailler au lavoir de la seconde où elles m'arrachent au sommeil jusqu'à ce que je sois une morte vivante. Et il faudrait que j'endure ça pendant encore des années pour payer ma dette.

Je rêve de m'évader, mais nous sommes toujours surveillées, partout où nous allons. Le seul moment où nous sommes seules, c'est dans le dortoir la nuit. La fenêtre est à quinze mètres du sol. S'il n'y avait pas Rose, sans l'espoir de la retrouver un jour, je briserais la vitre et je sauterais.

Je ne peux pas mourir sans lui dire que je l'aimais et que je voulais plus que tout la garder près de moi. S'il te plaît, si tu la rencontres un jour, montre-lui ces lettres. Je veux qu'elle sache à quel point je l'aimais, que chaque minute, chaque seconde, j'aurais voulu la tenir dans mes bras. Dis-lui que je n'ai pas eu le choix, qu'on m'a forcée à l'abandonner. Dis-lui que je me suis battue pour elle.

Je sais maintenant que tu ne m'aimes pas. Comment pourrais-tu m'aimer après avoir lu ces lettres et m'avoir quand même laissée pourrir ici ? Je te hais pour ce que tu nous as fait. Un jour, tu le regretteras.

Ivy

33

Lundi 6 février 2017

Pour la seconde fois, Sam remontait l'allée pavée du *Rose Cottage*. Elle essayait de se détendre et de trouver un moyen de mettre à l'aise la vieille dame qui l'attendait. Contrairement à deux jours plus tôt, il ne pleuvait pas et, dans la lumière crue du matin, la vieillesse de cette femme devenait de plus en plus évidente. Les rides qui fripaient sa peau, sa silhouette frêle, sa façon de rester penchée en avant, accrochée à son déambulateur, comme si elle était terrifiée à l'idée de tomber. Sam avait fait le calcul. Si Ivy avait donné naissance à Rose en 1957, cela signifiait que sa propre mère devait avoir près de cent ans.

— Bonjour, vous avez vu mon mot ? demanda-t-elle avec toute la gentillesse dont elle était capable.

— Oui, dit la femme tandis qu'un maigre sourire étirait ses lèvres.

Une paire de lunettes pendait au bout d'une chaînette passée à son cou.

— Mme Jenkins, se présenta-t-elle. Voulez-vous entrer ?

— Bien sûr, avec plaisir, dit Sam.

Mme Jenkins traîna péniblement son engin en arrière pour lui laisser la place. Instinctivement, Sam voulut l'aider.

— Je peux me débrouiller, fit la vieille dame. Pourriez-vous refermer la porte, s'il vous plaît ? Et si cela ne vous dérange pas d'enlever vos souliers, je vous en serais reconnaissante. À mon âge, le ménage est une épreuve.

— Aucun problème, dit Sam en laissant ses chaussures derrière la porte.

— Voudriez-vous une tasse de thé ? proposa Mme Jenkins en la précédant dans le couloir.

— Oui, merci.

Sam regarda autour d'elle, remarquant les guirlandes de lumières suspendues entre des peintures bucoliques représentant les Downs, quelques photos noir et blanc et un miroir qui lui renvoya une image assez pathétique d'elle-même.

— Je vous en prie, asseyez-vous, dit Mme Jenkins alors qu'elles pénétraient dans une confortable cuisine campagnarde avec une grande table en bois.

Sam tira une chaise.

— Merci, madame Jenkins. Tout le monde m'appelle Sam.

— Alors, vous devez m'appeler Maude, dit la vieille dame en s'activant sur une bouilloire. Donc, vous êtes journaliste ?

— Oui, je l'avoue, dit Sam, rassurée de constater que Maude gardait son sourire.

— J'ai lu votre mot. Avez-vous les lettres sur vous ?

Sam les sortit de son sac.

— À en juger par leur contenu, Ivy semble avoir été une personne très spéciale.

Maude s'installa sur une chaise à ses côtés.

— Elle l'était. Pas un jour ne passe sans que je pense à elle.

Elle prit les lettres dont elle tourna lentement les pages.

— Elle me manque tant, ajouta-t-elle avant de tendre la main pour caresser les cheveux de Sam.

Celle-ci, surprise, sursauta, mais parvint néanmoins à sourire.

— Si j'ai bien compris, Ivy était votre fille ? interrogea-t-elle gentiment.

— Oui.

— Maude, puis-je vous demander quelque chose ? Les lettres abordent le sujet, bien sûr, mais j'aimerais avoir votre point de vue. Comment se fait-il qu'Ivy se soit retrouvée à St. Margaret ?

Maude laissa échapper un soupir.

— Elle a été mise enceinte par un garçon dont elle était très amoureuse. Le père d'Ivy était mort à la guerre. Je crois qu'il lui aurait permis de garder le bébé et de rester chez nous, mais j'avais épousé son frère, l'oncle Frank dont parle Ivy. C'était un homme très sévère. Le Dr Jacobson, le médecin du village, a suggéré de placer Ivy à St. Margaret. Selon lui, le bébé et elle y seraient bien traités et il y serait plus facile de faire adopter l'enfant, ce que le jeune père considérait comme la solution idéale.

— Vous parlez bien d'Alistair Henderson, n'est-ce pas ?

— Oui. Ils ont fini par me convaincre et je ne me le pardonnerai jamais. Cela a détruit nos vies…

Le regard de Maude se perdit vers la fenêtre.

— Peu après la naissance du bébé, je crois qu'Ivy a fait une terrible dépression. Le père Benjamin m'a persuadée qu'elle devait rester à St. Margaret pour recevoir un traitement. Je lui écrivais sans cesse et je portais moi-même chaque lettre au portail, mais j'avais beau supplier, implorer, les religieuses ne m'autorisaient jamais à la voir et, à force, j'ai fini par me résigner.

— Un traitement à St. Margaret ? Pour quoi ? demanda Sam qui ne cessait de prendre des notes.

— Ils nous ont dit qu'elle souffrait d'épisodes psychotiques. J'y retournais semaine après semaine, mais mère Carlin ne cessait de répéter qu'une visite n'était pas appropriée et risquait de faire empirer son état. J'avais l'impression que tout était ma faute, vous comprenez... qu'elle se soit retrouvée dans un tel endroit.

Maude se tut quelques instants avant de lever les yeux vers Sam.

— C'est très difficile à imaginer maintenant, mais à l'époque l'Église catholique avait une emprise très forte. J'étais une femme adulte, pourtant, il ne me serait jamais venu à l'esprit de contredire une bonne sœur. Si mon mari avait été de mon côté, j'aurais peut-être eu la force d'exiger qu'on me laisse entrer, mais avec Frank...

Sa voix vacilla.

— Dès le début, il n'a pas supporté cette histoire. Encore une fois, à l'époque, c'était extrêmement éprouvant et gênant et St. Margaret semblait une bonne option. Nous n'avions aucune raison de nous méfier de tous ces gens... le docteur, le curé, les religieuses.

Sam leva les yeux de ses notes.

— Pourquoi vous seriez-vous méfiée ? Je ne vois pas ce que vous auriez pu faire de plus.

Maude secoua la tête.

— Ivy a passé plus de deux ans à St. Margaret. Je m'en suis toujours voulu. À la fin, j'ai moi-même fait une terrible dépression et c'était à cause d'Ivy. J'ai dit à Frank que je voulais la récupérer, que j'allais m'adresser à un avocat pour entamer des démarches juridiques et que, s'il n'était pas d'accord, je le quitterais. Il commençait à accepter l'idée quand nous avons reçu la lettre.

— La lettre ?

Maude semblait si fatiguée, comme si le moindre geste exigeait qu'elle mobilise toutes ses forces.

— Regardez dans ce placard. Je préfère éviter de me lever. Il y a une boîte.

Sam trouva un carton à chaussures qu'elle posa sur la table devant Maude qui se mit à fouiller dans son contenu.

— Ah, la voilà.

Elle tendit une enveloppe à Sam. Après cinquante années, le papier avait pris une teinte jaune sombre. Sam sortit avec prudence une feuille à en-tête de St. Margaret.

20 février 1959

Chers M. et Mme Jenkins,

Je vous écris au nom du foyer des mères célibataires de St. Margaret, à Preston. Nous sommes au regret de vous annoncer le décès de votre fille, Ivy

Jenkins, qui s'est ôté la vie le vendredi 13 février. Comme vous le savez déjà, Mlle Jenkins souffrait depuis un moment d'épisodes psychotiques et, afin de lui venir en aide, nous avions recommandé qu'elle soit transférée à l'hôpital psychiatrique de Brighton. Malheureusement, elle est morte avant son admission.

Nous prendrons toutes les dispositions pour qu'Ivy soit enterrée vendredi ici à St. Margaret. Si vous souhaitez lui rendre hommage, l'accès au cimetière vous sera accordé ce jour-là.

Avec notre plus profonde sympathie,
Mère Carlin
Mère supérieure de St. Margaret

— J'avais tout essayé pour la voir, dit Maude, les yeux emplis de larmes. C'était ma seule enfant, Samantha. C'était mon devoir de la protéger et j'ai laissé des étrangers m'en empêcher. Pourquoi ? Où sont-ils maintenant, tous ces gens ? Ils ont vécu leur vie bien tranquillement, alors que ma petite fille était morte.

Sam regarda la liste dans son carnet. Elle avait envie de dire à Maude qu'elle se trompait, que la raison de sa présence ici était qu'ils n'avaient pas vécu si tranquillement, qu'ils avaient tous connu une mort assez horrible et prématurée.

Les mains tremblantes, Maude sortit une autre lettre du carton. Celle-ci semblait avoir été déchirée puis recollée avec du ruban adhésif. Sam se mit à lire. Elle avait été dactylographiée sur une vieille machine à écrire et était adressée au service des admissions de l'hôpital psychiatrique de Brighton.

Je vous écris pour demander l'admission immédiate de Mlle Ivy Jenkins, en vertu de la loi sur la santé mentale. J'ai rencontré Mlle Jenkins à la demande de mère Carlin et du père Benjamin à St. Margaret le 12 février 1959. Ils nourrissaient de fortes inquiétudes pour sa sécurité ainsi que pour celle des autres pensionnaires du foyer.

Mlle Jenkins est dans un état pitoyable qui laisse penser qu'elle ne se soucie plus de sa toilette ; elle est très maigre, car elle refuse de s'alimenter et encourage même les autres filles à l'imiter. Elle présente aussi divers symptômes : surexcitation, automutilation, tendances suicidaires, processus de réflexion erratiques et pathologie psychotique. Mlle Jenkins a admis souffrir d'angoisse et de dépression qui auraient pu être déclenchées par l'adoption de son bébé et qui depuis n'ont cessé d'empirer.

Je recommande son internement dans les quarante-huit heures à l'hôpital psychiatrique de Brighton pour un séjour d'une durée indéterminée afin qu'elle puisse se reposer, récupérer et ne plus constituer une menace pour les autres et pour elle-même.

Je vous prie d'agréer l'expression de mes sentiments distingués.

Richard Stone

Maude retira une bible de la boîte qu'elle garda entre ses mains.

— J'ai demandé s'il était possible de savoir où se trouvait le bébé d'Ivy et mère Carlin s'est carrément mise à sourire. Elle a dit qu'Ivy avait signé un contrat stipulant qu'elle ne chercherait jamais à retrouver l'enfant et elle m'a donné ça.

Elle tendit un bout de papier à Sam. Celle-ci le lut à haute voix : « Par la présente, je renonce à tout droit sur ledit enfant, Rose Jenkins. » La signature d'Ivy figurait au bas de la feuille à côté de celle d'Helena Cannon de la Société d'adoption de St. Margaret.

Relevant les yeux, Sam remarqua un vieux stylo à bille portant un logo à moitié effacé.

— Mercer Pharmaceuticals ? dit-elle. Qu'est-ce que c'est ?

— Je l'ai trouvé dans la reliure de la bible d'Ivy, expliqua Maude.

Sam prit son téléphone.

— Pourrais-je utiliser vos toilettes, Maude ?

— Bien sûr. C'est au bout du couloir, sur la gauche.

Dès qu'elle y fut enfermée, elle tapa « Mercer Pharmaceuticals » dans Google. Ne trouvant rien de significatif, elle continua ses recherches dans Wikipedia jusqu'à ce qu'elle tombe sur une référence à Mercer. L'entreprise avait été rachetée dans les années soixante-dix et s'appelait désormais Cranium. Après une nouvelle requête dans le moteur de recherche, une page s'afficha : *Cranium Pharmaceuticals, depuis près de cent ans, des solutions dans l'industrie pharmaceutique.*

Le jargon médical lui paraissant très obscur et ne sachant pas trop ce qu'elle cherchait, elle écuma les différentes sections. Juste au moment où elle allait renoncer, l'onglet « Fondateurs » lui accrocha l'œil. Elle cliqua dessus.

Cranium, anciennement Mercer Pharmaceuticals, a été fondée par les cousins Charles James et Philip Stone en 1919. Leur but : trouver une solution médicale aux désordres de stress post-traumatique – qualifiés à l'époque d'état de choc –, dont souffraient des centaines de milliers de soldats rescapés de la Première Guerre mondiale. Leurs avancées dans le traitement médicamenteux des troubles psychiatriques ont révolutionné l'industrie. James et Stone ont notamment découvert la triméthaline, un sédatif qui aidait à soulager de nombreux symptômes débilitants affectant ceux qui avaient connu les tranchées.

Poursuivant leurs recherches d'avant-garde au milieu des années cinquante, James et Stone ont pris conscience de la demande de plus en forte du public pour des tranquillisants, entre autres de la part de femmes au foyer. En 1959, Mercer commercialisa le cocynaranol. Réduisant les symptômes d'anxiété chronique, de dépression et d'épisodes maniaques, le médicament valut à Stone de recevoir le prix Nobel de médecine peu avant sa mort en 1968 et permit à Mercer Pharmaceuticals de s'ouvrir sur le marché international. Cette notoriété attira l'attention de Carl Hermolion, directeur médical de Cranium, qui en 1970 offrit une somme qui n'a jamais été révélée au fondateur encore vivant, Charles James, afin de prendre le contrôle de son entreprise.

Philip Stone. La lettre demandant l'internement d'Ivy n'avait-elle pas été signée par un certain Richard Stone ? Et Sam était certaine d'avoir aperçu ce nom s'afficher sur le téléphone de Kitty dans la voiture. Stone était, certes, un nom assez commun, mais Sam n'avait jamais beaucoup cru aux coïncidences.

Elle tapa Richard Stone et Mercer Pharmaceuticals dans l'espoir d'un résultat. Rien, hormis un article sur un site web nommé *Psychology*

Today. Il s'agissait d'une interview dans laquelle Richard Stone, psychiatre de renom, mentionnait une querelle qui l'avait opposé à son père, Philip Stone, au cours des années soixante. L'article ne donnait aucun détail, mais relevait simplement que les deux hommes ne s'étaient plus parlé jusqu'à peu avant la mort du père.

Soudain prise de panique, Sam composa le numéro de Kitty et se retrouva directement sur sa boîte vocale.

— Kitty, c'est Sam. Je suis chez la mère d'Ivy. Ce pourrait être une coïncidence, mais je crois que vous devez rencontrer un certain Richard Stone ce matin. Je me demandais si c'était le même Richard Stone dont le père, Philip, a fondé une entreprise nommée Mercer Pharmaceuticals. Il se pourrait qu'il y ait un lien avec St. Margaret, mais j'ignore lequel précisément. Je suis juste un peu inquiète pour vous. S'il vous plaît, rappelez-moi.

34

Lundi 6 février 2017

Comme chaque matin, Richard Stone acheva son petit déjeuner par un grand verre de jus d'orange avant de gagner sa salle de bains. Son bain était prêt et, après avoir enlevé sa robe de chambre et s'être laissé glisser dans l'eau fumante, il poussa un soupir de contentement. Il s'autorisait même le petit plaisir coupable qui consistait à laisser le robinet couler lentement, afin que l'eau reste constamment à sa température préférée, l'enveloppant de vapeur.

Il se prélassa dans la baignoire tandis que la pièce se transformait peu à peu en sauna. Il essayait de se détendre, mais la séance avec Kitty la veille ne cessait de lui revenir à l'esprit. Les révélations à propos de St. Margaret avaient constitué un choc terrible et ramené à la surface de vieux souvenirs qu'il avait tout fait pour oublier. Il n'avait aucune envie que cette épreuve se reproduise aujourd'hui lorsque Kitty reviendrait. Il était accablé de chagrin et ne savait pas s'il aurait la force dont elle avait besoin. Selon ce qu'il se passerait tout à l'heure, il envisageait de l'adresser à un collègue. Son fils, James, avait raison. Il était temps de prendre une vraie retraite.

Pourquoi avait-il aussi mal à la tête ? Et, bien sûr, son dos le faisait souffrir le martyre, comme d'habitude. Dans ses jeunes années, il y aurait eu une raison pour que son corps lui inflige de telles douleurs, une chute à vélo ou une raclée infligée par son frère. À présent, c'était juste son âge qui le broyait méthodiquement. Il ferma les yeux. La vapeur d'eau étalée sur le miroir au-dessus du lavabo se condensait. Les petites gouttes qui venaient s'écraser sur la porcelaine retentissaient bruyamment dans la salle de bains.

Il se concentra sur l'autre bruit, celui du robinet qui coulait lentement. Malgré l'eau chaude, il commençait à avoir la chair de poule. Il essaya de changer la position du coussin sous sa nuque pour retrouver un certain confort. L'huile essentielle qui d'ordinaire l'apaisait sur-le-champ avait aujourd'hui l'effet contraire, elle lui irritait la peau à la façon d'une de ces vieilles couvertures en laine qui grattaient. Et comme si cela ne suffisait pas, il était pris d'une vague envie de vomir.

Il rouvrit lentement les yeux, parcourant la pièce pour essayer de trouver ce qui pouvait provoquer un tel inconfort. La vapeur était si dense qu'il ne distinguait plus ses orteils au bout de la baignoire. Le son familier de l'extracteur d'air était étrangement absent. Comprenant qu'il commençait à avoir des vertiges, il se redressa pour prendre plusieurs longues inspirations. Soudain, il éprouva le besoin urgent de sortir de la baignoire. Peut-être était-il trop vieux pour se prélasser dans une eau brûlante. Peut-être fallait-il aussi ajouter cela à la liste des plaisirs qui lui étaient désormais interdits.

Soudain, la sonnette de la porte d'entrée retentit. Qui cela pouvait-il être ? Il était neuf heures du matin. Kitty n'avait rendez-vous qu'à midi. Au bout d'un moment, il eut la surprise d'entendre une voix de femme dans le couloir. Son fils et sa bru avaient-ils décidé de lui rendre visite ? Non, aucune chance. Ils auraient appelé avant.

Alors qu'il tentait de se convaincre qu'il avait imaginé cette voix, une porte claqua, le faisant sursauter.

Posant les deux mains sur les rebords de la baignoire pour sortir du bain, il découvrit qu'il n'en avait pas la force. Il retomba lourdement.

— James ? C'est toi ?

Inquiet à présent, il essaya une nouvelle fois de se lever, mais ses mains glissèrent. Il se cogna violemment le crâne en retombant. Soudain, le monde se troubla alors qu'il s'enfonçait sous la surface. Paniqué, il poussa un hurlement. Aussitôt, l'eau lui emplit la bouche, les poumons. Toussant, crachant, il réussit à sortir la tête de l'eau.

— James ! James ! Au secours !

Il s'accrocha tant bien que mal aux parois, vomissant de l'eau savonneuse. Avec stupeur, il vit alors des pieds couverts de sang apparaître sur le tapis de bain. Sidéré, il releva lentement les yeux. Une fillette de huit ans à peine se tenait là. Quelqu'un lui avait rasé le crâne d'une façon assez sommaire : des plaques de cheveux courts surgissaient ici ou là, comme des îles sur une carte. Son cou était tellement enflé que sa tête était renversée en arrière ; sa peau était congestionnée, comme sous l'effet d'une fièvre intense.

Elle était d'une saleté repoussante, la sueur sur son front creusant des sillons dans la crasse qui lui couvrait le visage.

— Je ne me sens pas bien, dit-elle en serrant les bras autour de son corps tremblant.

Richard aperçut une lésion sur son avant-bras. Elle la grattait avec frénésie, s'arrachant des lambeaux de peau.

— J'ai mal à la gorge, fit-elle d'une voix éraillée, avant de frotter son cou difforme.

Richard osait à peine la regarder. Terrifié, il ne dit rien. Elle se pencha un peu plus vers lui. Il sentit son haleine fétide. Des gouttes de sang perlèrent de son bras pour tomber dans l'eau du bain.

— Mère Carlin se met en colère quand je pleure, mais ça fait si mal que je ne peux pas m'en empêcher. S'il vous plaît, aidez-moi.

Lentement, elle tendit son bras couvert d'ulcères vers Richard. Celui-ci s'écarta précipitamment, se cognant à la paroi derrière lui.

— Arrêtez, s'il vous plaît, dit-il.

La fille l'ignora et lui saisit le poignet. Faisant preuve d'une force étonnante, elle lui arracha sa prise sur le rebord. Il s'accrocha désespérément de l'autre côté de la baignoire.

Alors que l'enfant continuait à le tirer, il entendit tourner la poignée de la porte, les gonds couiner. Des pas retentirent sur le carrelage et il plissa les yeux pour essayer de voir qui venait vers lui dans ce brouillard.

— James ? C'est toi ?

Pas de réponse.

— Bon sang, aide-moi. Je n'arrive plus à bouger !

Il fut pris de violents tremblements et, ses dernières forces l'abandonnant, il glissa à nouveau, s'enfonçant dans l'eau. Un éclair de lucidité lui fit comprendre qu'il devait garder la tête au-dessus de la surface. Il cessa de s'agiter, essaya de se calmer.

Du bout de l'orteil, il réussit à déloger le pommeau de la douche de son logement. Celui-ci tomba au fond de la baignoire et, péniblement, il le fit glisser sous ses fesses afin de se surélever suffisamment pour garder le nez et la bouche hors de l'eau. Puis, au prix d'un effort épuisant, il retira la bonde.

Il se mit à compter : un, deux, trois, respire. *Reste calme, ne panique pas, tu peux rester comme ça jusqu'à ce que la baignoire soit entièrement vidée. Tu vas retrouver des forces. Tu ne vas pas mourir ici.* Mais, alors qu'il levait les yeux vers le plafond, il sentit à nouveau la présence de la fille en chasuble. Lentement, il se tourna vers elle.

Elle n'était plus seule. À ses côtés se tenait Kitty Cannon.

Ses longs cheveux gris étaient tirés en arrière, sa tête était penchée, le menton près de sa poitrine. Ses yeux bruns étaient braqués sur lui et elle le fixait en silence. Elle portait une grosse boîte en carton qu'elle posa sur le sol de la salle de bains.

— Kitty, Dieu merci, aidez-moi.

La plus grande confusion régnait dans son esprit maintenant ; tous les sons étaient comme étouffés et ses nausées devenaient abominables.

Kitty ne répondit pas. Au lieu de cela, elle se mit à sortir méthodiquement des objets de la boîte. Puis elle quitta la pièce et revint avec un autre carton, répétant la même opération sous le regard de la petite fille qui souriait. Richard se tordit le cou pour regarder par-dessus le rebord. Le carrelage était jonché de dossiers, certains accompagnés de photographies, d'autres non. Il y en avait tellement qu'ils couvraient entièrement le sol de la salle de bains.

— Kitty ? Que faites-vous ? S'il vous plaît, Kitty, sortez-moi de là, sacré bon sang !

— Mon nom est Elvira, dit-elle calmement en lui tendant la main.

Machinalement, Richard la saisit, pensant qu'elle allait l'aider. Il poussa un cri de douleur quand elle lui planta un couteau de cuisine dans l'avant-bras. Du sang jaillit. En quelques secondes à peine, l'eau du bain devint rouge. Il essaya désespérément de s'écarter d'elle, de trouver des forces en lui. Il n'en avait pas.

— Je vois que le cocynaranol fonctionne à merveille, dit-elle alors qu'il avait l'impression qu'on lui fouillait le bras avec un fer chauffé à blanc. Vous vous souvenez de cette drogue, n'est-ce pas, Richard ? Moi oui. Elle avait certains vilains effets secondaires quand votre père et vous l'avez expérimentée sur nous. J'ai été surprise de la facilité avec laquelle j'ai pu m'en procurer. Il m'a suffi d'écrire à Cranium Pharmaceuticals avec du papier à lettres à votre en-tête. Il semble qu'on vous y accorde encore un certain crédit.

Avec horreur, il la vit contourner la baignoire pour venir de l'autre côté. Elle leva à nouveau son couteau. Il la regarda, tétanisé, alors que la vérité le foudroyait. Elvira ! Cette femme n'était pas Kitty, mais sa sœur, Elvira. C'était Kitty qui était morte cette nuit-là et celle qui se trouvait là avec lui en cet instant avait pris part aux expérimentations de son père à St. Margaret.

— Vous étiez une de ces enfants ! dit-il avant de pousser un nouvel hurlement quand elle lui poignarda l'autre bras.

La douleur était effroyable.

— Kitty… arrêtez, je vous en prie… J'ai rompu avec mon père à cause de ces essais. Je ne lui ai pas adressé la parole pendant quarante ans.

— Et donc, vous n'avez rien fait de mal ? répondit-elle. Vous en êtes sûr ? N'avez-vous pas fait interner Ivy Jenkins ? Simplement parce que vous et ces crapules aviez peur de son amitié avec une fillette de huit ans qui s'appelait Elvira ? Une innocente petite fille qui lui a appris comment les autres enfants de St. Margaret et elle servaient de cobayes pour les essais pharmaceutiques de votre père ?

Richard ferma les yeux en repensant à ce jour, à cette réunion à laquelle son père lui avait ordonné d'assister.

Ils étaient là pour décider du sort d'Ivy Jenkins, tous assis autour d'une table dans une pièce à l'arrière de l'église de Preston : père Benjamin, mère Carlin, le Dr Jacobson et Helena Cannon. Il était arrivé en retard après s'être perdu en route. Alors qu'il traversait l'église pour gagner la petite pièce, il avait croisé le père Benjamin qui raccompagnait un jeune homme aux cheveux blonds et aux yeux bleus. Plus tard, Richard avait appris qu'il s'agissait d'Alistair Henderson et qu'il était le père de l'enfant.

Après avoir fait les présentations, le curé avait dirigé le déroulement de la réunion.

— Merci d'être venus, dit-il lentement et avec autorité, comme s'il célébrait un office. Comme vous le savez, nous avons à St. Margaret un certain nombre d'enfants qui, pour diverses raisons, des problèmes à la naissance surtout, ne sont pas aptes à l'adoption. Plutôt que de les abandonner et de les mettre à la rue, nous avons choisi une opportunité présentée par Mercer Pharmaceuticals qui nous permet de poursuivre le bon travail effectué au foyer.

Le ventre de Richard s'était glacé devant ce rappel brutal de la situation horrible qui régnait dans ce couvent. Il savait que son père utilisait ces enfants abandonnés pour des essais afin d'obtenir au plus vite l'autorisation de mise sur le marché d'un nouveau médicament. Quand Richard en avait entendu parler pour la première fois, il avait fait part de sa désapprobation, mais sa révolte s'était limitée à cela. Après cette protestation initiale, il n'avait plus jamais contesté ces expérimentations et avait fait de son mieux pour s'en tenir à l'écart.

Le père Benjamin s'était alors tourné vers lui.

— Cependant, un problème a surgi qui exige que je fasse appel à votre aide en toute discrétion. Une fille que nous avons ici, Ivy Jenkins, s'est liée d'amitié avec une des enfants prenant part aux tests et nous pensons qu'elle a appris ce qu'il se passe. Bien sûr, elle refuse de l'admettre. Elle est censée quitter St. Margaret très bientôt et, si jamais la nouvelle se répandait, le travail de votre père ainsi que la renommée de son entreprise pourraient en souffrir.

Honteux d'être le représentant de son père dans cette affaire, Richard n'avait pas répondu.

— Ce n'est pas tout, avait poursuivi le père Benjamin. Le père de l'enfant, Alistair Henderson, a reçu de nombreuses lettres de la part d'Ivy, toutes très éprouvantes et totalement mensongères, qu'il m'a remises aujourd'hui. M. Henderson, qui est à la veille d'une carrière sportive très prometteuse, s'inquiète énormément de voir Ivy lui rendre la vie difficile. Il serait disposé à nous offrir une généreuse aide financière afin que nous la gardions ici encore quelques années.

Le Dr Jacobson avait alors pris la parole.

— Quelques années ? Comment allez-vous faire avaler une chose pareille ?

Les bras croisés sur la poitrine dans une posture défensive, il restait légèrement tourné de côté comme s'il voulait échapper à cette conversation.

Le père Benjamin l'avait ignoré, s'adressant toujours à Richard.

— Docteur Stone, je crois savoir que vous venez d'obtenir votre diplôme de psychiatre.

Encore une fois, Richard s'était tu. Il savait déjà où menaient ces préliminaires. Il l'avait compris dès que son père l'avait envoyé à cette réunion afin de le punir de s'être élevé contre les essais devant ses collègues. Pour lui rappeler qui était le chef.

— Votre père semble penser que vous seriez en mesure de nous aider. Depuis qu'Ivy Jenkins a eu son bébé, elle souffre fréquemment d'accès de violence et d'hallucinations. Elle va même jusqu'à refuser de s'alimenter. Dans ces conditions et si elle devait quitter St. Margaret, je crains qu'elle ne représente une menace pour elle-même et pour la communauté.

— Je ne vois vraiment pas en quoi ma présence ici est nécessaire, s'était insurgé le Dr Jacobson.

La mère supérieure, qui n'avait pas prononcé un mot jusque-là, s'était alors tournée vers lui.

— Il est important que nous soyons tous conscients de la situation concernant Ivy Jenkins, docteur Jacobson, et que nous soyons tous impliqués quant aux suites à donner. Je ne vois pas pour quelle raison vous profiteriez des sommes très généreuses qui vous sont offertes quand vous nous envoyez ces filles tout en vous croyant dispensé de prendre part au processus de décision. Dieu nous regarde. Il connaît jusqu'au nombre de cheveux sur nos têtes. Si vous désirez arrêter, vous contenter de votre salaire de médecin généraliste pour vivre dans cette grande maison dans laquelle votre famille et vous venez d'emménager, ayez la bonté de nous le faire savoir.

Pendant tout ce petit discours, la religieuse n'avait pas une seule fois lâché le médecin du regard. Le visage de celui-ci avait pris une teinte d'un rouge très foncé. Il n'avait pas osé l'interrompre, malgré une envie et une fureur évidentes. Et quand elle eut terminé, il était sorti sans un mot.

Le père Benjamin s'était levé à son tour pour rejoindre Richard.

— Voici les lettres qu'Alistair Henderson m'a transmises. Étudiez-les, je vous prie, je pense que vous arriverez à la même conclusion. Cette Ivy Jenkins est instable et serait davantage à sa place dans une institution spécialisée le temps nécessaire à son rétablissement. Quand la tâche essentielle que nous effectuons ici arrivera à son terme, il sera alors temps de reconsidérer sa situation.

Richard avait contemplé les cinq enveloppes que le curé avait posées sur la table devant lui.

— Quand désirez-vous cette évaluation ?

— Tout de suite. Bien sûr, il est normal que vous la voyiez, nous lui avons donc dit qu'avant de la laisser rentrer chez elle, elle devait juste passer une visite médicale.

— N'est-ce pas faire preuve d'une cruauté inutile ?

Cela avait été plus fort que lui.

— Votre père a libéré votre emploi du temps pour la journée, je crois. Une fois que vous aurez établi que son internement est pleinement justifié, mieux vaut qu'elle parte sur-le-champ. Si vous voulez bien ?

Le père Benjamin indiquait la porte et, avec ce simple geste, le sort d'Ivy Jenkins fut scellé.

Richard baissa les yeux vers son corps vieux et frêle dans la baignoire. Il tremblait à présent, de froid, de peur et de honte.

— S'il vous plaît, Kitty, j'étais jeune et idiot. Appelez une ambulance, je vous en supplie, et ensuite nous pourrons reparler de tout ceci.

— J'en ai assez de vous parler, Richard. Je vous ai laissé votre chance. Une chance que je n'ai jamais donnée aux autres. Sans vouloir vous offenser – car je sais que vous avez consacré toute votre vie à ce métier –, je dois dire que vous n'êtes vraiment pas un psychiatre très doué. Cela fait combien de mois que vous me voyez et vous n'avez rien vu venir, n'est-ce pas ?

Il contempla, fasciné, les gouttes de sueur qui perlaient sur le front de Kitty. Il avait de plus en plus de mal à les distinguer.

— Je vous ai parlé de la nuit où mon père est mort, n'est-ce pas ? reprit-elle. N'avez-vous pas senti que j'avais besoin d'en dire bien davantage ?

Un trait noir se dessinait autour de sa silhouette, tandis que, le couteau toujours brandi, elle observait les blessures qu'elle lui avait infligées.

— Je ne voulais pas provoquer cet accident, je n'avais pas l'intention de le faire mourir. Je m'étais réveillée d'un cauchemar avec Kitty. Elle me hantait. C'était insupportable, dévorant. Dans une sorte de révélation, j'ai eu soudain conscience qu'il était urgent d'avouer la vérité à notre père. C'était sa chère Kitty qui était enterrée à St. Margaret. Je n'étais qu'une usurpatrice.

Elle s'essuya le front avec le dos de sa main gantée.

— Je suis sortie dans le blizzard pour prendre le car pour l'hôpital, car je tenais absolument à leur parler à tous les deux, Helena et lui, en même temps, quelles que soient les conséquences. Mais, à cette heure-là, il n'y avait plus de bus, alors j'ai décidé de continuer à pied. Je connaissais si bien la route, nous allions la voir presque tous les jours. Pendant une heure, j'ai marché dans la neige.

« Et soudain, sa voiture est arrivée. Il a braqué pour m'éviter et il a dérapé. La voiture est partie en tonneaux. Quand je l'ai rejoint, j'ai tout de suite compris qu'il était mort. J'avais déjà vu tellement de morts à St. Margaret, je savais les reconnaître.

« Je ne sais pas combien de temps je suis restée là, mais soudain un homme a surgi et il m'a fait peur, alors je me suis mise à courir et courir, jusqu'à la maison. Après cela, j'ai attendu que la police vienne m'arrêter pour me ramener à St. Margaret. Quand les agents sont finalement arrivés, ils m'ont juste dit qu'il y avait eu un terrible accident. Ils ne savaient pas que j'y étais, que je l'avais provoqué. Une fois le choc passé, j'ai compris qu'on ne m'attribuait pas la responsabilité de la mort de mon père, ce qui m'a ouvert, je dois l'avouer, de nouvelles perspectives absolument fascinantes.

Un tintement retentit quand le couteau tomba sur le carrelage. Puis il y eut le déclic de la porte de la salle de bains qui se refermait.

— Je vous en prie, ne me laissez pas, dit faiblement Richard.

Mais rien ne vint adoucir ses ultimes moments. Seul comme jamais, il gisait dans cette baignoire glacée et vide, regardant son sang couler par la bonde. Ce sera bientôt terminé, se dit-il en commençant à pleurer. Il pensa à sa femme et pria pour qu'elle vienne à sa rencontre.

— Evelyn, dit-il, alors que les ténèbres s'emparaient de lui. Je regrette.

35

Jeudi 12 février 1959

Le souvenir de leurs souffrances s'insinua dans son sommeil et réveilla Ivy en sursaut. Elle n'avait pas voulu s'endormir, mais l'épuisement avait eu raison d'elle. Elle se maudit d'avoir été aussi stupide. Il lui était arrivé d'entendre leurs pleurs et leurs cris. Elvira lui avait parlé des injections qui les rendaient si malades. Mais jusqu'à ce soir, elle n'avait absolument rien pu faire pour aider les enfants du grenier.

Elle se redressa, regardant la salle autour d'elle, guettant le moindre mouvement. Toutes les autres filles dormaient. Les seuls sons étaient les murmures et les gémissements qui accompagnaient leurs cauchemars.

Elle n'arrivait toujours pas à croire qu'elle allait rentrer chez elle. Au petit déjeuner, la mère supérieure était passée lui dire que sa mère viendrait la chercher le lendemain, ajoutant qu'elle devait passer une visite médicale avant de partir. C'était la procédure normale.

Le docteur était jeune, presque aussi jeune qu'elle, avait-elle noté, avec des cheveux bruns un peu flous, un beau blazer bleu et ce genre d'accent que donne une éducation de riche. Il avait été gentil avec elle, lui demandant ce qu'elle éprouvait à propos de son bébé et de son séjour à St. Margaret. Bien sûr, il n'était pas question de lui avouer quoi que ce soit et elle n'avait rien dit de ce qu'elle avait sur le cœur. Alors qu'il prenait des notes, elle avait déclaré qu'elle était reconnaissante pour son séjour ici, qu'elle était heureuse qu'on ait trouvé un foyer accueillant pour Rose et qu'elle essayait désormais de laisser tout cela derrière elle. Il avait fait un commentaire sur son poids, évoquant son refus de s'alimenter, mais elle avait expliqué qu'elle avait juste le mal de chez elle, de sa famille, et que mère Carlin et père Benjamin avaient dû le sentir, car ils avaient gentiment décidé de la laisser rentrer à la maison. Il avait souri en entendant cette réponse, hochant doucement la tête, tandis que la pointe de son stylo plume grattait la feuille posée sur le bureau devant lui.

Ivy sortit du lit et aussitôt le froid rampa sur ses jambes jusqu'à son dos. Frissonnante, elle s'enveloppa dans sa couverture en essayant de faire le moins de bruit possible avant de se diriger vers la porte sur la pointe des pieds, les craquements du plancher venant rompre le silence. Elle savait que sœur Faith qui montait la garde sur son rocking-chair de l'autre côté devait dormir comme d'habitude. Elle n'avait encore jamais tenté de s'échapper du dortoir. Elle n'en avait jamais eu le courage ni cru en ses chances de succès. Mais maintenant qu'elle partait, elle n'avait pas le choix. Il fallait qu'elle parle à Elvira. L'occasion ne se représenterait plus.

Respirant à peine, elle colla son oreille au battant, les yeux fixés sur la poignée en bronze.

Elle ferait du bruit, elle le savait, mais elle la saisit néanmoins d'une main tremblante. Il y eut un déclic. Respirant un bon coup, elle tira la lourde porte en chêne tandis que son cœur se déchaînait dans sa poitrine.

Dans le couloir silencieux, le rocking-chair était vide, se balançant lentement, comme si son occupante venait à peine de le quitter et, dans sa hâte, avait laissé tomber une couverture en tartan par terre. Ivy se figea, paralysée par l'indécision. Son cœur, lui, battait de plus en plus frénétiquement, au point qu'elle se demanda s'il n'allait pas lui briser les côtes. Soudain, elle entendit l'eau qui coulait dans la salle des lavabos tout près sur sa droite. Elle jeta un coup d'œil vers la gauche où tout au bout du long couloir se trouvait une autre porte. Qui donnait sur l'escalier montant au grenier.

Elle se décida. Refermant soigneusement derrière elle, elle se mit à courir, ses pieds nus silencieux sur les lattes du plancher. Elle crut que tout allait bien se passer, mais, alors qu'il lui restait encore trois mètres à franchir, elle entendit la porte de la salle des lavabos. Dans un élan désespéré, elle se jeta sur le battant, l'ouvrit au moment où retentissait la toux de sœur Faith derrière elle.

Elle se figea sur la première marche de l'escalier, tirant lentement derrière elle la porte jusqu'à ce qu'elle touche l'encadrement. Elle attendit, retenant son souffle. Finalement, dès qu'elle fut certaine que sœur Faith ne s'était rendu compte de rien, elle se mit à grimper à toute allure.

En arrivant à l'entrée du dortoir, elle contempla les deux rangées de petits lits alignés de chaque côté contre les murs dans cette salle sans fenêtres et ravala ses larmes. Sur chaque couche, il y avait deux enfants, dont l'âge variait entre un et sept ans, attachés au montant du lit par les chevilles. La plupart dormaient à même des matelas crasseux, avec leur pouce dans la bouche pour unique réconfort. Mais certains étaient éveillés, les yeux furtifs et luisants dans l'obscurité, comme des animaux en cage. Les uns avaient la peau noire, de longs cheveux drus ; quelques-uns, elle le savait, étaient mongoliens ; d'autres encore souffraient d'un tel handicap physique qu'ils ne quittaient jamais leur lit.

Dans un coin de la salle, un évier crasseux était fixé au mur, avec un pain de savon dur posé à terre.

— Ivy ? Qu'est-ce que tu fais là ?

La voix d'Elvira était si particulière. Ivy se tourna vers la jolie petite fille qu'elle en était venue à tant aimer. Sachant que le temps pressait, elle courut la rejoindre. Sa chevelure était tout emmêlée, son visage sale. Son matelas sentait l'urine. Ivy aurait voulu la prendre dans ses bras pour l'emmener ailleurs, lui faire quitter à tout jamais cet endroit abominable.

— Elvi, écoute-moi, on n'a pas beaucoup de temps. Je suis venue te prévenir. Je m'en vais d'ici.

Immédiatement, des larmes jaillirent dans les yeux de la petite fille.

— Quand ? S'il te plaît, ne me laisse pas.

— Ne t'inquiète pas, Elvi, je reviendrai te chercher. Dès demain, j'irai voir la police pour lui dire ce qu'il se passe ici, tout ce qu'on vous fait et, alors, on pourra te faire sortir. Je t'emmènerai et tu viendras vivre chez moi.

Elle avait attiré Elvira contre elle et la serrait de toutes ses forces.

— Chez toi ?

Les yeux de la fillette brillaient quand elle les leva pour la dévisager. Son regard était si poignant qu'une tristesse effroyable s'empara d'Ivy, au point qu'elle en eut physiquement mal.

— Oui, ça te plairait ? dit-elle, la serrant toujours dans ses bras.

— Plus que tout au monde.

— Alors, c'est décidé. Mais écoute, Elvi, tu ne dois rien dire à personne. Tu comprends ? Ma mère viendra me chercher. Nous partirons, mais je reviendrai.

Elvira hocha la tête.

— Est-ce que tu reviendras avant les docteurs ?

— Oui, je te le promets. Je suis venue pour te dire de ne pas t'inquiéter. Je savais que tu serais triste en apprenant mon départ et je ne voulais pas te faire ça. Tu as déjà assez souffert.

Ivy s'écarta pour lui prendre les mains.

Elvira recommença à pleurer, ses larmes traçant des sillons luisants dans la crasse.

— Tu ne vas pas revenir. Il va t'arriver du mal. Il va t'arriver du mal parce que je suis mauvaise.

— Elvira, regarde-moi. Ce n'est pas vrai. Tu n'es pas mauvaise ; au contraire, tu es un ange. Il ne faut pas croire les sœurs, elles ne disent que des mensonges. Écoute, Dieu connaît la vérité, il voit tout, il voit le mal qu'elles te font et il sait combien tu souffres. Il sait que tu es bonne jusqu'à la pointe du moindre de tes cheveux. Luc, chapitre douze, verset sept : « Il connaît même le nombre de cheveux sur vos têtes. » N'aie pas peur.

Elle serra le petit visage d'Elvira entre ses mains.

La fillette sanglotait à présent, des spasmes secouant son petit corps, alors qu'elle perdait le contrôle de ses émotions.

— Je ne suis pas un ange. Ils ont dit que j'avais fait du mal au bébé, que j'avais essayé de le noyer dans l'eau du bain. Mais, en réalité, on faisait juste que jouer et il a glissé.

— Elvira, tu n'étais qu'un bébé, toi aussi. Tu ne mérites pas ce qui t'arrive. Ce n'est pas pour ce que tu as fait que tu es ici, mais à cause d'eux. C'est eux qui sont mauvais, pas toi. Et je vais te sortir d'ici.

— Non, ne me laisse pas.

Elvira s'accrocha si fort à elle que ses ongles la griffèrent.

— Elvira, je t'en prie, arrête, dit Ivy avec un regard inquiet vers les autres enfants dont certains commençaient à s'agiter. S'il te plaît, arrête de pleurer. Il faut que tu me fasses confiance, ma chérie.

Elle la berça jusqu'à ce que ses pleurs s'apaisent.

— Je dois y aller maintenant. Je te verrai demain matin au lavoir, mais il ne faut rien dire à personne, tu comprends ? Promets-moi, Elvi.

— Je promets.

— Je t'aime, Elvira, chuchota Ivy.

— Tu m'aimes ? dit la fillette en essuyant ses dernières larmes.

— Oui, je t'aime. Maintenant, rendors-toi, on a une grosse journée demain.

Ivy sourit et déposa un baiser sur sa joue avant de traverser à nouveau le grenier. Les mêmes yeux furtifs la suivirent, mais tous ces enfants étaient trop terrifiés pour oser émettre le moindre son. Elle aurait voulu tous les rassembler pour les emmener loin d'ici, mais c'était impossible. Pas avant demain.

Il ne lui restait plus qu'à récupérer le dossier de Rose. Descendre au rez-de-chaussée au beau milieu de la nuit et pénétrer dans le bureau de la mère supérieure sans se faire repérer était impensable. Le seul moyen, c'était d'attendre demain matin pendant le petit déjeuner auquel tout le monde prenait part. Elle trouverait une excuse pour s'absenter.

Au bas des marches, elle entendit les ronflements sonores de sœur Faith de l'autre côté de la porte. Elle dut passer à côté, la frôler même, la peur menaçant de faire exploser son cœur. Elle vit sa lèvre supérieure qui tremblait, sentit la chaleur de son souffle sur sa main, mais la religieuse ne se réveilla pas.

Dès qu'Ivy fut dans son lit, son cerveau commença à élaborer un plan. Dans son état de surexcitation, il n'était pas question de dormir. Quelque chose s'était mis à frémir en elle, une émotion à peine perceptible et qu'elle avait quasiment oubliée. Mais quand le soleil commença à se lever, elle comprit :

C'était l'espoir.

36

Lundi 6 février 2017

— Mademoiselle, tout va bien ? demanda Maude à travers la porte.

— Très bien, merci, dit Sam en tirant la chasse avant de faire couler de l'eau.

Quand elle sortit dans le couloir, son attention fut attirée par une broderie qu'elle n'avait pas encore remarquée.

Maude suivit son regard.

— Ivy l'a faite quand elle avait quatorze ans. Elle est belle, n'est-ce pas ? Elle a essayé de me montrer comment, mais c'était trop difficile. Elle avait une telle patience. Vous auriez dû la voir donner les cours aux enfants à l'école du dimanche.

Sam examina les fils tissés avec soin et qui formaient une phrase : *Il connaît le nombre de cheveux sur ta tête ; n'aie pas peur.*

— Elle disait cela tout le temps. « Ne t'inquiète pas, maman, Dieu voit tout ce que tu fais, il sait comme tu es bonne. » Et puis, elle regardait son oncle Frank et elle ajoutait à voix basse : « Et il sait aussi qui n'est pas bon. »

Sam sourit gentiment avant de prendre la main de Maude. Sa peau fine comme du papier semblait receler tant de malheur qu'il était facile de croire qu'elle allait craquer d'une seconde à l'autre.

— Vous lui ressemblez tellement, ajouta Maude en la dévisageant intensément.

— À qui ? dit Sam.

— À Ivy, répondit Maude en montrant une photographie sur le mur. Elle devait avoir dix-sept ans là-dessus.

Sam resta interdite. Pendant un bref moment, elle crut à une hallucination, que la photo était en fait un miroir. Avec ses cheveux roux, Ivy était son reflet presque parfait.

— Quand je vous ai aperçue la première fois, j'ai eu l'impression de voir un fantôme, ajouta Maude.

Soudain très mal à l'aise, Sam se crispa. Qu'est-ce que cette vieille femme tentait de lui dire ? Cherchant des indices sur ce visage si ouvert, si confiant, elle essaya de secouer son cerveau privé de sommeil.

— Je dois le dire, j'ai été un peu déçue quand je vous ai vue seule dans l'allée, dit Maude. J'avais espéré qu'avec le temps Rose m'aurait pardonné.

— Que voulez-vous dire ? demanda Sam, sentant à présent la panique monter en elle sans en comprendre la raison. Rose qui ?

Maude laissa échapper un petit rire nerveux.

— Votre grand-mère, bien sûr.

— Nana ? Elle n'a rien à voir avec ça. Elle a juste déniché quelques vieilles lettres dans les affaires de mon grand-père après sa mort. Il était marchand d'antiquités. Il retrouvait souvent toutes sortes de choses dans les meubles qu'il avait achetés.

Sam s'entendait parler, espérant de toutes ses forces que ces mots soient la vérité, mais sachant déjà que ce n'était pas le cas.

— Mais j'ai moi-même donné ces lettres à votre grand-mère, il y a près de cinquante ans, dit Maude avec une telle stupeur qu'elle ne pouvait être feinte. Quand son amie et elle sont passées me voir.

Cette dernière phrase resta suspendue dans l'air quelques secondes.

— Ma grand-mère, Annabel Creed, est venue ici ? Il y a cinquante ans ?

— Oui, elle avait douze ans. Je croyais que c'était à cause de cela que vous êtes venue me voir. Qu'elle vous avait donné les lettres et vous avait expliqué ce qu'il s'est passé entre nous.

Se sentant soudain très faible, Sam se laissa glisser le long du mur pour s'asseoir sur le sol, la tête entre les mains.

— Mais comment les aviez-vous eues ?

— Elles sont arrivées par la poste quelques jours après la mort d'Ivy, dit Maude en levant les yeux vers la photo de sa fille. Elles m'ont brisé le cœur. J'ignorais tout de ce qu'elle avait enduré. Je suis retournée à St. Margaret avec elles, mais mère Carlin a soutenu que tout ce qu'elles contenaient n'était que le produit de sa psychose, de ses « délires », comme elle a dit. C'est à ce moment-là qu'elle m'a donné la lettre du psychiatre expliquant qu'Ivy avait perdu la tête et que tout ce qu'elle avait écrit n'était que pure invention.

— Mais Nana ne m'a jamais dit qu'elle vous avait rencontrée, dit Sam. Je ne comprends pas. Vous êtes sûre qu'il s'agissait d'elle ? Annabel Creed ?

— Annabel Rose Creed, oui. Samantha, elle est la fille d'Ivy. C'est la Rose dont parlent toutes ces lettres.

Sam se releva pour se ruer aux toilettes. Sa crise de vomissement dura plusieurs minutes. Quand elle fut enfin passée, elle but et s'aspergea au lavabo. Puis elle se redressa pour se retrouver face au miroir. Elle se regarda très longtemps.

Dès qu'elle revint dans le couloir, Maude reprit la parole :

— Je suis tellement désolée, Samantha. J'étais vraiment persuadée que vous saviez. J'ai été si heureuse quand j'ai lu votre mot ce matin. Je pensais que votre grand-mère m'avait enfin pardonné.

— Pardonné ?

— C'est surtout son amie qui a parlé ce jour-là… Elle était un peu plus âgée, dit Maude. Annabel, elle, restait assise dans son coin sans rien dire ou presque. Les lois venaient de changer et les enfants adoptés s'étaient vu accorder le droit de prendre contact avec leurs parents naturels. La municipalité m'avait écrit pour m'annoncer qu'Annabel désirait me voir. Les services sociaux ont organisé la rencontre.

Sam écoutait en secouant la tête. Elle n'arrivait pas à y croire : Nana savait où vivait sa grand-mère. Elle connaissait l'identité de sa mère. Pourquoi ne lui en avait-elle jamais parlé ? Pourquoi ?

— Et cette amie de ma grand-mère, que disait-elle ? demanda-t-elle.

— C'était terrible. Avant la rencontre, j'étais bouleversée à l'idée de voir Annabel Rose. Je comptais les minutes. Elle était si belle, le portrait tout craché d'Ivy. Et quand elle m'a laissée la prendre dans mes bras, j'ai bien failli l'étouffer.

« Je ne voulais pas lui donner les lettres d'Ivy, parce qu'elles étaient trop tristes, trop déchirantes, mais j'avais sorti la boîte contenant toutes ses affaires pour lui montrer sa photo et son amie les a trouvées. Elle s'est mise à les lire assise dans un coin pendant qu'Annabel et moi discutions. Ça a été une demi-heure formidable – c'était une petite fille si adorable, elle me rappelait tellement Ivy. Mais quand son amie a eu fini de lire les lettres, elle est entrée dans une rage folle. Elle hurlait que je devrais avoir honte de moi pour ne pas avoir porté secours à Ivy, que c'était ma faute si elle était morte. Que c'était comme si je l'avais moi-même tuée…

— Oh, mon Dieu, c'est horrible. Je suis désolée, Maude.

La vieille dame était si pâle que Sam crut qu'elle allait s'évanouir. Elle tira une chaise pour l'aider à s'asseoir.

— Merci, dit Maude. C'est elle qui a déchiré la lettre de Richard Stone avant de me la jeter au visage. C'était terrible. Elle a dit que cette lettre était un tissu de mensonges, qu'Ivy n'était pas folle. C'était idiot de ma part de la recoller. Mais il me restait si peu de chose d'Ivy, je m'accrochais à tout ce que j'avais.

Sam serra sa main entre les siennes.

— Qui était-elle, cette soi-disant amie ?

— Elle s'appelait Kitty. Je m'en souviens, car, quelques années après, je l'ai revue à la télévision. Elle était devenue très célèbre. Je n'arrivais pas à y croire, dit Maude en essuyant ses larmes. Elle m'avait dit de ne plus jamais tenter d'entrer en contact avec Annabel, que si j'essayais, elle me tuerait.

Sam lui donna un mouchoir en papier.

— Seigneur Dieu, fit Sam en secouant la tête. Kitty m'a appelée Ivy quand je l'ai retrouvée à St. Margaret. Elle a nié, mais quand je lui ai montré la photo d'Ivy, j'ai bien vu qu'elle était troublée.

— Vous connaissez Kitty ?

— Je l'ai rencontrée pour la première fois cette nuit, dit Sam à voix basse, perdue dans ses pensées.

— Quand elle était ici ce jour-là avec Rose, elle parlait d'Ivy comme si elle l'avait connue, mais comment est-ce possible ?

— Kitty n'a pas pu la connaître, répondit Sam, mais sa sœur jumelle aurait pu.

— Sa sœur jumelle ?

— Ce matin, Kitty m'a dit que sa sœur, Elvira, et elle sont toutes les deux nées à St. Margaret d'une maîtresse de son père qui est morte en couches. Kitty a été élevée par son père alors qu'Elvira a été adoptée par un couple qui a fini par la renvoyer à St. Margaret. Elle a dû s'y trouver à la même époque qu'Ivy.

Sam contempla à nouveau la photo d'Ivy, puis son propre reflet dans un vieux miroir.

— Je crois qu'elle m'a appelée Ivy, car pendant un instant elle m'a prise pour sa vieille amie.

Elle était assez désorientée, elle n'avait plus toute sa tête. Elle ne savait pas ce qu'elle disait.

— N'avait plus toute sa tête ? répéta Maude. Que voulez-vous dire ?

— Kitty n'aurait pas pu connaître Ivy... contrairement à Elvira, répondit Sam en désignant la broderie. Kitty en avait une très semblable dans son appartement. Je crois qu'Ivy lui a appris ce psaume quand elles étaient ensemble à St. Margaret.

Elle se tourna à nouveau vers Maude.

— Quand Kitty se trouvait là-bas avec Ivy ? demanda celle-ci. Mais vous disiez que c'était Elvira...

— Quand j'étais avec elle, Kitty m'a raconté sa première rencontre avec Elvira. Elles avaient huit ans. Elvira s'était enfuie de St. Margaret et avait réussi à la retrouver. Elles se sont cachées dans une remise. Quand il a fait nuit, Kitty a décidé d'aller chercher de l'aide. Mais elle est tombée dans un fossé et s'est réveillée trois jours plus tard à l'hôpital où son père lui a annoncé qu'Elvira était morte.

— C'est abominable. La pauvre petite, dit Maude, les yeux à nouveau emplis de larmes.

— Et si c'était Kitty qui était morte cette nuit-là ? dit Sam. Et si Elvira avait pris sa place pour ne pas retourner à St. Margaret ?

— Je ne comprends pas. Comment aurait-elle pu prendre la place de sa sœur... C'est impossible.

— Vous croyez ? Elles étaient jumelles.

— Mais elles n'étaient quand même pas identiques, non ? Elvira vivait à St. Margaret, elle devait être dans un état assez pitoyable, alors que

Kitty avait une famille. Elvira devait avoir les cheveux, les ongles crasseux, les dents abîmées et elle devait être beaucoup plus maigre, j'imagine.

— Peut-être, mais les circonstances ont pu jouer en sa faveur. Elle dit s'être réveillée trois jours après à l'hôpital. Après avoir passé toute une nuit dans un fossé. Elle devait être couverte de boue quand on l'a transportée à l'hôpital. Avant de la soigner, les infirmières ont sûrement fait sa toilette.

— Mais sa mère et son père s'en seraient rendu compte. Une mère connaît son enfant, dit Maude en la fixant, éberluée.

— Leur mère naturelle était morte. Si vous parlez d'Helena Cannon, elle était très malade et hospitalisée elle aussi. Elle venait de subir une greffe du rein. Quant à George, il devait être dans un tel état de stress qu'il ne s'est rendu compte de rien…

Sam s'interrompit un instant.

— Il est possible qu'Elvira, comprenant que Kitty était morte, ait pris la place de sa sœur. Et qu'elle ait ensuite passé sa vie à se venger.

— Se venger ? Que voulez-vous dire ?

Maude semblait perdue.

— Tous ceux qu'Ivy mentionnait dans ses lettres sont morts. Je crois qu'ils ont tous été tués par Elvira.

— Dieu du ciel, s'écria Maude avant d'ajouter d'une voix hésitante : Eh bien, tout le monde sauf Rose.

Sam la fixa, les yeux écarquillés.

— Oh, mon Dieu ! Nana !

— Quoi ? Qu'y a-t-il ? fit Maude.

Sam se ruait déjà vers l'entrée, attrapant son sac et enfilant ses chaussures à toute vitesse, tout en criant :

— Appelez la police ! Dites qu'une vieille dame a été agressée chez elle, appartement 117, Whitehawk Estate.

37

Lundi 6 février 2017

Il ne fallut pas longtemps à Fred pour trouver la villa victorienne où l'avait envoyé la dame de la poste. Ne croyant pas que la famille Jacobson y habiterait encore, il fut assez surpris quand une séduisante dame très âgée en cardigan de cachemire rose vint lui ouvrir. Elle coinça ses lunettes sur sa permanente impeccable pour l'examiner avec attention.

— Madame Jacobson ? demanda-t-il avec un sourire chaleureux.

Il avait lu l'avis de décès et savait que le Dr Jacobson était mort en 1976 alors que sa femme et lui étaient mariés depuis vingt ans ; ce qui signifiait que Mme Jacobson devait avoir dépassé les quatre-vingts ans. Elle gardait cependant une certaine tenue et soignait visiblement son apparence. Fred la trouvait assez étonnante pour son âge.

— Oui ? répondit-elle.

— Je ne sais pas si vous vous souvenez de moi. J'habitais dans le coin quand j'étais petit. Je m'appelle Fred Cartwright. Votre mari a été mon docteur pendant des années.

Il avait un peu honte de mentir ainsi, mais c'était pour rendre service à Sam.

La femme fronça les sourcils, essayant de comprendre où voulait en venir ce visiteur inattendu.

— Papa l'estimait énormément. Je crois qu'il vous a écrit après son décès. Il était bouleversé, dit Fred.

— Je vois. En quoi puis-je vous aider ?

Il hésita une fraction de seconde.

— J'aimerais vous poser une ou deux questions à propos de votre mari si cela ne vous dérange pas trop.

— Eh bien, c'est-à-dire que *Casualty*[1] va bientôt commencer, dit la femme en regardant derrière elle.

— J'ai été navré d'apprendre la mort du Dr Jacobson. Cela a dû être une perte terrible pour vous ainsi que pour vos deux filles – Sarah et Jane, si je me rappelle bien ?

Fred avait mémorisé leurs noms dans les coupures de presse qu'il avait lues avant de venir.

— Merci. Oui, une perte terrible.

— Cela ne vous prendra pas plus de cinq minutes. Nous pourrions parler sur ce banc, si vous le désirez ?

— Oh ! non, il fait horriblement froid. Pardonnez-moi, mais je suis une vieille dame qui vit toute seule et j'ai un peu peur de tout. Mais c'est toujours agréable d'évoquer Edward... Entrez, s'il vous plaît.

Il la suivit dans la maison.

— Voudriez-vous une tasse de thé ?

— Merci, madame Jacobson, dit Fred en hochant la tête.

1. Série hospitalière britannique, non diffusée en France.

— Appelez-moi Sally. S'il vous plaît, entrez, entrez et installez-vous pendant que je prépare une nouvelle théière.

Elle le conduisit dans un immense salon meublé de fauteuils confortables, agrémenté de plusieurs bouquets de fleurs. Le tout était d'une propreté méticuleuse. Pas un coussin qui ne fût à sa place. Il n'y avait guère de doute que la décoration avait été refaite très récemment. Une frêle vieille dame comme Mme Jacobson ne devait sûrement pas s'occuper toute seule d'une maison aussi vaste. À l'évidence, en dépit de sa mort prématurée, Edward Jacobson avait veillé à assurer l'avenir de son épouse.

Tandis que son hôtesse s'activait dans la cuisine, Fred examina les photos exposées sur une table vernie. L'une d'entre elles représentait le Dr Jacobson avec un épagneul roux dans les bras.

— Nous aimions tous Honey, dit Mme Jacobson qui venait d'apparaître derrière lui avec un plateau sur lequel tasses et théière étaient accompagnées de biscuits. Je crois que j'ai encore plus pleuré à sa mort qu'après celle d'Edward. Elle a été une merveilleuse compagne dans ces longs moments de solitude. La perdre a été le coup de grâce.

— Je peux l'imaginer. Et comment vont Jane et Sarah maintenant ? s'enquit Fred.

— Seigneur, elles ont tellement grandi, je n'arrive pas à y croire. Sarah est médecin comme son père et Jane est architecte, dit-elle en répartissant le contenu de son plateau sur une petite table. Elles essaient de venir me voir aussi souvent que possible, mais elles sont débordées. Vous savez comment c'est.

Fred sourit.

— Vous devez être très fière d'elles.

— Oui, mais cela me rend un peu triste qu'Edward n'ait jamais su à quel point elles se sont bien débrouillées.

Elle lui tendit une tasse de thé.

— Et vous, Fred, que faites-vous de votre vie maintenant ?

Il sourit.

— Eh bien, Sally, je suis devenu historien et j'effectue des recherches sur un endroit qui s'appelait St. Margaret à Preston. Je ne sais pas si vous en avez entendu parler ?

Il accepta un biscuit.

— Bien sûr, le foyer pour mères célibataires. Cela fait des années qu'il n'est plus en service. Je crois qu'ils vont bientôt le détruire, n'est-ce pas ?

— Oui, c'est exact, dit Fred qui hésita, cherchant les mots justes. Peut-être savez-vous si votre mari a eu une relation quelconque avec St. Margaret ?

Il guettait le moindre signe d'anxiété sur le visage de Mme Jacobson, mais n'en perçut aucun.

— Eh bien, oui. On prenait là-bas les filles qui étaient enceintes, n'est-ce pas ? Edward y allait de temps à autre pour aider lors d'accouchements difficiles, mais il n'aimait pas trop en parler.

Fred hocha la tête.

— Je le reconnais bien là. Toujours prêt à rendre service.

La vieille dame s'installa sur un canapé dont les coussins moelleux parurent les avaler, sa tasse en porcelaine et elle. Une scène vint aussitôt à l'esprit de Fred : Sally bien bordée dans des draps de soie, se réveillant à peine quand la porte d'entrée s'ouvrait et que le Dr Jacobson la franchissait discrètement, les mains encore couvertes de sang après avoir essayé de sauver la vie d'une malheureuse. Il devait lui arriver de lever la tête pour le voir dans l'encadrement de la salle de bains et l'entendre murmurer : « Je prends juste un bain, ma chérie. Je dormirai dans la chambre d'ami pour ne pas te déranger. »

Un chat persan surgit derrière les baies vitrées du balcon, les faisant tous les deux sursauter.

— Jess, que fais-tu ? dit Sally en allant lui ouvrir.

— Vous avez un jardin magnifique, remarqua Fred tandis qu'elle refermait très vite les deux portes en serrant son cardigan autour d'elle. Cela ne doit pas être facile de s'occuper d'une maison pareille à vous toute seule.

— Oh, j'ai la chance de pouvoir me faire aider. Les filles n'arrêtent pas de me dire de partir. Elles s'imaginent savoir ce qui est le mieux pour moi, mais je ne supporte pas l'idée de vivre seule, dans un endroit que je ne connais pas et, surtout, de laisser Edward ici. Ce serait comme l'abandonner.

Elle reposa sa tasse sur la table avant d'ajouter :

— Vous savez, il est mort ici.

— Je l'ignorais. Je suis désolé, cela a dû être très dur.

Il attendit qu'elle réponde, mais elle resta perdue dans ses pensées.

— Était-il malade ? demanda-t-il.

— Non, pas du tout. C'était un horrible accident. Il s'est noyé dans notre piscine. Nous ne savons toujours pas comment cela a pu se produire, mais il s'est retrouvé coincé sous la bâche qui la recouvrait. L'autopsie a montré qu'il s'était luxé l'épaule. Nous pensons qu'il tentait d'aider Honey qui devait être prisonnière sous la toile.

— C'est terrible. Vous étiez là à ce moment-là ?

— Non, j'étais sortie en voiture faire les courses de Noël. J'ai eu une crevaison, si bien que j'ai été absente plus longtemps que prévu...

La voix de Sally s'éteignit tandis que ses mains se tordaient sur son ventre.

— Nous avions acheté la bâche la plus solide pour que les enfants ne risquent rien s'ils tombaient dans la piscine. Elle aurait dû le retenir, mais il s'est cogné la tête dans sa chute. Il était inconscient quand il a glissé sous l'eau.

— C'est effroyable. J'imagine qu'il y a eu une enquête ? demanda Fred en l'observant avec soin.

— Les policiers ont été très gentils. Je n'arrêtais pas de leur dire que ce n'était pas normal. Honey détestait ce chalet qui abrite la piscine, elle avait peur de l'eau et ne serait jamais entrée là-dedans. Et Edward a dû briser une vitre pour y pénétrer – on a retrouvé ses empreintes sur le caillou qu'il a utilisé. Mais pourquoi aurait-il cassé cette vitre alors qu'il savait où nous rangions la clé ? Je ne reproche pas aux inspecteurs de ne pas m'avoir écoutée. J'étais dans un tel état de nerfs qu'on a dû me mettre sous tranquillisants. Je n'ai même pas pu assister à l'audience de fin d'enquête. De toute manière, je savais qu'ils concluraient par une mort accidentelle. Pourquoi en aurait-il été autrement ? Pourquoi imaginer un acte malveillant ? Qui aurait bien pu en vouloir à Edward ?

— Personne, bien sûr, dit Fred en regardant la photo du Dr Jacobson entouré par ses filles sur le mur.

— Je ne me pardonnerai jamais de ne pas avoir été là.

— Je suis navré, Sally, dit Fred. Il a toujours été si bon envers notre famille. La vie n'est pas juste, parfois.

Sally écrasa une larme du bout du doigt.

— C'est égoïste de ma part, je le sais – nous avons eu vingt années d'un bonheur incroyable –, mais quand il m'arrive de voir des amies se chamailler avec leurs maris, j'ai envie de leur hurler : « Vous ne connaissez pas votre chance d'avoir encore quelqu'un avec qui vous disputer ! »

Triste qu'elle se sente si seule au point de se confier à un étranger, Fred préféra garder le silence et la laisser continuer.

— Il voulait venir faire les courses avec moi ce jour-là, mais j'ai inventé une excuse quelconque. Vous comprenez, dans un magasin, il était un peu agaçant, toujours un peu trop pressé. Si seulement j'avais été plus patiente avec lui, il serait encore là maintenant avec moi.

— Comme dit mon père, nous sommes tous coupables du bien que nous n'avons pas fait, dit Fred.

Sally leva les yeux et sourit.

— Je suis désolée. Je suis sûre que vous n'êtes pas venu pour m'entendre me plaindre à propos d'Edward. En quoi puis-je vous aider ?

— Eh bien, je me demandais si vous n'auriez pas gardé les dossiers du Dr Jacobson ? Ils pourraient contenir des informations sur certaines des filles qu'il a sauvées à St. Margaret, ce qui me permettrait de les retrouver et de les interviewer. Cela serait, je trouve, un bel hommage à lui rendre dans mon mémoire.

— Oh, je ne sais pas, dit Sally, soudain gênée. Je n'ai jamais vraiment eu le cœur de consulter ses papiers. Je voulais tout garder comme il l'a laissé.

— Je comprends tout à fait. Mais il vous serait peut-être possible de vérifier s'il reste des documents concernant St. Margaret. Dans ce cas, vous pourriez y réfléchir, en parler avec vos filles par exemple. Et si vous changez d'avis, je serais ravi de repasser vous voir au moment que vous choisirez.

Sally digéra lentement cette proposition.

— Vous êtes un jeune homme très convaincant. Mais je ne pense pas qu'il y ait grand-chose. En fait, c'est assez étrange : juste avant sa mort, il faisait le tri parmi quatre ou cinq cartons de dossiers qui lui avaient été apportés cette semaine-là par le père Benjamin. J'ai présumé qu'ils avaient un rapport avec St. Margaret.

Sally repensa à ce jour de la mi-décembre 1976, une semaine avant la mort d'Edward, quand le prêtre était apparu sur le pas de leur porte.

— Bonjour, Sally. Edward est-il là ? avait-il demandé, sa canne à la main.

— Oui. Vous attend-il, mon père ?

Elle savait que ce n'était pas le cas. Son mari comptait passer une soirée tranquille à la maison, mais elle ne pouvait quand même pas éconduire le curé de la paroisse.

— Que diable veut-il à la fin ? Tu ne peux pas lui dire que je suis malade ou je ne sais quoi ? avait-il râlé quand elle était allée le prévenir.

Elle avait vu une étrange inquiétude passer dans ses yeux fatigués. Un peu surprise par cette réaction, elle avait protesté :

— Je ne peux quand même pas lui dire cela maintenant, c'est trop tard.

— Oh, bonté divine. Bon, eh bien, fais-le monter alors, avait-il marmonné.

Elle était redescendue chercher le curé, mais, quand les deux hommes s'étaient enfermés dans la pièce, elle était restée dans le couloir pour les écouter.

— Eh bien, je ne vois vraiment pas ce que vous voulez que je fasse maintenant, mon père, avait dit Edward. Ce n'est pas faute de vous avoir prévenu à l'époque. Il fallait tenir de vrais dossiers sur ces pauvres enfants, Dieu ait pitié de leurs âmes.

— Ces enfants, c'est nous qui les avons abrités et nourris. Il fallait bien que nous trouvions les moyens d'assurer leur subsistance. Je me sens offensé par cette indignation qui soudain vous anime, Edward. Vous avez toujours su ce qu'il se passait et pourtant vous continuez à tirer de substantiels profits des filles que vous nous envoyez.

— Que je vous envoyais, au passé, mon père. Je ne vous ai plus adressé une seule fille depuis près de six ans.

Le père Benjamin avait alors éclaté de rire, un rire dur et sardonique qui avait noué le ventre de Sally.

— Et cela suffit à vous dédouaner, docteur ? Avant cette subite prise de conscience, vous ne sembliez pourtant pas trop gêné par votre rôle. Je ne voudrais pas devenir désagréable, mais j'ai des dossiers dans ma voiture, des dossiers que les services sociaux, en vertu de cette nouvelle loi, sont désormais en droit d'exiger. Si je refusais de les leur transmettre, je pourrais être accusé d'entrave à la justice au cas où un procès aurait lieu.

— Vous auriez dû y réfléchir avant de dépenser tout l'argent que vous a donné Mercer Pharmaceuticals.

— Écoutez-moi, Edward Jacobson, avait rugi le père Benjamin avec une telle colère que Sally avait battu en retraite dans l'escalier. Si je venais à être interrogé à propos de toute cette affaire, je vous entraînerais dans ma chute. Vous et vous seul êtes capable de revoir ces dossiers et de trouver des explications plausibles pour ce qui y figure. Nous avons une semaine devant nous. Je vous suggère de vous y mettre dès cette nuit.

Sally était redescendue précipitamment dans la cuisine d'où elle avait entendu le curé dévaler l'escalier et sortir de la maison d'un pas lourd, laissant la porte d'entrée ouverte derrière lui. Par la fenêtre, elle l'avait vu ouvrir le coffre de sa voiture, en sortir quatre gros cartons qu'il avait rapportés chez eux, les laissant dans l'entrée. Il n'avait rien dit en la voyant le dévisager avec des yeux ronds et avait, cette fois, claqué la porte derrière lui.

Fred l'observait à présent.

— Eh bien, si ces dossiers concernaient St. Margaret, j'aimerais beaucoup les voir, dit-il.

— Je ne sais pas ce qu'il en a fait. Je ne les ai jamais revus. J'ignore même s'ils sont encore dans son bureau. Vous voulez bien attendre que j'aille voir si je trouve quelque chose ? proposa Sally en souriant.

Fred acquiesça. Dès qu'il perçut des bruits de pas au-dessus de sa tête, il regarda d'abord ses mains tremblantes, puis l'armoire à alcools. Il ne résista pas à la tentation et alla avaler une gorgée de whisky à même le goulot. L'alcool eut l'effet apaisant souhaité qui lui permit de prendre conscience de la voix de Sally. Elle était au téléphone. Quelqu'un l'avait appelé ou alors, se dit-il, ayant commencé à s'interroger, elle cherchait conseil.

— Eh bien, je crois, je ne sais pas, ma chérie ! disait-elle d'une voix un peu déformée par la nervosité.

Elle revenait dans la pièce, le téléphone encore à l'oreille.

— Je crains que vous n'ayez pas de chance, dit-elle à Fred sur un ton soudain beaucoup plus froid. Il n'y a pas de dossiers et ma fille, qui vit dans le village voisin, ne va pas tarder à arriver. Je pense qu'il vaudrait mieux que vous partiez maintenant.

— Bien sûr, dit Fred en essayant de dissimuler sa panique. Merci pour le thé. Serait-il possible que j'utilise brièvement vos toilettes avant de partir ? C'est une longue route qui m'attend pour rentrer à Londres.

Sally pinça les lèvres. À l'évidence, sa conversation avec sa fille l'avait effrayée.

— Bon, s'il le faut. C'est au fond du couloir, sur votre gauche.

Fred sortit, jetant un coup d'œil dans les autres pièces sur son passage. Alors qu'il arrivait devant les toilettes, il aperçut une porte ouverte sur le palier à l'étage, face à lui. Il n'hésita pas. Vérifiant que Sally ne l'avait pas suivi dans le couloir, il ferma assez bruyamment la porte des toilettes avant de grimper l'escalier en silence, pénétrant dans une vaste pièce dominée par un immense bureau en acajou, un fauteuil en cuir et deux armoires à dossiers, des clés pendant encore à la serrure de l'une d'entre elles.

Sachant qu'il n'avait au mieux qu'une poignée de minutes devant lui, il ouvrit très vite le meuble. Des dossiers suspendus étaient rangés dans une sorte de long tiroir. Ne trouvant rien à « S » pour St. Margaret, il chercha à « M » qui ne contenait qu'une chemise « Mercer Pharmaceuticals ». Il l'ouvrit. N'y figurait qu'une unique feuille de papier à en-tête qui ressemblait à un contrat, avec la mention *Privé et confidentiel.* Au bas du document, étaient apposées deux signatures, celles du Dr Jacobson et celle du président de Mercer Pharmaceuticals, Philip Stone. Fred continua jusqu'à « P » et trouva un gros dossier au nom du père Benjamin. Les mains toujours aussi fébriles, il le sortit.

Les premiers documents étaient le dossier médical personnel du curé – diverses références à des maux bénins –, mais après cela apparaissaient des rapports concernant une quarantaine d'accouchements effectués par le Dr Jacobson, dont la plupart s'étaient conclus par le décès des nouveau-nés, tous ayant eu lieu à St. Margaret.

Fred avait bien conscience qu'il n'avait guère le temps d'accorder à ces papiers l'attention qu'ils méritaient et, au cas où il l'oublierait, les battements affolés de son cœur ne cessaient de le lui rappeler. Il les passa en revue le plus vite possible, avant de tomber sur une ultime petite chemise fermée par un trombone. À en croire les notes griffonnées par le Dr Jacobson, il avait aussi dû s'occuper d'enfants – dont certains avaient déjà trois ou quatre ans – présentant des symptômes divers : fièvres, douleurs au cou, raideurs, vomissements, spasmes, apathie et syncopes. Qui étaient ces enfants déjà grands ? Pour ce que Fred en savait, le couvent était un foyer pour mères célibataires où des malheureuses donnaient naissance à des nourrissons qui étaient aussitôt, ou presque, adoptés.

La voix de Sally Jacobson retentit dans l'escalier.

— Fred ?

Il se précipita vers la sortie pour la voir tambouriner à la porte des toilettes.

Il revint très vite vers l'armoire pour prélever la lettre du dossier Mercer qu'il fourra dans sa poche. Puis il remit le reste à sa place et referma l'armoire. Il vérifia que tout était bien dans l'état où il l'avait trouvé avant de sortir du bureau et de descendre l'escalier à toutes jambes.

— Merci beaucoup, Sally. J'ai été ravi de faire votre connaissance, lança-t-il d'un air détaché en se dirigeant vers la porte d'entrée.

— Que faisiez-vous là-haut ? demanda-t-elle, un peu ahurie mais déjà furieuse.

— J'utilisais la salle de bains, répondit-il, pressé de filer à présent. Au revoir, Sally, et transmettez mon bonjour à vos filles.

Il ouvrit la porte d'entrée, soulagé de constater qu'elle n'était pas verrouillée, et descendit l'allée d'un bon pas.

Une fois dans sa voiture, il sortit son téléphone. Il était sur le point d'appeler Sam quand une Jaguar noire le dépassa. Une femme aux longs cheveux gris était au volant. Il la reconnut sur-le-champ, mais il lui fallut quelques secondes pour la remettre : c'était Kitty Cannon. Il savait que cette route, Preston Road, menait tout droit à St. Margaret.

Il fit rapidement demi-tour pour la suivre.

Alors qu'il s'éloignait, il jeta un coup d'œil dans son rétro. Sally Jacobson le regardait depuis son porche et il se dit qu'il venait sans doute de lui gâcher sa journée.

38

Samedi 18 décembre 1976

La sonnette de la porte d'entrée réveilla le Dr Edward Jacobson en sursaut.

Pendant un moment, il resta immobile dans la pénombre, essayant de retrouver ses esprits alors que la lumière extérieure déclenchée par l'intrus venait baigner les cartons et dossiers qui jonchaient le sol. L'horloge sur son bureau annonçait six heures passées. Sally avait-elle mentionné une visite quelconque ? Il ne s'en souvenait pas.

Il frissonna. La pièce lui parut froide. De la condensation s'était formée sur la fenêtre pendant qu'il dormait. Pour une raison inconnue, le chauffage ne s'était pas remis en route. Il ne savait pas depuis combien de temps il dormait, ni pourquoi sa femme ne l'avait pas réveillé. Il tendit l'oreille pour chercher à l'entendre dans la cuisine ou ailleurs. Rien. La maison était silencieuse.

Bang, bang, bang. Le visiteur, quel qu'il fût, avait décidé d'abandonner la sonnette pour cogner à la porte. Cette insistance l'agaça. Il allait devoir descendre. Il s'extirpa de son fauteuil avec une grimace et un gémissement. Son corps était raide, ses articulations protestaient après ce somme dans une position inconfortable. Il alla à la fenêtre pour découvrir une rangée de bonnets à pompon et de partitions de cantiques bien alignés devant sa porte. Des chanteurs de Noël. Il les entendit parler entre eux. « Il n'y a pas de lumière... Pourtant, Sally avait dit qu'ils seraient là... On essaie une dernière fois. » L'un d'eux se recula pour lever les yeux vers la fenêtre et Edward s'écarta, préférant ne pas être vu. Il n'avait aucune envie de rester planté sur le pas de sa porte par un froid pareil pendant que la chorale locale lui cassait les oreilles. Il en supportait bien assez comme cela à l'église.

Bang. Un dernier essai suivi des crissements de leurs semelles sur le gravier et ils furent partis.

Il poussa un long soupir avant d'enlever ses lunettes pour se frotter les yeux. Il n'avait pas arrêté de la semaine. Une épidémie de grippe dans le village l'avait forcé à faire des journées de seize heures au cabinet après lesquelles, une fois de retour chez lui, il n'avait cessé de recevoir des messages de plus en plus insistants de la part de père Benjamin. Les premiers jours, il était parvenu à l'éviter, mais le curé avait fini par appeler un soir au milieu de la nuit. Edward avait décroché le téléphone au cas où cela aurait été une de ses filles ou une urgence médicale.

— J'espère que vous avancez avec les dossiers que je vous ai laissés la semaine dernière.

Sa voix était sèche.

— Oui, je fais de mon mieux, mais cela s'appelle des faux en écriture et je pourrais finir en prison. Ils sont pour le moins éprouvants à lire.

— Eh bien, espérons que vous saurez les rendre anodins, avait répondu le prêtre sur un ton menaçant. Nos nuits à tous les deux en seront plus paisibles.

— Mon père, dit le Dr Jacobson, ce n'est pas faute de vous avoir averti que ces dossiers pourraient être soumis à examen à l'avenir.

L'angoisse lui serrait la poitrine.

— Jusqu'à ce jour, la paroisse n'avait jamais été dans l'obligation de les montrer, avait rétorqué le curé. Comment prévoir que les lois sur l'adoption changeraient à ce point, et surtout pour donner aux femmes un droit d'accès à ces archives ? À vous d'offrir des explications satisfaisantes quant à ce qui est arrivé à leurs enfants.

Il avait encore en mémoire le contenu de certains des vieux dossiers jaunis que le père Benjamin avait extirpés de sa voiture.

— Comment ? Par quels jolis mots voulez-vous que je remplace épisodes psychotiques, crises épileptiques et négligence chronique ?

— Je n'en sais rien, Edward, c'est vous qui les avez rédigés, avait répondu le curé. Détruisez les dossiers qui vous paraissent irrécupérables et trouvez des explications plausibles pour les autres. Vous vous débrouillez à merveille maintenant que vous avez quitté St. Margaret, alors je vous suggère que vous nous trouviez à nous aussi un moyen de nous en sortir. Sinon, et comme je vous l'ai déjà dit, je veillerai à ce que votre rôle ne soit pas ignoré.

Là-dessus, le père Benjamin lui avait raccroché au nez et Edward n'avait plus fermé l'œil de la nuit. Il aurait tant voulu réveiller sa femme pour partager son fardeau, mais, chaque fois qu'il mentionnait St. Margaret, elle lui opposait une désapprobation aussi silencieuse que résolue. En dépit du fait que l'argent donné par le curé et les religieuses – parce qu'il leur adressait des jeunes filles enceintes – avait payé les études de leurs filles, la maison de retraite de sa belle-mère ainsi que leur belle et grande villa, Sally avait choisi de ne pas ébranler sa bonne conscience. Elle préférait ne rien savoir de ce qu'il se passait dans ce foyer.

Edward fut soudain ramené au présent par un faible geignement à l'extérieur de la maison au moment même où il constatait que le panier d'Honey était vide. Il n'avait pas la moindre idée d'où était passée sa fidèle épagneule. Sally l'avait peut-être emmenée avec elle au village. Dans ce cas, si elle était rentrée de ses courses de Noël, il l'aurait sûrement entendue. Le bruit familier de ses clés dans la serrure, les portes de placards qui s'ouvraient et se refermaient ou les aboiements de la chienne l'auraient réveillé. Même si Sally boudait encore en raison de la récente visite de père Benjamin, elle l'aurait quand même prévenu si elle avait dû ressortir. À moins qu'il lui soit arrivé quelque chose, ou à l'une des filles, et qu'elle soit partie précipitamment.

— Sally ? appela-t-il en sortant dans le couloir. Tu es là ?

Il descendit l'escalier avec raideur. Au rez-de-chaussée, le sol en ardoise glacé sous ses pieds nus le fit grimacer. Il entra dans la cuisine en grommelant. Où diable étaient-elles, sa femme et sa chienne ? En arrivant à la porte donnant sur le jardin, il entendit à nouveau ce gémissement animal. Honey ?

L'inquiétude remplaça l'irritation. Sans prendre le temps d'aller chercher des chaussettes, il enfila ses bottes en caoutchouc. Sa femme était peut-être tombée dans le jardin et Honey essayait d'attirer son attention. Dans le placard de l'entrée, il récupéra sa parka, expédiant par maladresse tout un tas de parapluies par terre. Quand il ouvrit la porte, la température glaciale le frappa de plein fouet. Serrant les dents, il s'avança dans le jardin.

Le gravier crissait sous ses pieds. Quelque part, chez des voisins, il entendit les cantiques entonnés par le groupe de chanteurs.

— Honey ? cria-t-il en se dirigeant vers la clôture.

Le soleil d'hiver était déjà couché et la neige qui, ce matin, couvrait le sol d'une blancheur virginale s'était transformée en bouillasse noirâtre, si bien qu'Edward avait l'impression de s'enfoncer dans les ténèbres. Il pataugeait dans une espèce de gadoue poisseuse qui lui collait aux bottes, tandis que des nuages sombres s'accumulaient au-dessus de sa tête. Il continua néanmoins, s'aidant de la clôture pour ne pas glisser. En arrivant au massif de roses, il se planta une épine dans la main.

— Sally ? Tu es là ? cria-t-il, grimaçant tandis que du sang chaud lui coulait dans la paume. Honey !

L'engourdissement de ses pieds commençait à grimper le long de ses jambes. Sur ce terrain bourbeux, il avait beaucoup de mal à avancer. Il trébuchait à chaque pas ou presque, continuant à appeler ou à siffler sa chienne jusqu'à ce qu'il parvienne à son chêne préféré. Il s'immobilisa un instant pour s'y adosser et reprendre son souffle, dérangeant un hibou qui émit un hululement strident. Edward se tordit la nuque pour voir une paire d'yeux luisants qui le fixaient là-haut dans les branches nues. L'homme et le rapace se dévisagèrent un moment, puis le hibou hurla à nouveau avant de s'envoler, délogeant un paquet de neige de son perchoir. Edward sursauta et se recula pour ne pas le recevoir sur la tête. Son pied heurta une racine. Il ne réussit pas à éviter la chute. Instinctivement, il tendit le bras pour l'amortir.

Dès que sa paume heurta le sol, une onde de douleur remonta le long de son bras pour exploser dans son épaule. Il cria et roula sur le côté, le souffle coupé par la souffrance. Cela lui était déjà arrivé quand il était gamin, mais, même sans ça, il aurait compris qu'il venait de se déboîter l'épaule. Il glissa prudemment la main sous sa veste : l'acromion était sorti.

Il n'osait plus bouger, sachant que la douleur serait intolérable. Mais il était trempé maintenant qu'il s'était roulé par terre. De la boue et de la neige s'étaient infiltrées dans son col et coulaient le long de son dos. Il était encore un peu hébété, le choc sûrement. Il fallait pourtant qu'il se relève. Sinon, d'ici quelques minutes, il serait en hypothermie.

— Hello ? Il y a quelqu'un ? appela-t-il.

Il savait qu'il était seul, que les chanteurs étaient partis depuis longtemps, mais il lui paraissait inconcevable que personne ne vienne à son secours.

Il resta allongé sur le sol détrempé et glacé pendant encore un moment, haletant de douleur. Il fallait qu'il se décide à bouger, il ne pouvait pas rester ici. Il essaya de rassembler ses esprits et de se calmer. Il n'avait pas le choix. Il devait se lever. Il n'était pas loin de la maison. Il voyait la lumière du porche allumée. Il suffisait de retourner là-bas. Et il n'aurait qu'à appeler une ambulance.

Quel idiot ! Cette semaine l'avait épuisé, physiquement et nerveusement ; il n'aurait pas dû sortir aussi peu vêtu. Et puis, ce geignement, ce n'était sûrement pas Honey. Ce devait être un autre chien, ou alors son imagination. Elle n'était pas là dehors. Il n'y avait personne ici. Quand il serait à l'hôpital, les urgences préviendraient sa femme. Sally avait dû emmener Honey quelque part. Il fallait juste qu'il se lève en s'aidant de l'arbre, par exemple, et qu'il rentre chez lui.

Tandis que, les dents serrées, il roulait à nouveau sur lui-même pour se rapprocher du tronc, il entendit soudain un gémissement déchirant tout proche. Cette fois, pas de doute, c'était bien Honey. Il ne s'était pas trompé. La pauvre était là quelque part dans ce froid glacé et elle était mal en point. Tâtonnant dans le noir, il sentit l'écorce du chêne et essaya de s'y agripper. Il ne réussit qu'à s'écorcher un peu plus les mains et faillit bien s'arracher un ongle. Un sanglot l'ébranla. Il parvint néanmoins à se retourner, s'adossant au tronc pour se hisser lentement, d'abord à genoux et enfin sur ses pieds.

Il lui fallut un moment pour s'assurer que ses jambes le soutiendraient. Puis, refusant de céder à l'attraction de la maison, il partit en direction du cri d'Honey. Il ne pouvait pas l'abandonner ainsi, elle risquait de mourir de froid. Se tenant le bras, hébété de douleur, il se remit à l'appeler, avec l'espoir de lui faire savoir qu'il était là, qu'il arrivait. Son regard tomba sur le bâtiment de la piscine. Marchant aussi vite que ses membres engourdis le lui permettaient, il s'en approcha. La main en visière, il regarda par la porte vitrée et ne vit pas grand-chose. Il faisait encore plus sombre dedans que dehors. Soudain, il entendit un faible gémissement à l'intérieur.

— Honey ?

Il secoua la porte. Un terrible élancement lui lacéra l'épaule, au point qu'il en eut les larmes aux yeux. Mais l'idée de son épagneule en détresse l'empêcha de renoncer.

— Honey ! Tiens bon, j'arrive.

La porte restait obstinément fermée. Frustré, il lui balança un coup de pied, sachant qu'elle était verrouillée et qu'il avait pris soin de faire poser une serrure solide. Les clés se trouvaient dans la maison. Dans son état, il lui faudrait une éternité pour y retourner et revenir. Honey émit une nouvelle plainte déchirante. Il frappa le battant avec sa main valide. Si elle était tombée dans la piscine, elle risquait de se noyer. Cherchant autour de lui quelque chose qui pourrait l'aider, il vit une pierre. Il la ramassa et, de toutes ses maigres forces, la jeta sur un des carreaux de verre. Celui-ci explosa. Il glissa la main entre les éclats coupants et réussit à atteindre le verrou à l'intérieur. *Clic.* Il pénétra dans la salle chauffée.

— Honey ? Honey, tu es là ?

Il alluma la lumière et se mit à longer le bassin avec ses grosses bottes en se tenant l'épaule.

Un faible jappement retentit sous la bâche qui recouvrait la piscine et il vit une petite bosse déformer la toile à l'autre bout du bassin.

— Tiens bon, Honey, j'arrive !

Il trébucha à deux reprises, mais il distinguait à présent ses pattes qui griffaient avec une frénésie inutile le rebord en carrelage. La bâche était fermement fixée et la dénouer d'une seule main exigea un effort terriblement douloureux. Finalement, une petite gueule trempée apparut. Une terreur sans nom luisait dans les yeux exorbités de la chienne.

— Honey ! s'exclama-t-il, choqué. Que fais-tu là-dessous ?

La pauvre bête s'épuisait à tenter de trouver une prise sur le carrelage glissant. Edward se pencha pour l'aider.

C'est alors qu'il entendit les pas derrière lui. Avant qu'il ne puisse se retourner, on le poussa avec une telle force qu'il bascula dans la piscine.

L'eau lui emplit les yeux, les oreilles et la bouche. Il coula. Avec un seul bras, il eut beaucoup de mal à remonter à la surface, le moindre geste déclenchant un coup de poignard dans son épaule. Quand, enfin, il émergea, toussant et crachant, il agrippa le rebord et chercha qui l'avait poussé. Des pieds apparurent juste devant son visage, des bottes en cuir noir, trempées, mais, quand il voulut regarder plus haut, on tira la bâche au-dessus de sa tête. Il essaya de la repousser, mais il n'en avait pas la force.

— S'il vous plaît... non, balbutia-t-il. Arrêtez, que faites-vous ?

La douleur dans son épaule transformait chaque mouvement en torture. Il n'avait pas pied, aucun appui. En se débattant, il ne faisait que gâcher le peu d'énergie qui lui restait. Honey était toujours dans l'eau avec lui, affolée, s'accrochant et griffant son mauvais bras. La panique de l'animal ne tarda pas à être contagieuse alors qu'il s'efforçait de garder la tête hors de l'eau. Il réussit tant bien que mal à s'accrocher au rebord.

— Tiens bon, Honey. Nous allons nous en sortir. Il faut juste…

Il but la tasse quand l'animal essaya frénétiquement de grimper sur son épaule luxée, martyrisant son bras blessé. Il n'avait jamais fait l'expérience d'une douleur aussi effroyable.

Soudain, une main plongea dans l'eau pour en sortir l'épagneule terrifiée. Puis, dans un ultime mouvement, la bâche fut tirée et fixée au-dessus de sa tête.

Edward tenta frénétiquement de repousser la lourde toile. Il était au-delà de l'affolement maintenant, incapable de se maîtriser. Des sanglots incontrôlables lui déchiraient la poitrine. Noël était dans une semaine ; des images de ses filles dévalant l'escalier pour découvrir leurs cadeaux au pied du sapin lui revinrent en mémoire. Maintenant, ce Noël et tous ceux qui le suivraient ne seraient plus jamais un moment de joie pour sa femme et ses filles. Il cria leurs noms, hurla celui de Sally avec toute la force qui restait en lui, griffant la bâche jusqu'à s'arracher les ongles.

Il commença à couler et, par pur réflexe, refusa de se laisser faire. Sous l'eau, dessus ; dessous, dessus ; sombrer, émerger, sombrer, émerger, sombrer… retiens ton souffle, bats-toi pour tes filles. Bats-toi.

Ne leur fais pas ça, retiens ta respiration, remonte chercher un peu d'air.

Sombrer.

Sombrer.

L'eau se glissa dans ses poumons. Encore une fois, la peur de la mort le fit remonter, mais il se heurta à la bâche impitoyable. Il priait, priait pour que Sally arrive et le trouve.

Les lumières de la salle s'éteignirent.

Ce qui l'envahit alors, qui saisit la moindre parcelle de son être, était pire que la terreur. Pendant des heures, des jours peut-être, personne ne saurait qu'il était ici. On récupérerait son corps gonflé d'eau, flottant dans la piscine.

Soudain, il pensa aux dossiers étalés par terre dans son bureau. Voilà ce que Sally trouverait en rentrant ce soir quand elle le chercherait. Elle l'appellerait et ensuite monterait à l'étage où elle verrait les cartons d'archives décrivant ces morts effroyables. Le dernier qu'il avait lu, par exemple : *24 ans, deux jours de labeur ininterrompu. Accouchement par le siège, épisiotomie. Hémorragie. Décès de la mère. Des jumelles survivantes.*

Alors qu'il sombrait à nouveau sous la surface, il crut entendre la voix de mère Carlin : « La douleur fait partie de leur châtiment, docteur. Si elles ne souffrent pas, elles n'apprennent pas. Nous vous appellerons en cas de nécessité. »

Il avait essayé d'aider. Ce n'était pas sa faute. Il n'aurait rien pu faire de plus. Alors qu'il remontait une dernière fois à la surface, le Dr Jacobson entendit sa chère épagneule gratter à la porte de la piscine. Il lutta encore quelques secondes, tentant de prononcer le nom de Sally entre deux râles.

39

Lundi 6 février 2017

Kitty Cannon regarda la pancarte annonçant que les ascenseurs du Whitehawk Estate étaient en panne. Sans hésiter, elle se dirigea vers l'escalier pour entamer la montée vers le dixième étage.

Tout en grimpant, elle repensa à cette première fois où elle avait posé les yeux sur Annabel au lycée de Brighton. Celle-ci avait onze ans. Quant à elle, c'était le premier jour de son premier trimestre de terminale. Il y avait eu du brouhaha dans la cour. Un groupe de sixièmes entourait quelqu'un ou quelque chose. En temps normal, elle ne s'en serait pas souciée, mais il régnait une telle excitation parmi les gamins que cela avait aiguisé sa curiosité. Les railleries étaient particulièrement bruyantes, les persifleurs étonnamment nombreux.

Elle avait donc sauté du muret sur lequel elle était assise pour se diriger vers la source de toute cette agitation. En s'approchant, elle avait commencé à percevoir le chant moqueur : *Poil de carotte, poil de carotte, retourne dans ta marmite.*

À l'approche de Kitty, quelques filles s'étaient retournées et s'étaient aussitôt tues. C'était toujours le cas quand une terminale débarquait au milieu d'un groupe de sixièmes, d'autant que Kitty était particulièrement impressionnante : grande, avec de longs cheveux raides et noirs comme la nuit et des yeux sombres qui vous transperçaient.

Une fille se trouvait au milieu du cercle, roulée en boule sur elle-même, les mains sur les oreilles, comme si elle avait renoncé depuis longtemps à s'échapper et ne cherchait qu'à se protéger de son mieux contre ce qui allait inévitablement se produire. Sa chevelure était en effet assez remarquable : longue, frisée et d'un roux éclatant. Quand Kitty brisa leurs rangs, la plupart des gamins se calmèrent, mais un garçon maigre, à l'air mauvais, avec des ongles noirs et un pantalon déchiré aux genoux, était bien trop excité pour la remarquer. Soudain, il prit son élan comme s'il allait shooter dans la gamine comme dans un ballon de foot. Au moment où il allait décocher son coup, Kitty l'avait poussé violemment.

Ne l'ayant pas vue venir, il perdit l'équilibre. Au moment où il heurtait le sol, le bras tendu pour se protéger, un craquement étrange retentit. Tout son poids avait porté sur son poignet. Un silence absolu tomba sur le groupe. Soudain, tout avait changé : les chasseurs étaient devenus les chassés. Le garçon avait levé des yeux écarquillés vers Kitty avant de se mettre à couiner.

Kitty l'avait ignoré, pour rejoindre sa victime et l'aider à se relever. Quand la fille s'était enfin redressée et l'avait dévisagée, le sang de Kitty s'était pétrifié dans ses veines. Instinctivement, elle sut qu'il s'agissait de Rose, l'enfant d'Ivy. Elle lui ressemblait d'une façon hallucinante. Alors qu'elle restait plantée là, sidérée, la fille avait eu un timide sourire et, après s'être essuyé le nez avec le dos de la main, s'était mise à courir vers sa classe, la cloche venant de retentir.

Dans les semaines qui avaient suivi, Kitty avait découvert qu'elle ne s'était pas trompée : cette gamine rousse aux yeux bleus était bien la fille d'Ivy. Elle avait été adoptée, lui dit-elle, mais elle était malheureuse dans sa famille d'accueil. Kitty avait pris l'habitude de la raccompagner chez elle après l'école, malgré le détour. Au cours de ces trajets, Annabel Rose s'était peu à peu confiée. Elle essayait de toutes ses forces d'être une bonne fille, mais rien ne semblait jamais suffire aux yeux de ses parents. Elle avait en permanence l'impression d'être une pièce carrée qu'on essayait de passer dans un trou rond.

Elle lui faisait tellement penser à sa mère, réveillant des souvenirs de plus en plus vivaces, que c'était comme si Ivy était revenue pour de bon. Annabel souriait de la même façon : tout avec les yeux et sans ouvrir les lèvres. Comme Ivy, elle se tripotait les cheveux dès qu'elle n'était pas sûre d'elle. Quand elle se retournait et qu'une mèche rouge lui tombait devant les yeux, on aurait vraiment pu croire que c'était Ivy en personne.

Bien sûr, Kitty ne pouvait rien dire de tout cela à Annabel. Elle n'avait jamais été capable de révéler la vérité à qui que ce soit et cela la rongeait. Mais elle pouvait partager avec elle quelque chose qu'elles ressentaient toutes les deux. La solitude et cette effroyable mélancolie qui les habitaient de n'avoir pas connu un être cher :

pour Kitty, sa sœur jumelle ; pour Annabel, sa mère naturelle.

Au cours des semaines et des mois qui avaient suivi, Kitty avait laissé apparaître un trait de son caractère qu'elle n'avait encore jamais révélé à personne. Non sans, d'abord, soigneusement tâter le terrain. S'attendant plus ou moins à ce qu'Annabel la rejette comme tout le monde l'avait fait jusque-là, elle lui raconta la même histoire qu'à son père : elle avait vu Elvira derrière une tombe ; Elvira l'avait conduite dans une remise ; elles y étaient restées jusqu'à la nuit et Elvira était morte parce que Kitty s'était perdue en allant chercher de l'aide.

Après l'avoir écoutée, Annabel l'avait réconfortée en avouant qu'elle aussi aurait tant aimé connaître sa vraie mère. Elle pensait souvent à elle. Elle aurait voulu savoir qui elle était, pourquoi elle avait choisi de l'abandonner. Tant et si bien qu'un jour, Kitty l'avait convaincue d'aller voir Maude. Et c'est alors que tout avait basculé. Qu'elle s'était, pour ainsi dire, démasquée.

Kitty ne pensait pas jouer le moindre rôle au cours de cette visite chez Maude Jenkins, elle voulait simplement être là pour Annabel alors que celle-ci rencontrait sa grand-mère pour la première fois. Pourtant, dès que la vieille dame leur avait ouvert, elle s'était sentie frémir de haine.

Dans la boîte contenant les affaires d'Ivy se trouvaient des lettres qu'en dépit des protestations de Maude elle avait lues, assise dans un coin.

Elle ne se souvenait pas de grand-chose après cela, sinon qu'elle avait crié à la mère d'Ivy que c'était sa faute si sa fille était morte. Elle se rappelait assez vaguement avoir traîné Annabel dehors et lui avoir donné les lettres d'Ivy. Maude aurait dû la sauver, avait-elle ajouté en la tenant par les épaules, tout en lui jurant que si jamais elle essayait de revoir Maude un jour, elle la tuerait. Elle ne savait comment elle était rentrée chez elle ce soir-là, mais, quand elle s'était réveillée au matin, elle avait été prise d'une panique effroyable.

Comme chaque jour, elle avait attendu Annabel devant le portail de l'école, mais celle-ci n'était pas venue. Dans les semaines qui suivirent, Kitty avait tenté de lui parler, mais Annabel s'était totalement fermée. Ses yeux étaient froids, son sourire vide et Kitty avait eu l'impression de perdre Ivy une seconde fois.

Elle avait essayé de ne pas insister, de ne pas s'acharner, mais elle avait le cœur brisé et ses cauchemars, qui lui avaient accordé un peu de répit depuis sa rencontre avec Annabel, la harcelaient à nouveau.

Une nuit, à deux heures du matin, elle était allée chez ses parents adoptifs et avait frappé à sa porte. Le père avait fini par ouvrir. Il semblait très énervé.

— Je suis désolée de vous réveiller, monsieur Creed, mais il faut que je voie Annabel.

Kitty faisait de son mieux pour lui sourire.

— Ça commence à suffire, avait-il répliqué. Je ne vois pas ce qu'une fille aussi âgée que toi fabrique avec elle. Ce qui est sûr, c'est qu'Annabel n'arrête pas de pleurer depuis une semaine et quelque chose me dit que c'est à cause de toi.

— S'il vous plaît, laissez-moi lui parler, lui expliquer.

Sentant les larmes qui lui montaient aux yeux, Kitty les avait ravalées avec rage.

— Fiche le camp d'ici et si je découvre que tu as à nouveau embêté ma fille, j'appelle la police.

Il était congestionné de fureur, ses maigres poings sur ses hanches osseuses, ses chevilles nues dépassant de son pyjama.

— Ce n'est pas votre fille, avait rétorqué Kitty. Vous l'avez volée et elle vous déteste à cause de ça.

En repartant, elle s'était retournée pour regarder vers la fenêtre d'Annabel. Elle était debout derrière la vitre, ressemblant tellement à Ivy que c'était comme si elle était revenue à la vie.

Par la suite, ce rejet n'avait cessé de prendre de plus en plus d'importance dans son esprit, au point d'effacer tout le reste. Dans son cerveau, il n'y avait plus la place pour rien d'autre. Les lettres la hantaient et, petit à petit, était monté le désir de faire du mal à tous ceux qui étaient responsables de ce qui était arrivé à Ivy. Des images violentes ne cessaient de surgir en elle, comme un film muet qu'elle revoyait jour et nuit. Pas un mot, pas un son, juste des images… d'elle vengeant la mort d'Ivy.

Les visites à sa mère à l'hôpital qui autrefois faisaient partie de sa routine quotidienne devenaient de véritables supplices et elle les redoutait à la seconde où elle se réveillait le matin. L'odeur de mort dans les couloirs, les sourires hésitants des infirmières, leurs regards apitoyés, Helena gisant sur son lit, enflée et inutile. Elle était fatiguée de toute cette laideur, des tubes, de la douleur, de cette attente interminable de la mort de la femme qui avait choisi de l'abandonner à St. Margaret.

Elle lui avait souvent parlé d'Elvira, mais il était évident, à entendre ses réponses brèves et sèches, à la voir détourner la tête et changer de sujet, qu'elle n'éprouvait aucun remords.

Kitty en avait assez de ce carcan, d'être soumise à la volonté d'une femme qui se moquait de son sort.

Elle en avait assez d'attendre la mort de sa mère.

Il était temps pour elle de se libérer.

40

Mercredi 3 juillet 1968

Helena Cannon se réveilla en sursaut. La petite chambre d'hôpital était sombre, hormis la faible lueur que sa lampe de chevet diffusait sur son oreiller trempé de sueur. Il régnait une chaleur inhabituelle, même pour un mois de juillet, et, même si le soleil venait de se coucher, l'atmosphère était étouffante. Seuls les pleurs assourdis des bébés à la maternité au niveau inférieur troublaient le silence.

Sa machine à dialyse avait apparemment achevé sa tâche depuis un bon moment. Les voyants étaient fixes et, dans la pénombre, l'appareil ressemblait à un robot dont les yeux verts la scrutaient. L'infirmière de nuit était très paresseuse ces derniers temps, rarement là pour débrancher tous ces tuyaux quand la transfusion était terminée et la ramener dans son service. Sa chemise de nuit et ses draps étaient trempés de sueur, contrairement à sa bouche qui était aussi sèche que du papier buvard.

Une vague de nausée déferla en elle quand elle tourna la tête vers la fenêtre qui était restée désespérément fermée malgré ses demandes répétées qu'on fasse entrer un peu d'air dans cette salle d'examen. Alors que son corps ne cessait d'être ausculté, perforé, perfusé, cathétérisé, médecins et infirmières ne semblaient guère se soucier de ses envies, préférant bavarder de son sort lors d'interminables conversations devant son lit sans lui prêter la moindre attention. Elle essayait d'être patiente, sachant que d'autres avaient de plus grands besoins qu'elle-même, mais parfois elle devenait folle de rage d'être si peu entendue. Elle redoutait ses visites quotidiennes dans la chambre de dialyse. Enchaînée jour après jour à cet appareillage, elle avait l'impression que les murs se refermaient sur elle. D'ici peu, ils écraseraient ses membres enflés, sa poitrine oppressée et on clouerait le couvercle de son cercueil.

Elle regarda le réveil sur la table de chevet pour savoir combien de temps elle avait dormi, mais le cadran était tourné du mauvais côté. Tant qu'elle était attachée à cette machine, il lui était impossible de l'atteindre, tout autant que le bouton d'appel qu'elle contempla avec regret. Elle commençait à bien connaître la mécanique de son corps détraqué. Si elle avait une telle envie de vomir, cela signifiait qu'elle avait dormi bien davantage que l'heure allouée entre chaque vérification de sa pression sanguine, peut-être parce qu'elle n'avait pas eu la force de se réveiller de ses rêves de plus en plus éprouvants. Des rêves de George si vivaces qu'elle était capable de le toucher, de sentir son odeur. C'était toujours leur vie avant la maladie, avant tous ces rendez-vous à l'hôpital, avant les millions de piqûres et d'examens… cette époque si lointaine où ils étaient heureux et follement amoureux. Des rêves si prégnants qu'à son réveil, elle avait la sensation atroce de l'avoir à nouveau perdu.

Quand elle était dans son service, l'esprit hébété de chagrin, elle contemplait avec une jalousie meurtrière les maris qui ne cessaient de venir récupérer des épouses guéries, heureux que leur unique visite à l'hôpital soit bientôt derrière eux et de savoir que tout allait à nouveau rentrer dans l'ordre.

Elle avait envie de leur hurler : « Ce devrait être George et moi. Nous devrions vieillir ensemble. »

Il était mort depuis sept ans et on lui avait menti : ça ne s'arrangeait pas. Tout ce temps qui était passé signifiait seulement que ses amies avaient cessé de l'interroger, de mentionner son mari de peur de la voir une nouvelle fois fondre en larmes. Tout le monde s'attendait à ce qu'elle ait fait son deuil, qu'elle continue sa vie. Quelle vie ? Cette existence pitoyable que lui accordait la machine à laquelle elle était enchaînée ? Non, le temps n'avait rien guéri. Pas sa maladie, en tout cas, et encore moins son chagrin qui s'était lentement mué en une rage immonde qui restait prisonnière au creux de son ventre.

Elle examina la pièce autour d'elle, cherchant un moyen d'atteindre le bouton d'appel, et son regard tomba sur un ventilateur sur le comptoir que Kitty avait apporté pour la rafraîchir pendant les longues séances de dialyse. Cela ne faisait que quelques heures, mais sa fille lui manquait horriblement. Si Kitty était là, elle irait chercher de l'aide, elle réprimanderait les infirmières, elle veillerait à ce qu'on ramène sa mère dans son lit.

Kitty était morose ces derniers temps. Elle s'était remise à poser beaucoup de questions à propos d'Elvira. Un sujet qui fatiguait Helena : elle en avait assez qu'on l'oblige à éprouver des remords. Il lui avait fallu une formidable capacité de pardon pour permettre à George de ramener une des jumelles à la maison. Heureusement, il n'avait pas été difficile de faire un choix entre les deux sœurs. Dès sa naissance, Elvira avait souffert de troubles respiratoires. Le père Benjamin avait lui-même dit qu'elle aurait besoin d'attentions et de soins très spéciaux, ce que George n'aurait pas été capable de lui donner. La preuve en était qu'il avait eu bien du mal à s'occuper d'un seul bébé.

— Tu n'as jamais pensé à Elvira pendant que je grandissais ? lui avait demandé Kitty ce matin même, les yeux froids comme ils l'étaient toujours quand elle parlait de sa sœur. Tu n'avais pas au moins un peu d'affection pour elle ?

La chambre s'était mise à tournoyer et Helena avait ravalé le vomi qui rampait dans sa gorge. À cet instant, elle avait voulu que Kitty s'en aille. Maintenant, elle regrettait amèrement qu'elle ne soit pas là.

— Infirmière, coassa-t-elle.

On essayait de garder son taux de liquide dans le corps aussi bas qu'il lui était possible de le supporter afin d'empêcher les fluides superflus de se disperser dans ses poumons et ailleurs. Mais ces privations d'eau permanentes, au point que sa bouche était si sèche qu'elle n'arrivait plus à parler, ne servaient pas à grand-chose. Elle avait toujours du mal à reprendre son souffle et ses jambes continuaient à enfler. À vrai dire, ces boudins gonflés enserrés dans une peau si tendue que la moindre pression risquait de la faire éclater n'avaient plus rien de commun avec des jambes.

Des élancements pénibles lui labouraient le crâne, venant buter sur ses tympans ; le moindre mouvement déclenchait de nouvelles vagues de nausée. Et si son niveau de déshydratation le permettait, elle allait vomir, elle en était certaine. *Reste calme, quelqu'un va venir.* Elle avait soif, tellement soif. On ne lui avait rien donné à boire depuis un minuscule gobelet d'eau ce matin au petit déjeuner, ce qui ne l'empêchait pas de transpirer abondamment. Ses démangeaisons ne cessaient d'empirer. Elle avait l'impression que les insectes qui avaient colonisé son corps avaient trouvé le moyen de s'enfoncer jusqu'aux os. Elle avait beau se gratter, elle ne les atteignait jamais.

Soudain, sans que rien le laisse prévoir, un liquide infect emplit sa bouche. Dans un spasme douloureux, la gorge brûlée comme par de l'acide, elle vomit, maculant sa chemise de nuit.

À peine capable de lever la main pour s'essuyer la bouche, elle guetta les bruits dans le couloir, priant pour entendre quelqu'un. Mais il n'y avait rien, juste le martèlement de son cœur dans ses oreilles. Elle baissa les yeux vers l'épaisse aiguille plantée dans son bras au niveau de la fistule pratiquée par les chirurgiens, reliant son artère à une veine. Sans aide extérieure, il lui était impossible de l'enlever. Elle était complètement prisonnière.

Alors qu'elle refoulait une deuxième vague de nausée, elle perçut à nouveau les cris éloignés des bébés à la maternité. Elle les entendait souvent pleurer la nuit. Certains soirs, les hurlements des femmes en plein travail remontaient la cage d'escalier, de plus en plus effarants à mesure que les heures passaient. Avant de laisser finalement place à un lourd silence que venaient rompre les vagissements d'un nouveau-né.

Pour la plupart, c'était le plus doux des sons, mais pour Helena c'était comme des griffes qui raclaient un tableau noir. Un rappel des centaines de filles au visage livide qui s'étaient présentées dans le bureau de mère Carlin. Des filles qui restaient assises en silence pendant que son crayon grattait la feuille du contrat qui allait sceller le sort de leur bébé. Ensuite, elle leur faisait son petit discours, expliquant à quel point cela valait beaucoup mieux ainsi, qu'il faudrait être stupide et sans cœur pour ne pas signer. Certaines se rebellaient, bien sûr, mais elles finissaient toutes par céder, grâce en soit rendue aux suprêmes pouvoirs de persuasion de la mère supérieure.

Helena n'imaginait même pas comment il était possible de renoncer à son bébé. La douleur terrible de ne pas être capable d'en porter un lui suffisait. Et les filles ne cessaient d'arriver, de plus en plus jeunes, de plus en plus pâles, de plus en plus maigres, de plus en plus désemparées. Elle avait si souvent essayé d'arrêter, de transmettre ce travail à quelqu'un d'autre, mais le père Benjamin avait insisté pour qu'elle continue. Elle avait un don, disait-il, ces gamines perdues lui faisaient confiance. Jeune avocate tout juste débarquée dans un monde d'hommes, elle avait obéi : elle ne voulait pas perdre son premier emploi.

Soudain, elle entendit une clé tourner dans la serrure. Pourquoi la porte avait-elle été verrouillée ? Elle n'en avait pas la moindre idée. Peut-être l'avait-on oubliée et que c'était la femme de ménage qui venait nettoyer la pièce.

Mais peu lui importait de savoir pourquoi on l'avait abandonnée ; tout ce qui comptait, c'est qu'enfin quelqu'un venait l'aider. Un formidable soulagement déferla en elle quand la porte s'entrouvrit, laissant passer un rayon de lumière qui éclaboussa la pièce pendant un bref instant. La tête de son lit tournait le dos à la porte, elle ne pouvait donc voir qui était là, mais elle perçut des mouvements derrière elle.

— Il y a quelqu'un ? coassa-t-elle, la bouche encore pleine de vomi.

La personne ne dit rien. Helena entendait ses chaussures sur le sol, attendait de les voir apparaître près du lit.

— Il y a quelqu'un ? répéta-t-elle, essayant de parler d'une voix plus forte, mais sentant qu'elle ne faisait que chuchoter. Répondez, s'il vous plaît. Au nom du ciel, aidez-moi.

Toujours rien. La personne s'était figée, totalement immobile derrière elle.

— Que faites-vous ? Je ne peux pas bouger. S'il vous plaît, aidez-moi.

Elle se tordit le cou pour tenter de voir qui se trouvait ici avec elle et alors elle sentit un souffle tiède sur son cou et vit une main apparaître pour se tendre vers la lampe sur la table de chevet et l'éteindre. La pièce fut plongée dans les ténèbres.

Elle sentit une secousse sur l'aiguille plantée dans son bras, aussitôt suivie par une douleur abominable, si atroce et soudaine qu'elle en eut le souffle coupé. Malgré cela, elle essaya de soulever son autre bras pour sentir ce qu'il s'était passé. Sa main retomba sur le pansement arraché autour de la fistule béante.

Paniquée, elle voulut le remettre en place avec ses doigts enflés, mais c'était impossible. Elle poussa un hurlement silencieux, sentant le liquide tiède qui coulait le long de son bras, formant une petite mare dans sa paume. Des talons claquèrent sur le sol. La porte s'ouvrit et se referma rapidement.

Du sang. Trop de sang. Helena pressa de toutes ses forces contre la bosse que formait la fistule, mais l'aiguille avait été plantée directement dans l'artère et il n'y avait aucun moyen d'arrêter l'hémorragie.

La mare de sang gonflait au point de déborder du lit. D'épaisses gouttes rouges s'écrasaient sur le sol. Elle se mit à sangloter, pleurant sans larmes, implorant qu'on vienne l'aider, mais sachant qu'elle n'avait plus de voix, que personne ne l'entendait. Faible et désorientée, elle essaya d'atteindre le bouton d'appel, mais son bras était si lourd qu'elle put à peine le soulever. Elle poussa la lampe de chevet dans l'espoir de la faire tomber et que le bruit de sa chute alerte quelqu'un, mais celle-ci se contenta de basculer sur le côté, roulant d'avant en arrière, désormais hors d'atteinte. Une nouvelle nausée la saisit et elle vomit, cette fois par-dessus le rebord du lit en travers duquel elle s'était écroulée.

Elle tenta de basculer dans le vide, consciente qu'une chute même de cette hauteur risquait de la tuer, mais c'était sa dernière chance : si elle faisait assez de bruit, quelqu'un viendrait à son secours. Mais ses grosses jambes étaient trop molles, trop lourdes. Impossibles à bouger. Elle sanglota, supplia encore, mais bientôt elle n'en eut même plus la force. La pièce se mit à tourner autour d'elle.

— George, aide-moi, je t'en supplie, cria-t-elle dans ses draps trempés, priant pour qu'il l'attende de l'autre côté.

Une nouvelle douleur plus sourde, plus profonde apparut dans le côté gauche de son corps. Sa jambe, son bras et son visage se pétrifièrent, paralysés.

Et c'est ainsi, à moitié figée, qu'elle attendit la mort. Un seul œil ouvert, toutes ses larmes épuisées, elle implora le Seigneur.

Pardonne-moi, ô Seigneur, je t'en prie.

Pardonne-moi mes péchés.

41

Lundi 6 février 2017

Kitty marchait lentement dans le couloir couvert de graffitis en direction de l'appartement d'Annabel Rose, sans prendre garde aux braillements des téléviseurs qui se mêlaient aux pleurs de bébés derrière les portes. Arrivée devant le 117, elle regarda de part et d'autre avant de sonner.

Pas de réponse. Ce qui l'agaça prodigieusement. Rajustant sa veste, elle se força à prendre une inspiration. Elle s'était promis de rester calme. Elle ne connaissait pas la version d'Annabel et elle devait l'entendre avant de s'énerver. Elle n'avait pas dormi de la nuit et la matinée avait déjà été éprouvante. Il était essentiel qu'elle garde son sang-froid. Elle pressa à nouveau le bouton de la sonnette. Cette fois, elle perçut un mouvement à l'intérieur. « Une minute », dit une voix qu'elle reconnut.

Quand elle ouvrit, Annabel affichait un sourire qui s'effaça presque aussitôt. Kitty attendit patiemment les politesses d'usage, son pied déjà prêt à bloquer la porte au cas où « son amie » voudrait l'empêcher d'entrer.

— Mon Dieu, Kitty, je ne savais pas… Je veux dire, je ne m'attendais pas à te voir, dit Annabel, essuyant lentement ses mains couvertes de farine sur son tablier tout en rougissant violemment. Cela fait si longtemps.

Elle avait une mine atroce, se dit Kitty. Le teint très pâle, ses vêtements difformes contenant avec bien du mal la graisse qui débordait de partout en rouleaux disgracieux. Kitty était de six ans son aînée, mais c'était Annabel qui semblait avoir dix ans de plus. Elle avait dû prendre au moins vingt kilos depuis leur dernière rencontre. Ses cheveux aussi étaient gras et tirés en arrière pour libérer un visage ravagé par les rides. Elle se tenait légèrement de travers comme si elle souffrait de la hanche ou de la jambe. Kitty la fixa, sa colère revenant à la pensée d'une existence aussi paresseuse, aussi inutile. Pourquoi Annabel se souciait-elle si peu du sort de sa propre mère ? Pourquoi était-ce Kitty qui avait dû régler tous ces problèmes ? Elle sentit à nouveau la boule de rage dans son ventre, prête à exploser.

— Eh bien, tu m'invites à entrer ou pas ?

Annabel jeta un regard dans le couloir avant de baisser les yeux vers son pied en travers du seuil. Kitty attendait, les mains nouées devant elle. Sa poitrine se serra, prise dans un étau de fureur. Annabel avait toujours fait preuve d'indécision et cela ne semblait pas s'être arrangé avec l'âge. Elle avait envie de la gifler. Même si elle se doutait que son ancienne amie ne serait pas ravie de la voir, elle avait entretenu le minuscule espoir qu'en dépit de tout ce qui s'était passé, il y aurait encore un peu d'amour entre elles. Qu'après tout ce qu'elles avaient partagé, tout ce que Kitty avait fait pour elle, leur amitié prévaudrait. Clairement, ce n'était pas le cas.

Alors qu'Annabel continuait à hésiter, des voix retentirent dans le couloir derrière Kitty. Elle n'y tint plus et pénétra dans l'appartement.

— Bon sang, laisse-moi entrer, Annabel, marmonna-t-elle.

Nana recula, grimaçant sous l'effet de la douleur dans sa hanche. Kitty la dépassa dans un nuage de Chanel N° 5 tellement épais qu'elle en eut un haut-le-cœur. Elle ferma les yeux, priant le ciel pour qu'Emma ne se montre pas. En passant en claudiquant devant la chambre de la fillette, elle ferma discrètement la porte, les mains tremblantes.

Dès qu'elle entra dans le salon, Kitty s'immobilisa pour examiner la pièce avec un dédain évident. La télévision était allumée, deux animateurs débitant leur habituel laïus servile. Le radiateur à gaz pourtant à fond ne parvenait pas à réchauffer l'atmosphère. Des journaux, des couvertures et des jouets d'enfant jonchaient le sol. Debout derrière elle en silence, Nana réfléchissait à toute allure, trop bouleversée pour accomplir les salutations d'usage. Elle devait faire sortir Kitty d'ici avant le réveil d'Emma.

— En quoi puis-je t'aider, Kitty ? demanda-t-elle en se dandinant d'un pied sur l'autre.

Sa hanche la torturait. Elle regarda l'horloge sur la cheminée. Sam l'avait appelée à six heures, disant qu'elle serait là vers onze heures, et il était déjà plus de midi. Elle n'allait plus tarder. Par miracle, Emma avait accepté de faire une sieste, sans doute parce qu'elle était encore un peu malade et avait assez mal dormi cette nuit. *Dors, mon ange, je t'en prie, dors encore un peu.*

— Je vois que tu as exploité tout ton potentiel, dit Kitty en contemplant les piles de mots croisés.

— C'est chez moi et je m'y sens bien, répliqua Nana. Qu'est-ce que tu veux, Kitty ?

Sa voix tremblait légèrement, mais, quand Kitty se tourna vers elle, elle la fixa droit dans les yeux.

Kitty hocha la tête et croisa les bras.

— Pourquoi as-tu parlé de moi à ta petite-fille ?

— Je ne lui ai pas parlé de toi, rétorqua Nana en jetant un coup d'œil vers le téléphone près du rocking-chair. Je ne lui ai rien dit. Elle a trouvé les lettres d'Ivy.

— Parce que tu t'es débrouillée pour qu'elle les trouve, dit Kitty en s'approchant d'elle. As-tu été voir Maude ?

— Non. J'ai laissé tout cela derrière moi et tu devrais en faire autant, répondit Nana en s'appuyant sur le dossier d'une chaise.

— C'est un luxe que je ne peux pas me permettre. Il fallait bien que l'une d'entre nous fasse quelque chose et tu m'avais abandonnée.

— Je ne t'ai pas abandonnée, Kitty. Nous étions des gosses. La vie nous a séparées.

— Tu m'as tourné le dos au moment où c'était le plus important. St. Margaret sera démoli demain. Si je n'avais pas été là, ils s'en seraient sortis indemnes, après tout ce qu'ils ont fait.

— Si tu n'avais pas été là… Que veux-tu dire ?

— Tu as toujours été lâche. Ils ont tué ta mère. Ils ont tué ma sœur. Pourquoi auraient-ils dû mourir de leur belle mort bien au chaud dans leur lit ?

Nana commençait à avoir peur.

— Kitty, s'il te plaît, Sam va arriver d'une minute à l'autre. Si tu veux, nous en parlerons avec elle. Tu as raison, je suis lâche. Je l'ai toujours été, mais, maintenant que tu es là, nous pourrons tout lui dire. Laisse-nous t'aider.

— Ne fais pas semblant de t'inquiéter pour moi. Tu m'as abandonnée comme ils l'ont tous fait. J'ai veillé sur toi, je t'ai aimée.

— Je t'aimais aussi, Kitty. Mais tu rendais les choses si difficiles. Je ne voulais pas passer ma vie dans la haine.

Nana s'assit sur la chaise. Elle était essoufflée. Elle leva des yeux brillants vers Kitty.

— Je ne suis pas en bonne santé, Kitty. Mon cœur…

— Ton cœur est faible parce que tu es faible.

Emma apparut sur le seuil, derrière Kitty, et la pièce se mit à tournoyer. Nana ressentit une violente douleur dans le bras.

— Ne lui fais pas de mal, Kitty, je t'en prie, ne lui fais pas de mal.

— Ah, alors maintenant, tu t'inquiètes, dit Kitty en se plantant devant elle.

Nana était effondrée sur sa chaise, livide. Emma se précipita pour la prendre dans ses petits bras.

— Nana est juste un peu fatiguée, dit Kitty en souriant à la fillette. Tu ne veux pas que nous sortions pour la laisser se reposer ? On pourrait aller jouer à cache-cache. Qu'est-ce que tu en dis ? Ça te plairait ?

Emma hocha la tête et Kitty la prit par la main.

42

Lundi 6 février 2017

Elvira Cannon se gara devant St. Margaret, coupa le moteur et se tourna vers la petite fille assise sur la banquette arrière.

— Est-ce que tu veux voir où Nana est née ?

— Oh ! oui, dit Emma, une sucette dans la bouche.

Elvira sortit de la voiture pour aller fouiller dans le coffre, en sortant un lourd jerrycan d'essence et une lampe torche. Elle revint ouvrir la portière arrière et saisit Emma par la main.

Il était quatorze heures et le jour tombait déjà. Alors qu'elles passaient par le trou dans la clôture, Elvira aperçut deux hommes qui bavardaient près du manoir.

— On la fait, cette partie de cache-cache ? dit-elle à la fillette.

Emma hocha vigoureusement la tête, la dévisageant avec ses grands yeux bleus. Sa chevelure était d'un blond vénitien bien moins rouge que celles de Sam ou d'Ivy. Ivy qui était en train de disparaître. Bientôt, elle serait complètement oubliée. Comme toutes les autres.

— Je vais compter jusqu'à dix pendant que tu te cacheras derrière une de ces grosses pierres, chuchota Elvira en surveillant les deux hommes toujours en pleine discussion. Un, deux, trois...

La petite fille courut vers les énormes pierres tombales en s'esclaffant tandis qu'Elvira cherchait la trappe qui donnait sur le souterrain conduisant au manoir. Elle finit par la trouver parmi les broussailles et les mauvaises herbes. Posant le jerrycan, elle sortit la clé de sa poche pour l'insérer dans la serrure. Au début, elle eut du mal et dut enlever la terre et les débris avec ses doigts, mais elle finit par y arriver. Il lui fallut se servir de ses deux mains pour faire jouer le mécanisme rouillé qui obéit enfin. *Clac.* Elle souleva la plaque de métal qui n'avait pas été ouverte depuis des décennies. L'odeur émanant du tunnel lui fit tourner la tête. Quand elle se retourna, elle vit Emma derrière une des tombes qui lui faisait signe.

L'image la glaça jusqu'au sang. Il faisait froid aussi ce jour-là en 1959 ; la lumière déclinait exactement de la même manière, quand elle avait fait signe à Kitty.

Soixante ans plus tard, elle était encore prisonnière de ce moment. Elle se sentait tout autant désespérée, toujours aussi solitaire. Malgré tout ce qu'elle avait fait, elle ne s'était pas échappée de ce malheur.

43

Dimanche 15 février 1959

Elvira Cannon s'accroupit derrière la pierre tombale dans le cimetière de l'église de Preston pour observer la petite fille en duffel-coat rouge qui avait le même visage qu'elle.

Elle savait qu'elle devait faire vite, que la fille repartirait bientôt avec le bus et qu'alors elle laisserait filer sa chance. Elle avait attendu toute la journée dans la neige, après s'être cachée pendant deux nuits dans la remise. Elle ne tiendrait plus très longtemps. Elle ne sentait plus ni ses pieds ni ses mains, et elle avait tellement faim que son ventre avait cessé de réclamer à manger.

Le corps tremblant dans ce froid glacial qui la transperçait jusqu'aux os, elle attendit que la fille regarde dans sa direction pour se montrer et lui faire signe.

Au début, elle se demanda si elle l'avait vue. Elle se baissa précipitamment pour se cacher à nouveau, paniquée, terrifiée à l'idée que quelqu'un d'autre la repère. Puis, dans le silence, elle entendit la neige crisser, des pas qui approchaient pour finalement s'arrêter tout près d'elle.

Agissant par pur instinct, elle l'attrapa par le bras et se mit à courir, à fuir derrière l'église et dans le champ qui s'étendait au-delà, vers la remise qui se trouvait tout au fond du domaine de St. Margaret.

Une fois en sécurité à l'intérieur, les deux fillettes se figèrent. Se tenant toujours par la main, elles se dévisagèrent, haletantes, essayant toutes les deux de reprendre leur souffle.

— Qui es-tu ? demanda gentiment Kitty comme si elle connaissait déjà la réponse.

— Elvira. Je suis ta sœur jumelle, dit-elle en lui rendant son sourire de tout son cœur brisé.

— Je ne comprends pas. Comment c'est possible ?

— Nous sommes nées à St. Margaret, toi et moi. Notre père t'a ramenée chez lui et ils m'ont laissée là-bas. Tu n'as rien à manger ?

Fouillant dans la poche de son duffel-coat rouge, Kitty en sortit la belle pomme verte qu'elle avait gardée pour le trajet en car.

— Tiens.

— Merci, dit Elvira, les yeux brillants comme si elle venait de lui offrir un festin.

Elle prit la pomme, s'assit par terre et la dévora.

Kitty observait sa sœur qui tremblait, son corps couvert de crasse. Ses pieds dans ses sandales étaient blancs de froid. Elle portait une espèce de longue robe sans manches. On aurait juré que le sang dans ses bras avait gelé.

Kitty enleva son manteau.

— Tiens.

Elvira finit la pomme et prit le duffel-coat, glissant ses bras dans les manches et agrafant les gros boutons.

— Il est beau, dit-elle.

Déjà frigorifiée, Kitty serra les bras autour d'elle. Elle regarda dehors à travers une sorte de trou dans le mur. Le jour tombait déjà, il faisait presque nuit. Pour la première fois, elle commença à se sentir nerveuse. Le car avait dû partir maintenant et elle était ici, en pleine campagne. Elle n'avait pas laissé de mot à son père, car elle pensait être à la maison avant son retour de l'hôpital.

— Est-ce que papa sait que tu existes ? demanda-t-elle en s'accroupissant aux côtés de sa sœur.

— Je ne sais pas, répondit Elvira.

— On devrait rentrer à la maison, suggéra Kitty en se relevant et en la prenant par la main. Il va faire nuit.

— Je ne peux pas sortir, si elles me trouvent, elles me tueront, réagit Elvira en lui arrachant sa main et en reculant comme si elle comptait la traîner dehors contre sa volonté.

— Elles te tueront ? Comment ça ?

Kitty la dévisageait, de plus en plus perdue. Elle n'arrivait pas à comprendre ce qui était en train de se passer. Elle avait peur.

— Je sais ! s'exclama-t-elle soudain. Je vais aller chercher papa et on reviendra te prendre, dit-elle en se dirigeant vers la porte.

— Non ! Je t'en prie, ne me laisse pas, implora Elvira.

— Il faut que j'y aille, avant qu'il ne soit trop tard. Papa va se faire du souci. Ne t'inquiète pas, il viendra t'aider.

Elvira la rejoignit à quatre pattes pour lui prendre la main.

— Il va t'arriver quelque chose et tu ne reviendras pas.

— Il ne m'arrivera rien, la rassura Kitty.

— Si, il va t'arriver quelque chose de mal, parce que je *suis* mauvaise.

Et, là-dessus, Elvira se mit à pleurer, recroquevillée par terre. Kitty vint la prendre dans ses bras.

Finalement, au bout d'une heure ou deux, Elvira la laissa partir. Elle était trop faible pour continuer à la retenir. Mais elle fit promettre à Kitty que, si elle n'était plus là quand elle reviendrait avec son père, ils se serviraient de la clé pour descendre dans le tunnel qui conduisait à St. Margaret pour venir la chercher là-bas.

— Et surtout, ne crie pas, ajouta Elvira. Jure-moi que tu ne crieras pas une fois que tu seras dehors.

— Je le jure, dit Kitty qui ne sentait plus ses mains qu'Elvira serrait de toutes ses forces.

Elvira attendit son retour toute la nuit, jusqu'à ce que, finalement, comprenant qu'il y avait eu un problème, elle quitte l'abri de la remise au petit matin, toujours vêtue du manteau rouge de Kitty.

Une fois dehors, elle fut submergée par la peur, la terreur d'être repérée, rattrapée par les religieuses. Elle courut aussi vite que ses pieds glacés le lui permettaient en direction de l'église – là où Kitty avait dû aller pour prendre un car et rentrer chez elle. Il lui était arrivé quelque chose, elle le sentait. Sinon, elle serait déjà revenue.

Et c'est alors qu'elle la vit : la petite chaussure en cuir noir verni abandonnée sur le sol gelé. Elle la fixa un bon moment avant de comprendre que c'était celle de Kitty. Sa peur redoubla. Sa sœur était-elle tombée quelque part, s'était-elle blessée, était-elle dans l'incapacité de bouger ? Elle regarda autour d'elle, cherchant désespérément le moindre signe de sa présence. En se retournant en direction de St. Margaret, elle aperçut alors la deuxième chaussure sur laquelle se reflétait le soleil du matin.

Elle n'y avait pas pensé jusqu'à cet instant-là, mais, depuis que Kitty l'avait quittée hier soir, elle n'avait plus entendu quiconque crier son nom. Personne ne s'était lancé à sa recherche comme les jours et les nuits précédents. Si les bonnes sœurs n'étaient pas venues, c'était peut-être parce qu'elles pensaient l'avoir retrouvée. Elles avaient dû tomber sur Kitty qui errait pieds nus dans la nuit, se dirigeant par erreur vers St. Margaret, et elles l'avaient prise pour Elvira. Kitty avait dû se perdre et appeler à l'aide. Mais c'étaient les nonnes qui l'avaient entendue.

Son corps frigorifié était pris de convulsions. Elle contemplait la silhouette menaçante de St. Margaret là-bas au loin. Si elle y allait, père Benjamin et mère Carlin comprendraient leur erreur et ils la tueraient pour l'empêcher de parler. Elle devait suivre le plan de Kitty. C'était son seul espoir. Elle devait retrouver leur père et revenir avec lui chercher sa sœur.

Saisie de froid, elle réussit à enfiler les chaussures de Kitty avant de se mettre en marche. Elle aurait voulu courir, mais elle en était incapable. À plusieurs reprises, elle glissa sur le verglas et tomba en essayant maintenant de s'éloigner de l'église. Son dernier souvenir fut la croix sur le toit de l'église qui se dressait, fantomatique, là-bas au loin dans la brume de l'aube. Elle s'était retournée pour évaluer la distance qu'elle avait franchie.

Et elle tomba une dernière fois.

Deux jours plus tard, elle se réveilla à l'hôpital, le père qu'elle n'avait jamais connu endormi dans un fauteuil à son chevet, lui tenant la main.

44

Lundi 6 février 2017

Les portières arrière de l'ambulance étaient ouvertes quand Sam se gara sur le parking de Whitehall Estate. Nana était étendue sur un brancard, un masque à oxygène sur le visage.

— Oh, mon Dieu, Nana ! hurla Sam en se précipitant pour lui prendre la main pendant qu'on la hissait dans le véhicule. Que lui est-il arrivé ? Comment va-t-elle ?

— Elle a fait un léger infarctus. Elle va devoir passer en chirurgie. C'est vous qui avez appelé la police ? demanda l'ambulancier tout en reliant Nana à un moniteur dans le véhicule.

— C'est ma grand-mère. Où est la petite fille qui se trouvait avec elle ? Est-elle toujours dans l'appartement ?

Elle essayait de ne pas paniquer.

— Je n'en sais rien, il va falloir que vous montiez là-haut. Nous devons partir maintenant. Si vous ne venez pas dans l'ambulance, veuillez sortir, s'il vous plaît.

Sam bondit hors du véhicule et fonça vers les escaliers, grimpant les marches deux à deux. Elle courut dans le couloir vers l'appartement qu'elle connaissait si bien. Un policier se tenait devant la porte.

— Emma ! cria Sam en le contournant.

— Hé, attendez une minute ! dit l'homme tandis que deux autres agents dans l'appartement se tournaient vers elle.

— Où est-elle ? Emma !

Sam se rua de pièce en pièce.

— Où est ma fille ?

— Madame, calmez-vous, s'il vous plaît, dit une policière. Qui êtes-vous ?

— Je suis la petite-fille de la dame qui vit ici. Elle gardait ma fille ce matin. Elle devait être avec elle quand elle a fait sa crise cardiaque. Où est ma fille ?

Sam se précipita à nouveau dans la chambre à coucher pour regarder sous le lit.

— Emma !

— D'accord. Pouvez-vous me dire quel âge a votre fille ?

— Quatre ans. Oh ! mon Dieu, fais qu'elle soit avec Ben. Je t'en prie, mon Dieu, je t'en supplie.

Elle sortit son téléphone, arpentant la pièce dans l'attente de la communication.

— Ben, c'est moi. Rappelle-moi tout de suite, s'il te plaît. Il faut que je sache si Emma est avec toi. Nana a fait un infarctus chez elle et Emma n'est plus dans l'appartement. Appelle-moi.

— Y a-t-il un voisin, ou quiconque, chez qui votre fille pourrait être allée ? s'enquit la policière.

— Non, je ne pense pas. Oh, Seigneur, dit Sam tandis que son téléphone se mettait à sonner dans sa poche.

— Ben ?

— Sam, c'est Fred. Je suis à St. Margaret. Kitty est ici et je crois qu'elle a Emma avec elle. Elles viennent juste de descendre par une espèce de trappe dans le cimetière. Je les suis.

45

Lundi 6 février 2017

Fred alluma sa torche. Sous ses pieds partait une volée de marches qui s'enfonçaient dans les ténèbres. Il avait ouvert la trappe aussi discrètement que possible, soulevant la lourde plaque de fer jusqu'à ce qu'elle bascule sur un buisson de broussailles, avant d'attendre, guettant un son quelconque qui ne soit pas celui de sa propre respiration oppressée. Il avait vaguement perçu un bruit de gouttes, d'eau qui coulait. En se penchant pour essayer de discerner jusqu'où allaient ces marches, il avait été frappé par une bouffée d'air putride, une puanteur qui lui avait donné envie de vomir.

Après avoir reconnu Kitty Cannon quand elle était passée devant la maison du Dr Jacobson, il l'avait suivie jusqu'à l'entrée du chantier. Elle avait alors emprunté une espèce de piste en terre battue et, dans la lueur déclinante de cette journée hivernale, il l'avait vue depuis la route principale longer le domaine de St. Margaret. Il avait attendu qu'elle s'arrête et quitte sa voiture pour s'engager à son tour sur le chemin et se garer derrière la Jaguar.

Dans l'obscurité grandissante, il avait ensuite franchi le trou dans la clôture. Au début, il n'y avait pas eu le moindre signe d'activité sur le site, mais, alors qu'il s'approchait de la maison, le claquement d'une portière avait retenti. Il s'était figé.

— Salut, Andy. C'est le dernier jour demain. On se voit à l'aube, avait dit une voix masculine.

— À demain, Stan, avait répondu le deuxième homme et Fred avait entendu des pas s'éloigner.

Un moteur avait démarré, du gravier avait crissé sous des roues puis le silence était revenu. Caché derrière un monticule de terre, Fred avait attendu que l'homme qui était resté contourne la maison pour se diriger vers un préfabriqué posé dans un coin du domaine. Dernier jour demain. Il imaginait déjà l'équipe réunie attendant que la boule de démolition fracasse les murs du manoir. Tout était prêt, la destruction de cet endroit allait enfin pouvoir commencer.

Il s'était redressé pour observer la maison. Dans la pénombre, les détails étaient difficilement perceptibles, mais la scène avait quelque chose de sinistre : le vieux manoir couvert de lierre était encerclé d'engins menaçants – bulldozers et autres pelleteuses –, qui semblaient prêts à se jeter sur lui. Avec ses tourelles qui se dressaient dans le ciel sombre, il donnait l'impression d'une créature monstrueuse qui, même dans ses derniers moments, refusait de se soumettre, telle une bête blessée et d'autant plus dangereuse.

Un chien avait aboyé au loin et Fred s'était retourné pour apercevoir une lumière en plein milieu du cimetière. Il s'était dirigé vers elle. C'est alors qu'il avait vu Kitty et s'était rendu compte qu'elle n'était pas seule, qu'elle tenait un petit enfant par la main. Il avait cru être victime d'une hallucination en la voyant s'enfoncer dans la terre. Ses jambes avaient déjà disparu quand elle s'était mise à tirer l'enfant qui hésitait à la suivre. Il avait entendu les pleurs de la fillette et, en s'approchant encore, était parvenu à la voir à peu près distinctement. Au moment où elle disparaissait à son tour, il avait réalisé avec horreur que c'était Emma, la fille de Sam.

Il s'engagea sur la première marche recouverte de ce qui, dans la lueur de sa torche, ressemblait à une bave verdâtre. Il posa un pied prudent sur la surface poisseuse et glissante avant de poursuivre sa descente. De temps à autre, il s'arrêtait pour tendre l'oreille. Au bas de l'escalier, il se retrouva dans un tunnel dans lequel il tenait tout juste debout, une mare d'eau stagnante et puante tapissant le sol sous ses pieds.

Malgré la trappe qu'il avait laissée ouverte, la puanteur était effroyable. Il plaqua son mouchoir sur sa bouche. Le rayon de sa torche crevait difficilement cette obscurité épaisse et saturée. Un sentiment d'isolement comme il en avait rarement connu l'envahit.

Il ne cessait de s'arrêter pour se retourner, de peur que quelqu'un ne referme la trappe et le piège dans ce souterrain. Pour ajouter à son malaise, son masque de fortune rejetait son souffle vers le haut, embuant ses lunettes. Il n'y voyait rien, ou pas grand-chose. Si Fred adorait l'escalade, il s'était toujours senti mal à l'aise dans les endroits confinés. Et ces espèces de catacombes pourraient très vite se transformer en son pire cauchemar. Dans l'espoir de s'accrocher à quelque chose de solide, il tendit la main vers le mur. Il était gluant.

— Merde, marmonna-t-il en se pliant en deux dans l'espoir que la puanteur serait moins forte près du sol.

Soudain, un cri d'enfant retentit, aussitôt suivi par un choc brutal, comme celui que ferait une lourde porte en se refermant. Fred tressaillit. Difficile de juger la distance, mais il estima que ces bruits ne devaient pas provenir de plus d'une dizaine de mètres.

— Où est-ce que tu vas, Kitty ? maugréa-t-il.

Le visage de Sam surgit dans son esprit et il se mit à courir, l'eau stagnante transperçant le daim de ses chaussures.

Il l'atteignit enfin. Un mur de briques au bout du tunnel au milieu duquel s'ouvrait une porte fixée sur un encadrement d'acier. Il essaya la poignée. Le battant s'ouvrit dans un gémissement pitoyable et il se retrouva aussitôt face un autre mur. De flammes et de fumée.

46

Lundi 6 février 2017

Sans se soucier des cris de l'agent qui essayait de rester à sa hauteur, Sam courait dans le cimetière en direction de la trappe. Elle était venue dans une voiture de patrouille, gyrophare allumé, sirène hurlante, depuis l'appartement de Nana. Mais, une fois arrivés ici, ils avaient trouvé le portail du chantier fermé. Sans attendre que quelqu'un vienne leur ouvrir, elle avait foncé vers le trou dans le grillage.

Elle n'avait eu aucun mal à repérer la trappe : de la fumée s'en échappait.

— Mon Dieu, appelez les pompiers ! hurla-t-elle avant de remonter son écharpe sur sa bouche et son nez et d'entamer la descente sur les marches glissantes.

— Stop, n'entrez pas là-dedans ! cria inutilement le policier au moment où elle disparaissait dans les ténèbres.

Malgré son écharpe, Sam se mit à tousser dès qu'elle se retrouva à patauger dans une eau saumâtre. Ce tunnel semblait mener tout droit à l'enfer : noir, infect et suintant, et envahi par une fumée brûlante qui tourbillonnait devant elle.

— Fred, où es-tu ? cria-t-elle aussi fort qu'elle le put.

— Sam ! répondit une voix.

Elle se remit à courir, imaginant Emma dans ce souterrain, seule et terrifiée.

— Fred ! appela-t-elle à nouveau en pataugeant. Emma !

Soudain, il apparut, toussant et crachant.

Sam se rua vers lui.

— Où est Emma ?

— Elle est avec Kitty. Elles ont franchi une porte au bout de ce tunnel, mais on ne peut plus passer. Elle a allumé un feu, dit Fred.

Sam voulut néanmoins continuer, mais une fumée noire, impénétrable, l'arrêta, lui brûlant les yeux et la gorge. Il était impossible de faire un pas de plus.

— On ne peut pas la laisser, cria-t-elle au désespoir. Elle est peut-être coincée derrière cette porte.

— On va trouver un autre moyen. Recule.

À son tour prise de toux et de spasmes, elle se résigna à faire demi-tour. Quand elle atteignit le bas des marches, elle sentit le courant d'air frais qu'elle aspira goulûment. S'aidant l'un l'autre, Fred et elle remontèrent. Une fois dehors, ils restèrent un moment pliés en deux à cracher les poisons qui attaquaient leurs poumons. Dès qu'ils le purent, ils repartirent en chancelant vers la maison.

— Comment Kitty a-t-elle pris Emma ? demanda Fred.

— Ce n'est pas Kitty. C'est sa sœur jumelle, Elvira. Elle connaît Nana, elles ont été à l'école ensemble. Nana a fait une crise cardiaque et je pense qu'Elvira était chez elle à ce moment-là. Le tunnel conduit à la maison. Il faut qu'on entre, dit Sam, affolée.

Dès que le manoir apparut, ils se figèrent sur place.

Tout le rez-de-chaussée était en feu. De la fumée surgissait par la moindre ouverture, des flammes gigantesques dansaient derrière les fenêtres. Sam se remit à courir. Soudain, une terrible explosion retentit, déclenchant des geysers d'étincelles qui jaillirent de toutes les vitres cassées. Sam poussa un cri de bête sauvage et se jeta vers la porte principale qu'elle tenta inutilement d'ouvrir à coups de pied.

Fred la tira en arrière tandis que deux policières arrivaient au pas de course.

— Ma fille est là-dedans ! hurla Sam. Emma !

— Vous devez reculer, madame. Les pompiers ne vont pas tarder.

Ignorant ce conseil, Sam repartit en courant pour faire le tour de la maison à la recherche d'un moyen de pénétrer dans cette fournaise.

Soudain, elle poussa un hurlement. Fred leva les yeux, suivant son regard horrifié. Sur le toit, la silhouette d'une femme était visible à travers le voile de fumée. Elle se tenait tout près du bord. Sam voulut se ruer à nouveau vers la maison. Une des policières la retint.

— Je ne peux pas vous laisser entrer là-dedans, madame.

— On n'a pas le temps d'attendre les pompiers ! Ma fille est là-haut !

Tandis que Sam se débattait, aux prises avec les deux policières qui la bloquaient, de nouvelles voitures de patrouille arrivèrent, sirènes hurlantes.

Fred regarda Kitty là-haut sur le toit avant de se tourner vers sa propre voiture garée à moins de cent mètres. Il prit sa décision en une fraction de seconde. Il fonça à nouveau vers le trou dans la clôture et se rua vers le véhicule. Ouvrant le coffre, il fouilla à la recherche de ses chaussures d'escalade. Il les enfila en un rien de temps pour revenir aussi vite que possible vers l'arrière de la maison.

Il s'immobilisa pour examiner le mur, évaluant la texture des briques, les prises possibles, conscient du brasier à l'intérieur. Il hésita à peine, mais les hurlements stridents d'Emma et la sirène encore lointaine des pompiers achevèrent de le décider. Il recula de quelques pas, calculant sa voie vers le toit. Puis, après avoir respiré un bon coup, il se rua en avant et bondit. À l'instant où il agrippait le rebord de la fenêtre du premier étage, un policier surgit derrière lui.

— Hé ! Descendez de là !

L'homme lui saisit la cheville au moment où la chaleur du feu le frappait de plein fouet à travers la fenêtre. Au prix d'un effort terrible, Fred parvint à poser son autre pied sur la pierre surchauffée. La fournaise était insoutenable.

— Descendez tout de suite ! cria à nouveau le policier.

Utilisant le rebord comme appui, il se libéra, s'arrachant à son étreinte d'une secousse brutale.

Pas le temps de savourer cet infime succès. Plaqué contre la paroi, il chercha un appui pour son pied droit, puis un autre pour le gauche. Il les testa avec prudence. Une fois rassuré, il se détendit à nouveau, venant saisir l'encadrement supérieur de la fenêtre avant d'entamer un mouvement de balancier, de plus en plus rapide, pour se propulser en diagonale vers le rebord d'une autre fenêtre à l'étage supérieur. Pendant une fraction de seconde, il se retrouva dans les airs, volant littéralement, mais sans ailes ni rien pour l'empêcher de chuter. Sa courbe commençait à s'infléchir quand ses doigts se plaquèrent sur une partie saillante de la façade. Esclave de la gravité, le reste de son corps pendait dans le vide. Il le stabilisa aussitôt, le figeant étrangement, contrôlant ses mouvements alors qu'il ne tenait que par la force de ses huit phalanges. Comme guidés, ses pieds trouvèrent des appuis. Il les assura, soulageant la tension dans ses doigts crispés sur la bordure glissante, avant de regarder autour de lui, cherchant quelque chose qui pourrait l'aider.

Faisant preuve d'une souplesse hallucinante, il amena un talon sur le bord de la fenêtre et se redressa de toute sa hauteur pour saisir le montant supérieur. Il voyait le toit à présent, mais il lui restait encore deux étages à escalader. Le rebord suivant se trouvait à une soixantaine de centimètres de ses mains. S'accroupissant autant qu'il lui était possible, il testa à deux reprises son élan avant de se jeter, s'y accrochant, comme aimanté à la paroi, avant de se hisser une nouvelle fois à la force des bras.

Il leva à nouveau les yeux. Une épaisse fumée noire montait dans le ciel nocturne. Il approchait du toit, mais la fenêtre suivante, celle du grenier, était toute petite et, de toute façon, trop lointaine pour qu'il puisse espérer l'atteindre. Il aperçut alors une lampe en fer forgé fixée au mur. La jambe pratiquement à l'horizontale, il la testa avec son pied droit pour s'assurer qu'elle était capable de supporter son poids. Elle tint bon. Il fixa sa semelle dessus et tendit les bras vers le haut, cherchant des failles ou des trous dans le mur.

À travers le vacarme de sa propre respiration, les sirènes des engins de pompiers qui arrivaient sous lui furent un réconfort tandis qu'il se hissait une fois de plus. Prenant appui pendant un instant sur la lampe, il se déplaça méthodiquement en diagonale sur la paroi, telle une araignée, se servant des fissures dans les vieilles briques comme autant de prises.

Quand il eut enfin la fenêtre du grenier dans son champ de vision, il s'y propulsa, s'aidant d'une gouttière qui courait tout le long du mur. Il fit une brève pause, baissant les yeux vers les camions de pompiers en bas. On aurait dit des jouets d'enfant. Des hommes couraient en tous sens, déroulant des lances à incendie, amenant des échelles vers la maison, exactement comme les petits personnages qu'il imaginait quand il était petit et jouait avec son gros camion rouge. Il n'entendait plus la voix de Sam, ni de quiconque, juste le souffle du vent furieux qui fouettait les flammes.

Les lances se mirent en action, aspergeant le bâtiment dans plusieurs directions à la fois. Fred se hissa prudemment sur les tuiles du toit surmontant la fenêtre du grenier, s'accroupissant pour évaluer la situation. Là, à moins de trois mètres de lui, Kitty lui tournait le dos. Emma était assise légèrement en retrait. Elle pleurait et appelait sa mère. Kitty l'ignorait, penchée au-dessus du vide et observant l'agitation en bas.

— Ils sont tous là pour toi, dit-elle en regardant la fillette, parce que tu es aimée.

Elle se retourna et Fred en profita pour commencer à ramper, terrifié à l'idée qu'une des tuiles glisse et révèle sa présence. Les pompiers déployaient une échelle depuis le sol dans leur direction.

— Ne vous approchez pas du rebord, brailla une voix dans un mégaphone. Nous sommes en train d'installer une échelle et un pompier va bientôt venir vous chercher.

Fred regarda autour de lui. Sur l'autre versant du toit, il y avait une petite tourelle. Il grimpa lentement dans sa direction, tout en gardant un œil sur Emma qui était roulée en boule, en larmes. Un rouage de machinerie se fit entendre et l'extrémité d'une échelle ne tarda pas à apparaître près de l'endroit où se tenait Kitty. Emma hurla. Kitty la saisit par le bras et l'entraîna vers la cachette de Fred derrière la tourelle. Son pied délogea une tuile qui alla s'écraser quatre étages plus bas.

— N'approchez pas ! hurla Kitty au pompier qui grimpait à l'échelle.

— Maman ! cria Emma.

— S'il vous plaît, madame, laissez-nous vous aider à descendre. Nous savons que vous ne voulez aucun mal à cette enfant, fit l'homme en tentant de poser un pied sur le toit.

— Reculez ou je saute, cria Kitty, entraînant Emma toujours plus loin de l'échelle.

La fillette poussa un nouveau cri de terreur.

Fred était tapi derrière la tourelle, le cœur battant, ses mains, si sûres pendant l'ascension, désormais tremblantes. Il essayait de réfléchir, de décider quoi faire. Soudain, il était la proie d'une panique incontrôlable. Et s'il ne faisait qu'empirer les choses ? Il avait été si arrogant de se lancer dans cette ascension pour récupérer Emma, et cela pour une seule raison : il était amoureux de Sam. Mais maintenant qu'il était ici, la moindre initiative de sa part risquait de s'avérer fatale pour sa fille.

L'épaisse fumée continuait à tourbillonner autour de lui. Il entendit du verre qui éclatait quelque part et sentit la soudaine et effroyable bouffée de chaleur.

— Je vous en prie, venez avec moi, reprit le pompier en tendant la main. Nous devons vous faire descendre, l'enfant et vous. La maison risque de s'écrouler d'un moment à l'autre.

— Où étiez-vous quand elle avait besoin de vous ? cria Kitty pendant qu'Emma ne cessait de hurler.

— Qui ça ? demanda le pompier.

— Ivy. Je l'ai vue sauter depuis la chambre du dortoir. J'étais dans les champs et je me suis retournée pour la voir là-haut. Elle a tendu les bras comme des ailes. Elle voulait voler et j'aurais voulu être avec elle. Je veux être avec elle maintenant.

— Nous voulons vous sauver toutes les deux, mais il faut que nous descendions tout de suite. Laissez-moi venir sur le toit vous aider.

— Non, reculez ! cria Kitty.

Désespéré, Fred évalua la distance qui le séparait d'Emma. Kitty la tenait solidement par le bras. S'il essayait de l'attraper, Kitty risquait de perdre l'équilibre en lui résistant et de basculer avec la petite par-dessus bord. Il voyait qu'on essayait de dresser une autre échelle à l'arrière de la maison, mais, de ce côté-là, la fournaise était trop intense.

— Je vous en prie, donnez-moi la main. Je ne peux plus rester ici plus longtemps.

Le pompier tendait les bras. Kitty recula encore, se rapprochant de Fred.

Une nouvelle explosion retentit et la radio du pompier émit des grésillements. Surprise, Kitty relâcha sa prise sur Emma et Fred vit là sa chance.

— On va pas pouvoir éteindre le feu, fit une voix dans la radio. On te retire de là, John.

— Bon Dieu, il y a une petite fille ici, je ne peux pas la laisser. Au nom du ciel, je vous en prie, donnez-moi l'enfant ! supplia le pompier alors que l'échelle commençait à s'éloigner.

Fred avait bondi. Au moment où il atteignit Emma, l'échelle se trouvait déjà à un mètre cinquante du rebord. Une deuxième déflagration ébranla toute la bâtisse. Kitty tituba, relâchant machinalement la fillette.

— Sautez, bon Dieu, sautez ! cria le pompier qui venait de voir Fred pour la première fois.

Une marée d'adrénaline l'inonda quand il tendit les bras vers Emma qui, instinctivement, se jeta sur lui. La serrant contre lui, il prit son élan.

Le monde se figea dans un silence absolu.

Épilogue

Sam se massa les tempes, s'arrêtant pour lire ce qu'elle venait d'écrire.

The Times *est en mesure de révéler aujourd'hui l'incroyable histoire de Kitty Cannon, la star de la télévision, morte le mois dernier dans ce qui ressemble à un suicide.*

Célèbre pour sa capacité à soutirer la vérité chez ses invités, la très appréciée présentatrice de The Cannonball *cachait elle-même un secret que personne n'aurait pu imaginer.*

Née Elvira Cannon, elle a volé l'identité de sa sœur jumelle à l'âge de huit ans. Pour échapper à la mort et poussée par des circonstances exceptionnelles, elle est devenue Kitty.

Aujourd'hui, pour ce journal, l'arrière-petite-fille de la femme qui a permis à Elvira de survivre est en mesure de dévoiler une saga qui s'étend sur six décennies et quatre générations. La journaliste Samantha Harper a découvert dans son passé une tragédie bien plus choquante que toutes celles qu'elle avait été amenée à couvrir jusque-là.

Certains pourraient dire que la vie de Kitty Cannon n'était qu'un tissu de mensonges. Mais il semble que certains mensonges soient nécessaires, comme cela a été le cas pour Elvira et pour ma grand-mère. Toutes deux ont été si traumatisées par les premières années de leur existence que mentir est devenu le seul moyen de survivre.

La vie d'Elvira s'est achevée à St. Margaret, tout comme celle de sa sœur Kitty – la véritable Kitty, soixante ans plus tôt.

À l'endroit même où a commencé la vie de ma grand-mère, Rose.

Les jumelles – nées au foyer pour mères célibataires de St. Margaret de Preston, dans le Sussex, en 1950 de la maîtresse de leur père – ont été traitées de façon très différente dès le jour de leur venue au monde. Alors que Kitty était déjà forte et dotée d'une bonne constitution, Elvira souffrait de troubles respiratoires et a été laissée pour morte jusqu'à ce que, peu après, se rendant compte qu'elle vivait encore, on la transporte à l'infirmerie. Avec une femme gravement malade et fréquemment hospitalisée, le père des jumelles, George Cannon, n'a ramené à la maison que la plus solide des sœurs et a laissé Elvira aux mains des cruelles religieuses de St. Margaret.

Pendant que Kitty grandissait au sein d'une famille aimante et chaleureuse, sans connaître sa mère naturelle, la tragédie d'Elvira se poursuivait par son adoption par un jeune couple qui décida de la « rendre » à St. Margaret, alors qu'elle avait déjà six ans. Elle y est restée pendant deux terribles années, travaillant au lavoir comme enfant-esclave, et où, par un cruel tour du destin, elle a rencontré mon arrière-grand-mère, Ivy Jenkins.

Sam arrêta sa lecture pour contempler les lettres d'Ivy posées sur son bureau près de l'ordinateur. Des lettres qu'elle avait lues et relues comme un accro prend ses doses, aveugle aux signes révélant le mauvais état de santé de Nana.

Obnubilée par son désir d'échapper au travail débile que lui infligeait Murray et par sa quête d'une histoire susceptible d'intéresser la presse nationale, elle avait été prise dans un enchaînement de circonstances qui l'avait forcée à faire la lumière sur son propre passé. Une histoire qui commençait avec une jeune et innocente jeune fille tombant enceinte en 1956 et qui s'achevait avec la vie pathétique de son arrière-petite-fille : celle d'une mère célibataire – car bientôt divorcée à l'âge canonique de vingt-cinq ans.

— Donc, il va y avoir une enquête ?

Après trois appels sans réponse aux services sociaux et à la police dans les semaines qui avaient suivi l'incendie à St. Margaret, Sam avait enfin pu joindre l'un des enquêteurs.

— Voyez cela avec le service de presse, avait répondu l'homme, agacé.

— Je ne suis pas journaliste. Je suis la parente d'un des enfants mêlés au procès, mentit Sam. Je veux juste savoir ce qu'il va se passer.

Finalement, elle s'était résolue à appeler le service de presse de Scotland Yard qui avait confirmé qu'il y aurait bien une enquête sur les expérimentations pharmaceutiques menées à St. Margaret.

— Mais il faudra des années avant qu'ils parviennent à une conclusion et, en attendant, nous n'avons pas le droit de mentionner ces expérimentations, dit-elle en levant les yeux vers Miles, son nouveau rédacteur en chef, perché sur le rebord de son bureau.

— Et ils font quoi pour tous ces morts mentionnés dans ces lettres ? dit-il en montrant la liste dans son carnet de notes.

Sam pensa à toutes ces personnes dont elle était certaine qu'elles avaient été, d'une manière ou d'une autre, victimes d'Elvira. Ou du moins dans la mort desquelles elle portait une responsabilité. Depuis sa présence sur les lieux de l'accident fatal à George Cannon à l'hiver 1961, jusqu'au père Benjamin qu'elle avait sans doute attiré et enfermé dans les souterrains de St. Margaret près de quarante ans plus tard.

— Selon eux, il n'y a pas assez de preuves pour rouvrir les investigations. J'imagine que trop de temps a passé.

— Pour aucune d'entre elles ?

Sam secoua la tête et Miles détourna les yeux.

— Même le psychiatre ?

Sam jeta un œil vers les coupures de presse qui jonchaient son bureau et en prit une montrant un portrait de Richard Stone sous le titre : *Un psychiatre retrouvé mort. L'hypothèse du suicide privilégiée.*

— Je suis convaincue qu'Elvira a joué un rôle là aussi, mais elle a très bien su masquer ses traces… comme toujours.

Sam esquissa un maigre sourire en repensant à cette matinée qu'elle avait passée à l'audience du coroner[1], à écouter le fils de Richard Stone expliquer à quel point la mort de sa mère avait profondément affecté son père.

— Saviez-vous que Kitty Cannon était une de ses patientes ? lui avait demandé le coroner.

James Stone était un homme d'âge mûr en complet gris, chemise blanche et cravate noire. Il

1. Le coroner est un fonctionnaire chargé d'enquêter, entre autres, sur les morts suspectes. Son enquête est publique et indépendante de la police et de la justice.

avait la peau très pâle et les cernes sous ses yeux en faisaient ressortir le bleu.

— Non… avait-il répondu, mais je savais qu'il avait une patiente qu'il tenait à continuer à suivre, alors même qu'il avait pris sa retraite depuis un moment et qu'il avait plus de quatre-vingts ans. Mère lui demandait souvent d'arrêter complètement de pratiquer, mais il disait qu'il se devait de faire tout son possible pour cette femme. À présent, nous savons pourquoi, j'imagine, avait-il marmonné dans le petit micro placé devant lui.

— Et étiez-vous au courant de ces rumeurs d'expérimentations à St. Margaret ?

Fixant James Stone par-dessus ses lunettes en demi-lune, le coroner avait patiemment attendu sa réponse.

— Pas vraiment…

James toussa et enchaîna après une hésitation :

— Je savais qu'il y avait un non-dit dans le passé de mon père… et que sa relation avec mon grand-père avait été pour le moins difficile. Ils ne se sont pas adressé la parole pendant des dizaines d'années. Mon père avait parfois des crises de dépression, que ma mère appelait ses journées noires. En y repensant, je crois qu'elle savait ce qui le troublait, mais qu'elle nous protégeait.

— Selon vous, est-il possible ou même probable que votre père se soit ôté la vie, monsieur Stone ?

Le coroner avait enlevé ses lunettes et les avait posées avec soin devant lui avant de griffonner quelque chose.

James Stone s'éclaircit la voix avant de répondre.

— Les journaux disent que cette femme, Kitty Cannon, est née à St. Margaret. Si elle a fait partie des enfants soumis à ces essais, peut-être a-t-elle pu l'en tenir pour responsable... Mais existe-t-il la moindre preuve qu'elle était présente chez lui au moment de sa mort ?

— Aucune à notre connaissance, monsieur Stone. On a bien retrouvé ses empreintes dans le cabinet de consultation, mais cela est tout à fait normal.

— Donc, il aurait pris un sédatif avant de se trancher les veines dans son bain ? avait dit James Stone d'une voix qui se brisait.

Le coroner hocha la tête avant de remettre ses lunettes pour consulter ses notes.

— C'est ce qu'il semble. Et pas n'importe quel sédatif. Une quinzaine de jours avant sa mort, il avait écrit à Cranium Pharmaceuticals pour demander un échantillon de cocynaranol à des fins de recherche. Le cocynaranol était le médicament utilisé lors des expérimentations à St. Margaret. Il semblerait, avait ajouté le magistrat en relevant les yeux, qu'il était torturé par son rôle dans cette affaire et que le décès de sa femme n'a fait qu'accroître sa détresse.

— Récapitulons, dit le rédacteur en chef, ramenant Sam au présent. Nous savons qu'il y avait une fosse commune sous St. Margaret. Nous pouvons aussi annoncer qu'il y aura une enquête sur les expérimentations médicales. Nous avons eu la confirmation que l'échange d'identité a bien eu lieu et que le squelette d'une fillette de huit ans environ a bien été retrouvé dans la fosse septique parmi les autres. D'accord ?

Sam acquiesça, se mordant la lèvre en songeant à ce que la petite Kitty avait dû endurer cette nuit-là aux mains de mère Carlin. Ses restes dans le réservoir étaient accompagnés de centaines d'autres dont beaucoup restaient à identifier avec l'aide des dossiers entourant le corps de Richard Stone.

— Même sans entrer dans le détail de toutes ces morts suspectes, cela reste quand même une histoire incroyable, poursuivit Miles. Nous voulons un article à la première personne, Sam. Comment le fait d'arracher un bébé à sa mère affecte des familles – et dans ces familles, surtout les femmes – sur des générations. Ce que votre grand-mère et vous savez désormais mieux que personne.

— Mais je ne veux pas être le sujet de l'article. Le sujet, c'est Kitty, protesta Sam.

— Bien sûr, mais Kitty Cannon est morte et seules votre grand-mère et vous pouvez ramener tout cela à la vie. Vous représentez ces centaines de femmes qui souffrent encore de ce que cet endroit leur a fait et tous ces enfants à qui on a volé leurs mères. Je pense que vous devriez commencer par la rencontre entre votre grand-mère et la mère d'Ivy. Faites de votre mieux, Sam, il me faut le papier d'ici demain, ajouta-t-il alors qu'un collègue l'appelait.

Sam fixa le curseur qui clignotait face à elle en ressentant le poids de la responsabilité qui venait de lui être confiée au nom de ces centaines de femmes qui avaient dû abandonner leurs bébés à St. Margaret. Des femmes de soixante, soixante-dix ou quatre-vingts ans aujourd'hui qui liraient leur exemplaire de *The Times* pendant leur petit déjeuner, assises auprès de maris qui peut-être ignoraient tout de leur peine et de leurs souffrances.

Poussant un long soupir, elle prit la feuille au sommet de la pile – la première des lettres d'Ivy qui avait tout déclenché.

12 septembre 1956

Mon amour,

J'ai peur, car je n'ai aucune nouvelle de toi. Toutes mes angoisses se confirment. Je suis enceinte de trois mois. Il est trop tard pour faire quoi que ce soit. Dieu a décidé que ce bébé naîtra.

Nana. Ce bébé était Nana. Elle avait encore du mal à s'y faire et éprouvait toujours de la colère envers sa grand-mère qui ne lui avait pas avoué la vérité sur ces lettres.

Elle avait découvert la première par pur accident : Nana s'était endormie en la lisant. C'est ensuite qu'elle s'était mise à mentir en lui disant qu'elle en avait retrouvé une deuxième, puis une troisième, sans même tenter de la prévenir alors que Sam fonçait tête baissée vers ce cataclysme qui allait les emporter toutes les deux. Une attitude qu'elle avait encore beaucoup de mal à admettre. C'était sa grand-mère après tout. Bien sûr, cela devait être extraordinairement dur pour elle de s'expliquer, mais elle aurait dû essayer, pour Sam et pour Emma.

— Pourquoi au nom du ciel ne me laissent-ils pas sortir ? avait demandé Nana, encore à l'hôpital plusieurs jours après l'incendie.

— Nana, tu as eu une crise cardiaque.

— Un léger infarctus. Et j'en aurai un autre si je dois continuer à avaler ce qu'ils osent nous donner à manger dans cet hôpital.

Il y avait eu un silence.

— Je suis désolée, avait alors dit Sam, mais j'ai vraiment besoin de comprendre ce qu'il s'est passé avec les lettres d'Ivy.

Nana n'avait pas levé les yeux de son plateau-repas intact.

— Tu aurais pu juste m'en parler, avait-elle insisté.

Nana lui avait adressé un regard que Sam ne lui connaissait pas.

— *Juste* t'en parler ? De quoi, au *juste,* aurais-tu voulu que je te parle ? Des lettres ? De Kitty qui n'a cessé de me hanter pendant toutes ces années ? Je n'en ai même jamais parlé à ton grand-père. Et quand cette affaire a commencé, c'était impossible de trouver les mots. Je savais que tu aurais trop de questions.

— Mais j'avais le droit de savoir.

Sam avait senti sa voix se briser. Jusqu'à ce jour, elle ne s'était jamais disputée avec Nana. Encore une des belles choses qui avaient été infectées par les poisons de St. Margaret.

— Bien sûr que oui et je te demande pardon. Cela faisait trente ans que je n'avais pas lu ces lettres. Je les ai ressorties simplement parce que c'était mon anniversaire et que je voulais me remémorer la femme qui m'avait mise au monde, pleurer un petit peu. Et, pour la première fois, ton grand-père n'était pas là pour me poser des questions.

— Mais moi, si.

— Je ne voulais pas que tu me trouves en train de la lire et je ne m'attendais vraiment pas à ce que tu réagisses de cette manière… Infirmière !

Celle-ci, qui passait dans le couloir, ne lui avait même pas adressé un regard.

— Ce n'est pas juste d'essayer de me faire porter la responsabilité, Nana. Tu m'as menti… Ce que tu n'avais encore jamais fait, avait ajouté Sam, la gorge nouée.

— N'y vois pas un reproche de ma part, mais ça me rendait malade, ta façon de réagir… C'était trop. On aurait dit un requin affamé. Tu ne pourrais pas appeler l'infirmière, ma chérie ? Il faut que je rentre à la maison. Je n'arrive pas à dormir avec tout ce raffut et je ne mange rien non plus. Ce n'est pas dans cet hôpital que je vais guérir.

Nana s'était alors mise à redresser ses coussins, les tirant et les tripotant avec de gros soupirs.

— D'accord, Nana. Veux-tu toujours voir Maude ? Je pensais te l'amener demain.

— J'espère bien que je ne serai plus là demain. Qu'elle vienne chez nous.

— Tu veux vraiment la voir, n'est-ce pas ? Après tout, c'est ta grand-mère biologique.

— Bon sang, oui, je veux la voir, mais je ne dois rien à cette femme.

Et, là-dessus, Nana avait pris son magazine de mots croisés, comme pour signifier que la conversation était terminée.

Sam était sortie à la recherche de l'infirmière, troublée de se rendre compte que finalement elle ne savait pas grand-chose sur sa grand-mère. Sur sa vie avant leurs retrouvailles. Sa propre fille, la mère de Sam, avait été placée sous tutelle dans un foyer avant de mourir, alcoolique, alors qu'elle était encore très jeune. Si Nana n'ignorait pas qu'elle était adoptée, c'était l'intervention de Kitty/Evira qui lui avait permis de connaître le sort d'Ivy, sa mère naturelle qui avait enduré un malheur tel qu'elle avait fini par se suicider. Oui, admettre une telle chaîne de malheurs n'avait rien de simple.

Lâchant un long soupir, Sam contempla à nouveau les lettres qui avaient allumé ce feu en elle et essaya de rassembler ses pensées.

Les lettres de mon arrière-grand-mère parlent d'un univers effroyable, d'un labeur éreintant qu'on n'oserait imposer à aucune femme, si robuste soit-elle, et qui était tout simplement intolérable pour une future mère, enceinte de huit mois.

« Les bonnes sœurs sont pires que cruelles, écrit-elle en décembre 1956. Si elles nous surprennent à parler, elles nous frappent avec des cannes ou tout ce qui leur tombe sous la main. Une fille s'est brûlée si gravement sur une des machines chauffées à blanc qu'elle a eu une énorme cloque sur le bras et la plaie s'est infectée. Sœur Mary Francis est juste venue la gronder parce qu'elle perdait du temps. Le seul moment où nous avons le droit de parler, c'est pour dire les prières ou alors pour répondre : "Oui, ma sœur." Nous devons prier avant le petit déjeuner et avant de nous coucher. Et ensuite, c'est un grand trou noir jusqu'à ce que la cloche nous réveille à six heures. Nous vivons au rythme de cette cloche ; il n'y a pas d'horloge, pas de calendrier ; il est interdit de regarder par les fenêtres. Nous n'avons aucun sens du temps qui passe. Personne ne me parle de ce qui va arriver quand mon bébé viendra, mais je sais qu'il y a des bébés ici, car la nuit je les entends pleurer. »

Après l'accouchement qui s'est déroulé dans des circonstances abominables, sa fille – ma grand-mère – lui a été enlevée contre sa volonté. Ivy s'est alors lentement enfoncée dans la spirale de la dépression. Elle ne mangeait plus, ne dormait plus. Son seul réconfort était de parler avec une petite fille nommée Elvira.

— Donc, rappelez-moi pourquoi vous avez, à deux reprises, pénétré par effraction dans ce couvent ?

Sam grimaça en songeant à l'inspecteur qui les avait placés en garde à vue, Fred et elle, après l'incendie. Elle le revoyait, se balançant sur sa chaise, les bras croisés au-dessus d'un ventre proéminent. Elle avait essayé de répondre à ses questions, de rester calme et de se montrer coopérante, mais ce n'était pas simple après une enfance passée à fréquenter les postes de police avec sa propre mère.

— Je vous l'ai dit, ma grand-mère m'a donné les lettres d'une fille qui a eu un bébé à St. Margaret.

Les policiers n'avaient pas porté un grand intérêt aux lettres d'Ivy, ni au fait que toutes les personnes qui y étaient mentionnées étaient mortes dans des circonstances pour le moins inhabituelles. Leur obsession commençait et s'achevait avec la mise en accusation de Fred pour avoir escaladé le mur du manoir pendant qu'eux-mêmes ne faisaient absolument rien. Alors qu'il avait sauvé la vie d'Emma, il avait été interrogé encore et encore, afin de déterminer s'il n'aurait pas joué un rôle dans le déclenchement de cet incendie… et d'ailleurs, que faisait-il là-bas à cette heure de la nuit ?

— Oui, c'est ce que vous n'arrêtez pas de raconter, avait dit le policier en regardant sa montre, mais je ne vois pas en quoi ça vous donne le droit de pénétrer sur une propriété privée.

Quand on les avait finalement libérés, Fred et elle, non sans leur coller un « sévère avertissement », elle comprenait mieux pourquoi Elvira avait tué tous ces gens. Sans elle, ils n'auraient jamais payé pour les actes qu'ils avaient commis et seraient morts bien au chaud dans leurs lits, la conscience, ou ce qui leur en tenait lieu, en paix. Grâce à sa patience – son obsession, diraient certains –, elle n'avait jamais attiré les soupçons, réglant ses comptes sur l'espace de plusieurs décennies jusqu'à cet incendie final.

Après tout, ils n'avaient retrouvé ces centaines de cadavres d'enfants que parce qu'elle avait allumé ce feu.

— C'était malin de sa part, avait dit l'inspecteur en raccompagnant Sam vers la sortie. Un corps en décomposition n'est pas du tout mort, il grouille de vie. Les cadavres relâchent du méthane. Celui-ci s'est accumulé pendant des décennies dans ces souterrains, comme une bombe attendant qu'on la fasse exploser. C'était comme s'ils s'étaient tous réunis pour nous faire savoir qu'ils étaient là.

Sam leva les yeux vers les trois horloges accrochées au mur de la salle de rédaction du *Times*. Il était déjà midi. Elle devait partir dans quatre heures et il fallait qu'elle ait terminé le premier jet de son article d'ici là.

Le matin du jour où elle devait être internée dans un asile psychiatrique, Ivy s'est suicidée, mais en veillant à ce que sa mort provoque la diversion dont Elvira avait besoin pour s'évader, lui offrant ainsi une chance de vivre à peu près normalement.

Elvira a attendu deux jours et deux nuits dans une remise, dans le froid glacial de février, avec des sandales aux pieds et une chasuble sans manches pour tout vêtement, jusqu'à ce que Kitty, si belle dans son épais duffel-coat rouge, vienne à l'église. Les jumelles se sont reconnues sur-le-champ et se sont cachées ensemble. Mais, au cours de la nuit, Kitty est partie chercher des secours. Par un cruel tour du destin, les religieuses l'ont capturée et, la prenant pour Elvira, l'ont battue à mort. Elles ont ensuite jeté son corps dans la fosse septique de St. Margaret où il est resté jusqu'à ce que l'incendie les révèle, lui et ceux des centaines d'autres bébés et jeunes enfants qui avaient connu un sort similaire dans ce foyer maudit.

Elvira se réveilla à l'hôpital avec un père qu'elle n'avait jamais vu lui tenant la main. Tout de suite, on lui annonça que sa sœur Elvira était morte. De peur d'y être renvoyée, la fillette terrifiée n'a rien dit, mais, tout au long de sa vie, son âme est restée emprisonnée à St. Margaret.

Les doigts de Sam tremblaient sur les touches. Tout autour d'elle, les rangées de moniteurs brillaient comme les lumières d'une piste de décollage qui menait tout droit vers les grosses lettres noires sur le mur blanc : *The Times,* avec son logo stylisé et sa célèbre devise en français : *Honni soit qui mal y pense.*

Tout le monde avait été plutôt sympathique avec elle quand elle avait pris son premier service. Miles lui avait fait faire la visite et l'avait présentée à toute l'équipe de rédacteurs. Poliment, elle avait souri, en oubliant aussitôt les noms qu'on lui donnait.

Maintenant, elle regardait autour d'elle ces visages pour ainsi dire inconnus, certains penchés sur leur écran, d'autres bavardant ou plaisantant avec des voisins, et regrettait que Fred ne soit pas là, assis à ses côtés. Lui cassant les pieds, la réconfortant, lui apportant ses incessantes tasses de café insipides. Il lui manquait désormais bien plus que Ben à qui elle avait à peine adressé la parole depuis un mois et uniquement pour le partage des gardes d'Emma. Elle avait essayé de l'appeler à plusieurs reprises, mais Fred avait quitté Southern News et semblait avoir disparu.

Toutes ces révélations ayant créé un gouffre entre Nana et elle, elle ne s'était jamais sentie aussi seule. Elles n'en parlaient plus vraiment, mais St. Margaret était là entre elles en permanence, omniprésent.

Elle n'avait pas non plus évoqué cet article avec sa grand-mère. Il devait être publié sur quatre pages dans l'édition de ce samedi. Elle n'avait jamais imaginé que son nouveau patron voudrait que Nana et elle y tiennent un rôle aussi prépondérant et, dans sa tête, la phrase « vendre père et mère » se transformait en « vendre sa grand-mère ».

Soudain, elle eut la nausée. Elle ne pouvait pas faire ça. Autant se balader à poil dans la salle de rédaction tant elle se sentirait mise à nu si elle écrivait cette histoire comme Miles l'avait demandé. Ce n'était pas… bien. Elle allait devoir le lui dire – même si cela impliquait de perdre le travail dont elle avait toujours rêvé et pour lequel elle avait déjà payé un prix très élevé.

Elle sélectionna les mots qu'elle avait écrits au cours de ces deux dernières heures et s'apprêtait à les effacer quand son téléphone sonna. Le nom de Nana surgit sur l'écran. Elle décrocha.

— Salut, Nana.

— Tu vas bien, ma chérie ? Tu as une voix fatiguée.

Sam entendait de la musique classique en fond sonore.

— Ça va. Juste une journée un peu difficile au boulot. Et toi ?

— Je vais bien. Devine qui nous a invitées toutes les trois à déjeuner dimanche à midi ? Maude Jenkins ! Si ce n'est pas gentil de sa part.

— C'est très gentil.

Sam sentit sa voix se briser tandis qu'elle faisait rouler sa chaise vers un coin plus calme de la salle de rédaction.

— Ça se passera chez sa voisine, parce que Maude dit qu'elle ne peut plus cuisiner. Apparemment, tu l'as déjà rencontrée, une certaine Mme Connors. Tu as été très gentille avec elle quand son père est mort. Tu crois que Ben voudra venir ? ajouta gaiement Nana.

Sam secoua la tête, les larmes lui montant aux yeux avant même qu'elle ne s'en rende compte.

— Non, je ne pense pas qu'il viendra. Nous nous adressons à peine la parole, Nana. Il dit que c'est ma faute si Emma s'est retrouvée sur le toit de cette maison en flammes.

— Eh bien, c'est ridicule. Ce n'était pas ta faute. Rien de tout ceci n'est ta faute. Si quelqu'un est responsable, c'est moi.

Le silence tomba alors entre elles. Sam entendait la respiration de Nana au bout de la ligne.

— Nana, il faut que je te dise quelque chose. Mon nouveau patron au *Times* voudrait que je parle de nous deux, toi et moi, dans cet article sur Kitty. Que je raconte en quoi St. Margaret a affecté nos vies, même après tout ce temps.

Le silence s'éternisa, pendant lequel Sam contempla ses souliers. Une larme s'écrasa sur l'un d'entre eux.

— Eh bien, qu'en penses-tu, toi ? demanda finalement Nana d'une voix faible.

— Je ne sais pas, Nana. J'ai peur, je crois, mais j'en ai aussi assez de cacher des choses. J'ai plus ou moins le sentiment qu'il faudrait que je le fasse. Mais je ne pourrai pas y arriver sans que tu sois avec moi.

Sam se mordit les lèvres. Les larmes ruisselaient sur son visage.

— Alors, je pense que nous devrions le faire.

La voix de Nana était très douce.

— Nous le devons, ajouta-t-elle, à toutes ces filles pour leur courage. Nous le devons à Ivy.

Sam arriva à peine à parler.

— Vraiment, Nana, tu es sûre ?

— Oui, ma chérie, je suis sûre.

Note de l'auteure

Si St. Margaret est un lieu de fiction, il est aussi un concentré de beaucoup de ces foyers et le fruit de tout ce que l'on m'a raconté au cours de mes recherches. La description des conditions de travail au lavoir et ailleurs est, de façon tragique, fidèle à la réalité. Certes, de tels lieux ont surtout existé en Irlande, mais certains de ceux installés au Royaume-Uni pratiquaient des abus similaires.

Dans son livre *The Baby Laundry for Unmarried Mothers*[1], Angela Patrick raconte comment elle a été envoyée dans un couvent dans l'Essex, en 1963, où régnaient des conditions de travail dignes d'un « atelier de l'ère victorienne » et où, au bout de huit semaines, elle a été « forcée d'abandonner son fils ». Je crois qu'il existe encore des milliers de femmes à travers tout le Royaume-Uni qui ont dû renoncer à leur bébé et qui gardent ce secret verrouillé en elles – le cachant à leurs maris, à leurs autres enfants et à leurs amis proches –, car le sentiment de honte sur lequel comptaient

1. Non traduit en français.

ces institutions à la rentabilité très confortable demeure en elles jusqu'à ce jour.

J'ai pour la première fois pris connaissance de l'existence de ces bébés enlevés à leurs mères contre leur volonté en lisant une interview de Steven O'Riordan, qui a fait campagne pendant de nombreuses années pour que justice soit rendue envers les centaines de milliers de femmes incarcérées dans les « lavoirs Magdalene » en Irlande.

Après avoir appris « les atroces abus physiques et psychologiques » dont ont souffert les femmes Magdalene pendant des décennies, je ne suis pas certaine que le pardon demandé le 19 février 2013 par le Taoiseach (Premier ministre) d'Irlande à ces malheureuses suffise. Pas une seule des religieuses, aucun des prêtres qui avaient infligé ces terribles souffrances n'a eu à présenter la moindre excuse ; tous sont restés bien tranquillement à l'écart de l'examen des médias. Et il m'est aussi apparu que ceux de ces bourreaux qui étaient morts entretemps avaient accédé au repos éternel bien au chaud dans leurs lits, la « conscience en paix », comme dit Kitty dans le livre.

Mais – et c'est l'essentiel à mes yeux – ce ne sont pas les « nonnes diaboliques » qui ont permis cet abus systématique de milliers de femmes et d'enfants. Les religieuses n'étaient que les visages de ces institutions. Ce sont les communautés au sens large dans lesquelles vivaient ces jeunes filles qui ont vraiment permis ces atrocités : les parents, les oncles, les médecins, les fonctionnaires locaux, les agences d'adoption… tous ceux qui ont fait semblant de ne rien voir ni savoir.

Si les histoires concernant ces foyers ont enfin reçu ces dernières années une attention méritée, la plupart des gens ignorent qu'ils ont aussi existé dans le Royaume-Uni.

Les foyers pour mères célibataires sont apparus pour la première fois en Angleterre en 1891. En 1968, on comptait officiellement 172 maisons pour mères célibataires, la majorité étant gérée par des institutions religieuses. Beaucoup de jeunes femmes, sous la pression de leurs parents ou de certains fonctionnaires, étaient conduites à abandonner leur bébé contre leur volonté. Le pic de ces ordres d'adoption accordés en Angleterre a été atteint en 1968 : 16164 en tout.

Les abus, si fréquents en Irlande, étaient moins répandus (ou moins dénoncés) au Royaume-Uni, mais la pression exercée sur ces jeunes femmes pour qu'elles renoncent à leur enfant est indéniable. Des informations sur les services sociaux, sur d'autres foyers où elles auraient été mieux traitées ou sur de possibles aides financières leur étaient délibérément dissimulées de façon qu'elles aient l'impression de ne pas avoir le choix. L'expérience a tellement traumatisé nombre de ces femmes qu'elles ont toute leur vie souffert de troubles physiques et/ou mentaux ; et beaucoup ne pouvaient plus avoir d'enfants.

En ce qui concerne les expérimentations pharmaceutiques, il n'y a aucune preuve qu'elles aient été pratiquées au Royaume-Uni, mais elles étaient assez fréquentes en Irlande – voir les Sources en page 439. Comme pour les abus infligés dans ces foyers, je soupçonne que personne ne s'est encore vraiment intéressé au sujet et c'est ce manque qui a fourni l'inspiration pour *Les Enfants perdus de St. Margaret*.

Sources

Livres

Sue ELLIOT, *Love Child*, Vermilion, Londres, 2005.

Angela PATRICK avec Lynne BARRETT-LEE, *The Baby Laundry for Unmarried Mothers*, Simon & Schuster, Londres, 2012.

Nancy COSTELLO, Kathleen LEGG, Diane CROGHAN, Marie SLATTERY et Marina GAMBOLD avec Steven O'RIORDAN, *Whispering Hope : The True Story of the Magdalene Women*, Orion, Londres, 2015.

Ann FESSLER, *The Girls Who Went Away : The Hidden History of Women Who Surrendered Children for Adoption in the Decades Before* Roe v. Wade, The Penguin Press, New York, 2006.

Nancy NEWTON VERRIER, *The Primal Wound : Understanding the Adopted Child*, Gateway Press, Baltimore, 1993.

Sheila TOFIELD, *The Unmarried Mother*, Penguin Books, Londres, 2013.

(Aucun de ces ouvrages n'est traduit en français.)

Films

The Magdalene Sisters, Momentum Pictures, 2002.
The Forgotten Maggies Documentary, Steven O'Riordan Productions, 2009.
Philomena, 20th Century Fox, 2013.

Site internet

www.motherandbabyhomes.com

Articles de journaux

« Irish care home scandal grows amid allegations of vaccine testing on children » [Le scandale des foyers enfle : des tests de vaccins auraient été pratiqués sur des enfants], *Telegraph*, 9 juin 2014.

« Thousands of children in Irish care homes at centre of "baby graves scandal" were used in secret vaccine trials in the 1930's », [Des milliers d'enfants hébergés dans des foyers en Irlande au centre du « scandale des tombes de bébés » ont servi de cobayes pour des tests de vaccins dans les années 1930], *Daily Mail*, 6 juin 2014.

« Special investigation – vaccine trails on children worse than first thought » [Enquête spéciale : les essais de vaccins sur des enfants plus horribles qu'annoncés], *Irish Examiner*, 1er décembre 2014.

« Nun admits children involved in medical trials » [Une nonne admet que des enfants ont été soumis à des expérimentations médicales], *The Independent*, 9 juin 2014.

REMERCIEMENTS

Comme l'a écrit Ivy, je ne sais par où commencer.

En premier lieu, je voudrais remercier ma mère pour toutes ces histoires qu'elle nous inventait au moment de nous coucher, à ma petite sœur, Claudia, et à moi. Elle s'endormait invariablement en plein milieu – en raison de l'épuisement d'être une mère qui travaillait – puis, à notre grand amusement, elle se réveillait en sursaut et enchaînait sur une histoire complètement différente. Maintenant, plus que jamais, je chéris ces souvenirs. Merci aussi à M. Thomas de l'école primaire de St. Lawrence, qui m'a fait découvrir mon premier livre qu'on ne peut plus lâcher, en nous lisant un chapitre de *Moi, Boy*[1] de Roald Dahl tous les lundis matin.

Merci à mon mari, Steve, à qui j'ai parlé de cette idée de livre par une soirée fatidique. Sept ans (deux bébés, un chien et deux déménagements) plus tard, me voilà lui annonçant en pleurant au téléphone que j'ai reçu une offre pour deux contrats d'édition. Merci pour ton inébranlable foi en moi, d'avoir pris les filles tous les week-ends pour que je puisse écrire, pour avoir sans cesse discuté de l'intrigue, pour m'avoir gardée concentrée et pour avoir revu chaque

1. Gallimard-Jeunesse, 1984.

brouillon. Je n'aurais pas pu le faire sans toi, baby, baby, baby. Je t'aime.

Immense remerciement à Helen Corner-Bryant chez Cornerstones Library Consultancy qui a discerné du potentiel dans mes premiers gribouillages et m'a mise en contact avec le brillant Benjamin Evans. Merci, Ben, d'avoir autant pris soin du livre et de m'avoir enseigné, non sans mal, l'art de raconter des histoires. Merci aussi à la splendide Suzanne Lindfors qui a passé des jours à rédiger une présentation dans l'espoir d'attirer l'attention d'un agent. Ça a marché, j'ai touché le jackpot quand Kate Barker m'a prise avec elle, travaillant sur le livre avec moi pendant un an, sans aucune garantie. Kate, tu as changé ma vie ce jour-là. Tu es ma farouche protectrice et tu es devenue une véritable amie, alors merci.

Merci aussi à Sherise Hobbs, chez Headline, d'avoir rendu l'attente si courte, d'avoir été aussi prévenante et pourtant déterminée et, bien sûr, d'être la meilleure éditrice dont on puisse rêver. Merci aussi à Georgina Moore, Emily Gowers, Phoebe Swinburn, Viviane Basset et Helena Fouracre. Tant de livres à bichonner, et pourtant vous m'avez toujours donné le sentiment que vous ne vous occupiez que du mien. Merci aussi à Caroline Young pour la magnifique couverture.

Merci à Polly Harding de m'avoir toujours comprise, à Sophie Cornish pour m'avoir enseigné le vrai courage et pour m'avoir tenue par la main depuis aussi longtemps que je me souvienne. Merci à Claudia Vincenzi pour m'avoir toujours soutenue et fait rire à en pleurer. Merci à mon adorable beau-frère Mike Harding, à Simon Cornish et à Stuart Greaney de nous avoir tous réunis et à Penny et Paul Vincenzi pour nous avoir montré à tous ce qu'est la bravoure.

Merci à Claire Quy, Sophie Earnshaw, Sophy Lamond et Laura Batten d'être la seule thérapie dont j'ai toujours eu besoin et aussi à Clodagh Higginson/Bridget pour ton aide incroyable et pour m'aimer telle que je suis. Merci à Sue Kerry d'être une chercheuse aussi extraordinaire, pour les gardes d'enfants et pour avoir partagé ton expérience professionnelle au sein de la police du Sussex. Merci à Chris Searle chez Chimera Climbing pour tous tes conseils techniques. Merci à Rebecca Cootes pour avoir bâti l'intrigue avec moi autour d'innombrables tasses de thé et pour avoir hurlé dans la cour quand j'ai vendu mon livre. Merci à Esra Erdem et à Emily Kos pour votre aide inestimable avec mes bébés et à la jolie Laura Morris pour toutes ces balades au Merlin's Walk. Merci à Rachel Miles, Kate Osbaldeston, Sophie Cornish, Steve Gunnis et Honor Cornish d'avoir lu les premiers brouillons et pour vos retours si utiles. Merci à Nicole Healing pour ton expertise des médias sociaux et ton amitié.

Et *last but not least*, merci à Grace et à Eleanor – comme J. G. Ballard l'a si bien écrit : « *The pram in the hall is the greatest motivation of all*[1]. » Je vous aime au-delà des mots, vous êtes mes amours, ma vie, mon inspiration.

1. « Le landau dans le couloir est la plus grande des motivations. » Par opposition au critique littéraire britannique Cyril Connolly qui, dans les années cinquante, avait affirmé : « *There is no more somber enemy of good art than the pram in the hall.* »

LE DESTIN BOULEVERSANT D'UNE FAMILLE CONTRAINTE À L'EXIL

OBASAN

JOY KOGAWA

N° 35381

Naomi Nakane est une institutrice qui, enfant, a vu sa famille contrainte de s'exiler dans une ville fantôme de l'intérieur de la Colombie-Britannique. À la fin de la guerre, la famille brisée est à nouveau déplacée, dans le sud de l'Alberta. Face à ces injustices, certains des siens militent en faveur des droits de la personne et s'efforcent d'obtenir réparation, tandis qu'une tante âgée, Obasan, vit sa peine dans le silence et la résignation. À la mort de son oncle, désireuse d'oublier le passé pour se tourner vers l'avenir, Naomi revit son histoire mouvementée et finit par remettre en question le stoïcisme d'Obasan. Ce récit bouleversant rompt le silence autour d'un événement peu connu de l'histoire canadienne. Avec ses parents, Joy Kogawa fait partie des milliers de Canadiens d'origine japonaise qui, pendant la Seconde Guerre mondiale, ont été déplacés de la côte et internés dans des camps.

UNE ENQUÊTE CAPTIVANTE SUR LES TRACES D'UNE FEMME DISPARUE

ET JE DISPARAÎTRAI DANS LA NUIT

MICHELLE McNAMARA

N° 35391

Pendant les années soixante-dix et quatre-vingt, un mystérieux prédateur a terrorisé la Californie. Après une série de cinquante agressions sexuelles et dix meurtres, il a disparu des radars, échappant ainsi aux autorités. Trente ans après les faits, Michelle McNamara reprend l'affaire, déterminée à découvrir l'identité de celui qu'elle a surnommé le Golden State Killer. Elle retourne sur les lieux des crimes, interroge les victimes et consacre ses nuits à éplucher les rapports de police. Sa mort brutale, en 2016, met malheureusement un terme prématuré à ses recherches. À l'initiative de son mari, deux enquêteurs ont repris le flambeau et achevé Et je disparaîtrai dans la nuit, *rendant ainsi hommage à son travail acharné. En avril 2018, le tueur présumé a été arrêté.*

PAPIER À BASE DE FIBRES CERTIFIÉES

Le Livre de Poche s'engage pour l'environnement en réduisant l'empreinte carbone de ses livres. Celle de cet exemplaire est de :
1,4 kg éq. CO_2
Rendez-vous sur www.livredepoche-durable.fr

Composition réalisée par PCA

Achevé d'imprimer en février 2020 en Italie par
Grafica Veneta
Dépôt légal 1re publication : mars 2020
LIBRAIRIE GÉNÉRALE FRANÇAISE
21, rue du Montparnasse – 75298 Paris Cedex 06

76/5465/1